La Chica del Semáforo
y el Hombre del Coche

David Orange

La Chica del Semáforo y el Hombre del Coche

Planeta

Av. Diagonal, 662-664, 08034 Barcelona
www.editorial.planeta.es
www.planetadelibros.com

Diseño de colección: © Compañía

Primera edición: septiembre de 2019
Depósito legal: B. 17.212-2019
ISBN: 978-84-08-21434-2
Preimpresión: J. A. Diseño Editorial, S. L.
Impresión y encuadernación: Unigraf
Printed in Spain - Impreso en España

El papel utilizado para la impresión de este libro está calificado como **papel ecológico** y procede de bosques gestionados de manera **sostenible**

A mi mujer y a mi hija, vosotras sois
quienes llenáis de vida cada uno de mis días

Los corazones pueden romperse. Sí, los corazones pueden romperse. A veces pienso que sería mejor que muriésemos cuando lo hacen, pero no lo hacemos.

STEPHEN KING, *Corazones en la Atlántida*

En mi opinión, todas las cosas en la naturaleza ocurren matemáticamente.

RENÉ DESCARTES

PARTE I

BÚFALO

1

LA CHICA DEL SEMÁFORO

Esa mañana no era como las demás, Jack lo sabía perfectamente. Esa mañana sería especial por diferentes motivos. Hacía tantos años que la vida no le sorprendía, tantos que le era casi imposible recordarlo. Él era quien controlaba el tempo de los acontecimientos. Él quien mantenía el orden de casi todo lo que sucedía a su alrededor. Pero esa mañana, para la que se había estado preparando desde hacía más de dos semanas, se arriesgaría. Alteraría el milimétrico equilibrio para introducir una variable en la ecuación de su vida, una que tal vez fuese el principio de algo nuevo. Algo muy grande. El único problema era que para introducir esa variable tenía que eliminar otra.

Se abotonó las mangas de la camisa Oxford blanca cien por cien algodón que estrenaba para la ocasión. Se ajustó el nudo de la corbata, gris plata, y comprobó que el cuello no le apretara.

Como era un día tan especial, había utilizado la Böker para afeitarse. «Navaja hecha totalmente a mano en Solingen, Alemania. Empuñadura de carey australiano y hoja de acero al carbón con una aleación de plata al cinco por ciento. Ocho pulgadas de empuñadura por seis de hoja. Trazos muy cortos en ángulos de treinta grados. Afeitado limpio y en seco.»

Cuando salió de casa eran exactamente las siete y treinta. Introdujo la llave en la cerradura y contó hasta tres antes de darle un par de vueltas. En los casi cinco años que llevaba viviendo en el viejo edificio 207 de St. James Street nunca se habían denunciado ni robos ni allanamientos de morada, pero…

No podía arriesgarse a que alguien entrase y descubriese lo que guardaba en algún lugar de su piso.

Pulsó el botón del ascensor y esperó dos segundos antes de que el motor y las poleas de la sala de máquinas pusieran en funcionamiento la vieja cabina con capacidad para cuatro personas de peso medio y revestida con madera de abeto.

Antes de llegar al garaje en la planta menos uno, el ascensor se detuvo en el segundo piso y frente a él apareció la figura de Kevin, el portero y encargado del mantenimiento del edificio. Llevaba un chaleco de trabajo con múltiples bolsillos y olía a estaño.

—Buenos días, Jack. ¿Bajas? —dijo Kevin inclinando un poco la cabeza hacia delante.

—Sí, Kevin. Buenos días.

«¿No se supone que a estas horas tú deberías estar en la portería?», pensó Jack al ver cómo el chico se calaba hasta las orejas esa gorra de los Giants que nunca se quitaba. Kevin no llevaba ni un año trabajando en aquel edificio, pero por su forma de relacionarse y de comportarse parecía que llevaba allí toda la vida.

—¿Bajas? —preguntó Kevin con educación.

—Sí.

—Perfecto. —Kevin entró en el ascensor obligando a Jack a desplazarse a un lado.

El portero llevaba en su mano izquierda una vieja caja de herramientas tipo cofre. «Pintura roja y fabricada en metal, probablemente acero calmado con una aleación de manganeso y tungsteno.» En su mano derecha, un ejemplar doblado por la mitad del *Buffalo News*. Jack torció un poco el cuello para leer el titular que ocupaba gran parte de la portada.

—El Hombre del Coche —dijo Kevin con sobriedad.

—¿Qué? —Jack frunció el entrecejo.

—¿No te has enterado?, anoche volvió a salir de caza. —Kevin apretó los labios y arqueó las cejas—. Unos treinta años, rubia, casada y en plena forma. Ya me entiendes. Un auténtico bombón en la flor de la vida.

Jack escuchaba hablar a Kevin de fondo, pero sus ojos, claros y redondos, continuaban fijos en la enorme fotografía del sedán negro en el *Buffalo News*.

—Esta es la cuarta víctima, que se sepa, claro. Si la Policía no espabila, a ver lo que ese loco es capaz de llegar a hacer, porque al parecer con cada víctima se ensaña un poco más. Yo, desde luego, si fuese mujer me andaría con mucho ojo al salir sola de noche.

—¿Ese es el coche? —dijo Jack.

—No, no lo creo, será una fotografía de archivo —dijo Kevin alzando el periódico—. ¿Crees que si la Policía tuviese una foto del coche del homicida la publicaría en primera página? Los del *Buffalo News*, con tal de vender ejemplares, son capaces de inventar cualquier cosa.

El ascensor llegó a la planta menos uno. Jack esperó a que la doble puerta de seguridad se abriera y salió en dirección hacia su Volvo S90 negro.

—Hasta luego, Jack, que pases un buen día.

—Igualmente, Kevin.

Jack se sentó al volante, cerró los ojos y respiró profundamente. Necesitaba calmar su mente. Comprobó que el cierre centralizado estaba activado. Tiró tres veces del cinturón de seguridad para comprobar la fuerza retráctil y el correcto funcionamiento de los tensores y arrancó antes de que la señora Delawney, que ya había encendido las luces de su viejo BMW 2500 rojo sangre, se dirigiera a la rampa de salida. Esa mujer siempre le hacía perder uno o dos valiosísimos minutos con su rigidez cervical y su falta de reflejos. Pero no pudo evitar al señor Mallory, que metió el morro de su Jeep Renegade justo en el momento en el que sus ocho cilindros rugían tratando de pasar primero.

A pesar de eso, ya estaba en la carretera con margen suficiente para pequeños imprevistos.

«Cinco mil setecientos metros de asfalto artificial; miles de toneladas de roca partida de alta densidad destilada con hidrocarburos no volátiles y alquitrán. Treinta y siete semáforos. Cuatro giros a la derecha y diez a la izquierda. Nueve paradas de autobús y dos cruces con el tranvía.» Esos eran el espacio, la trayectoria y los obstáculos que lo separaban diariamente de su trabajo en la sucursal de Búfalo del Crédit Lyonnais. Pero esa mañana no sería como las demás, porque esa mañana vería a la mujer que durante tantos y tantos años había estado buscando. Esa mañana daría el paso definitivo hacia esa mujer que respondería a todas sus expectativas y que culminaría toda una vida dedicada al trabajo y al cálculo de probabilidades.

Llevaba tiempo pensando en si debía arriesgar todo su orden y su equilibrio por una mujer, ¿realmente merecía la pena?

Sí, la merecía.

Probabilidad y consecuencias, esa era su especialidad.

El factor humano siempre es impredecible, pero con el resto de variables controladas el margen de confianza con el que jugaba era lo suficientemente alto como para correr el riesgo. Además, él estaba en Búfalo por una buena razón. Una que tal vez estuviese relacionada con evitar la gran catástrofe que se aproximaba. El gran cambio. Algo de lo que solo él tenía conocimiento.

En sus ojos amarillo ámbar había cierta tristeza, pero su mirada contenía un brillo capaz de iluminar hasta el lugar más oscuro del alma. La expresión de su rostro era pura energía, pura fuerza de voluntad, algo que conmovía profundamente a Jack. El tatuaje con forma de alambre de espinas que rodeaba su muslo derecho le imprimía cierto sufrimiento, cierta simbiosis entre el optimismo y ese padecimiento improrrogable de los que saben que la vida no es fácil. Su pelo, entre el cobre y el castaño, cortado a cuchillo y formando una irregular línea sobre su frente, le recordaba a una valkiria. Una guerrera vikinga que lucharía a muerte por defender su vida y la de aquellos a los que quiere.

Todo ello la convertía en la mujer perfecta a la que cuidar, en la mujer perfecta para que cuidase de él. ¿Era ella esa persona a quien amar?

Sí, lo era.

Aunque tal vez fuese algo más. Algo de lo que todavía no estaba seguro aunque los números, sus números, le decían que tenía que ser importante. Muy importante.

Apenas siete semáforos y cuatro giros lo separaban de su destino. Un camión de mudanzas de la empresa Lucky Day paró justo delante de él sin haber puesto antes las luces de emergencia. Jack lo maldijo y aceleró para cambiarse de carril antes de que el Honda Civic azul cobalto que vio por el retrovisor y la caravana que arrastraba pasase por su lado izquierdo. Una vieja y ruidosa Indian lo adelantó por la derecha y la potencia con que el tubo de escape recortado de la setecientos centímetros cúbicos expulsaba gases de combustión lo ensordeció. Ese día había decidido no ponerse los atenuadores auditivos porque quería percibirlo todo tal y como era. Ese día había decidido que su hiperacusia no sería una excusa para encerrarse de nuevo en sí mismo.

A una anciana se le puso el semáforo en rojo cuando todavía le quedaba medio paso de peatones por cruzar. Jack miró su reloj y pisó el pedal del acelerador sorteando a la anciana y a su desgomado andador. Ante él tenía todo el carril derecho de Sycamore Street despejado, tal y como había previsto que estuviera a las siete y cuarenta y cuatro minutos de la mañana. Al final de la avenida que partía el centro de Búfalo en dos podía ver su objetivo, el semáforo que brillaba en el cruce con Pine Street. Allí la encontraría, a la Chica del Semáforo. Allí estaría ella como cada viernes a las siete y cuarenta y cinco de la mañana, puntual como un amanecer. Haciendo girar sus aros, uno en cada brazo. Lanzando al cielo las indiacas o subiéndose sobre los hombros de su compañera después de haber dado unas cuantas volteretas colocando sus bonitas manos sobre ese asfalto tan maltratado. Restos de rocas de dolomita, basalto, cuarzo y calcita.

Las manos le sudaban. La garganta, seca y áspera, la sintió muy estrecha bajo el nudo de la corbata. Se aclaró la voz un par de veces y trató de concentrarse en su respiración, diafragmática y profunda. «Respira, Jack, respira.» Metió la tercera y dejó que las treinta y dos válvulas del S90 oxigenaran los tubos fabricados en níquel y silicio revestidos con fibra de vidrio. Aminoró la marcha, el semáforo número veintisiete todavía estaba en verde, y él necesitaba llegar justo cuando se pusiera en rojo.

Treinta metros. Ya podía ver su silueta a lo lejos. Atlética y esbelta.

La Chica del Semáforo sonreía y dos suaves arcos aparecían en la tostada piel de su cara enmarcando sus labios. A pesar de ya estar bien entrada la primavera, todavía hacía frío por las mañanas. Aun así, la Chica del Semáforo no había variado ni un ápice su atuendo, pantalón corto y camiseta de ballet.

Diez metros. El indicador verde que daba paso a los peatones empezó a parpadear y Jack metió segunda. Más despacio todavía. Durante una fracción de segundo pensó en abandonar. Pensó que quizá no era tan buena idea arriesgarlo todo por una mujer a la que ni tan siquiera conocía. Después de todo, el factor humano nunca sería tan seguro como los números. Miró de reojo el pequeño compartimento que el Volvo tenía junto a la palanca de cambios y vio la tarjeta de presentación que tenía preparada, su tarjeta de presentación. El semáforo número veintisiete había empezado a parpadear. Su pie derecho se asentó en el pedal del acelerador, su mano apretó la palanca de cambios, tenía que huir. No era una buena idea. No estaba preparado. Si aceleraba a fondo, el S90 lo sacaría de allí a tiempo. Tenía que salir como fuera.

Ya.

Pero cuando el S90 ya había empezado con ese ronroneo previo que hacía antes de que explotase el turbo, algo no previsto lo paralizó. El imprevisible factor humano. La Chica del Semáforo. Se dirigió a él con la mirada, con su sonrisa y su vitalidad, justo antes de empezar una vez más su espectáculo matinal. Hizo una graciosa reverencia y le sacó la lengua con ternura. Fue un gesto desenfadado, natural, pero aturdió a Jack.

Su chica empezó saludando al público motorizado. Cuatro carriles, cuatro coches en primera fila de ese particular microteatro de un minuto de duración por sesión con el que se ganaba la vida. Empezó moviendo un aro alrededor de su cintura mientras se iba cruzando el otro por encima de la cabeza. Increíble coordinación. Siempre admiramos más aquello que a nosotros nos resulta más inalcanzable. Su compañera lanzaba pelotas al aire, primero dos, luego cuatro, después seis. Ambas creaban un espectáculo visual que a Jack le fascinaba tanto como una de esas bonitas primeras experiencias que no se olvidan. Había calculado la probabilidad de error, la gran habilidad de coordinación psicomotriz necesaria, cualidad, por cierto, con la que él había tenido serios problemas en el pasado, y había llegado a la conclusión de que *su chica* tenía un don especial, un don que trascendía el cálculo y la lógica.

Dejaron en una esquina las pelotas y los aros, y, sin pensárselo dos veces, *su chica* dio dos volteretas de tijera hasta aterrizar sobre las manos en alto de su compañera, mientras ella estiraba sus dos piernas y sus dos brazos como en *El lago de los cisnes*. A Jack se le caía literalmente la baba.

Acabaron la minifunción y varias personas que se disponían a cruzar el paso de peatones detuvieron el frenesí de su rutina para aplaudir. La Chica del Semáforo y su compañera saludaron, primero a los conductores de la primera fila, después al resto de ese público fugaz e improvisado. Cuando Jack vio cómo *su chica* se agachaba para coger el viejo sombrero de fieltro gris ceniza que servía de caja registradora, sus arterias redujeron su estrecho paso a una milimétrica sección que hacía que su tensión arterial se elevara más allá de lo saludable.

Ella empezó por el carril izquierdo y siguió avanzando posiciones con lentitud, con poesía en la mirada. Apenas un coche los separaba. Él dudó nuevamente si debía o no dar el paso, ese paso. Pero cuando la Chica del Semáforo se paró tras el cristal de su ventanilla, Jack no pudo hacer otra cosa que coger su tarjeta de presentación y envolverla en un billete de cincuenta dólares. Las manos le temblaban. Bajó la ventanilla y *su chica* lo sorprendió con algo que hasta ese día jamás había hecho. Se dirigió a él con palabras.

—Hola —dijo ella dibujando esos dos maravillosos arcos a ambos lados de sus labios.

—Ho-hola, buenos días. —La voz de Jack era infantil. Tímida e insegura.

Puso con lentitud y premeditación su tarjeta de presentación y el billete de cincuenta dólares en la copa hueca del borsalino. La Chica del Semáforo le sostuvo la mirada, esa mirada entre el ámbar y la miel. Dorada. Elegancia y envolvente aroma. Y a Jack se le paró el corazón.

—Muchas gracias, caballero, que pase usted un feliz día —dijo ella con dulzura y exquisita educación.

—Igualmente, señorita —dijo Jack desviando la mirada hacia su tarjeta, oculta en el billete de cincuenta. Esa tarjeta de visita en la cual se presentaba como «Jack Miller, asesor financiero», y en la que figuraban su dirección, su número de teléfono y una escueta y sencilla pregunta escrita a mano por detrás: «¿Me permitirías invitarte a cenar algún día?».

El sonido de un claxon lo sacó de su particular burbuja de factor humano; primero llega la improvisación, después el caos.

El semáforo estaba en verde y los coches de los carriles de su izquierda ya estaban arrancando.

—Me llamo Mía —dijo la Chica del Semáforo antes de despedirse con una nueva reverencia sin que a Jack le diese tiempo a contestar.

Metió primera mientras todavía observaba cómo Mía se retiraba tras ese semáforo del cruce con Pine Street para esperar el inicio de su nueva función.

Ya estaba hecho. Ya no había marcha atrás. Había introducido esa nueva variable en la ecuación de su vida y ahora solo le quedaba esperar. Esperar a que ella moviese ficha y decidiese llamar.

Mía.

Se llamaba Mía.

Desde luego que era ella.

2

HACER BAILAR A LOS NÚMEROS

La jornada de trabajo del viernes se le hizo eterna en el Crédit Lyonnais. A pesar de que su despacho era uno de los mejores de la sucursal, uno de los más espaciosos, a medida que la semana iba sumando días se le antojaba cada vez más claustrofóbico. De paredes blancas y sin ventanas. Aséptico e impersonal como una casa piloto. La única decoración que Jack había aportado al enlatado de pladur y poliuretano era un plano industrial que, según él, representaba el motor de un avión. Ocupaba casi un metro cuadrado de la pared frente a su mesa.

Se pasó casi toda la mañana y toda la tarde bloqueando y desbloqueando la pantalla de su teléfono móvil con la esperanza de encontrar una llamada o un mensaje de Mía. Pero lo único que recibió fue un mensaje de su hermana Wendy. Uno de *esos* mensajes que su hermana Wendy le solía enviar una o dos veces por semana.

«¡Jacky, Jacky, Jacky! ¡Hola! ¿Cómo está mi bicho raro preferido? ¿Preparándote para un fin de semana de alcohol, sexo y desenfreno tal vez? Es broma. Oye, necesito algo de *cash*. ¿Sería tan amable mi hermanito mayor de prestarle a su adorable hermana algo de dinero? Porfi porfi porfi, sabes que te lo devolveré todo algún día, Jacky, todo. ¿Te viene bien que me pase por tu casa esta tarde a eso de las ocho? ¡Allí estaré! ¡No me falles! Por cierto, ¿te has decidido ya a lanzarte de una santa vez a alguna mujer o te vas a pasar toda la vida encerrado en ese cubículo en el que trabajas? ¡Un besazo muy fuerte!»

Odiaba que su hermana lo llamase Jacky, que lo llamase «bicho raro», pero desde que tenía uso de razón había sido incapaz de impedírselo, y ella, de dejar de decirlo.

«Claro, puedes pasarte por casa a las ocho, pero sé puntual, Wendy, por favor.»

Jack contestó exactamente lo mismo que contestaba cada vez que su hermana le pedía dinero o le decía que iba a pasarse por su casa.

Algo que hasta ahora no había formado parte de su vida, esa variable nueva llamada «pensar en Mía» o «pensar en alguien», había empezado a alterar los engranajes de su cerebro. Los mismos con los que hacía bailar todos esos números que tantos beneficios dejaban para la sucursal de Búfalo del Crédit Lyonnais.

El director del banco, Donald Jones, irrumpió en su despacho como hacía habitualmente, sin llamar ni mostrar ningún otro tipo de respeto hacia el trabajo ajeno. Su imponente figura se adueñó de casi todo el campo visual de Jack. La caja torácica de Donald era grande como la cabina de un camión. Llevaba el mismo corte de pelo que se puso de moda entre los actores de Hollywood allá por los años cincuenta. Raya a un lado y flequillo contundente. Fijador del pelo rico en flúor y cloro.

—Jacky, ¿has acabado ya de darles el pasaporte a los paquetes financieros malayos?

La voz de Donald era imperativa. Puso su mano derecha a la altura de su abdomen y Jack se fijó en sus grandes dedos. Los nudillos llenos de pelos, las muñecas anchas como la cintura de un labrador.

—Estoy en ello, Donald.

—¿Todavía? Jacky…, no quiero tener nada que ver con esos malayos, ¿entiendes? Nada. Así que haz el favor de finiquitar todos nuestros lazos con ellos antes de marcharte hoy a casa.

Jack tardó un poco en contestar, algo muy extraño en él.

—Claro, Donald. Antes de marcharme todas nuestras cuentas y acciones malayas habrán desaparecido.

Donald tenía un don especial para exprimir hasta la última gota de cada trabajador. Después los despedía. Y percibió ese cosquilleo que sentía en la nuca cuando uno de sus activos se encaramaba en ese desfiladero de no retorno hacia el declive profesional.

—¿Está todo bien, Jacky?

—Sí, Donald, todo bien, hoy estoy un poco cansado, solo es eso.

—De acuerdo, confío en ti. Dale duro a esos malayos y vete a descansar cuando termines —dijo endureciendo la voz y levantando un grandioso puño. Determinación y fuerza. Ese era su lema.

—Claro, Donald, eso haré.

Una vez se marchó su jefe, Jack consiguió aislar su mente y en un par de horas realizó casi tantas operaciones financieras como el mejor corredor de bolsa en el mejor de sus días. Eso era lo suyo, esa era «su magia», como llamaba Donald a esa habilidad suya para hacer «bailar» a los números. Su trabajo en el Crédit Lyonnais consistía en comprar y vender acciones y otro tipo de valores financieros. Aunque su gran especialidad era el mercado de divisas. La compra-venta de moneda nacional y extranjera le confería ciertas ventajas que él sabía aprovechar muy bien. Era un mercado que funcionaba las veinticuatro horas a lo largo y ancho de todo el planeta. Las monedas fluctuaban de una manera casi imperceptible a determinadas horas del día en determinados días del mes. Fluctuaciones que él había previsto mediante la probabilidad y estadística. Eso le permitía comprar y vender en el momento exacto, sin depender de cierres de mercado ni otro tipo de horarios. Era muy difícil de calcular. Requería tener en cuenta múltiples factores, valores económicos, índices bursátiles e incluso las principales noticias en prensa de las potencias económicas mundiales. La previsión de esas variaciones le proporcionaba grandes beneficios a través de múltiples movimientos.

Cuando Donald descubrió esa «magia», lo apartó de la actividad bursátil del Crédit Lyonnais y lo puso a trabajar en solitario en «lo suyo». Jack sabía que no era del todo legal, que era el bróker privado de Donald y que muchas de las operaciones casi suicidas que realizaba a diario no habrían sido nunca aprobadas por las oficinas centrales de Lyon. Pero hasta la fecha no se había producido nunca ese diminuto error que hiciera saltar la liebre. Para Jack, eran pura rutina. Aun así, era consciente de que el menor descuido supondría mucho dinero y, lo que sería peor, tanto él como Donald podrían no solo perder su puesto de trabajo, sino acabar en la cárcel por malversación de fondos. Porque Jack no ponía a bailar unos cuantos cientos de dólares, Jack ponía a bailar varios cientos de millones cada día. Nunca le dijo «no» a Donald porque le permitía cubrir dos de sus grandes necesidades: trabajar en solitario y libertad total para operar. Su trabajo en el Crédit Lyonnais era solo una forma de ganar dinero y de tener su cerebro activo y en forma para su verdadero objetivo, su proyecto personal. La razón de que llevase ya casi cinco años en Búfalo. Una ciudad que, entre los lagos Erie y Ontario, respiraba el aliento que exhalaba el sur de Canadá. Un aliento frío como la sección de ultracongelados de un supermercado. A pesar de ser la segunda ciudad más grande del estado de Nueva York, el incesante ajetreo de personas en busca de su destino, de la tierra de las oportunidades, era desproporcionadamente menor que en Manhattan, y eso era algo que Jack agradecía mucho. Espacios verdes y parques naturales por los que conducir los días en los que necesitaba calmar sus nervios.

Cuando abandonó la oficina y se sentó en el confortable asiento del S90, tapizado a petición suya en cuero Swift de grano completo y acabado en anilina, volvió a revisar el teléfono. Y se maldijo a sí mismo por haber dado ese paso que nunca debió dar.

Parado delante del primer semáforo, no pudo evitar pensar en Mía. La tenía en la cabeza constantemente y la veía en cada una de las mujeres que pasaban ante sus ojos, y esa obsesión lo atenazaba. Sabía perfectamente lo que venía después. Primero llegaban los temblores, luego los fuertes zumbidos en los oídos, más tarde la sangre, y después...

Después llegaba «lo otro».

Giró por Main Street y recordó no haber tirado tres veces del cinturón de seguridad antes de ponérselo. La noche caía y la temperatura descendía de una forma casi disparatada. Tampoco había realizado el chequeo del resto de los sistemas de seguridad del vehículo. Eso hizo que se sofocara todavía más y que su respiración, ruidosa y entrecortada, empezase a ser más superficial. Agitada. Improductiva y asmática. Sintió cómo todo el armónico equilibrio sobre el que se asentaba su vida había empezado a tambalearse. Pensó en esa diminuta grieta que hace que se resquebraje toda la unidad.

Pisó el pedal del acelerador y esquivó a toda velocidad a un Mercedes SL500 negro. Se situó tras una furgoneta de Tonight's Chips que conducía con las reductoras puestas. La dejó atrás y adelantó a dos camiones de Strong Buildings and Brothers con los neumáticos traseros gastados. Pasó rozando el rojo de al menos seis semáforos antes de llegar a St. James Street. Su calle. Necesitaba recuperar la calma, llegar cuanto antes a casa, a su reino de control y estabilidad. Los pistones del S90, mitad hierro fundido, mitad níquel puro, subían y bajaban en los cilindros a veinticinco metros por segundo. Las bielas forjadas y recortadas diagonalmente giraban a seis mil revoluciones por minuto alrededor del cigüeñal y el doble tubo de escape no dejaba de escupir benceno. Cáncer para el pueblo. El S90 había sido modificado de arriba abajo por el propio Jack. Los coches, sobre todo sus motores, eran su única pasión, y en el S90 todo funcionaba al límite, todo se movía con una milimétrica precisión.

Llegó al 207 de St. James Street en la mitad del tiempo habitual. Todavía faltaban quince minutos para las ocho y quería darse una ducha antes de que llegase Wendy. Necesitaba esa ducha caliente. Dilatación vascular para acallar los primeros temblores de sus pies y de sus manos. Pero un imprevisto hizo que tuviese que aflojarse un poco más el nudo de la corbata.

Había dos coches bloqueando la puerta de entrada al garaje del viejo y señorial edificio erigido sobre piedra marrón y sus casi ochenta años de antigüedad. Uno era el viejo BMW 2500 de la señora Delawney y el otro un Toyota Rav4 híbrido blanco, el coche de Matt Reynolds, el hijo mayor de Sara y Thomas Reynolds. Por el contorno del capó del BMW salía un humo gris, denso, y su parachoques delantero estaba empotrado en la puerta de copiloto del Toyota. A Jack casi le daba la risa contemplar cómo Matt intentaba explicarle a la señora Delawney algo tan obvio como «antes de entrar, hay que dejar salir, Karen».

Con la rampa bloqueada por los dos vecinos que no parecían dispuestos a escuchar al otro, Jack tendría que buscar un aparcamiento público porque de ninguna manera dejaría el S90 en la calle. Miró el reloj, trece minutos para las ocho. No llegaría a casa antes que Wendy si ella era puntual, y entonces le resultaría muy difícil recuperar la calma. Y más aún, controlar «eso» que cuando llegase tendría que evitar por todos los medios.

Todos.

Pensó con rapidez, con esa parte de su cerebro con la que casi rozaba la precognición. El aparcamiento más cercano y con más probabilidad de plazas vacías estaba en el cruce de Mundy Avenue con South Park Avenue. Tan solo tenía que seguir recto un kilómetro y medio por St. James Street y torcer a la derecha. A unos cuatrocientos metros se daría de morros con el número 77 de Luft Park. Pisó embrague, metió primera, retrovisor central y a su derecha, despejado. Pero unos golpecitos en su ventanilla impidieron que saliera disparado como un cohete calle abajo.

El portero trataba de decirle algo a través del cristal, templado a dos mil quinientos grados centígrados y enriquecido con plomo y argón. Era el aislante acústico perfecto para alguien con gran sensibilidad auditiva.

Diez minutos para las ocho.

—¿Qué ocurre, Kevin?

—Ya ve, señor Miller, la señora Delawney haciendo de nuevo de las suyas. Esta vez le ha tocado a Matt... A ese niño de papá tal vez no le siente mal un poco de humildad de vez en cuando, ¿no cree? —Kevin tenía ganas de hablar, Jack no. A veces Kevin le hablaba de usted y a veces le tuteaba.

—Tengo algo de prisa, Kevin, lo siento —dijo Jack haciendo ademán de subir la ventanilla.

—Entonces, ¿no quiere que se lo aparque? —dijo Kevin levantándose un poco la visera de los Giants.

—¿Cómo dices?

—Aparcar su coche, Jack. No tiene buena cara, ¿sabe?, cuando lo he visto llegar me he dicho: Jack tiene hoy uno de esos días —dijo Kevin guiñándole un ojo—. Bueno, entonces ¿qué?, ¿se lo aparco o no se lo aparco?

A Jack se le acumulaban los problemas, las estúpidas preguntas sin respuesta en su cabeza. ¿A qué se refería el omnipresente Kevin con lo de «uno de esos días»? ¿Era buena idea dejarle conducir el S90?

No, en absoluto era buena idea, pero sería peor llegar a casa y encontrar a Wendy revolviéndolo todo.

Porque en ese caso…

Tendría que explicar algunas cosas.

—Está bien, Kevin —dijo saliendo del coche.

—Hace bien, Jack —dijo el portero alargando la mano para alcanzar las llaves del Volvo negro con una sonrisa casi infantil.

Kevin entró en el Volvo y se ajustó el asiento, era un poco más alto que Jack y las piernas le chocaban con el volante. A Jack le faltaba poco para llegar al metro ochenta, pero él los superaba y era bastante más corpulento, en contraste con la constitución ectomórfica de Jack.

—Déjalo en el Luft Park que hay en el cruce de Mundy con South Park. A estas horas no deberías tener problemas para encontrar plazas libres.

—Estupendo, Jack, eso haré.

—Conduce con mucho cuidado, por favor, alarga mucho las marchas, ve con mucho ojo cuando pongas la marcha atrás y no metas cuarta bajo ningún concepto, ¿entendido?

Jack se fijó en que en el ojo derecho tenía una pequeña cicatriz que unía el extremo externo de la ceja con la cuenca orbital.

—Claro, Jack, no tienes por qué preocuparte. En un rato te acercaré las llaves a casa, tu coche está a salvo conmigo. Aunque no lo parezca, se me dan estupendamente bien las máquinas, a veces creo que incluso más que las personas. —Kevin sonrió sin abrir la boca ni un milímetro. A veces sonreía enseñando un poco los dientes, y otras veces, de aquella manera.

Mientras Kevin bajaba por St. James Street con su S90, Jack sintió cómo una pelota de amargor se le asentaba en el paladar.

Subió a casa por las escaleras para no perder tiempo y echó el pestillo nada más cerrar la puerta para evitar que Wendy entrase mientras él estaba en la ducha.

Desde hacía muchos años, Jack usaba las duchas de agua caliente casi hirviendo para calmar todas esas terminaciones nerviosas suyas que respondían tan mal al estrés y que hacían que todo su cuerpo se entumeciese y su espalda se arqueara hacia delante poco a poco. El síndrome de disincronía era algo que lo acompañaría toda la vida, según le dijeron los médicos cuando tenía siete años.

Wendy llegó cuando tan solo pasaban unos minutos de las ocho, tiempo suficiente para que Jack hubiese logrado calmarse lo suficiente.

—¡Hola, Jacky! —dijo Wendy en cuanto su hermano le abrió la puerta—. ¿Qué? ¿No me notas nada diferente?

Jack la saludó mientras ella ponía las manos sobre sus caderas y torcía un poco el cuello en un sensual gesto.

—No, ¿botas nuevas?

—Por Dios, Jacky, qué poco te fijas en las mujeres, ¿eh? ¿Tú estás seguro de que no eres homosexual? El pelo, ¿no ves que me he cortado el pelo?

Jack trató de sonreír para disculpar su despiste.

—Es verdad. Perdona, Wendy. He tenido un día de locos en el trabajo y no me había fijado. Te sienta bien.

Wendy había cambiado la melena larga por una extralisa melenita que le llegaba un poco más abajo de las orejas. El color también se lo había aclarado bastante, ahora parecía casi rubia. Su característico maquillaje, que acostumbraba a resaltar sus carnosos labios y el azul cian de sus ojos, seguía teniendo la misma poca elegancia. A pesar de ello, Wendy tenía una gracia natural que hacía que prácticamente le sentase todo bien, hasta una mala contestación.

—Eso mismo me ha dicho Arnold —dijo Wendy mientras entraba en el impoluto salón y se lanzaba sobre el sofá de piel blanca. Jack la siguió como un vendedor de coches usados.

—¿Arnold?

—Mi nuevo novio. Desde hace una semana. Es un buen chico, te gustará. Lo que pasa es que todavía no ha encontrado un trabajo a su altura y donde está ahora... no es que lo valoren demasiado. Él dice que no se siente realizado. Además, con lo poco que cobra..., el pobre anda siempre sin blanca. Y no insistas en saber más. Arnold me ha pedido expresamente que lo nuestro debe permanecer en secreto hasta que se convierta en algo más serio.

Jack se sentó en el reposabrazos del sofá y esperó a que su hermana moviese ficha. Hizo un par de círculos hacia atrás con los hombros y sintió una placentera sensación de calor. A pesar de ser tres años menor que él, ella había sido quien ejerció de líder mientras vivieron en casa de sus padres. Él en cambio...

No estaba seguro de si había estado a la altura de lo que se espera de un hermano mayor.

Pero ese día se encontraba terriblemente cansado como para plantearse un cambio de actitud. No había olvidado ni por un instante que introducir la variable «Chica del Semáforo» en su vida requería sacar «esa otra» de la ecuación, y para ello tenía que quedarse solo cuanto antes.

—¿Cuánto necesitas, Wendy?

Su hermana apretó los labios con gracia. Se manejaba muy bien con todos esos gestos que bailaban entre la niña inocente y la mujer fatal. El arte de la seducción.

—¿Quinientos?

«¿Quinientos? ¿En serio, Wendy?», se dijo Jack.

—Claro. Espera aquí un momento. Enseguida vuelvo.

Jack fue a su habitación, movió el doble fondo del armario y abrió la caja fuerte donde también guardaba su «cuaderno de trabajo», la Smart Card y el álbum de fotos. Sacó cinco billetes de cien y se dio prisa en cerrar la caja. Cuando llegó al salón la vio removiendo unas películas que tenía junto al televisor de sesenta pulgadas. Nunca estaba quieta. A Jack le ponía especialmente nervioso todo aquello que estuviese en constante movimiento, como su hermana, eso hacía más difícil calcular su predictibilidad.

—Aquí tienes, Wendy —Jack le tendió los billetes.

—¡Muchas gracias, Jacky! —dijo Wendy dándole dos sonoros besos en la mejilla—. No sabes cuánto te quiero, hermanito. ¿Te he dicho ya que algún día te lo devolveré todo con intereses? Bueno, yo ya me marcho, que he quedado con Arnold para cenar.

—Claro, Wendy, yo también comeré algo y me iré pronto para la cama. Hoy estoy bastante cansado.

—Sí, no tienes muy buena cara. Cuídate, hermanito, y ya sabes, si te decides, a lo mejor te puedo presentar alguna amiga con la que pasar un buen rato.

—Claro, Wendy, algún día.

—Una última cosa, Jack —dijo ella antes de salir—. ¿No se te olvida una cosa?

—¿El qué?

—Decirme que vaya con cuidado, ¿no? Es lo que los hermanos mayores les dicen a sus hermanas pequeñas cuando van a salir de noche. Y más con el hombre ese del coche suelto por ahí... Uf, el pánico que me da, Jacky, no lo sabes bien.

—Oh, claro, ve con mucho cuidado, por favor.

Cuando su hermana se hubo marchado, Jack trató de recuperar la respiración y el control. Su hermana era como un torbellino.

Volvió a mirar el móvil y se prometió que esa sería la última vez en el día. Sin noticias de Mía. Enderezó un poco la espalda y descubrió que el efecto del agua caliente ya era historia. Dolor. Se acarició la barbilla y percibió los primeros folículos pilosos emergiendo tímidamente.

Encendió el portátil y entró en firstlove.com. No más contactos personales. No más distracciones que lo apartasen de su camino. Menos ahora, tan cerca de que todo empezase a pasar. Le envió un mensaje privado a Katia32 y esperó paciente a que el estado de su interlocutora cambiase a «conectado».

El ruido del timbre, eléctrico y especialmente molesto, lo sacó de sus pensamientos.

—Jack, tu coche es una maravilla, ¿sabes? —dijo Kevin en cuanto le abrió la puerta. Le dio las llaves y el resguardo del aparcamiento. De nuevo con esa sonrisa en la que no dejaba ver ni un solo diente.

—¿Lo dejaste en el Luft Park como te dije?

—Exactamente. Plaza número 632. ¿Te lo apunto?

—No, gracias, Kevin, creo que me acordaré.

—No hay de qué, Jack, para eso estamos, para ayudarnos —dijo Kevin, que se quedó en el descansillo sin intención aparente de marcharse.

—Por supuesto, Kevin, faltaría más. Espera aquí un momento —dijo Jack entornando la puerta.

Cogió el primer billete que sacó de la cartera, uno de cincuenta, odiaba dejar la puerta entreabierta con alguien fuera. Volvió lo más rápido que pudo.

—Jack, esto es... demasiado..., no puedo aceptarlo. —Kevin alzó las manos casi indignado. La gorra de los Giants le tapaba la parte más expresiva de la cara. El espejo del alma.

—Vamos, Kevin, cógelo. Créeme, te lo has ganado. —En la mirada de Jack había una urgencia desesperada.

—No puedo, Jack, es demasiado.

—En serio, Kevin, coge el billete, por favor —dijo Jack endureciendo un poco el tono.

Kevin levantó un poco la barbilla, estaba serio. Sus ojos, oscuros como una noche sin estrellas, emitieron un destello. Después miró el billete, lo cogió y se lo guardó en el bolsillo trasero de su vaquero.

—Está bien, Jack. Gracias y buenas noches.

Jack corrió hasta su portátil. Todavía nada. Miró el teléfono móvil. Cero notificaciones. Recorrió su estudio arriba y abajo durante tres minutos hasta que por fin oyó el sonido característico de los mensajes privados de firstlove.com.

«Hola, J35.»

«Hola, Katia32, ¿te viene bien que hablemos ahora?»

«Claro, dime.»

«No sé cómo decirte esto, Katia32, pero creo que lo mejor será que dejemos de hablar.»

Katia32 tardó unos segundos en contestar:

«¿Hablas en serio, J35? ¿Después de todo lo que nos hemos contado, después de todo lo que te he dejado ver de mí?».

Jack volvió a tocarse la barbilla. Los folículos pilosos crecían sin parar. Sus ojos, acostumbrados a no parpadear, empezaron a acusar el cansancio, la falta de sueño, las horas de pantalla y luz artificial. Sensación arenosa en el lagrimal. Sabía de antemano que cuando llegase el momento le costaría un gran esfuerzo superarlo, no se le daba nada bien el trato con las personas, pero bajo ningún concepto podía tener dos variables incontrolables en su vida.

«Lo siento, Katia32, he tenido un problema y no voy a poder hablar contigo durante un tiempo. Lo siento mucho, de verdad.»

«¿Un problema? ¿En serio? No me creo nada de lo que me dices, J35. ¿Es que acaso hay otra mujer? ¿Es eso? ¿Es esa la causa? Porque, si lo es, podrías al menos tener el valor de decírmelo con sinceridad, porque de eso se trataba desde un principio, ¿recuerdas? Ser sinceros y contárnoslo todo.»

«No hay ninguna otra mujer, es solo que ya no puedo más con esto, es difícil de explicar. Lo siento, voy a cerrar la comunicación y a eliminar mi perfil de firstlove.»

Jack se vio a sí mismo haciendo otra cosa que nunca hacía: mentir. Y todo, cómo no, por culpa de esa variable impredecible llamada «factor humano».

«¿Quieres verme? Es eso, ¿no? Necesitas verme en persona para saber que existo en realidad, ¿no es así?»

«Katia32..., lo siento, pero ya he tomado la decisión. No es por ti, de verdad, es por la situación.»

«Pon un día. Cuando tú digas, allí estaré, te lo prometo. Pero por lo que más quieras, J35, no me dejes, no puedes, no ahora, te necesito, sabes que te necesito.»

Jack cerró los ojos. Estaba cansado. Y ahora ella accedía a verlo, algo que él había estado anhelando durante mucho tiempo. Una relación real. De carne y hueso.

Escuchó a esa voz interior que siempre lo acechaba: ¿Qué vas a hacer, Jacky? ¿Vas a dejar las dos variables en la ecuación? También te vendría bien que te preguntases qué es real y qué no lo es, porque a veces las cosas no son lo que parecen.

«Lo siento mucho, Katia32, adiós.»

Jack se desconectó de firstlove.com y eliminó su perfil sin mirar los mensajes que seguían llegando a su bandeja de entrada de la página web de pago de la que trataba de darse de baja en tiempo récord. Apenas un minuto y medio después su perfil y sus datos ya habían desaparecido.

Se había atrevido a dar el paso y no había obtenido respuesta de la Chica del Semáforo. Tal vez esa noche necesitaba descansar de verdad.

3

¿PUEDES SENTIRLO?

Jack se despertó el sábado con un terrible dolor de cabeza. Ligera desorientación y una suave sensación de vértigo. Se sentó al borde de la cama, se dio tres golpecitos sobre las rodillas y se levantó.

Ese día no se saltaría ninguna pauta. Ninguna. Se lavó la cara después de haber abierto y cerrado tres veces el armario del baño. Se afeitó con suma meticulosidad dejando su piel tan fina como la porcelana. Comprobó los poros y el resto de las impurezas: en no más de cuatro días se tendría que hacer una nueva limpieza facial. Acarició su barbilla y la sintió de nuevo suave como la oreja de un Pomerania. Se hizo una taza del café panameño Geisha, procedente de Hacienda La Esmeralda, después de haber controlado que la humedad del grano y la temperatura ambiente eran las ideales para su molido. Era uno de los más exclusivos del mundo. Cultivado a la sombra en suelo volcánico a más de 1500 metros de altitud. Aromas cítricos y toques dulces a caramelo y chocolate.

Abrió el doble fondo del armario de su habitación y sacó el portátil Getac XC500. «Chasis ultrarresistente al impacto, al agua y al fuego. Estructura fabricada con una aleación de magnesio y aluminio y enriquecida con un polímero halogenado. Irrompible y ligero. Polímero de carbono modificado con refuerzos de polímero de goma en las esquinas.»

El Getac XC500 tenía conexión directa con el satélite y un chip GPS de última generación. Para poder realizar operaciones interbancarias de *trading* necesitaba introducir su Smart Card con un circuito integrado que funcionaba a modo de *llave* personal.

Se llevó el pequeño ordenador a su estudio y lo conectó a los diez monitores de veintidós pulgadas que tenía instalados en línea. Formaban un gran panel que daba la sensación de estar frente a una pantalla de cine. Accedió al programa Quartz, introdujo sus claves personales del Crédit Lyonnais y esperó a que las diez pantallas empezaran a mostrar los gráficos y números de los principales índices bursátiles y *su* mercado de divisas.

Saboreó el café Geisha mientras observaba cómo los miles de caracteres numéricos que tenía ante él cambiaban constantemente de valor. Esperó unos minutos hasta conectar con la pauta. Simplemente tenía que dejarse llevar. Sentir el ritmo de todos esos números; su cerebro funcionaba como una gigantesca calculadora con vida propia para prever qué números serían los siguientes en aparecer. Donald Jones le preguntó en más de una ocasión cómo demonios lo hacía.

«Simplemente lo hago, Donald, es todo cuanto te puedo decir.»

«Estupendo, Jacky, mientras sigas así, no necesito saber más.»

Jack nunca realizaba operaciones financieras por su cuenta. Con su sueldo del Crédit Lyonnais tenía más que suficiente para colmar sus necesidades. Nunca le interesó amasar una fortuna propia ni encontró un aliciente en ello. Su auténtico propósito era otro. Observaba los números, realizaba cálculos con ellos en tiempo récord y después los ponía a bailar. Eso es lo que necesitaba hacer para mantener su cerebro ocupado, en forma y perfectamente alineado con el resto de su cuerpo.

Sintió un cosquilleo cuando vio que en la barra inferior de su portátil seguían activas las notificaciones sin leer de first-love.com. Se había olvidado de borrar el icono de acceso rápido en el que también se mostraba el número de nuevas notificaciones. Se preguntó si Katia32 era solo un número más.

En el fondo no le cabía ninguna duda de que hizo lo que hizo porque estaba seguro de que entre él y la Chica del Semáforo había algo especial. Único y diferente a todo. Algo que solo él era capaz de ver, algo que su cerebro había sabido interpretar a partir de múltiples gestos y detalles aparentemente insignificantes. Sí, la Chica del Semáforo debía ser importante, pero...

¿Por qué no contestaba?

¿Era posible que hubiese cometido ese error tan grande con Mía?

Volvieron los temblores. Salió de su estudio, fue a por el móvil y lo encendió nervioso. Dejó el móvil en la mesa mientras y se acercó al gran ventanal, que le ofrecía unas estupendas vistas a St. James Street, reforzado con una microcapa de policarbonato compacto y ligeramente oscurecido. Había instalado en todos los cristales unos protectores especiales que le proporcionasen un ambiente luminoso confortable. Temperatura de color de 4500K y tonalidad de la luz, blanco marfil.

Y entonces el móvil emitió tres pitidos, cortos y continuos. Tres notificaciones.

Cerró los ojos y empezó a contar con rapidez: «Un dos tres, un dos tres, un dos tres, un dos tres».

Esa era la pauta, la que nunca debería haber abandonado. Esa pauta de tres que formaba parte del patrón de cuatro tiempos.

«Un dos tres, un dos tres, un dos tres, un dos tres.»

Sujetó el móvil con fuerza y desplegó la bandeja de notificaciones.

Los tres mensajes eran del mismo número, de uno que no tenía memorizado en su agenda.

Tres mensajes. ¿Casualidad o consecuencia?

Esa era la eterna pregunta que se hacía cada uno de sus días. La pregunta con la que analizaba cada uno de los sucesos que acontecían a su alrededor.

Los tres mensajes eran de Mía.

Los tres habían sido enviados apenas unos veinte minutos antes de que encendiera el móvil y con un intervalo de un minuto entre ellos.

«Sabes que esto ha ocurrido gracias a que hoy sí has seguido todas tus pautas, ¿verdad, Jacky?», se dijo a sí mismo.

Por supuesto que lo sabía. Consecuencia. Siempre es consecuencia. Nada de lo que pasa es casual porque todo ocurre por una razón. Todo.

Mensaje 1: «Hola, Jack, soy Mía, la chica del espectáculo con los aros. Me dejaste ayer tu tarjeta, ¿te acuerdas? Espero que me disculpes, pero tuve un día de locos y no te pude decir nada».

Mensaje 2: «No te voy a mentir, pero lo cierto es que ayer me quedé bastante sorprendida. Al principio pensé que tan solo era una tarjeta publicitaria, pero cuando vi lo que ponía detrás no me cupo la menor duda de lo que significaba».

Nunca se había sentido tan bien consigo mismo: «Por supuesto. Porque las cosas solo tienen un significado. Significan lo que significan. El resto son conjeturas». Y pasó al último mensaje.

Mensaje 3: «No te voy a engañar, Jack, es la primera vez que me pasa algo así y no sé muy bien cómo tomármelo ni qué se supone qué he de hacer, pero quien no arriesga no gana y por cenar no se pierde nada, ¿no? ¿Te viene bien esta noche? Ya me dices. Un beso y hasta pronto. Mía».

Jack tuvo que sentarse para procesarlo. No se lo podía creer: había dicho que sí, la Chica del Semáforo había dicho sí.

«Respira, Jack, respira.»

Contestó antes de que ella tuviese tiempo de arrepentirse.

«Hola, Mía. En primer lugar, he de decir que me alegro mucho de que hayas contestado, y en segundo lugar, quiero que sepas que yo también es la primera vez que hago algo así, ¿te parece si te recojo a las ocho?»

Jack pulsó «Enviar» y se quedó mirando la pantalla.

«Un dos tres, un dos tres, un dos tres, un dos tres.»

El móvil volvió a emitir el sonido de la notificación.

«Hola, Jack, me parece perfecto a las ocho, pero ¿te importaría si en lugar de recogerme quedásemos directamente en el lugar donde cenaremos?»

Jack cayó en la cuenta de que no había planeado a qué restaurante la llevaría. Hizo un rápido sondeo mental por aquellos que conocía. No eran demasiados. Solo había ido alguna vez con Wendy o bajo la expresa petición (obligación) de Donald en alguna cena de empresa.

Pensó que lo ideal sería llevarla a un local discreto, ni muy exclusivo ni demasiado vulgar. Tal vez Applebee's o Denny's fueran una buena elección. Después le vino a la mente Pearl Street Grill y Mythos, tampoco estarían mal. Por fin se le ocurrió que el restaurante ideal para Mía era Hutch's. Comida tradicional americana de calidad, gran variedad en la carta y un ambiente tranquilo y familiar.

«Claro, Mía, ¿te parece bien a las ocho en el Hutch's? Está en el 1375 de Delaware Avenue.»

Mía no tardó en responder.

«Me parece perfecto, Jack, allí estaré. Un beso y hasta la noche.»

Jack se quedó mirando la palabra «beso», una sonrisa apareció en su cara sin avisar.

«Hasta esta noche, Mía», escribió.

«Respira, Jack, respira.»

Se dio una ducha templada y salió en busca del S90. Había dormido en el Luft Park y eso lo inquietaba. Nunca se separaba de su Volvo. Ni de él ni de lo que escondía en él. Bajo el capó y en un lugar seguro.

Pasó deprisa por delante de la portería con la esperanza de que Kevin estuviese arreglando un cuadro eléctrico o poniendo patas arriba el trastero de una de las (muchas) viudas de edad avanzada del edificio. Pero no tuvo esa suerte.

—Buenos días, Jack —dijo Kevin. Como siempre, enérgico y vital. Su pelo, rubio gastado y muerto como la paja seca, asomaba bajo la gorra de los Giants dejando entrever unos mechones un poco lardosos. No llevaba el chaleco de múltiples bolsillos que solía ponerse cuando tocaba tareas de mantenimiento.

Jack había observado que Kevin era metódico, le gustaba acumular y sectorizar tareas. Un día hacía reparaciones. Al siguiente, revisaba las instalaciones de servicio. Y otro, simplemente, no se movía de la portería.

—Buenos días, Kevin —contestó sin reducir el paso.

—Eh, Jack, espera un momento —dijo Kevin levantándose como un resorte.

Jack se paró en el umbral de la portería.

«No siempre se puede luchar contra lo inevitable, Jacky.»

—¿Has visto? —Kevin salió de detrás del mostrador con un periódico en la mano—. El Hombre del Coche salió anoche a cazar otra vez. Ya son dos noches seguidas, algo impropio en él.

Jack observó con atención la fotografía del *Buffalo News*.

La imagen tenía mucho grano y apenas podía distinguirse algún detalle relevante. Quizá esa fuese la intención de los redactores: generar una enorme y mediática duda.

—¿Te encuentras bien, Jack? —dijo Kevin al ver que no respondía.

—Sí, sí, Kevin, disculpa, es solo que..., ¿en serio crees que es solo una fotografía de archivo?

—Claro. ¿Por qué lo preguntas?

—Por nada. Tengo un poco de prisa. Si me disculpas, hablamos más tarde. Hasta luego.

—¿Sabes lo que el muy cerdo les hace a las víctimas antes de matarlas, Jack? —dijo Kevin antes de que saliese del edificio. Parecía tener un extraño interés en hablar del tema de moda en la ciudad. El Hombre del Coche. El asesino en serie que tenía aterrorizado a todo Búfalo—. Abusa de ellas, Jack. Ese cerdo abusa sexualmente de ellas antes de acabar con su vida. Luego las arregla y las coloca en el suelo como si fuesen muñecas. Sus muñecas. Lo dice aquí, en el especial del Hombre del Coche del *Búfalo News* de hoy...

—Eso es horrible, Kevin, pero te pido que me disculpes, tengo que marcharme ya. Hablamos más tarde.

Jack salió del 207 de St. James Street sabiendo que había algo que ya había pensado cuando vio la edición del día anterior del *Buffalo News*. Ese coche que salía en la portada es posible que fuese una imagen de archivo, tal y como Kevin afirmaba, pero él estaba casi seguro de poder identificarlo. De poder decir de qué marca y modelo se trataba. Incluso... a quién pertenecía.

Lo primero que hizo Jack cuando recogió el S90 fue hacerle un chequeo completo. Revisó los niveles de aceite, la presión de los neumáticos, sistemas de seguridad, sistema eléctrico y el «sistema para las emergencias», como él solía llamar al exclusivo circuito de óxido nitroso que guardaba bajo el capó del Volvo. Ese sistema que solo se había visto obligado a activar en muy pocas ocasiones y que empezaba por meter cuarta y por apretar el «botón rojo». Comprobó que el Nitro no había sido activado y llevó el coche a que lo lavaran de arriba abajo. Todavía olía a Kevin. «Reminiscencias a productos de limpieza, barniz y otros agentes químicos como los que se pueden encontrar en un botiquín. Cables pelados. Estaño. Cobre. Acero galvanizado.» Kevin debía haber estado montando y desmontando algún tipo de herramienta, electrodoméstico o aparato electrónico antes de aparcar su coche. Había que limpiarlo a fondo.

Jack pasó prácticamente el resto del día haciendo bailar a los números. Se sintió tentado a buscar información en Internet sobre el caso del Hombre del Coche, pero rehusó la idea. Las búsquedas en Internet, a veces, traen problemas. Bastante tenía ya con la información que Kevin se había empeñado en retransmitirle cada día.

Antes de salir hacia su cita con Mía, recibió un mensaje de Wendy:

«¡Hola, Jacky! ¿Cómo está mi adorable hermanito? ¿Algún plan para esta noche? Por si te interesa, tu hermanita está bien y no ha sido la última víctima del Hombre del Coche, qué horror, por Dios. Por cierto, podías ser tú quien se preocupase por mí de vez en cuando, ¿no? —Emoticono de tristeza—. Escucha, Jack, me vas a matar, pero ¿te importaría prestarme algo más de *cash*? Es que no sabes lo que nos pasó anoche a Arnold y a mí. Qué locura de noche, mejor me paso por tu casa y te lo cuento en persona. ¿Te va bien ahora?».

«Wendy, ¿en serio? ¿Te has gastado ya los quinientos dólares que te di ayer?», pensó Jack. Y respiró profundamente antes de contestar:

«Hola, Wendy, me alegro de que estés bien, y sí, tienes razón en lo de que debería ser yo quien llamase primero, prometo que será así a partir de ahora. Me has cogido a punto de salir de casa, ¿te importaría pasar mañana?»

Jack terminó de ajustarse la camisa Oxford gris ceniza que estrenaba para su cita con Mía. Se apretó bien los cordones de los zapatos de piel de canguro. «Horma especialmente ancha y talonera microperforada para mejorar la transpiración del pie. Tapas de madera de roble con ligero dibujo para evitar resbalones. La suela delantera había sido diseñada por la marca italiana Recaro para mejorar el agarre en los pedales de un coche. Bien por Recaro.»

Antes de salir se puso el abrigo azul de cachemira con doble forro, impermeable y térmico, y cierre con botones ocultos. Las noches en Búfalo continuaban siendo frías. Los grandes lagos cargaban el aire de una humedad que no siempre era fácil de soportar.

«¿A punto de salir? ¿Ahora? ¿Con quién has quedado si se puede saber? ¿Es una mujer? Por Dios, Jacky, ¡no puedo creer lo que estoy oyendo! De acuerdo, me pasaré mañana por la mañana, ¿vale?»

«Claro, Wendy, mañana por la mañana hablamos, ahora mismo tengo un poco de prisa.»

«Y deja ya de llamarme Jacky, ya te pareces a...», pensó Jack. Pero prefirió no terminar la frase.

Llegó al Hutch's con el S90 recién lavado. Lo dejó en un aparcamiento cercano y trató de no pensar en nada hasta que estuviese sentado en la mesa con Mía enfrente.

Todavía no podía creer que fuera a suceder. Hasta que no la tuviera delante no bajaría la guardia. El número de sus experiencias personales con mujeres se acercaba a la cifra mágica: cero.

Faltaban apenas cinco minutos para las ocho. Dudó entre si debía esperarla fuera o dentro. Decidió que tal vez sería más elegante esperarla dentro y así iría gestionando la reserva.

Le habían adjudicado una de las mejores mesas del Hutch's. Eso le dijo Claire, la camarera que los atendería esa noche.

Jack se empezó a impacientar al ver que habían pasado ya diez minutos de las ocho. Miró el móvil por enésima vez, pero no tenía ninguna notificación. Enderezó un poco su espalda y sintió cómo el entumecimiento ya había empezado. La humedad no ayudaba. Vio su cara reflejada en la pantalla del móvil, más blanca y pálida que nunca. Se miró las manos, con esa piel lacada por la luz halógena.

«¿En serio merecía la pena todo este sufrimiento, Jacky? ¿Acaso no sabías que la variable "factor humano" en la ecuación implicaría irremediablemente el sufrimiento constante?»

«No, no lo sabía.»

«Sí que lo sabías.»

Jack trató de contar. Probabilidad y causa, esa era la clave. Se dio golpecitos en las rodillas en rápidas series de tres. Repitió la misma operación con el tenedor sobre la mesa, y con el encendido y apagado de la pantalla del móvil. Estaba poniéndose nervioso. Mía debía de haberse arrepentido y lo había dejado plantado.

Pero entonces ocurrió.

Cuando la vio entrar apenas podía creer lo que veían sus ojos. Era maravilloso lo que le estaba sucediendo. Le parecía increíble estar a punto de compartir mesa con la Chica del Semáforo. Esa a la que tantas y tantas veces había observado tras el cristal con tratamiento antideslumbramientos del S90.

Sus ciento setenta centímetros de figura atlética y torneada llegaron hasta él con la rapidez de un vendaval. Su piel era tostada, del color de un bonito atardecer en otoño. Sus ojos color de miel lo miraron con ese enigmático reflejo, dulce y nostálgico, espíritu guerrero y entregado. Desprendía una fragancia cálida, floral en primavera, suave y fresca.

—Buenas noches, Jack.

—Hola, Mía, buenas noches, muchas gracias por venir.

Nada más sentarse a la mesa, apareció Claire. Rápida y atenta.

Mía pidió una copa de vino blanco. Jack no solía beber alcohol, pero esa noche...

Esa noche era distinta. Pidió lo mismo que Mía.

—Así que trabajas en un banco, ¿no es así, Jack?

—Sí, así es, Mía. En realidad, soy matemático, pero desde hace algunos años trabajo como asesor financiero en una sucursal del Crédit Lyonnais, como pone en la tarjeta. En el fondo, todo trata sobre lo mismo. Números.

—Suena bien.

—No está mal.

Cada vez que Mía sonreía, a Jack se le llenaba el corazón de vida.

—¿Hace mucho que te dedicas al espectáculo, Mía?

Ella se sonrojó.

—Bueno, yo no lo llamaría espectáculo... Más bien, ¿ganarse la vida humildemente?

—Mía, el espectáculo que haces en el semáforo veintisiete de Sycamore Street es simplemente sensacional, es lo más bonito que he visto nunca. Auténtico arte. ¿De verdad no eres una actriz famosa o algo así?

—Qué adulador y qué exagerado eres... No soy ninguna actriz famosa ni nada que se le parezca. Pero sí que estudié Arte Dramático y Artes Escénicas, aunque de momento todavía no me han dado ninguna oportunidad, y a punto de cumplir los treinta y dos, dudo mucho que llegue algún día. —Se encogió de hombros con un gesto triste pero dulce.

—Seguro que llega antes de lo que esperas, Mía. Cada

uno ha de ser quien debe ser y, si no te desvías de tu camino, al final llegas a donde tienes que llegar, solo es cuestión de no perder la paciencia y no olvidar nunca quién eres. Aquí todos tenemos algo que ofrecer, tú la primera.

—Eso es precioso, Jack. Ojalá estés en lo cierto y, algún día, nos sintamos orgullosos de quiénes somos, de lo que hemos hecho. —La sonrisa de Mía se ensombreció como una puesta de sol.

Claire llegó con dos copas más de vino, Jack no tardaría en empezar a ver las cosas de otra manera. Ya se había olvidado por completo de sus pautas, de sus números y de todo aquello que lo había hecho diferente desde niño. Por primera vez en su vida, se olvidó incluso de sí mismo y fue el Jack que desde hacía mucho tiempo deseaba ser. Alguien guiado por la naturalidad.

—¿Por qué sonríes, Mía?

La suya era una sonrisa tierna, casi infantil, inofensiva. A Jack le pareció que debía parecerse a eso que muchos llaman «hogar».

—Por nada, es solo una tontería que me ha hecho gracia. —Los dos arcos que se formaban a ambos lados de la boca de Mía describían una curva perfecta.

«¿Podrías decirme qué ángulo exacto describen esos arcos, Jack?»

«Sí, podría.»

—¿Y puedo saber qué tontería era esa? —dijo Jack sonriente.

—Me he imaginado por un momento nuestros dos nombres juntos, uno al lado del otro, Jack y Mía, y no sé, me ha hecho gracia. Suena bien. ¿No crees? —Mía observó la impasible mirada de Jack y pareció avergonzarse—. Da igual, no importa, tan solo era una tontería infantil, ni siquiera sé por qué lo he dicho.

Jack estaba hipnotizado. Se deleitó contemplando sus ojos. Eran grandes y un poco rasgados, algo que se acentuaba cuando sonreía. Pómulos altos aunque apenas sin relieve. El conjunto del rostro le pareció dulce, de una belleza moderada, con un punto de ferocidad.

—No es ninguna tontería, a mí me ha sonado estupendamente bien, Mía. —Jack sonrió de tal modo que incluso él mismo se sintió raro.

—¿En serio? Suelo hacerlo a menudo, ¿sabes?

—¿El qué?

—Imaginarme cosas. Muchas veces lo hago para entretenerme, otras veces sin pensar. Mi mente se pone a dibujar situaciones diferentes a las que están ocurriendo en realidad o que podrían ocurrir en un futuro. No sé, siempre me han dicho que tengo mucha imaginación. Y yo siempre he pensado que... hay pocas cosas que me hagan sentir mejor que imaginar. Así que pocas veces he podido estar tan de acuerdo con aquello que los demás piensan de mí. ¿A ti te gusta imaginar?

Jack se dijo que él, lejos de imaginar, trataba de calcular qué iba a pasar. Aunque, precisamente tratándose de ella, sí había estado imaginando muchas cosas. Pero la Mía real, la de carne y hueso, le estaba pareciendo mucho mejor que la que habitaba en ese espacio constituido por el imaginario.

—Sí, por supuesto que sí. Y es lo más fascinante que he oído nunca.

—Venga ya, no te rías de mí. ¿No piensas que estoy un poco loca? —dijo Mía en medio de una sonrisa.

—En absoluto, y jamás en la vida me reiría de ti, créeme.

A Jack le vinieron a la mente todas sus pautas, todo lo que tenía que hacer para mantener en equilibrio su mundo, y sintió vértigo ante la posibilidad de que Mía llegase a conocer los detalles de su vida.

Todos.

Jack pagó la cuenta. La cena había sido más que satisfactoria. Agradable y fluida.

Fueron dando un paseo a lo largo de Delaware Avenue, una de las calles más largas de Búfalo. Después atravesaron el Delaware Park. La noche era tranquila, apenas corría el aire y la temperatura se mantenía bastante estable. El canto de los grillos ofrecía un suave y constante ruido de fondo. Respiraban un ambiente cercano a la calma total, una calma casi cinematográfica. Todo estaba donde tenía que estar y todo ocurría porque era así como tenía que ocurrir. Probabilidad y consecuencia. Causa y efecto. Jack estaba un poco mareado a causa de las copas de vino, pero la compañía de Mía era tan agradable que hubiese firmado pasar de esa manera el resto de sus días.

Cuando llegaron al final de Delaware Park, hacía ya algunos minutos que Mía estaba muy callada y a él le pareció buena idea tratar de reanimar la velada.

—¿Te parece si tomamos algo en algún sitio tranquilo? No es que me moleste el paseo, pero ya sabes que la temperatura aquí, cuando menos te lo esperas... ¿Te encuentras bien, Mía? Si lo prefieres, también podemos volver...

—Perdona por estar tan callada, Jack, pero es que no ha debido de sentarme bien algo que hemos cenado y no me encuentro demasiado bien. No sé si es buena idea ir a tomar algo.

—¿Te duele el estómago? —Jack recordó por qué nunca salía fuera a cenar. Su confianza en la higiene de los cocineros y de sus cocinas era casi nula. Solo veía gérmenes y bacterias. Temía que Mía estuviese pagando las consecuencias.

—No, no es el estómago, es..., es solo que no me encuentro muy bien. Un poco mareada tal vez.

—Pues no hay más que hablar, nos marchamos. Te puedo llevar a casa si quieres, o si lo prefieres te pido un taxi.

«¿Qué has hecho, Jacky? O a lo mejor es que sí es realmente una actriz y solo está fingiendo. A veces fingir algo, una mentira, si es buena, es casi lo mismo que la propia realidad. ¿No crees, Jacky? La única condición necesaria para que algo exista es que creas en ello.»

Mía se paró y se agarró del brazo de Jack, parecía estar a punto de caerse al suelo.

—Mía, ¿qué te ocurre?

—Perdona, solo me he mareado un poco, no te preocupes —dijo tratando de fingir una sonrisa.

A Jack le pareció que estaba pálida.

—Creo que lo mejor sería que te llevase a que te viese un médico, ¿no crees?

—No, Jack. Necesito descansar un poco, eso es todo. A veces siento como unas cosquillas detrás del pecho, son como arañitas intentando abrirse paso por mi interior; después de eso me suelo marear. Pero ya estoy mejor. Por cierto, ¿a qué te referías cuando has dicho lo de llevarme a casa? —dijo Mía, y sus ojos se llenaron otra vez de luz. Su piel recuperó algo de tono.

«¿Qué ha querido decir exactamente con eso, Jacky?»

«No lo sé.»

«Oh, Jacky, ya lo creo que lo sabes.»

—No sé, ¿te gustaría que fuésemos a mi casa? Si te encuentras mal, puedes descansar allí el tiempo que haga falta, tengo habitaciones libres de sobra.

El frío acababa de abandonar el remanso y empezaba a bajar la temperatura. La gente que había por la calle iba entrando en los locales abiertos.

—Me parece bien, Jack, eres un encanto.

—Genial, Mía, en ese caso…

Deshicieron el camino andado hasta el aparcamiento. Mía se pegó a Jack agarrándose de su brazo y fue recuperando esa energía que había mostrado durante la cena. Volvía a irradiar ese espíritu invencible, esa fuerza interior natural.

Si el paseo fue agradable, el trayecto hasta casa en el Volvo lo fue aún más. Conducir el S90 bloqueaba en su cerebro ciertos procesos mentales y eso le hacía sentirse libre. Una peculiar terapia.

Mía llevaba un pantalón vaquero azul celeste, ajustado y corto, parecido a los que utilizaba cuando hacía sus espectáculos de semáforo. Sus muslos, cubiertos con unas medias térmicas con extra de fibra aislante contra el frío, delineaban curvas perfectas. Sus rodillas eran una mezcla de fortaleza y delicadeza. Y más abajo, unos botines tipo *cowboy*. Bajo el holgado abrigo de lana gris y grandes botones negros, una camisa blanca sin mangas, algo suelta, los tres primeros botones sin abrochar. Sutileza. La piel de sus brazos, tersa y atlética. Suave como la porcelana de ceniza de hueso. En cada una de sus muñecas lucía un brazalete de cuero al estilo de...

Sí, al más puro estilo de las valkirias.

Realmente era la mujer más atractiva que Jack había visto en la vida.

«¿Ya sabes qué es eso que le da vida a las cosas, Jacky, que las hace distintas a las máquinas y a todas las calculadoras?»

«No, pero creo que estoy cerca de saberlo.»

«Sí, claro que sí, Jacky. Lo que tú digas.»

Cuando llegaron al 207 de St. James Street se produjo una situación para la que Jack no estaba preparado.

Él le ofreció algo de beber.

Ella le pidió una infusión bien caliente.

Jack preparó dos infusiones balsámicas a base de *Origanum vulgare, Thymus vulgaris* y *Micromeria fruticosa*. Una auténtica delicia que había que preparar con una reducción de agua mineral a setenta y cinco grados exactos.

Estuvieron un buen rato en silencio, apenas sin hablar. Se comunicaban solo con la mirada, con las sonrisas. Los ojos de Mía hacía ya rato que se entrecerraban ligeramente. A punto de adentrarse en el más profundo y dulce de los sueños.

—Te estás quedando dormida, Mía.

—¿En serio? Qué va...

—Claro que en serio, hace rato, además. Es normal, debes de terminar los días muy cansada.

—Sí, la semana ha sido durísima y hoy no he parado en todo el día. A veces no eres consciente del cansancio que arrastras hasta que paras, ¿no te pasa?

—Constantemente. ¿En serio no te quieres tumbar? Ya te digo que a mí no me importa, y que hay camas de sobra...

—No, Jack, ¿qué pensarías de mí si la primera vez que nos vemos me acostase en tu casa como si nada?

—Que eres la mujer más maravillosa del planeta.

Mía se acercó un poco. En sus ojos color caramelo ya no había nostalgia ni dulzura, ahora había pasión. Fuego. Algo capaz de atravesar el tiempo y el espacio. Él no pudo evitar inclinar la cabeza y cerrar los ojos. Ella le sujetó la barbilla, movimiento firme y delicado. Él volvió a abrir los ojos, y entonces ocurrió.

Mía deslizó sus labios sobre los de Jack como una suave caricia. Fue un beso corto. Tímido. Luego le dio otro un poco más largo. Jack apenas podía controlar el ritmo de su corazón. Y después llegó ese beso con el que Jack había estado soñando desde la primera vez que la vio. Largo, apasionado, dulce, indescriptible.

Jack estaba totalmente mareado cuando Mía se apartó un poco de él, sus labios se veían de nuevo enmarcados por esos bonitos arcos. Sus dientes brillaron bajo la luz artificial.

—Tú también eres maravilloso, Jack.

Jack sonrió con timidez. Nada de lo que estaba ocurriendo era comparable a su mundo virtual. A todos sus números y sus pantallas de ordenador. Ella bostezó y se abrazó a sí misma con gracia. El lagrimal de sus ojos se llenó de agua salada. Fatiga acumulada.

—No quisiera estropear este momento. Estoy demasiado cansada como para intentar nada más, ¿te parece si me tumbo un rato y mañana continuamos?

Jack salió de su ensimismamiento. Su voz, tan cerca, era la cura para esa triste soledad que lo estaba matando. Justo cuando se hallaba tan cerca de llegar al final...

—Claro, Mía, me parece fantástico.

Él tampoco estaba preparado para nada más. Ya había tenido más que suficiente para esa primera noche.

—Puedes dormir en mi habitación. Es la más cómoda y hoy he cambiado las sábanas. Yo dormiré en la de invitados.

—Jack..., no me importa que durmamos en la misma cama..., te prometo que no te voy a hacer nada... —dijo Mía resplandeciente—. Apenas me muevo cuando duermo. Tú a un lado, y yo al otro, ya me entiendes.

—Me parece una idea maravillosa.

Esa noche no pasó nada más. Pero Jack apenas durmió un par de horas. O quizá un poco más. Su cerebro trataba de procesar todo lo que había vivido. Hasta que sus ojos, lentamente, se fueron apagando.

«¿Lo sientes, Jacky? ¿Puedes sentirlo?»

«Sí, puedo sentirlo.»

4

LA EXTRAÑA HISTORIA DE WENDY

Los ojos de Jack se abrieron de par en par al percibir un chasqueo de dedos justo delante de su cara.

La imagen estaba un poco borrosa y le costó centrar la mirada.

Pero no había lugar a dudas de quién era la que tenía enfrente.

Wendy.

—Dormilón, venga, despierta. No sabía que ahora dormías por las noches, como las personas normales... Por cierto..., ¿qué tal te fue anoche, campeón? —Wendy sonreía con esa juventud suya que transmitía vitalidad. Una vitalidad desbordante. Como esa cascada que rompe y que arrastra.

Jack trató de ubicarse. Buscó a Mía con disimulo. Pero no estaba, al menos no en su cuarto. No era la primera vez que veía a alguien que quizá no había existido nunca, precisamente también cerca de un semáforo...

«Jacky..., ¿estás planteándote en serio si todo ha sido un sueño?»

«No lo sé, ¿lo ha sido?»

«Tal vez deberías empezar a pensar en otras cosas más importantes, en lugar de en mujeres como Mía...»

—¿Te encuentras bien, Jack?

Jack se frotó la cara con las dos manos. Los folículos pilosos de su barba estaban de nuevo para recortar.

—Estoy bien. No te esperaba tan pronto, además me duele un poco la cabeza. Deja que me tome un café. Necesito algo que me despeje rápido.

—¿Tan pronto, dices? Son las once de la mañana, Jack. Hasta donde yo sé, tú nunca te has levantado más tarde de las seis.

Se lavó bien la cara y preparó un par de tazas de Geisha.

—Esto sí que es un café, hermanito. —Wendy degustaba el café panameño y su rostro se convirtió en la viva imagen del placer. Siempre tan expresiva. El esmalte de sus uñas, ligeramente desconchado. Incluso eso le quedaba bien.

—Te sienta muy bien ese nuevo corte de pelo, por cierto.

—Bueno, esto sí es una novedad. Jack fijándose por una vez en su hermana.

Wendy estaba especialmente guapa esa mañana. No llevaba la cantidad de maquillaje habitual y sus rasgos lucían mejor al natural. El azul de sus ojos, aunque apagado, como siempre se empeñaba en decir ella, transmitía más personalidad. Autenticidad.

Jack miró por encima del hombro de Wendy por si veía a Mía por algún lado. ¿De verdad se había ido sin decirle nada?

—Verás, Jack, no te vas a creer lo que nos pasó hace dos noches a Arnold y a mí. No vas a creértelo, pero te juro que es cierto y que nunca me había pasado algo así..., todavía me dura el susto...

—A ver, sorpréndeme.

De joven a Jack le encantaba que Wendy le contara historias. Historias vividas por ella. Pero eso fue en el pasado.

—Arnold y yo habíamos quedado para cenar la noche del viernes en el East Grill, hasta ahí todo bien. Después fuimos a tomar algo al Brown Sugar que hay en Main Street, él se pidió..., no lo recuerdo bien, da igual. El caso es que cuando íbamos ya hacia el coche alguien nos preguntó por una dirección, no recuerdo cuál, pero quedaba al otro extremo de Búfalo, y ahí fue cuando ella nos pidió que le entregásemos el bolso y la cartera.

—¿Has dicho «ella»?

—Sí, Jack, la persona que nos atracó era una chica. Una como yo, con la única diferencia de que iba armada con una pistola de esas pequeñas. Arnold trató de negarse, ya sabes que no se puede permitir ni que lo atraquen, pero esa chica..., no sabría bien cómo definirlo, tenía algo en la mirada, algo que la hacía...

—¿Desesperada? —intervino Jack, atento a la extraña e ¿inventada? historia de Wendy.

—Eso es, había desesperación en su mirada. A mí me dio la impresión de una persona capaz de todo por conseguir lo que quería, incluso de apretar el gatillo. —Wendy no paraba de mover las manos.

—Y entonces, acabasteis dándole el bolso y la cartera, ¿no?

—Jack, deja que te cuente la historia a mi ritmo.

—Vale, sigue, por favor. —Jack estaba interesado. Más que interesado, entretenido. Sus ojos claros observaban con esmero cada uno de los detalles que rodeaban a su hermana.

—Ya sabes cómo son algunos hombres. Arnold trató de hacerse el valiente, vi cómo apretaba los puños y se ponía en posición de ataque, pero entonces... la chica hizo algo que no esperábamos, fue realmente rápida, muy rápida. Me cogió de la muñeca derecha y tiró de mí con mucha fuerza, hasta ponerme junto a ella. Arnold se quedó paralizado, yo estaba aterrada. La chica puso el cañón de la pistola contra mi cuello. No he pasado tanto miedo en mi vida, Jack, te juro que creí que iba a disparar. La mano le temblaba mucho, ella también estaba nerviosa, ¿sabes? Yo le rogué a Arnold que por favor le diese la cartera y dejé caer mi bolso para que la chica lo recogiera y nos dejara marchar. Vi la duda en los ojos de Arnold, pero al final cedió... No sabes qué miedo pasé, Jack. Te juro que todavía tiemblo cuando lo recuerdo. —En los ojos azul cian de Wendy había verdadero pesar, luego se frotó la muñeca derecha con delicadeza.

Jack se fijó que la llevaba vendada. A veces su hermana le recordaba a una actriz retirada de teatro de quinta fila. Sobreactuaba.

—Vaya, debió de ser terrible. ¿Fuisteis a denunciarlo?

—Oh, claro. La chica salió corriendo calle abajo y torció por Elm Street, no sé si lo conoces, uno de esos estrechos callejones por los que no querrías pasar solo. Arnold trató de calmarme, él también estaba muy nervioso, y me dejó de nuevo en el Brown Sugar mientras iba a por el coche. Se portó como todo un caballero. En cuanto volvió, fuimos a la comisaría más cercana para poner una denuncia, creo que fue..., sí, fue la de Hertel Avenue, eso es. Tardamos como una hora en llegar entre unas cosas y otras, y ¿sabes qué?

—¿Qué? No me digas que hay más... —Jack apenas había parpadeado durante el último minuto. Tampoco era tan extraño, parpadeaba tan poco que parecía que tuviese los ojos siempre abiertos.

—¿Cómo lo llaman? ¿Justicia poética? En fin, no me gusta lo que te voy a decir, pero cuando le contamos al agente Everett nuestra historia, nos pidió que fuésemos con el agente Johnson para ayudar a realizar un retrato robot y... el agente Johnson nos dijo que acababan de atropellar a una chica con esas características en Ruhl Street. Todavía se estaba debatiendo entre la vida y la muerte. El agente Johnson llamó por el *walkie* a la patrulla que realizó el atestado y le preguntó si por casualidad la víctima llevaba un bolso y una cartera... Uf, te puedes imaginar lo que le contestaron, ¿no?

—Que tenía vuestras cosas...

—Efectivamente, además de sus propios documentos, llevaba mi bolso y la cartera de Arnold. Tuvimos que esperar en la comisaría tres horas hasta que la patrulla regresó con nuestras pertenencias. Eso sí, estaban peladas, increíble lo de este mundo…

—¿Peladas?

—Sí, Jack, te dije que necesitaba *cash*, ¿recuerdas? Se habían llevado hasta el último centavo. Al menos habían dejado todo lo demás y no tenemos ni que hacernos nuevas tarjetas, ni llaves ni nada de eso tan latoso.

—Vaya historia tan increíble. ¿Y la chica que os robó? ¿Se murió o consiguieron salvarle la vida?

—No lo sé, Jack, tendrás que ponerle tú un final a la historia, los policías no nos dijeron más. Les escuché comentar que la chica se dedicaba al espectáculo urbano o algo así… «Otra pobre diabla que muere por sus sueños», esas fueron las palabras del agente Johnson.

Jack procesó fugazmente que la chica se dedicara al espectáculo urbano, igual que Mía… ¿Casualidad o consecuencia?

«Me parece que ya conoces la respuesta a esa pregunta, Jacky.»

Trató de vaciar su mente. Vivir el momento, justo el momento presente, y de repente sintió unas irrefrenables ganas de abrazarla. A su hermana. Esa a la que tantas veces había ignorado y rechazado, a pesar de que ella siempre estuvo ahí. Sin más preámbulos se lanzó hacia ella y la abrazó con todas sus fuerzas.

Wendy sonrió y frotó con ternura la espalda de su hermano. Hacía tanto que necesitaba una manifestación de amor como aquella que se dejó invadir por la emoción.

—Hoy me espera Arnold para comer, pero ¿qué te parece si quedamos tú y yo el lunes para cenar, como en los viejos tiempos? —dijo con dulzura.

—Me parece estupendo, Wendy —dijo Jack, y se levantó del sofá—. Espera aquí un momento, voy a por tu dinero.

Abrió la caja fuerte y sacó diez billetes de cien dólares. No tenía ni idea de en qué se gastaba su hermana el dinero, pero no le apetecía que pasase ninguna necesidad mientras él estuviese ahí. Quizá imaginó que con dinero podría cubrir otras carencias... Sobre todo, ausencias. Vacíos.

Le dio el dinero y Wendy se lo agradeció con otro abrazo.

Se despidieron y Jack se quedó de nuevo solo con sus pensamientos. El torbellino se había ido.

La compañía de su hermana le había sentado estupendamente bien. Había conseguido que se olvidase incluso de la variable «factor humano» de la ecuación de su vida, de Mía. ¿Dónde demonios se había metido Mía? ¿Por qué no había dejado ninguna nota? ¿Qué significaba que la chica que había atracado a su hermana también se dedicase al espectáculo urbano?

Revisó el teléfono móvil: ninguna notificación nueva.

Se dio una ducha bien caliente antes de que los temblores y los zumbidos regresasen. Después se afeitó y comprobó que su piel volvía a ser suave.

«¿Cómo es posible que te quedases dormido de esa manera, Jacky?»

«No lo sé.»

«Sí lo sabes, Jacky, sí lo sabes.»

Le envió un mensaje a Mía preguntándole si se encontraba bien y por qué se había marchado sin decir nada. Si había hecho algo que la hubiese molestado.

Cuando terminó de arreglarse salió disparado con el S90. Necesitaba relajar la mente. Pasó por el semáforo de Sycamore Street por si de casualidad ella estaba allí. Pero no tuvo esa suerte. Pensó en activar el Nitro para llevar al límite al S90 y a sí mismo. Lo había activado muy pocas veces, era una especie de «terapia de rescate» que siempre se había mostrado efectiva. Como una de esas pastillitas ultrarrápidas que la gente se pone debajo de la lengua cuando están sufriendo un ataque de ansiedad. Si las cosas se ponían peor, activaría el «sistema para las emergencias» las veces que hiciesen falta.

Estuvo varias horas dando vueltas por la ciudad. Fue hasta Nueva York y no volvió hasta última hora de la tarde.

Seguía sin noticias de Mía.

No había apretado el botoncito rojo, pero sí había llevado el S90 con cierta alegría.

Cuando estaba a punto de enfilar St. James Street vio cómo el retrovisor central reflejaba las luces azules de un coche de Policía. «Neón oscilante. Doble faro y protección de acero reforzado sobre el parachoques delantero.» Se puso detrás de él y el sonido corto de la sirena le indicó que parase.

«Respira, Jack, respira.»

Retrovisor izquierdo: «Ciento ochenta y cinco centímetros de puro músculo. Camisa y pantalón azul marino. Almidón y planchado industrial. Simetría y múltiples bolsillos. Botas de media caña, los cordones más flojos en el empeine. Talona con la parte externa del pie. Ligera rotación externa de cadera y posible lesión mal curada en el hombro derecho. Edad aproximada: cuarenta y cinco años. Trabajados».

Jack bajó la ventanilla en cuanto el agente llegó hasta él. Trató de enderezar un poco la espalda.

—Buenas noches, agente, ¿en qué puedo ayudarle?

—Documentación del vehículo y permiso de conducir, por favor. —Gorra tipo béisbol de la marca Rothco, el mayor proveedor de ropa policial y militar del país. Cien por cien algodón a excepción de las costuras, elásticas de tipo *overlock*. Color azul *navy*, talla única con cierre de velcro trasero. Emblema con las siglas NYPD en la parte frontal.

—Claro, enseguida. —A Jack le empezaron a temblar ligeramente las manos. Abrió la guantera y buscó los papeles. Sacó el manual básico del Volvo y un par de mapas de carreteras, uno de Nueva York y otro del estado de Idaho, al fondo estaba la pequeña funda con la documentación.

«¿Los dejaste ahí la última vez, Jacky?»

—Eso queda un poco lejos, ¿no? —dijo el agente.

—¿A qué se refiere?

—Idaho, ¿tiene pensado viajar allí en breve?

Las manos de Jack temblaban de forma ostensible. Tal vez sí tendría que haberse tomado «su pastillita de debajo de la lengua».

—No es mi intención.

—Y entonces, ¿por qué lleva un mapa de Idaho en la guantera? —preguntó el agente mientras continuaba anotando los datos.

«¿Por qué no se lo dices, Jacky, qué problema tienes?»

—Soy natural de Idaho, agente. Me gusta llevar el mapa en la guantera, puede que le parezca un poco extraño, pero eso me hace sentir un poco en casa.

—Así que Idaho, ¿eh...?, muy bien. Buena tierra, tengo entendido. Tierra de trabajadores. Pues esto ya está, caballero. Tenga, puede continuar.

Al recoger los documentos, Jack no pudo evitar que su mano derecha bailara justo delante de los ojos del agente.

—Le tiemblan las manos, caballero... ¿Ha estado bebiendo? —dijo cambiando el tono.

—No, qué va. Es algo que me sucede desde pequeño. Viene y va, ¿entiende? Enseguida se me pasa. —La voz de Jack sonó a razonable sospecha.

—¿Puede bajar un momento del vehículo y abrir el maletero, por favor?

Jack respiró profundamente. Abrió la puerta del S90 y tiró de la palanca de apertura.

—Ponga las manos sobre el capó y no se mueva.

—¿Puedo saber qué ocurre, agente? —preguntó Jack con incredulidad.

—Usted solo haga lo que yo le ordene mientras compruebo unas cosas.

Jack puso las manos sobre el S90 mientras el agente metía las narices en su maletero, asientos traseros y delanteros. Linterna táctica Vipertek de alta luminosidad y función de aturdimiento eléctrico.

El policía le hizo unas fotos a la parte delantera y trasera del Volvo.

—Muy bien, caballero, puede volver a entrar —dijo guardando la linterna en su cinturón.

—¿Puedo saber por qué me ha parado, agente?

—Control rutinario, caballero. Estamos parando a algunos sedanes negros, espero que no le haya sido muy molesto. —La voz del policía volvía a ser amistosa.

—En absoluto, agente.

—Conduzca con cuidado, buenas noches —dijo ajustándose la gorra azul *navy*.

Jack condujo despacio hasta su casa. Se daría otra ducha y trataría de parar esos temblores que últimamente aparecían otra vez con más frecuencia y más intensidad.

Lo primero que hizo al llegar fue enviarle otro mensaje a Mía:

«Hola, Mía. Perdón por molestarte otra vez, pero estoy un poco preocupado. Te fuiste de mi casa sin decirme nada y no sé si hice algo que te molestara o si te ha pasado algo. En cualquier caso, estoy aquí para lo que necesites. Dime algo si puedes, por favor, aunque solo sea que no quieres volver a verme o a hablar conmigo. Jack».

Jack programó el grifo a cuarenta y cinco grados y estuvo bajo la cascada artificial hasta que sus músculos y terminaciones nerviosas se empezaron a relajar, justo antes de que el agua comenzase a quemar de verdad. Salió envuelto en una nube de vapor y con un ligero enrojecimiento de la piel.

Había sido un día extraño, apenas había tenido tiempo de realizar ninguna pauta, de trabajar en «su proyecto». Pero el día aún no había terminado.

En el salón, un nuevo mensaje aguardaba en la bandeja de entrada de su teléfono móvil.

Mía.

Por fin.

Antes de leerlo, ya se le había dibujado una sonrisa.

«¿No te das cuenta, Jacky? ¿En qué te estás convirtiendo...? Y esto no ha hecho más que empezar...»

«Hola, Jack. No sé cómo tienes tan poca vergüenza de preguntarme por qué me fui y por qué no te he dicho nada hasta ahora. Te pedí por favor que no te rieras de mí, y a ti no se te ocurre otra cosa que llevarme a tu casa estando casado y pedirme que durmiera en tu cama, en tu propia cama. Jack, por Dios, no sabes lo insultada y humillada que me sentí cuando oí que abrían la puerta y entró una mujer. No sé por qué me has mentido de esta forma, Jack, sé que apenas nos conocemos, pero me has hecho daño, ¿entiendes? Mucho daño. Así que, por favor, no me llames ni me mandes más mensajes. No quiero saber nada más de ti, Jack. No soy la amante de nadie. Adiós.»

Jack se quedó de piedra.

¿Así que era eso? ¿Vio entrar a Wendy y salió de casa sin hacer ruido pensando que Wendy era su mujer?

No pudo evitar sonreír. No había sido más que un malentendido y creía poder arreglarlo.

«Hola, Mía. En primer lugar, siento muchísimo que lo hayas pasado mal por mi culpa, pero la chica no es mi mujer, es mi hermana Wendy. No estoy casado ni nunca lo he estado, tampoco tengo pareja, te lo juro. Sé que debiste llevarte un buen susto y que has debido pasar un día horrible. No imaginé que mi hermana vendría tan pronto. Lo cierto es que he de decirle que llame a la puerta. En fin, dime algo, por favor, Mía, siento muchísimo este malentendido.»

Su móvil tardó tres minutos en recibir un nuevo mensaje.

«Jack, por favor, ¿es cierto? ¿Era tu hermana? No te rías de mí, por favor, si hay una cosa que no soporto es que se rían de mí.»

El corazón de Jack le dio un respiro, no estaba todo perdido.

«Te prometo que es cierto, Mía. Es más, te invito a que la conozcas cuando quieras si te quedas más tranquila. Nunca me reiré de ti, nunca. Por favor, solo te pido que me des otra oportunidad de hacer bien las cosas.»

«Jack. No sabes cuánto siento haberme puesto así y lo avergonzada que me siento. Perdón por haber sido tan desconfiada, me he comportado como una niña estúpida. Créeme, yo no soy así, pero solo de imaginarme que alguien a quien había decidido abrirle mi corazón me había engañado de esa forma ha hecho que perdiese totalmente los nervios. Espero que puedas perdonarme, Jack, te prometo que no volverá a ocurrir nada semejante.»

El corazón de Jack latía con fuerza. Mucha fuerza.

«Mía, no tengo nada que perdonarte. Soy yo quien pide perdón por haber permitido que se produjese esta situación. Me encantaría volverte a ver, si no es mucho pedir.»

«Claro, Jack. De hecho, yo también lo estoy deseando. Mañana no puedo, pero ¿te va bien el lunes para cenar?»

«El lunes me va estupendo, Mía», respondió Jack antes de recordar que también le había dicho a su hermana que quedarían ese día para cenar.

«Pues entonces hasta el lunes, Jack, me alegra haber arreglado las cosas contigo. Un beso de buenas noches.»

«Buenas noches, Mía, créeme, a mí también me alegra que lo hayamos solucionado. Hasta el lunes.»

Jack se tumbó en la cama y respiró tranquilo por primera vez en todo el día.

5

TIENES SANGRE EN LA OREJA

Jack llegó a la oficina del Crédit Lyonnais en tiempo récord. Esa mañana de lunes necesitaba poner a trabajar el motor de combustión interna del S90. El árbol de levas trabajaba sin cesar abriendo y cerrando las válvulas. Los inyectores Turbulent Jet Ignition subían la temperatura de la gasolina de alto octanaje hasta explosionar en la cámara de combustión principal.

Todavía podía oler la fragancia a *aftershave* del policía que estuvo husmeando en su coche. Alcohol de alta graduación y aromatizante con trazas de aloe vera. Pegajoso y persistente. Molesto como una mosca en verano.

Antes de entrar a su despacho pasó frente a su secretaria. Beverly sujetaba con las dos manos *The New York Times.* Nuevo esmalte de uñas permanente fucsia chillón. Por el olor a resina sintética diluida en diferentes tipos de alcohol, dedujo que Beverly había vuelto a usar fijador de pelo, algo más sutil que el de Donald. En la portada pudo leer el titular sobre la foto borrosa de un sedán negro:

«El Hombre del Coche se cobra una nueva víctima en el estado de Nueva York».

Tras saludar a Beverly, que le correspondió con su insufrible hastío, Jack encendió su ordenador y de inmediato sintió la presencia de Donald en el umbral. Olor animal y amaderado. Intenso y penetrante. Donald estrenaba nuevo perfume con esencia de auténtico almizcle animal.

«¿A quién intentas seducir, Donald?»

—Buenos días, Jacky. ¿No te has enterado de lo que está ocurriendo?

—No, Donald, buenos días, ¿qué está ocurriendo?

—¿Cómo que no lo sabes? ¿Es que ayer no te conectaste? —Se acercó a Jack y su imponente figura absorbió el haz de luz halógena proveniente del techo llenando el despacho de sombras.

—Ayer tuve un día un poco raro...

—Enciende el ordenador y dímelo tú, Jacky, haz el favor de explicármelo. —Su voz de barítono se había enfundado esa mañana una chaqueta de ansiedad y miedo.

En cuanto Jack estuvo frente a las gráficas de Quartz entendió la angustia de su jefe. Una gigantesca e inesperada deflación en cadena había mandado a paseo algunas de las economías en las que el Crédit Lyonnais había invertido mucho dinero en sus divisas. Había motivos para estar preocupados.

La moneda europea seguía cayendo en picado, y las de Mongolia, Ucrania, Mozambique, Uruguay, Serbia y Nigeria habían sufrido una estrepitosa devaluación. Aunque lo más grave señalaba a Japón. La tasa de desempleo se había reducido tres puntos más y, sin embargo, el yen se había hundido en alguna fosa del Pacífico. Los números en Japón no se comportaban como deberían, quizá por su temor cultural al empobrecimiento y un aumento del ahorro familiar con la consecuente disminución del consumo. A Jack no le cabía ninguna duda de que el principal detonante de la reacción en cadena había sido la leve pero inesperada bajada continua del deflactor subyacente de los gastos de consumo personales. Lo gracioso era que ese índice estaba regulado por la Reserva Federal. En resumidas cuentas, habían sido ellos mismos, la economía estadounidense, quienes habían provocado esa caída pulsando un par de teclas. Y desde luego, no era Jack quien las había pulsado.

—¿Puedes arreglarlo, Jacky? —En los ojos de Donald había pánico.

—Esto no va a ser fácil, el alcance del problema es grande. Pero imagino que sí, que puedo arreglarlo, Donald.

—¡Fantástico! Pon a bailar ya a todos esos números del demonio y sácanos de esta, Jacky. Dales duro —dijo Donald levantando su puño derecho con entusiasmo—. Te dejo trabajar, estaré en mi despacho por si necesitas algo.

—Una cosa, Donald —dijo antes de que su jefe desapareciera.

—Lo que necesites, Jacky. —Por primera vez, la sonrisa equina de Donald era servil con su empleado.

—Tendré que irme a casa.

Donald arqueó las cejas. En los párpados se le había concentrado una fina capa de gotas de sudor.

—Necesito mi equipo para arreglar esto, Donald. El equipo que tengo en casa.

Jack solía estudiar los números y hacer pequeños retoques desde su casa, pero no era habitual que realizara las operaciones de *trading* fuera del Crédit Lyonnais.

—Oh, claro, por supuesto. Vete y no vuelvas por aquí hasta que hayas puesto a bailar hasta el último de todos esos números. Dime algo cuando termines, Jacky, sea la hora que sea —dijo Donald apuntándole con un dedo para recuperar su autoridad. Creía que Jack era una especie de brujo porque no tenía ni la más remota idea de cómo hacía su trabajo.

Jack salió de la sucursal apenas veinte minutos después de haber llegado. Se despidió de la aburrida Beverly y esperó tres segundos antes de pulsar el botón del ascensor.

«Un dos tres, un dos tres, un dos tres.»

«Extintor de seis kilos de polvo polivalente ABC a la izquierda. Otro de anhídrido carbónico a la derecha. Los dos recientemente revisados y certificados. El indicador luminoso de posición del ascensor tarda más de lo normal en encenderse, pronto habrá que cambiar la bombilla. El microindicador led de actividad del detector de humos hace días que está apagado. El mármol bajo sus pies presenta restos de café con extra de azúcar y el freno neumático de la cabina del ascensor ha tardado cero con siete segundos en equilibrar su nivel con el del suelo.» En el ascensor aparecieron dos compañeros del sector hipotecario. Él tiró hacia abajo de las solapas de su americana italiana y se atusó el flequillo hacia la izquierda. Ella terminó de bajarse la falda de tubo color crema, dejándola a diez centímetros por encima de las rodillas, y miró al suelo.

Una vez en el garaje, Jack esperó a que todo estuviese en silencio en aquel subterráneo del Crédit Lyonnais, a que el ruido de las cañerías cesara un instante, a que los cimientos del viejo edificio de Elm Street dejaran su asentamiento perpetuo para más tarde. El ritmo de su corazón era estable. Rápido y constante. Necesitaba estar al cien por cien. Concentración y determinación.

Ahora.

Jack encendió el S90 y tomó una ruta alternativa. A esas horas de la mañana el centro de Búfalo podía estar colapsado. Riesgo cero.

Cuando llegó al 207 de St. James Street quiso asegurarse de que no se topaba con Kevin ni con ningún vecino. Junto al ascensor, contó repetidas veces hasta que encontró la pauta.

Entró en casa y fue directo a buscar su equipo. Mientras se alineaban todos los servidores que tenía interconectados se preparó un café Geisha. Necesitaba ese punto extra. Ese era el botoncito rojo del sistema Nitro de su cerebro.

Se sentó frente al panel de pantallas con la taza entre las manos, se conectó a Quartz, introdujo sus claves del Crédit Lyonnais y…

¡Su Smart Card! No la tenía encima. Buscó en el maletín que llevaba al trabajo, pero tampoco la encontró allí. Con las prisas que le había metido Donald, debió dejarla conectada al equipo del Crédit Lyonnais. Maldijo a su jefe y luego a sí mismo. Esa tarjeta era su llave personal, algo así como la pistola reglamentaria de un policía. No se podía ir perdiéndola por ahí, con el riesgo de que alguien la utilizara con fines poco éticos. Podía conectarse a Quartz usando la puerta de atrás, pero eso habría resultado poco profesional y muy arriesgado, ya que esa actividad anómala podría ser detectada de inmediato por los sistemas de seguridad informáticos del Crédit Lyonnais e interpretada como una seria amenaza para el banco. Los potentes antivirus lo escupirían y mandarían un aviso a la Policía cibernética de Nueva York.

Sacó el móvil para llamar a Beverly y que le confirmase que su Smart Card estaba en su equipo del Crédit Lyonnais.

Pero antes de marcar oyó algo. «Suela de goma de alta resistencia frente al contacto eléctrico. Nylon ignífugo. Poliamida ultraelástica. Olor a naftalina. Humedad condensada en tejidos de poliéster. Sudor acre y penetrante.» Alguien se aproximaba por detrás con extrema rapidez. Antes de que le diese tiempo a girarse, recibió un fuerte golpe en la séptima vértebra cervical. Directo y seco. Su cuerpo tardó menos de un segundo en desconectarse de la realidad y caer al suelo.

Jack se despertó con un terrible dolor de cuello y de cabeza. También se le quejaban el hombro derecho y las costillas. Enseguida identificó el suelo del pasillo de su casa y el sonido del timbre. Alguien estaba llamando insistentemente.

Se levantó apoyando las manos en la pared. Estaba muy mareado y veía cómo sus pies flotaban sobre una superficie lejana y borrosa. Se sentía débil y vulnerable. Los golpes en la puerta y el sonido del timbre agudizaban los efectos de su hiperacusia.

—¡Jack! ¡Jack! ¿Estás ahí? ¿Puedes oírme? —gritaba Kevin al otro lado de la puerta.

Jack abrió mientras se llevaba una mano a la oreja derecha: una gota caliente y espesa resbalaba desde el oído hasta el lóbulo. Sangre.

—Jack, menos mal, pensábamos que te había ocurrido algo —dijo Kevin nervioso.

A su lado estaba la señora Galleymore, su vecina de rellano. Setenta y tres años, prematuramente viuda, rostro enjuto, pelo cardado color caoba, halitosis permanente con olor a acetona. Menos de metro cincuenta de estatura. Los dedos torcidos y largos como alambres.

—¿Kevin? ¿Linda? ¿Qué hacéis aquí? —preguntó Jack frotándose los ojos.

—La señora Galleymore ha oído ruidos y que esta mañana han entrado y salido de tu casa un par de veces. No le parecía una actividad normal y me ha llamado. ¿Te encuentras bien, Jack?

Linda Galleymore lo miraba cruzada de brazos, los labios apretados y su habitual rictus. Fría y seria. Y Jack solo podía sentir su cabeza a punto de estallar.

—No sé qué ha pasado, he vuelto del banco y… —Jack recordó todo lo que tenía que hacer con el dinero del Crédit Lyonnais y sintió cómo la sangre se le helaba.

—Le han atacado, ¿verdad, señor Miller? Han entrado a robarle su dinero y después le han atacado, ¿verdad, señor Miller? —intervino Linda Galleymore con las manos cruzadas sobre su abdomen. Su voz temblaba con la mayor de las imprecisiones.

—Había alguien en casa cuando he vuelto del trabajo, desde luego. No he visto quién era, solo he sentido un golpe muy fuerte justo aquí.

—¿Sabes cuántos eran, Jack? ¿Has mirado si se han llevado algo? Te juro que si los llego a pillar… —dijo Kevin con una mueca de rabia.

—Dos, eran dos. Me ha parecido oír los pasos de dos personas —intervino Linda Galleymore.

Jack trató de centrar su mente. Lo único que le importaba era el portátil Getac XC500, su Smart Card, que debía estar en la oficina del Crédit Lyonnais, y algo más que guardaba en la caja fuerte tras el doble fondo del armario de su habitación.

—Muchas gracias por vuestra preocupación, pero creo que estoy bien y que no se han llevado nada de valor, me daré una ducha y daré aviso a la Policía —dijo Jack tratando de disimular los dolores y la sensación de que ya no podía sentirse seguro en el 207 de St. James Street.

«¿Ha llegado el momento de partir, Jacky? ¿De buscar un nuevo hogar?»

—Tiene que presentar la denuncia cuanto antes, señor Miller, para que atrapen a esos ladrones. Qué miedo, por favor, qué miedo solo de pensar que hubiesen escogido mi casa en lugar de la suya —dijo Linda llevándose una mano al pecho.

—¿Quiere que llame a la Policía ahora, Jack? Puedo hablar yo con ellos si lo desea. Tiene razón la señora Galleymore, tenemos que denunciarlos cuanto antes —dijo Kevin con firmeza.

—Gracias, de verdad, lo haré yo más tarde. Ahora mismo tengo que hacer unas gestiones urgentes. Habéis sido muy amables.

Jack despachó a Kevin y a Linda Galleymore y todavía los

escuchó hablar en el descansillo, decidiendo si llamar o no a la Policía por su cuenta.

Fue a su habitación, alguien había estado husmeando en el armario, era evidente. Cerró los ojos e inhaló despacio. «Guantes de piel, ligero aroma a lavanda, quizá un rastro a... ¿gasolina?» Habían tocado el Getac XC500. Lo habían encendido y después habían tratado de dejarlo en el mismo sitio, también habían intentado abrir la caja fuerte, sin éxito. Suspiró aliviado, no faltaba nada. Inmediatamente llamó a Beverly. Ya tendría tiempo de pensar en cómo habían entrado, por qué y, sobre todo, quiénes.

Beverly le confirmó que allí estaba su Smart Card.

—¿Podrías hacer algo por mí, Beverly?

Jamás le había pedido nada a su secretaria, ni tan siquiera las gestiones vinculadas a su cargo. Bev se pasaba la mayor parte de la jornada leyendo novelas de intriga y el periódico. Cuando se cansaba, se miraba las uñas.

—A ver... —dijo Beverly con ese tono de molestia continua.

—¿Podrías traerme la Smart Card a casa, por favor?

—¿Ahora? ¿A tu casa? —preguntó como si Jack le hubiese propuesto la mayor de las indecencias.

—Sí, ahora. No te lo pediría si no fuese urgente. He tenido un pequeño accidente doméstico y no puedo salir. Por favor, Bev, te lo agradecería mucho. Por supuesto, yo pago el taxi.

—De acuerdo, Jack, ahora mismo voy para tu casa.

Jack se dio una ducha rápida antes de que llegase su secretaria. Había perdido ya casi dos horas, y el número de operaciones pendientes para que al Crédit Lyonnais, a Donald y a él mismo no se les viese el culo era tan grande que no recordaba haber abordado nunca semejante cantidad de trabajo.

En el móvil tenía dos llamadas de Donald, un mensaje de

Wendy y otro de Mía. Tanto la Chica del Semáforo como su hermana le recordaban que habían quedado para cenar esa noche. Jack respondió que sí a Mía, y a Wendy le preguntó si podían dejarlo para el día siguiente.

En cuanto envió esos dos mensajes llamaron a la puerta. Comprobó que su oreja derecha había parado de sangrar y también que en la base del cuello le había salido un bulto redondo y tirante.

—Hola, Bev, muchas gracias por venir tan rápido.

Beverly se había retocado los labios. Desprendía un dulzón aroma a perfume de rosas frescas mucho más intenso de lo normal. Su pestañeo era rápido y antinatural. Sonreía.

—De nada. —Miró disimuladamente por encima del hombro de Jack, tal vez para comprobar que el hombre para el que trabajaba y con quien no cruzaba apenas palabras estaba solo y sin compromiso. Y apretó un poco los muslos.

«Tacón de ocho centímetros, pies alineados, el ligamento lateral interno de la rodilla izquierda está dañado o presenta una vieja secuela. Bonitas piernas, Bev.»

—Nos vemos mañana, Bev, te debo una —dijo Jack tratando de cerrar la puerta.

A Beverly le cambió la expresión. La sonrisa se transformó en su habitual gesto de hastío. Agrio y nauseabundo.

«Un dos tres, un dos tres, un dos tres, un dos tres.»

Tenía que hacer lo imposible. Ante él se erigían cataratas de números que subían y bajaban, que habían empezado a bailar sin él, sin su mejor director de orquesta.

La pauta. Su magia dependía de dar con esa pauta que lo conectaba todo. Empezó dando pequeños golpecitos en la mesa. En la base del teclado. Con los pies en el suelo.

«Respira, Jack, respira. Todo empieza por la respiración.

Por una respiración correcta. ¿Por qué no dejas que yo me ocupe de esto y te vas un rato a dormir?»

Su cuerpo. Necesitaba alinearlo con esa parte del cerebro que operaba casi con vida propia, casi sin su consentimiento.

Abrochó y desabrochó el tercer botón de su camisa repetidas veces, se levantó y recorrió el pasillo arriba y abajo, arriba y abajo, arriba y abajo. ¿Dónde demonios estaba la pauta? Buscó a su alrededor. El teléfono móvil sobre la mesa del salón emitía una diminuta luz pulsátil, indicativa de una notificación pendiente. Lo apagó sin mirar de qué se trataba. Fue hasta el cuadro eléctrico principal y desconectó el timbre de la puerta. Luego desenchufó el teléfono fijo. Se preparó un café Geisha doble, se puso los tapones de goma de silicona de alta atenuación de sonido y se sentó frente al gran panel de su estudio.

Ahora.

Jack empezó a realizar múltiples transacciones de muy pequeño valor. Cantidades de dinero casi insignificantes. Se dedicó a aumentar el volumen de deuda del Crédit Lyonnais poco a poco. Trató de crear señuelos sutiles para incentivar la venta de ciertas divisas y después crear el efecto contrario. Compró más moneda de algunas de las pequeñas economías que estaban a punto de mandarlos a la más absoluta ruina, precisamente porque esas divisas estaban a punto de experimentar una gran subida, él lo sabía, podía ver todos esos números que saldrían en sus pantallas en breves instantes.

No se levantó de la silla Rodius con acolchado doble y revestimiento en piel de buey en las siguientes siete horas.

Tenía la espalda y el cuello totalmente rígidos. Si cerraba los ojos, lo único que veía eran números, los siguientes, los que saldrían después. La gota de sangre resbaló de nuevo por su oreja derecha.

Había puesto todos esos números a bailar de la forma más increíble. Mientras las pantallas dibujaban curvas y rectas ante él, patrones y pautas, interminables algoritmos, le pareció verlo todo en armonía, y allá al fondo, la gran pauta, esa capaz de controlar el caos. Esa misma que, muy pronto, llegaría a un temible fin de ciclo. Su oído derecho no dejaba de gotear sangre a un ritmo constante.

El recuerdo de su cita con Mía lo arrancó de esa visión casi mágica que empezó a alejarse de él.

Encendió el teléfono móvil. Tenía un mensaje de Mía preguntándole si le apetecía que hiciesen cena casera, en casa de él para ser exactos. Podían pedir algo de comida y tal vez ver una película o salir a dar un paseo más tarde.

«Sí, Mía, claro que me parece bien, estupendamente bien.»

Llamó a Donald para decirle que todo estaba en orden y pudo percibir que el director del banco daba saltos de alegría en su despacho.

—Esta vez te has superado, Jacky, esta vez los has hecho bailar como nunca antes. Estoy viendo el balance de las cuentas y se me acaba de caer una lágrima ante semejante proeza. ¿Cómo demonios has sido capaz de realizar más de cuatro mil operaciones en una jornada de trabajo? Mañana recuérdame que te dé un sincero abrazo. Descansa, te lo mereces.

Jack se metió en la bañera y trató de relajar la mente. La había llevado al límite y sabía que detrás de ese límite estaba eso otro, eso que debía permanecer dormido para siempre.

En un par de horas llegaría Mía, la Chica del Semáforo con la que tantas y tantas horas había soñado, esa que le haría sentir eso que daba vida a las cosas.

«¿Por qué ahora, Jacky? ¿Por qué ella?»

«Porque ya no podía soportar más esta soledad.»

6

CIERRA LOS OJOS Y DUERME

Cuando Jack salió de la bañera vio que el agua había adquirido un color rosado. La hemorragia de su oído derecho no había cesado durante la última media hora. Había estado tratando de ralentizar esos mecanismos y procesos internos que estaban a punto de hacer que algo malo de verdad pasara. Que *eso* pasara y le hiciera perder el control.

Los dolores intensos y las hemorragias de oído y nariz le ocurrían desde pequeño, desde que le diagnosticaron el síndrome de disincronía. La hiperacusia fue uno de los primeros síntomas en aparecer, y de los más molestos. Se agudizaba cuando trataba de concentrarse con la máxima intensidad. Entonces el mundo exterior se volvía un lugar agresivo, lacerante y casi insoportable. El dolor más intenso llegaba cuando ponía a bailar a los números, cuando trataba de dar con la pauta. Era como si alguien estuviese hurgando en su interior con un punzón, y ese punzón tratase de llegar cada vez más y más adentro. Justo hasta el centro de su cerebro. Los tapones evitaban que los ruidos le produjesen dolor, pero también eran un buen medio para aislarse de todo y alcanzar la concentración total. El problema es que esos mismos tapones protectores le provocaban un aumento de la presión intracraneal. Una presión que se volvía muy muy peligrosa cuando utilizaba los tapones durante muchas horas y esas horas eran de una intensidad máxima, como las que acababa de pasar.

No había tenido apenas tiempo de pensar en Mía, ni por lo tanto de ponerse nervioso.

«¿Sabes por qué está ocurriendo todo esto, verdad, Jacky? ¿Casualidad o consecuencia?»

«No, no lo sé.»

«Si abandonas la pauta, si dejas de contar, entonces dejas de saber lo que va a pasar y eso te vuelve tan vulnerable como los demás. Sí, sí lo sabes. Ya falta poco, Jacky. No te alejes ahora.»

Eligió una camisa blanca. «Tejido popelina, cien por cien algodón de fibras largas. Acabado sedoso y tratamiento especial antiarrugas.» Necesitaba sentirse confortable, y esa camisa era la mejor que tenía para ese propósito. Se puso un pantalón negro. «Noventa y ocho por ciento algodón y dos por ciento elastano, bolsillos americanos y corte recto.»

Escogió unas zapatillas sin cordones marrón oscuro. «Piel lisa de becerro obtenida a partir de tiras de napa muy finas. La suela, de espuma de látex extraligera con un dibujo en espiga y perforada superficialmente para mejorar la amortiguación al andar.»

Se sentía preparado para recibir a esa mujer que volvía a acaparar su atención. Que estaba situada justo en el centro de esos cálculos y variables no tan aleatorias.

Eran las 19:47 cuando llamaron a la puerta. Una mano en la barbilla. La piel fina. Era posible que fuese Mía, aunque le extrañaba que se adelantase quince minutos.

Jack trató de contar números, pero se sentía cansado y abrió sin más dilación.

Ante él apareció la eterna gorra de los Giants.

—Buenas noches, Jack. Le he echado una mano a la señora Galleymore con la compra y me ha preguntado qué tal estabas. ¿Todo bien? ¿Diste aviso a la Policía?

—Gracias por preocuparte, Kevin, estoy mucho mejor. No tuve tiempo de llamar, ya sabes, mucho trabajo atrasado...

—Sí, sé lo que es eso, Jack. Se te acumulan las tareas y cuando te das cuenta tienes ante ti la montaña de mierda más grande que tu cansado cerebro pueda recordar. Veo que te has arreglado, Jack, espero que para una buena noche... —dijo Kevin guiñándole un ojo. Su ojo malo, el de la cicatriz.

—Sí, espero visita, aunque estoy tan cansado que no sé si llegaré al postre —dijo Jack sonriendo con timidez.

—Pues que pases una fenomenal velada hasta el postre, Jack —dijo Kevin haciendo ademán de despedirse. Y sonrió sin mostrar ni un solo diente.

—Eso haré, y mañana lo primero que haré será poner la denuncia. Buenas noches.

Apenas habían pasado diez minutos cuando llamaron de nuevo a la puerta. Eran las ocho en punto, la hora a la que había quedado con Mía.

A Jack le flojearon las piernas cuando Mía lo miró. Sus ojos desprendían un halo de misterio y misticismo. La promesa de que hay algo más allá, en algún lugar, algo mejor. Sus pupilas eran dos circunferencias perfectas, increíblemente grandes para el nivel de iluminación de su recibidor. Brillaban con un esplendor lleno de energía.

Cuando se acercó para darle dos besos, pudo sentir una cálida fragancia a ropa nueva con toques primaverales. A agua limpia, agua de lluvia. Llevaba puesto el mismo abrigo gris. Holgado como un saco. Dejado caer sobre sus hombros hasta la altura de las rodillas.

Hubo un breve e impreciso silencio que se llenó de miradas adolescentes y medias sonrisas mal disimuladas.

—Jack, yo... no sé cómo disculparme por lo del otro día —dijo Mía bajando la mirada mientras se mordía el labio con gracia.

—No pasa nada, Mía, mi hermana tiene la mala costumbre de colarse cuando no le abro la puerta. Pero te aseguro que muy pronto lo tendré solucionado.

—Esta es tu casa y tú decides cuándo puede venir tu hermana. Solo faltaba..., me siento una estúpida por haberme puesto así por semejante tontería.

—No es ninguna tontería, es una mala costumbre que tiene mi hermana y hace tiempo que tendría que habérsela quitado. Siempre ha hecho lo que ha querido, así que ya va siendo hora de que comience a hacer lo correcto, empezando por respetar la intimidad de los demás.

La guio hasta el salón, Jack se sintió mal por haber rechazado la invitación de su hermana para cenar, y ella no había contestado a su mensaje de si no le importaba que lo dejasen para el día siguiente. Conociéndola, eso solo podía significar que estaba enfadada. Y cuando Wendy se enfadaba... era capaz de hacer cosas inesperadas. Solo confiaba en que no le diese por presentarse en medio de su cena con Mía. Su madre siempre se refería a esa forma de comportarse de Wendy como un «acceso de impulsividad». O como una «explosión de ira». Jack volvió al recibidor, puso el seguro de la puerta y dejó la llave en la cerradura.

Decidieron llamar a Dean & Deluca y pedir comida a domicilio. Mientras esperaban tomaron una copa de la botella de vino blanco que había llevado Mía.

Con el estómago vacío el alcohol estaba empezando a hacer sus primeros efectos. A Mía se le habían coloreado las mejillas y había aumentado esa calidez que desprendía de manera natural. Sonreía y apoyaba la cabeza de forma tierna sobre el respaldo del sofá. Jack se sentía cada vez más fluido. Conectado con el mundo. Los números habían dejado de moverse: los vio a todos quietos, ahí, parados frente a él. Y detectó un sentimiento muy en el fondo, muy a lo lejos, diferente al resto. Trataba de emerger, arañaba las paredes de su yo consciente y se abría paso poco a poco. Cada vez lo percibía más cerca y, a la vez, más allá de los números, la probabilidad y las consecuencias.

Sin duda, era algo muy poderoso. Tal vez incluso más que los números. O más que esa gran pauta.

—¿Sabes qué es lo que más me gusta de ti, Jack?

—Sorpréndeme. —Los ojos de Jack también brillaban esa noche.

—Que no eres como los demás hombres. Tú guardas ese algo que la mayoría de las personas pierden con el paso de los años. Tú no has dejado que muera esa inocencia que te hace tan especial, no te has dejado contaminar, Jack, todavía conservas la esencia del ser humano. —Mía se había acercado. Sus labios, casi incandescentes, húmedos. De sus ojos pareció emerger una lágrima. Diminuta. Cristalizada.

—Vaya, eso es precioso, Mía...

—Tú eres el que hace que sea precioso...

Jack no sabía dónde meterse ni dónde mirar. Mía se acercó más, tanto que prácticamente se respiraban el uno al otro.

—¿Te importaría demasiado si te beso ahora? —dijo Mía en un cálido susurro.

—No... —respondió Jack a un volumen casi inaudible. Ante una situación tan poco familiar para él, se sentía extraño. Perdido. Incluso con algo de miedo.

Mía se acercó despacio, con una mano acarició su rostro, la otra la pasó por detrás de su nuca. Jack había cerrado los ojos y solo sentía, sentía esas manos tan suaves y a la vez tan vigorosas, cálidas, necesitadas.

Cuando Mía lo besó, todos los sonidos se detuvieron por un instante mágico e inolvidable.

Mía se sentó a horcajadas sobre su pelvis sin dejar de besarlo. Él se recostó contra el respaldo del sofá y sintió una gran necesidad de tocarla, de acariciarla desde lo más profundo de su ser, desde esa esencia que conservaba. Ella acariciaba su nuca, su pelo. Había empezado a mover la pelvis adelante y atrás. Jack dejaba volar sus manos sobre esa curva perfecta en el inicio de su culo. Los dos jadeaban. Mía aumentó el ritmo con el que frotaba su pelvis contra la cintura de Jack. Él pensó que estaba a punto de desmayarse. De forma instintiva, puso sus manos sobre los pechos de Mía. Nunca había hecho algo así. Ella emitió un gemido. Se empezaron a frotar con más pasión. A Jack se le escapó un largo gemido que Mía aprovechó para besarlo todavía con más ardor. Estaban rendidos el uno al otro, sintiendo con ese misterioso depósito de vida que lleva empujando a los seres humanos con su movimiento casi perpetuo desde siempre.

El sonido del timbre hizo que descendieran de golpe al mundo real. Más que un descenso fue una estrepitosa caída.

Se contemplaron con admiración y se prometieron con sus ojos terminar más tarde eso que habían empezado.

Jack abrió la puerta. El repartidor de Dean & Deluca era un veinteañero que desprendía un fuerte olor a humo de motor y tabaco rubio. La nuez de Adán sobresalía en su cuello como la aleta de un tiburón. Le entregó las dos bolsas de comida y recibió una buena propina. Se fue silbando escaleras abajo sin esperar a que llegase el ascensor.

Prepararon la mesa entre los dos mientras se perseguían con la mirada y se sonreían como dos adolescentes.

La cena de Dean & Deluca consistía en un par de ensaladas gourmet, unos entrantes entre los que se incluían coles de Bruselas rustidas con foie, rollos de pan de centeno rellenos de cebolla caramelizada y carne de Kobe especiada. También había una ración de crema de patata y miniaperitivos vegetarianos. Como plato principal habían pedido carne de buey irlandés.

Jack abrió otra botella de vino, una que le regaló en una ocasión Donald Jones y que, según su jefe en el Crédit Lyonnais, haría de un momento especial un momento único.

—Háblame de tu trabajo, Jack —dijo Mía con interés. Se cruzó de brazos y el rasgado de sus ojos desapareció.

—No hay demasiado que contar, me encargo de estudiar el mercado de valores para después comprar y vender acciones, obligaciones y moneda extranjera.

—Eso debe de ser complicadísimo, debes de ser una persona muy inteligente. A mí todo lo que tenga que ver con los números y con la economía siempre me ha parecido un gran misterio —dijo Mía con auténtico fervor.

En algún momento de la cena se había desabrochado dos botones más de la blusa y Jack podía ver el principio de sus pechos. De tamaño medio y muy sugerentes. Ella se apoyaba cada vez más hacia adelante sobre la mesa y parecía estar ofreciéndole esas dos frutas prohibidas que él solo había podido tocar desde la superficie.

—No es tan difícil como parece, simplemente es algo que se me da bien, a mí lo que tú haces con tu cuerpo y con... —Jack hizo una pequeña pausa, buscaba la palabra adecuada—. Lo que haces con todo tu ser me parece algo totalmente inalcanzable.

—Te agradezco que seas tan amable, pero ¿cuánta gente hace lo mismo que yo y cuánta lo mismo que tú?

—Puede que haya gente que haga lo mismo que tú, pero jamás lo hará igual que tú. ¿De qué te ríes, Mía? —A Jack su sonrisa lo envolvía como el más cálido de los abrazos.

—De algo que me he imaginado y me ha hecho gracia.

—¿Y me vas a privar de esa fascinante imaginación tuya?

—Verás, se me había pasado por la cabeza durante un instante que de repente, aquí y ahora, nos daba por hacernos mutuamente una demostración privada y exclusiva de lo que hacemos día a día. Yo te hacía un pequeño *show* privado como el del semáforo y después tú me ofrecías una demostración de tu trabajo en el banco. —Mía rompió a reír tapándose la cara con las manos.

—Pues... me parece una idea maravillosa. ¿Quién empieza? —dijo Jack con sincero entusiasmo, ebrio de alcohol y de besos.

—De verdad que no me puedo creer que haya encontrado a una persona que no piense que estoy loca y a la que le hagan gracia las extrañas historias que se me pasan por la cabeza.

Ella se acercó un poco más a él ofreciéndole una espléndida vista del principio de sus pechos. Lo besó de forma delicada, como si tratase de acariciar sus labios con la lengua. Después se separó despacio, con sensualidad.

—Entonces, ¿te parece si empiezo yo? —preguntó Mía sonriente.

—Por mí, estupendo.

—Bien, rellena dos copas de vino y siéntate en el sofá, enseguida vuelvo —dijo Mía con una arrebatadora autoridad mientras desaparecía por el pasillo hacia el cuarto de baño.

Jack obedeció con devoción.

Mía no tardó en reaparecer, apagó las luces del salón y dejó encendidas solo las del pasillo. Todo estaba entre sombras. Sinuosas y caprichosas. Se había retocado los labios con un rojo intenso y provocador. La irregular línea de su flequillo bailaba por su frente, y sus piernas... eran más estilizadas que nunca. Se había descalzado y parecía deslizarse sin hacer ningún ruido, flotando en el aire.

Se plantó delante de Jack y apoyó las manos sobre sus caderas. Frunció el ceño y miró a un lado y a otro con una mano sobre la frente como si tratase de buscar a alguien en la lejanía. Después se detuvo en Jack, que la contemplaba rendido a su arte, le sonrió y fue a acercarse a él llena de felicidad, pero sus manos fingieron chocar con una pared invisible. Estaba sorprendiéndolo con un espectáculo privado de sonidos, parecía que conociese su problema con el ruido y hubiese escogido esa forma de arte escénico a propósito.

«¿Casualidad o consecuencia, Jacky?»

Después de estar un rato tratando de atravesar esa pared invisible para llegar hasta él, Mía frunció el ceño con gracia y se alejó un momento. Hizo como que acababa de encontrar algo en el suelo, al parecer una cuerda, y su rostro se volvió a iluminar de felicidad. Empezó a tirar con fuerza de esa imaginaria cuerda como si el otro extremo estuviese atado al cuerpo de Jack y ella no tuviese fuerzas suficientes para atraerlo: cada vez que tiraba más, era ella quien al resbalarle los pies parecía acercarse hacia él. Jack no recordaba haberse sentido nunca tan feliz.

El espectáculo de Mía incluyó algunos números más, como hacer volar por encima de su cabeza unos cuantos objetos (pequeños) que tenía en el salón para después recogerlos de forma acrobática y escalar una montaña imaginaria. Terminó haciendo una preciosa reverencia apoyada sobre la punta de un solo pie, como una de esas bailarinas que giraban sobre sí mismas en algunas cajas musicales.

Jack aplaudió con fuerza.

—Ha sido maravilloso, Mía. —En los ojos de Jack había no solo inocencia y sinceridad, sino otra cosa que no recordaba haber sentido nunca: ilusión.

Mía se lanzó al sofá y le dio un beso en los labios. Su cuerpo desprendía aún más calor después del ejercicio de mímica.

—Tu turno —dijo con una misteriosa seriedad.

—Lo prometido es deuda, déjame que traiga una cosa.

—Lo que el caballero necesite para su función.

Jack fue a su habitación, abrió la caja fuerte y sacó el Getac XC500 para conectarlo al equipo de su estudio. Mía sirvió dos nuevas copas de vino.

—Me gustaría brindar por esta maravillosa noche.

Brindaron y fueron al estudio de Jack.

Se sentaron cada uno en una silla y oyeron cómo los refrigeradores del Getac y el resto de los equipos se ponían en marcha. Ruido de ventiladores girando y minitransformadores subiendo de intensidad.

Cuando Jack accedió a Quartz, Mía se había pegado prácticamente a él. Estaban en penumbra y solo veían lo que la luz de las pantallas iluminaba. Jack introdujo sus claves personales y una gran oleada, envolvente y cálida, lo cubrió por completo de un extraño placer. Cerró los ojos cuando sintió la mano de Mía posarse sobre su muslo, muy cerca de su entrepierna, nadie antes lo había tocado en esa zona.

Miles de números empezaron a desfilar ante ellos. Cambiaban constantemente de valor. En dos pantallas veían enormes gráficas que describían curvas que nunca se detenían, parecían dos gigantescos electrocardiogramas monitorizando el corazón mismo de la economía mundial.

—Entonces, ¿esto es lo que haces? —dijo Mía con un cálido susurro al oído de Jack. Con la mano derecha seguía frotando su muslo con delicadeza, cada vez más cerca de ese sitio que Jack sentía palpitar como el centro de su organismo.

—Primero estudio los números y después realizo operaciones que favorezcan a esos números —dijo Jack con un gemido ahogado.

—Fascinante, ¿no me vas a enseñar cómo realizas esas operaciones que favorecen a los números? Quiero verlo, Jack. —Mía había empezado a mordisquear con suavidad el cuello y la oreja de Jack, mientras con la mano derecha había alcanzado su pene por encima del pantalón.

—Espera un momento, Mía, necesito una cosa si quieres que te lo enseñe —dijo Jack con debilidad.

—Te espero aquí.

Jack abrió de nuevo su caja fuerte, su visión era cada vez más borrosa; sacó su Smart Card.

Cuando volvió al estudio, Mía se había desabrochado otro botón más de la blusa.

—Ven, Jack, enséñame qué haces con los números.

Jack se sentó de nuevo en su silla Rodius, introdujo la Smart Card y esperó a que el Getac la reconociera. Mía se acercó lo suficiente para que pudiera sentir el contacto con sus pechos. Luego empezó a acariciarlo de nuevo sobre el pantalón, a la altura de su pene, cada vez más fuerte.

—Mira, ¿ves?, ahora mismo acabo de hacer una operación. He vendido estos paquetes de acciones y ahora voy a comprar estos otros —dijo Jack moviendo el ratón del Getac.

—Jack, me excita muchísimo eso que haces… ¿Te apetece que vayamos al cuarto? —dijo Mía con ardor.

Jack se levantó y fue ella quien lo guio por su propia casa hasta tumbarlo con delicadeza en la cama.

A Jack se le caía la baba viendo cómo Mía se quedaba en ropa interior. Encaje negro.

—¿Te importa si voy a por algo más de beber, Jack?

Mía salió del cuarto con la elegancia de un ángel y regresó con una copa de vino llena. Sonriente.

—¿Quieres que me quite esto, Jack?

Jack estaba hipnotizado mientras Mía cruzaba los brazos por detrás de la espalda y se desabrochaba el sujetador. Cuando Mía liberó sus pechos, sintió que se le iba a parar el corazón.

—¿No quieres tocarme? —dijo Mía con dulzura—. Acércate.

Jack se situó a escasos centímetros de ella, sentado en el

borde de la cama. Ahora los tenía frente a él sin nada que se interpusiera entre sus manos y ellos. Eran mucho más bonitos de lo que había imaginado. Los tocó con delicadeza, con toda la dulzura que pudo reunir.

—Bebe un poco más, anda, quiero que me sientas del todo, del todo, Jack.

Él apenas podía contener el aliento, cogió la copa y le dio un buen trago.

—Toda, la he traído para ti, bébetela toda —dijo Mía con autoridad y pecaminosa dulzura—. Ahora túmbate de nuevo, Jack, ahora es cuando viene lo bueno.

Se sentó sobre él. Pero a Jack los ojos se le cerraban. Luchaba con todas sus fuerzas por mantenerse despierto, pero algo tiraba de él cada vez con más fuerza, trataba de llevárselo a un mundo de sueños. Irreal y superfluo.

—Tócame, Jack —dijo Mía poniendo las manos de Jack sobre sus pechos.

Jack jadeaba mientras oía a Mía desde una espesa bruma, la escuchaba desde una mareante lejanía. La sentía cerca y, al mismo tiempo, cada vez más lejos, le parecía que todo a su alrededor estaba a punto de desvanecerse.

Vio una lágrima caer desde el fondo de sus ojos. Casi invisible. Como una de esas pompas de jabón que tan pronto se disuelven.

—Y ahora, Jack, cierra los ojos, cierra los ojos y duerme.

7

SUPERDOTACIÓN PROFUNDA

—¿Estás segura de que es este número, Kate?

—Eso me han dicho desde la central —dijo Kate con su semblante más profesional.

El agente especial Patrick Hunt pulsó de nuevo el número 38 del 207 de St. James Street. Hacía calor y las gotas de sudor le resbalaban por las sienes. Echó los brazos ligeramente hacia delante arqueando la espalda: comprobaba que, tal y como le habían dicho en la sastrería, la tela de la chaqueta cedía. Era lo único en lo que se había mostrado inflexible: «El traje tiene que ser cómodo, porque no estoy detrás de un ordenador, trabajo en la calle, y a veces necesitaré correr, moverme con rapidez». Pero el traje se le ajustaba demasiado, estaba incómodo. Su nueva compañera, Kate Myers, le aguantó la mirada con desafiante frialdad y pulsó otro número.

—Había entendido que la finca tiene portero —dijo ella.

—Debe de haber salido un momento, también es persona…

—¿Quién es? —dijo la voz de una mujer mayor por el interfono.

—Policía, señora, ¿sería tan amable de abrirnos? —dijo Patrick—. Necesitamos hablar con un vecino.

Tras el estridente ruido eléctrico de apertura de la puerta, los dos agentes entraron en el edificio.

Ya en el ascensor Patrick la observó sin demasiado disimulo.

—¿Se puede saber por qué no dejas de mirarme? —dijo Kate con contundencia. En sus pómulos habían aparecido dos discretas circunferencias rojas.

Patrick sonrió con sarcasmo mientras se reajustaba el nudo de la corbata.

—Ya me habían avisado de esto… y la verdad es que no mentían.

El ascensor llegó al último piso.

—Ya hablaremos —dijo Kate mientras salía.

Patrick la miró primero con respeto, con un ligero miedo tal vez. Después volvió a sonreír con menosprecio.

Tras pulsar el timbre del número 38 repetidas veces, empezaron a golpear la puerta con los nudillos.

—Se supone que tenía que estar en la oficina desde las ocho de la mañana, ¿no? —dijo Patrick.

—Según su jefe, Donald Jones, jamás se había retrasado más de media hora, y ya han pasado exactamente… —dijo Kate mirando su reloj.

—Siete horas —intervino Patrick con rapidez—. Y si no me equivoco y es tan inteligente como dice, a estas alturas debe de estar volando hacia alguna paradisíaca isla que quede más o menos en la otra punta del planeta. No sé para qué nos hacen perder el tiempo con estos casos, estando el Hombre del Coche todavía suelto…

Jack se despertó totalmente desorientado. El ruido del timbre y los golpes en la puerta lo sacaron de un sueño tan profundo como el que experimentó tras la primera cita con Mía. Apenas podía recordar nada más que a Mía haciendo un maravilloso espectáculo antes de…

¿Dónde demonios estaba Mía? ¿Se había marchado otra vez sin decir nada? ¿Por qué no podía recordar nada de la parte final de la noche?

Se levantó de la cama y comprobó que apenas podía andar. Apoyó las manos contra la pared y trató de respirar. Cerró los ojos. Todo daba vueltas a su alrededor. No sabía ni qué hora era. Las incesantes llamadas al timbre martillaban en sus oídos.

Fue hasta la puerta tambaleándose.

Justo cuando Patrick y Kate se dirigían al ascensor para marcharse, oyeron cómo se abría la puerta del número 38. Frente a ellos apareció un hombre que aparentaba más años de los que tenía. Según los datos que les habían dado en la central, acababa de cumplir treinta y cinco. Parecía estar mirándolos desde otra dimensión.

—¿El señor Miller? ¿Jack Miller? —dijo Patrick acercándose a él. Echó los brazos hacia delante y comprobó que la chaqueta empezaba a ceder.

—Sí, soy yo, ¿qué ocurre? —dijo Jack tratando de evitar esa visión formada por copos de nieve que caían planeando sin prisa ante sus ojos.

—FBI. Agentes especiales Hunt y Myers. Se ha emitido una orden de arresto contra usted y necesitamos que nos acompañe, señor —dijo Patrick con firmeza.

Jack parpadeó varias veces.

—¿Una orden de arresto? ¿Por qué motivo? —Jack estaba desconcertado. Su corazón latía deprisa, sin seguir ningún patrón.

—A comisaría, señor Miller, para que podamos tomarle declaración.

—¿Declaración sobre qué? No entiendo nada…

—Está acusado de un delito grave de desvío de fondos y apropiación indebida. En comisaría le contaremos los detalles —dijo Kate.

Jack intentó procesar la información. Trató de contar. Realizar cálculos rápidos. Necesitaba encontrar esa pauta que le dijese qué iba a ocurrir a continuación.

—Señor Miller, por favor, no haga esto más difícil. Podemos hacer que venga con nosotros con el uso de la fuerza, pero, créame, somos los primeros que deseamos que esto se resuelva de forma pacífica. Si es tan amable... —dijo Kate invitándole a salir con un gesto de su brazo derecho.

Jack se quedó mirando a esa mujer y vio algo bueno. Algo bueno al final de un tormentoso túnel de dolor y sufrimiento. También vio algo en el iris de su ojo derecho.

Les pidió un momento para vestirse y lavarse un poco la cara, no le pusieron ninguna objeción, aunque los dos agentes del FBI entraron con él en la casa, «procedimiento policial en situaciones con riesgo alto de fuga».

Patrick puso sus ojos en el panel de pantallas del estudio. Kate se fijó en las tres botellas de vino vacías en la mesa del salón, en el pequeño desorden en el comedor y en la total ausencia de una presencia femenina.

Los dos policías pensaron más o menos lo mismo. Caso resuelto antes de empezar: empleado descontento y depresivo se le va la mano con el alcohol y decide robar al Crédit Lyonnais en un momento de desesperación. A la mañana siguiente dice no recordar nada y trata de hacerse el sorprendido, hasta que descubre que casualmente sus bolsillos están llenos de un dinero que no es suyo. No era la primera vez que veían casos así.

De camino le leyeron sus derechos, Jack no dijo ni una sola palabra. La pareja de policías prácticamente tampoco.

Antes de entrar en la comisaría central de Búfalo, el

agente especial Hunt le preguntó mirándolo a los ojos si hacía falta que le pusieran las esposas.

—No, me portaré bien.

Lo sentaron en la sala de interrogatorios número 3 y le pidieron que esperase.

Jack trató de encontrar la pauta, de recuperar el control. Todavía no le habían dado detalles, pero una parte dentro de él sabía perfectamente qué era eso del desvío de dinero y la apropiación indebida.

«Sabes qué ha ocurrido, ¿verdad, Jacky?»

«No, no lo sé.»

«Esto no es más que la consecuencia de algo, Jack, algo que no has previsto porque no has querido.»

«No es cierto. Solo trataba de dejarme llevar por una vez en mi vida.»

Después de aproximadamente una hora, entró la agente especial Kate Myers con una carpeta en cada mano. Sujetaba un vaso de café con la boca. «Café aguado y quemado. Los filtros de la máquina están para cambiar. El molinillo no gira a la velocidad que debería para el tipo de grano con el que rellenan el depósito. El agua tiene una gran cantidad de cal y de nitratos.»

La agente Myers cerró con sigilo la puerta de seguridad clase baja de la casa comercial DoorM. «Sistema de apertura y cierre por control remoto. Accionamiento eléctrico. No se aprecian sistemas de apertura manual. Marco perimetral reforzado con chapa de acero de aproximadamente dos milímetros de espesor. Doble burlete de neopreno de alta densidad con pequeña cámara de aire para favorecer un aislamiento acústico de unos treinta decibelios. Fabricada con materiales intumescentes, ligera resistencia al fuego y estanqueidad frente a humos y gases.» Abrió una carpeta y la puso en la mesa de metal en la que Jack tenía apoyados los brazos, sobre la que parecía observar su reflejo distorsionado. Dio un sorbo a su vaso de café y se aclaró la voz. Pulsó el botón de «Rec» de una pequeña grabadora digital que también dejó sobre la mesa. Su espalda era recta como el mástil de un barco. Los hombros bien alineados, hacia atrás.

Jack se concentró en su aroma personal. Desprendía un suave olor a madera, tierra húmeda y otros productos utilizados en jardinería, como los plaguicidas para hacer frente a la cochinilla o al picudo rojo. Las palmas de las manos estaban curtidas, trabajadas. En cambio, la piel del dorso parecía suave y delicada a excepción de los tres primeros nudillos, algo inflamados, tal vez debido al efecto de haber estado golpeando un saco de boxeo.

—Buenas tardes, señor Miller, siento la espera. En estos momentos colaboramos con la Policía de Búfalo en otro caso y usted permanecerá en esta comisaría hasta nueva orden. Voy a hacerle unas preguntas relacionadas con los cargos de los que se le acusa, apropiación indebida y desvío masivo de fondos de la cuenta principal del banco Crédit Lyonnais. Se han aportado pruebas de que ha sustraído una cantidad cercana a... —Myers todavía no se había acostumbrado a utilizar las gafas que le habían graduado hacía poco más de dos semanas—. Cerca de cincuenta millones de dólares. Se ha podido seguir el rastro de unos dos millones, que no ha sido posible recuperar ya que nuestros colegas de la Policía Cibernética están verificando la autenticidad de dichas cuentas. El resto del dinero ha sido desviado múltiples veces a cuentas fantasma que ya no existen. En fin, podría continuar un buen rato, pero me parece que a ninguno de los dos nos apetece, ¿estamos de acuerdo?

Cerró la carpeta con una expresión de evidente fatiga física y mental. Se masajeó las sienes expulsando el aire despacio. Luego movió el cuello a izquierda y derecha. «Contractura cervical crónica con irradiación parietal y, a veces, adormecimiento de manos.»

—Señor Miller, según la información suministrada por Donald Jones y ratificada hace un par de horas por la Policía Cibernética, todas y cada una de las operaciones confirmadas para la sustracción de dichos fondos se hicieron directamente desde el equipo que tiene en casa y con su Smart Card y claves personales de acceso. Eso pasó concretamente entre las once y media de la noche del día de ayer y las dos de la madrugada del día de hoy. Señor Miller, ¿puedo saber al menos cómo se declara ante estas acusaciones?

Jack apenas parpadeaba. Myers le aguantó unos segundos la mirada. Fue Jack quien la apartó primero. Había algo en su interior que se había cerrado. Tal vez fuera *eso*, que había vuelto con más fuerza que nunca y todavía estaba tratando de tomar el control.

—Yo no he hecho nada de lo que se me acusa —dijo Jack en una frase carente de tonalidad.

—Entonces, ¿niega ser el responsable de los cargos? No haga esto más difícil, señor Miller —dijo la agente especial inclinando su cuerpo hacia él y mirándole a los ojos de forma que Jack no pudo evitar volver a fijarse en el iris derecho—. Le voy a ofrecer algo que no se lo ofrezco a todo el mundo. Declárese culpable, devuelva ahora mismo el dinero sustraído y le prometo que haré todo lo posible por reducir su pena al mínimo posible, para que esto no quede más que en una simple anécdota de la que en unos años es posible que ni se acuerde. ¿Qué me dice, señor Miller?

«Controla la respiración, Jack. Aguanta. No te fíes de ella. Solo le interesa que digas lo que quiere oír.»

—Lo siento, pero ya le he dicho que yo no he sido —reiteró Jack.

Myers suspiró con cansancio. Mano al cuello. Dolor

sordo. El entumecimiento de los nudillos tiraba de la piel y tenía la sensación de que sus manos eran demasiado grandes para tan poco envoltorio. Las abrió y cerró un par de veces y la sangre empezó a correr de nuevo. No llevaba una buena mañana, ni tampoco una buena semana. En realidad, su último año y medio había sido para olvidar, y su precipitado y forzado traslado a Búfalo no había hecho sino agravar más las cosas. Todo el caso del Hombre del Coche, la muerte de su hermana, la infidelidad de Peter y uno de los mayores robos de la historia a un banco estaban a punto de sobrepasarla. Necesitaba parar. Que todo a su alrededor se detuviese un instante. Porque estaba a punto de explotar, muy cerca de la llamada «fractura emocional».

—Está bien, ya me ha quedado claro qué camino ha escogido, señor Miller. Prefiere el largo y difícil al corto y sencillo. Hemos terminado.

La agente Myers recogió sus cosas y se acercó a la puerta de seguridad. Cuando oyó el accionamiento remoto, la empujó para salir y miró a Jack durante un par de segundos. Fue una mirada de auténtica pena, casi nostálgica, empática. Le recordaba a su primer novio formal. Aquel chico triste que desapareció de su vida sin más. Kate Myers cerró la puerta y dejó a Jack solo con sus pensamientos.

El agente especial Patrick Hunt y su superior, Clark Dupont, ojeaban con interés unos informes en los cuales podía leerse con claridad en cada una de las páginas la palabra «confidencial», impresa como marca de agua en un tono rojo. Estaban en la pequeña sala de control contigua a la de interrogatorios donde se encontraba Jack. Con las últimas reformas en la comisaría, los espacios se habían visto reducidos de forma considerable.

—Mira lo que nos acaban de traer, Kate, no vas a creértelo —dijo Patrick pasándole una hoja con el encabezado del St. Luke's Children's Hospital de Idaho.

Tras el encabezado constaba el nombre del paciente: Jack Miller, edad once años. Y después los datos del médico, doctor Edwards. El diagnóstico era un incierto «posible síndrome de disincronía».

—¿Alguien me puede explicar qué significa todo esto? —dijo Kate con cierta insolencia.

Clark Dupont, director asistente al mando de la oficina del FBI de Nueva York, y su compañero Patrick Hunt no estaban acostumbrados a que alguien a quien acababan de trasladar de forma poco elegante mostrase ese grado de exigencia y de seguridad en sí misma.

—Nos acaban de enviar estos informes desde Twin Falls, Idaho, lugar donde nació y se crio Jack Miller. Dada la cantidad de dinero robada, el juez Richards ha resuelto que los indicios y las pruebas incriminatorias son lo suficientemente concluyentes para emitir una orden de nivel nacional y recabar toda la información relacionada con el principal sospechoso —dijo Patrick haciendo una pausa para darle un buen sorbo a su taza de café—. Esto va para largo.

Kate ojeó por encima los documentos impresos, viejos y escaneados, algunos gravemente deteriorados.

—Según hemos podido saber —continuó Patrick—, Miller no tuvo una infancia sencilla. El diagnóstico del doctor Edwards se refiere a un extraño síndrome cuyo cuadro había sido descrito por primera vez tan solo un año antes por el doctor Jean Charles Terrassier, en 1994. Básicamente se caracteriza por una falta de sincronía entre el desarrollo motor del niño y el desarrollo intelectual, que es más precoz que el físico. Los afectados empiezan a leer y a razonar de forma compleja muchísimo antes que cualquier otro niño o niña, pero tardan más tiempo en escribir y hablar. Pueden tener dificultades motoras a todos los niveles, problemas de coordinación óculo-manual, así como al andar o realizar cualquier otro tipo de actividad física compleja. Suelen presentar problemas auditivos severos que pueden incluir un peligroso aumento de la sensibilidad, terribles dolores de cabeza, temblor de manos y pies, rigidez articular, sacudidas espontáneas en miembros, así como graves trastornos a nivel emocional y afectivo. En fin, ya te puedes ir haciendo una idea —concluyó Patrick aflojándose el nudo de la corbata.

Kate tenía el ceño fruncido y su actitud mostraba cómo un creciente y verdadero interés se desperezaba. Se humedeció los labios y abrió y cerró la mano derecha un par de veces ocultándola en su espalda. El entumecimiento se agravaba. Definitivamente se había pasado con el saco, y lo empeoró más tarde haciendo tareas menores de jardinería. Había alquilado un piso pequeño, pero siguiendo el consejo de su psicólogo, que le había dicho que lo llenase de vida, lo había llenado de plantas.

—No termino de entender bien qué me estás queriendo decir, Patrick, ¿qué sucede exactamente con Miller? —dijo Kate sabiendo que su compañero no le estaba contando la parte más importante, se había quedado en los preliminares.

—Perdona, casos así no se ven todos los días y me dejo llevar por la emoción. Otros informes del doctor Edwards y algunos más de otros colegas califican el nivel del síndrome que padece Miller como de «superdotación profunda».

Kate levantó la vista para observar al sospechoso a través del cristal de visión unilateral. Jack Miller seguía en la misma posición que lo había dejado unos minutos antes, apenas sin parpadear, con la vista fija al frente. Esos ojos, de un extraño color claro entre el verde y el azul, parecían estar atravesando el cristal de seguridad.

—La superdotación profunda es el mayor nivel de inteligencia que puede alcanzar el ser humano. Si una persona normal ronda los 90 y 100 puntos en la escala que mide el coeficiente intelectual, Jack sobrepasa ampliamente los 175, incluso algunos informes lo fijan en la asombrosa cifra de 240. Kate, ¿sabes cuántas personas hay en la Tierra con ese intelecto?

—Ni idea, ¿cuántas?

—Una o ninguna. Las personas como Miller son aquellos a los que los propios superdotados llaman «superdotados». Piensan de una manera diferente, ven de una manera diferente, procesan la información no solo muchísimo más rápidamente que nosotros, con unos procesos que son difíciles incluso de imaginar. Digamos que lo ven todo en microimágenes, miles de fotogramas por segundo que almacenan y procesan en su cerebro de una forma casi mágica. Pueden estar pensando en varias cosas a la vez y haciendo cálculos mentales propios de un superordenador mientras hablan contigo alegremente.

Kate observaba unos dibujos que había sobre la mesa mientras de fondo seguía escuchando a su compañero parlotear con un entusiasmo que rayaba lo infantil. Eran una especie de bocetos, dibujos técnicos llenos de líneas vectoriales, anotaciones numéricas y extraños símbolos, como los utilizados en física y matemáticas para realizar cálculos.

—Eso son unos diseños que Miller hizo cuando tan solo tenía siete años. De motores para coche, Kate, impresionantes motores de cuatro, ocho y hasta doce cilindros. Ese pintado con colores rojos, según sus propias anotaciones, está preparado para alcanzar una potencia de 3500 caballos. Para diseñar un motor como ese, las grandes industrias del automóvil invierten miles de millones y unos cuantos años, además de contar con algunos de los mejores ingenieros del mundo. Miller lo hizo en la habitación de su casa cuando solo tenía siete años, ¿no te parece fascinante?

—¿Y cómo una persona así acaba trabajando de contable bancario? —preguntó Kate—. ¿Me quieres decir que a los siete años ya era capaz de diseñar un motor y a los treinta y cinco solo se le ocurre robar a uno de los bancos más importantes del mundo después de dejar un rastro de huellas tan grande como el desierto de Sonora? Si es tan inteligente, ¿qué demonios ha estado haciendo todos estos años y por qué no se ha sabido hasta ahora nada de alguien tan excepcional? No sé, agente Hunt, pero hay algo que no tiene mucho sentido.

Patrick también observó a Miller a través del cristal. Kate tenía su parte de razón, el acusado parecía envuelto en un enigma del que apenas tenían información.

—¿Estás seguro de que la cámara de Gesell número 3 funciona, Clark? —dijo Patrick al ver cómo Jack parecía estar mirándolo fijamente.

—Patrick, por Dios, las cámaras de Gesell no se estropean a no ser que eches abajo el cristal.

«Veinte milímetros de espesor de vidrio templado fabricado a más de seiscientos grados centígrados de temperatura. Seguridad antirrotura y antigolpe, resistencia térmica y contra gases y vapores. Nivel de reflexión interior de la luz del noventa y nueve por ciento, nivel interior del sesenta por ciento. Tras el vidrio hay tres observadores, dos son hombres y una es mujer, se distinguen sus siluetas y sus posiciones por la ligera variación en el ángulo de reflexión de la luz de la parte exterior de la cámara de Gesell.»

Jack bajó la vista. Necesitaba más que nunca hacer que

los números continuaran bailando, que no volvieran a detenerse nunca más, pero todavía había algo que le impedía concentrarse.

¿Por qué, Mía? ¿Por qué?

—Lo primero que tenemos que preguntarnos es por qué alguien como Jack Miller robaría cincuenta millones de dólares —dijo Kate dejando de lado los documentos—. Si es cierto todo lo que dicen esos informes, no es una persona con necesidades económicas ni a la que le falte el trabajo.

Patrick se percató de la mancha marrón que Kate tenía en el iris de su ojo derecho. Sobre el fondo de un verde oscuro, profundo, apagado, esa pequeña mancha parecía navegar a la deriva dentro de un mar lleno de preguntas sin respuesta.

—No sé por qué haría algo así, Kate, tampoco sé cómo hace todo lo que hace, pero todo apunta a que lo ha hecho y a que prefiere guardar silencio. Así que, si no se ha molestado siquiera en darnos una explicación, ni en pedir un abogado, no podemos contemplar otra opción más que sea él quien está detrás del robo al Crédit Lyonnais; no es nuestro deber saber el porqué, sino determinar el culpable —dijo Patrick tajante.

Kate se volvió de nuevo para observar al acusado. Jack estaba balanceándose ligeramente hacia delante y hacia atrás. Movía los labios de forma casi imperceptible, como si estuviese susurrando algo.

La puerta de la sala de observación se abrió y apareció un agente uniformado.

—Disculpad, acabamos de encontrar algo que debéis saber. —Morgan Red era uno de los hombres de confianza de Clark Dupont.

—¿Qué ocurre, Morgan? —dijo el alto cargo del FBI mirándolo por encima de sus gruesas gafas. A sus cincuenta y cinco años, apenas había empezado a experimentar el temido declive físico. Algo que le asustaba más que cualquier asesino en serie.

—No os vais a creer cuál es el coche de Jack Miller —respondió Morgan—. Un Volvo S90 negro, exactamente igual que el descrito por los testigos que afirman haber visto al Hombre del Coche.

Kate y Patrick acusaron la sorpresa y miraron a través del cristal para observar a Jack con otros ojos.

—Y hay otra cosa más —dijo Morgan con avidez—. Los de la Científica han encontrado un armario en casa del señor Miller con doble fondo, están analizando lo que había en su interior, pero os adelanto que han encontrado esto junto a una caja fuerte de máxima seguridad que todavía no han podido abrir. —Morgan les pasó una fotografía de una mujer de entre treinta y cinco y cuarenta años, con rasgos bellos, ropa elegante: una falda de tubo negra y una blusa roja, con un pañuelo blanco anudado al cuello.

Los ojos de los dos agentes especiales y del comisario se abrieron de par en par.

—Es igual que… —dijo Patrick con nerviosismo.

—Todavía no está cien por cien confirmado, pero pensamos que es la difunta madre de Jack, y sí, va vestida más o menos de la misma forma que el Hombre del Coche viste a sus víctimas. No obstante, no hay que perder de vista que dicha indumentaria era bastante común en esa época y que el parecido podría ser meramente circunstancial —dijo Morgan con contundencia.

«Jacky, sabes qué pasará cuando consigan abrir la caja fuerte, ¿verdad?»

«Sí, lo sé perfectamente.»

«Todo se complicará mucho, Jacky, mucho más de lo que ya lo está si ven lo que guardas allí dentro.»

«Eso también lo sé.»

«¿Sabes qué tienes que hacer, Jacky?»

«Por supuesto.»

«Pues... ¿a qué esperas para empezar?»

8

ÉL NO CONOCE LOS NÚMEROS COMO TÚ

«La comisaría número 23 de Búfalo es un edificio que data de la década de los años cincuenta. Se han realizado dos o tres grandes reformas, pero la estructura y paredes maestras siguen siendo las mismas, así como gran parte de las instalaciones de servicio originales. Dispone de un sótano. La humedad y un hormigón poroso y excesivamente carbonatado han disminuido la resistencia del forjado de acero. Posible corrosión y excesivo uso de cemento aluminoso constituido con caliza y bauxita en su construcción. Las filtraciones del agua de lluvia y las reparaciones tardías y mal finalizadas han acelerado el proceso de degradación y deterioro de la estructura. La planta baja es donde se llevan a cabo la mayoría de las operaciones. Hay una zona de detención previa. Otra de observación o control, donde se encuentran las salas de interrogatorio, de dos por tres metros. Y otra más para el archivo, objetos perdidos, pertenencias retenidas o decomisadas y el descanso del personal. El primer piso se destina a reuniones y tareas administrativas.»

Jack había estado absorbiendo cada dato y fracción de información a su alrededor desde su retención en la cámara de Gesell número 3. Su cerebro estaba preparándose para entrar en el modo Nitro, pastillita debajo de la lengua y a correr. Pero todavía no había podido quitarse de la cabeza la posibilidad de que Mía lo hubiese traicionado, debía de haber algún tipo de error, algo que había pasado por alto. Cualquier cosa menos aceptar que Mía lo hubiese utilizado para robar todo ese dinero del Crédit Lyonnais en su nombre. Ella no. No podía. Era la Chica del Semáforo, a la que tantas y tantas horas había estado observando. Ella era el lugar hacia donde lo había ido empujando la vida, cada número, cada movimiento, cada acción y decisión.

Necesitaba verla, hablar con ella y darle la oportunidad de explicarse, tal vez incluso estuviese en peligro.

Jack trató de conservar la calma y consolarse pensando en la inocencia de Mía. Pero había algo que no hacía más que ocupar progresivamente el centro de todas sus preocupaciones: que la Policía consiguiese abrir la caja fuerte de su habitación, donde guardaba todas esas cosas que nadie debía encontrar.

—Bien, esta es la nueva información que nos ha llegado desde Idaho y desde Portland (Oregón), lugar al que se mudó Jack Miller después de que su madre y su padre se separaran cuando él tenía trece años —dijo Clark Dupont ajustándose bien las gruesas gafas—. Tras ser diagnosticado con el síndrome de disincronía, tuvo que estar hospitalizado una temporada bastante larga, su retraso psicomotor era más que preocupante. Ese gasto extra precipitó que la economía familiar, algo inestable, se viniera abajo. El padre, Greg Miller, mecánico de coches, decidió abandonarlos y hacer su vida en otra parte, dejándolos solos con su madre.

—Perdón, Clark, entonces, ¿tiene hermanos? —preguntó Kate.

—Sí, tiene una hermana tres años menor que él, Wendy Miller. Se encuentra en paradero desconocido. Bien, como iba diciendo, tras el abandono de su padre, su madre decidió trasladarse a Portland. A los pocos meses, la mejoría que experimentó Jack fue tan grande que pudo ser matriculado en un colegio. Pero muy pronto se dieron cuenta de que ese centro no era el más apropiado para la educación de un superdotado, así que hubo que buscarle un centro en el cual pudiesen cubrir sus necesidades especiales. Como ya os podéis imaginar, ese centro...

—Costaba mucho dinero —completó Patrick mirando de reojo a Kate.

—¿Se puede saber por qué me miras? —dijo Kate. Tenía cara de cansada, llevaba un buen rato cruzada de brazos y parecía estar sujetándose a sí misma para no caerse de espaldas por puro agotamiento. A su dolor crónico cervical se le había unido un incipiente dolor interescapular. Hacía menos de cuarenta y ocho horas que se había mudado desde Illinois, en su primer día de trabajo ya llevaba más de doce horas al pie del cañón y todavía quedaba jornada por delante.

—No te miraba, Kate —dijo Patrick tratando de evitar el enfrentamiento.

—Sí lo hacías. Y no es la primera vez —reiteró Kate airada. Una parte de ella parecía estar desarrollando un extraño rechazo hacia los hombres tan sonrientes y encantadores como Patrick. Quizá era su forma de enfrentar ese dolor que se había traído consigo y que se llamaba «decepción».

—Vale de niñerías. No he dejado a mi mujer plantada en su día libre para tener que aguantar discusiones de patio de colegio —intervino el director Dupont—. Dejadme que os cuente un par de cosas más y después os podéis tomar un descanso. Bien, con catorce años matricularon a Jack en la facultad de Matemáticas de la Universidad de Portland.

»Pero, siguiendo la constante en la vida de Jack, no duró demasiado, trece meses más o menos. No se adaptaba, no se relacionaba con nadie, quizá también por la diferencia de edad con el resto de los compañeros, pero lo más fascinante es que antes de dejar la facultad algunos profesores decidieron hacerle un examen final, y ¿sabéis qué? Jack Miller salió de la Universidad de Portland con el título de matemático bajo el brazo con quince años, tan solo un año después de su matriculación. Algo inaudito, su nivel era tan alto que no pudieron hacer otra cosa que otorgarle el título y nombrarle hijo predilecto de la universidad. Ya os podéis imaginar la cantidad de planes que tenían para él y el prometedor futuro por delante. Pero la alegría no duró demasiado para la familia Miller.

»Cuando Jack acababa de cumplir los quince años y su hermana Wendy los doce, encontraron muerta a su madre, Rebecca Miller. Su nombre de soltera era Woods. Según el único informe con el que contamos, fue víctima de un atropello. Iba vestida de la misma forma que en esa foto.

—Menuda historia... —dijo Patrick con una aparente fatiga.

—Después de la muerte de Rebecca Miller, Jack fue enviado a una casa de acogida y Wendy a otra —continuó el director—. No sabemos el tiempo que estuvieron sin verse, no disponemos de ninguna información al respecto. Tampoco de muchos de los años de la vida de Jack o de su hermana, pero sí que lleva viviendo en Búfalo desde hace cinco años. Y lo más interesante, desde entonces el Crédit Lyonnais se ha convertido en el primer banco de la ciudad y uno de los primeros de todo el estado de Nueva York, y curiosamente, el patrimonio del director de la sucursal local, Donald Jones, se ha multiplicado por diez en estos cinco años.

—¿Crees que pueda haber algo más en la relación entre Donald y Jack que no sabemos? —preguntó Patrick.

—Es posible, yo mismo hablaré con el señor Jones, está de camino —dijo Clark Dupont—. Podéis marcharos ya a casa, y me parece que a Jack Miller también le vendrá bien un descanso.

—Imagino que va a pasar la noche en el calabozo, ¿no? —preguntó Kate.

—Por supuesto —dijo Dupont—. El juez ha decretado prisión preventiva por riesgo grave de fuga hasta que se lleve a cabo la primera vista, que es probable que sea mañana o, como muy tarde, pasado.

—Director —intervino Patrick—. ¿Podría hablar un momento con Miller antes de marcharme?

—Claro, tienes cinco minutos, después lo llevaremos abajo para que descanse.

Patrick se ajustó la corbata, cogió una grabadora y se dispuso a pasar a la sala de interrogatorios número 3, donde Jack mantenía prácticamente la misma posición en que lo había dejado Kate. Se quitó la chaqueta y la dejó con delicadeza sobre una silla. La camisa, blanca nuclear, a pesar de llevarla bien ajustada, sí era lo suficientemente flexible para su gusto. Sus ojos se cruzaron con los de Kate, que lo estaba mirando de reojo mientras recogía un par de cosas antes de marcharse. Algo en su interior quería decirle algo, un «hasta mañana» o, tal vez, un «bienvenida a esta oficina, Kate, nos alegra mucho tenerte con nosotros», pero estaba tan cansado que no tuvo las fuerzas suficientes para enfrentarse a una más que posible mala contestación por su parte. Parecía ser cierto lo que les habían contado de ella, quizá Kate no fuese esa compañera que uno desea tener a su lado en los peores momentos. Así que dejó aparcada la cordialidad.

—Buenas tardes, señor Miller. Si no le importa, voy a hacerle unas preguntas —dijo el agente Hunt fingiendo la mejor de sus sonrisas.

Jack levantó la vista lo justo para analizar en conjunto al agente Hunt. Sus uñas estaban mal recortadas. La corbata, a rayas azules y blancas, no había sido nunca planchada. La piel alrededor de las uñas de los tres primeros dedos de sus manos estaba descamada, irritada y puntualmente inflamada. Probablemente debido a los pequeños mordiscos que él mismo se daba cada mañana en esa zona de forma compulsiva e involuntaria. Su pulso era irregular, no controlaba su ritmo respiratorio y presentaba un temblor de manos propio del exceso de consumo de excitantes. La zona axilar de su camisa estaba húmeda. Decolorada y seca. En el dedo anular de su mano izquierda, una ligera circunferencia propia de haber llevado durante años un anillo de casado. «Es posible que el agente Hunt se haya separado recientemente y que todavía no lo haya superado, es posible que el agente Hunt sea una de esas variables "factor humano imprevisible", aleatorias e independientes», se dijo Jack antes de que Patrick Hunt terminase de acomodarse y pusiera la grabadora a funcionar.

—Según su primera declaración, afirma que es inocente de todos los cargos, ¿estoy en lo cierto, señor Miller?

Jack percibió el suave y constante tintineo que emitía el reloj de titanio del agente especial cada vez que golpeaba y reposicionaba sus muñecas sobre la mesa de acero inoxidable.

«El aire acondicionado de la comisaría número 23 se apaga y se enciende solo a intervalos de diez minutos. El refrigerador principal se encuentra funcionando al treinta por ciento y es posible que el capacitador de arranque utilizado sea de un voltaje muy inferior al que se necesita, precipitando subidas y bajadas bruscas de tensión con el consecuente encendido y apagado continuo de todo el sistema. La humedad relativa de la comisaría es del treinta y tres por ciento; riesgo de electricidad estática muy alto.»

—Ya veo que no tiene muchas ganas de hablar hoy, señor Miller, pero hay algo que no termino de entender. ¿Por qué alguien con una capacidad como la suya y un buen trabajo lo tiraría todo por la borda a cambio de un dinero que ni tan siquiera va a poder disfrutar? —Hunt hizo una pausa; Jack mantenía la mirada sobre la mesa de acero, erosionada y con las soldaduras de una de sus patas a punto de partirse—. ¿Es por su hermana Wendy? ¿Ha robado el dinero para ella y por eso ha desaparecido sin dejar rastro?

Cuando Jack escuchó el nombre de su hermana, su foco de concentración viró de lleno hacia el agente especial Hunt.

—Es eso, ¿verdad, señor Miller? He dado en el clavo, ¿no es así? Bien, pues me temo que esto se va a complicar mucho más durante las próximas horas —dijo aflojándose un poco el nudo de la corbata. La humedad en las axilas iba en aumento—. La Policía Científica se encuentra analizando su vehículo y como encuentren algo relacionado con un caso muy muy feo que tiene en jaque a esta ciudad le va a caer una buena, Miller. Porque si además de robar ha estado haciendo eso con esas pobres mujeres… —Otra pausa, esta vez para exhalar un aire lleno de angustia, de imágenes sobre una mesa de autopsias y familias rotas clamando justicia, exigiendo respuestas—. Sabemos lo que le pasó a su madre. Sabemos lo dura que tuvo que ser su infancia y la de su hermana. Somos conscientes de las estrecheces económicas que sufrieron cuando el canalla de su padre los abandonó y tuvieron que separarlos a usted y su hermana.

El agente Hunt había conseguido que algo en el interior de Jack empezase a palpitar, que dentro de esa cámara de combustión una mecha estuviese a punto de prender.

«Tú no sabes una mierda de mí, Patrick. Nadie sabe una mierda de mí», pensó Jack mientras trataba de controlar la respiración.

«Jack, no escuches nada de lo que te diga el agente especial Hunt, solo está tratando de ponerte nervioso, él no sabe nada, él no ve los números como tú.»

«Ya lo sé.»

«Pues entonces deja de ponerte nervioso de una vez y actúa.»

—Le diré cuál es mi teoría —continuó Hunt alentado por los cambios en la expresión del sospechoso—. La muerte de su madre le desequilibró, señor Miller, y por eso ahora, con treinta y cinco años y una vida desaprovechada en un banco en el cual no puede aplicar ni una mínima parte de sus capacidades, necesita más. Necesita recuperar a su madre. Y por eso trata de recrear su muerte con esas pobres mujeres. ¿Estoy en lo cierto, Miller? Piensa que así podrá acercarse a ella, incluso que la puede recuperar. Y por eso decidió robar ese dinero para marcharse con su hermana lejos de aquí y empezar de cero en algún nuevo lugar. Pero resulta que su hermana también le ha abandonado y que ese nuevo lugar se llama «cárcel de máxima seguridad».

—¡No, nada de eso es cierto! ¡Nada! ¡Usted no sabe nada! —gritó Jack levantándose. Sus manos habían empezado a temblar, su frente a sudar y su respiración se había agitado tanto en un lapso tan breve que estaba a punto de hiperventilar.

Patrick lo observó desde abajo, sentado, brazos cruzados sobre la corbata azul y blanca, tratando de parecer tranquilo. «Te tengo, Jack Miller —se dijo con satisfacción—. Ya eres mío.»

La puerta de la cámara de Gesell número 3 se abrió y apareció Clark Dupont. Su porte era el de un hombre cansado. Los hombros caídos y la bolsa de los párpados a medio llenar.

—Está bien, agente Hunt, vamos a bajar al detenido a calabozos —dijo el director, que había estado analizando la reacción del sospechoso desde la sala de observación.

Sujetaba las gruesas gafas en la mano derecha. Su respiración era un poco ruidosa. Su capacidad pulmonar se había reducido en un cuarenta y cinco por ciento durante los últimos años. Pero ese era un dato que él desconocía. Hacerse mayor es como una de esas enfermedades silenciosas, se asienta poco a poco, a veces sin hacer apenas ruido, y para cuando te das cuenta ya estás perdido.

Patrick y su jefe salieron dejando a Jack visiblemente más nervioso.

—¿Qué opinas, Clark? Lo has visto, ¿verdad?

—Claro. Todavía es pronto para cantar victoria, pero es posible que mañana se levante con las ideas más claras y decida contárnoslo todo.

—Eso espero.

Todavía pasaron varias horas hasta que el agente Morgan Red llevó a Jack a una de las celdas individuales del sótano. Ninguno de los dos dijo ni una sola palabra en el trayecto. Morgan obedecía las órdenes de Clark Dupont, que le había pedido que no molestara más al sospechoso, y Jack había puesto a funcionar el modo Nitro de su cerebro.

Cuando se quedó solo en la celda número 4 eran las 21:30, quince minutos después de la puesta de sol y a tan solo treinta del cambio de turno.

Se sentó en el centro de la celda cruzando una pierna sobre la otra. En una postura cómoda, natural y relajada. Cerró los ojos y cerró el resto de sus sentidos. La admisión de información y datos había terminado.

Admisión, compresión, expansión y… Escape.

«Los cuatro tiempos, Jacky. Ahora solo es cuestión de ponerte en marcha, de contar tan rápido como sea posible. De controlar todas y cada una de las variables. ¿Estás preparado, Jacky?»

«Sí, lo estoy.»

Lo primero era calcular el trayecto hasta la puerta de emergencias número 2: «Ciento cuarenta y dos metros de distancia y tres y medio de desnivel. Doscientos cincuenta y cuatro pasos. Doce cámaras de vigilancia con un ángulo de giro de ciento quince grados y un alcance aproximado de grabación óptima de catorce metros. Sus distintas ubicaciones dejan diferentes ángulos muertos que permiten realizar un trazado a su paso sin ser visto desde la sala de control».

El paso siguiente, visualizar el objetivo: la puerta de emergencias: «Ubicada en la planta baja y ligeramente bloqueada por una mesa de vigilancia ocupada por una agente de Policía que más del cincuenta por ciento de su tiempo no se encuentra en su puesto. De tres a siete agentes de Policía con posible presencia en el trazado, esa es la variable "factor humano inestable". Una máquina de café. Siete extintores. Dos bocas de incendio equipadas. Seis aseos, dos para hombres, dos para mujeres y dos para los presos. Cuatro detectores de humo tipo fotoeléctrico cuyo sistema de detección está basado en el principio de dispersión de luz, y su espectro de detección está enfocado a combustibles sólidos tipo madera, lana o algodón. Sobre el solado de unos diez centímetros de espesor han colocado una base de losetas de caucho reciclado que atenúa ligeramente el alto riesgo de electricidad electrostática ambiental».

Por último, Jack necesitaba identificar la vía de salida de la celda: «Dos metros de longitud, uno y medio de ancho y dos con cuarenta de alto. Dispone de una bancada de hormigón armado como elemento único y fijo. El revestimiento interior es en crudo. Se han tratado de evitar las aristas vivas favoreciendo los acabados redondeados, pero el desgaste producido por el exceso de uso ha provocado que se hayan formado diferentes picos y desconchamientos del cemento arenoso. Junto a la puerta de acceso al corredor hay un intercomunicador cuyo pulsador de llamada está suelto, conectado a un sistema eléctrico distinto al utilizado en el de apertura de la celda. Dicha puerta está conformada por barrotes de acero galvanizado de cuarenta por ochenta milímetros y una separación entre ellos de cuarenta y cinco milímetros. La estructura está fijada al techo y al suelo. Dispone de una parte ciega de treinta centímetros de anchura que da a la parte exterior y es donde está ubicado el cerrojo de seguridad para permitir la apertura manual de la puerta. Está diseñada para que los cuatro pernios con rodamientos que tiene en su lado derecho permitan un ángulo de giro hacia fuera de noventa grados. Hace tiempo que no han sido engrasados y es posible que su movimiento los haga chirriar y que esos chirridos pasen desapercibidos justo en el momento del cambio de turno.

»El sistema de apertura eléctrico de la celda está conectado a la red eléctrica general, la cual dispone de un sistema de alimentación ininterrumpida SAI que permite un funcionamiento eléctrico autónomo durante al menos treinta minutos desde la caída de tensión del generador principal. No obstante, generando una corriente parásita se puede crear una interferencia en el circuito principal que ocasione un breve lapso, inferior a un segundo, más o menos lo que dura un parpadeo, en el cual caiga la tensión y el SAI no se active. Ese es el momento en el que el sistema se puede abrir antes de que el de seguridad se vuelva a armar. Lo único que hace falta es generar ese pequeño cortocircuito. En la parte inferior de las paredes, un poco más arriba de las losetas de caucho reciclado, veo la antigua línea de cableado, ligeramente camuflada por capas de pintura y fuera de servicio. Tan solo hace falta conectar el cobre que esconde con el que conecta la puerta al circuito principal. El exceso de electricidad estática y la pulsación simultánea del intercomunicador pueden ser suficientes para generar esa corriente parásita. Ahora tan solo hace falta contar, encontrar el momento oportuno, ese en el que los siguientes números sean exactamente los que deben salir. Controlar cada una de las múltiples variables, los cuatro tiempos, encontrar la pauta que lo conecte todo. Admisión, compresión, expansión y... escape».

«¿Puedes hacerlo, Jacky? ¿Puedes hacer todo eso?»

«Sí, puedo.»

Jack tardó veintitrés segundos y medio en salir como una sombra de la comisaría de Policía número 23 de Búfalo.

Le llevó un minuto más llegar hasta el garaje y abrir uno de los coches no oficiales con el cordón de uno de sus zapatos. Cinco minutos más tarde estaba en el 207 de St. James Street.

Era de noche y no quedaba ni rastro de la Policía Científica.

Abrió la caja fuerte y sacó todo eso que nadie debía ver. El álbum de fotos, los recortes y su cuaderno. Todo era de vital importancia, pero si encontraban el álbum de fotos...

Bajó hasta el garaje por la escalera de emergencias y comprobó que el S90 seguía allí, lo habían precintado pero no se lo habían llevado.

Se sentó al volante. Contó hasta tres antes de abrocharse el cinturón. Comprobó todos los sistemas de seguridad y sintió cómo los ocho cilindros en uve empezaban a latir. Cómo la gasolina de ciento dos octanos de alta calidad empezaba a circular y a llenar hasta el último de los circuitos de vida artificial.

«Sabes que a partir de ahora te van a buscar todos, ¿verdad, Jacky?»

«Sí, pero necesito encontrar a Mía. Y terminar lo que he empezado.»

PARTE II

AMARILLO

9

EL HOMBRE DEL COCHE

1

Habían pasado tan solo dos semanas desde su precipitada huida, pero ya tenía controlada a su nueva comunidad, a su nuevo micromundo. Aunque ahora era diferente, ahora él era élite.

Doscientas cuarenta viviendas, veintinueve desocupadas. Catorce mil metros cuadrados de superficie construida. Una piscina. Dos pistas de tenis. Un pequeño gimnasio y un club social donde tomar el Martini de antes de cenar.

Justo en la vivienda frente a la suya, al otro extremo del jardín interior y a unos casi cien metros de distancia, vivía Richard Bell, casado con Naomi y padre de las adorables Rachel y Tricia, diecisiete y veinte años. Richard hacía al menos cuatro meses que intercambiaba mensajes deshonestos y fotos sin ropa con Alice March, la hija de veinte años de Arthur March, el recién separado vecino del piso 24 de la torre D.

James Barnes, doctor en Medicina Digestiva, estaba siendo víctima de un chantaje por parte de una de sus alumnas más aventajadas, Katherine Reeves. Compartieron cama después de una noche loca y ahora ella le exigía una relación verdadera y no un *affaire*. Él tenía a sus espaldas quince años de matrimonio, una hija y un hijo todavía estudiando. Estaba en un verdadero aprieto.

La lista de cotilleos, perversiones y *affaires* entre los vecinos sería interminable. En apenas diez días había conseguido mapear todas las redes de la comunidad y podía meterse en casi todos los hogares cuando quisiera. Ese era su don. La seguridad informática era una pura mentira, todo estaba en el aire, tan solo hacía falta tener la llave. Y él tenía la auténtica llave maestra.

Ya disponía de todo lo que necesitaba para realizar «su gran obra», la que durante tantos años había sido el motor exclusivo de su existencia. Tenía el dinero, tenía a las personas que iba a manipular y, sobre todo, tenía a la persona que más quería en el mundo.

—Kevin, voy a salir de compras, ¿necesitas algo?

—Sí, me he quedado sin Red Bulls, y compra también una pizza barbacoa para cenar, por favor, tengo antojo. Gracias, Mía, eres un cielo —dijo Kevin sin levantar la vista de sus seis pantallas en red con las que vigilaba webcams, teléfonos móviles, portátiles, tabletas, cámaras de vigilancia, correos electrónicos, redes sociales y cualquier información digital que osara salir a navegar por la enorme red que él había formado a lo largo y ancho de su nueva comunidad.

—Entendido, cariño —dijo Mía en un tono más apagado del habitual.

Kevin levantó una ceja.

—Eh, Mía, ¿estás bien?

—Claro, ¿por qué no iba a estarlo? —dijo Mía antes de salir de su nuevo piso de doscientos cincuenta metros cuadrados.

—Eh, Mía —dijo Kevin yendo tras ella—. ¿Todavía sigues dándole vueltas a lo de Jack?

—¿Y tú todavía sigues pensando que hicimos lo correcto?

—Mía..., ya hemos hablado muchas veces de esto, ¿es porque todavía no lo ha encontrado la Policía? ¿Piensas que está buscándonos? Pues te diré que tengo controladas las cámaras de vigilancia y redes a más de…

—Vale, Kevin, ya me lo has dicho un millón de veces. ¿En serio piensas que estoy así por miedo a que nos encuentre? ¿Y qué hay de Wendy, eh? ¿Y la señora Galleymore? O Lindsay, ¿qué me dices de mi amiga Lindsay? ¿Era necesario involucrarla a ella? ¿Era necesario que acabase como acabó?

—Lo de Lindsay fue un accidente, ella solo tenía que robarle el bolso a Wendy, pero luego… —dijo Kevin.

—Ya, también me lo has contado. Me voy de compras, Kevin, no me apetece hablar más ahora. Tú sigue con tus cosas y déjame que yo siga con las mías.

—Eh, Mía —dijo Kevin antes de que entrase en el ascensor. No estaba acostumbrado a verla así. No estaba acostumbrado a que ella se enfadase con él. Ella nunca se enfadaba con él. Hiciese lo que hiciese y pasase lo que pasase—. Ve con mucho cuidado, por favor, no soportaría que te pasase nada.

«Y menos aún soportaría que dejases de quererme», se dijo Kevin en cuanto estuvo de nuevo a solas.

Soltó un eructo. Aplastó un mosquito. Se rascó la cabeza.

Y volvió a revisar de nuevo todo su plan.

El plan que lo cambiaría todo.

2

Mía pulsó el botón del ascensor y exhaló un aire pesado y contaminado. Cuando salió de esa urbanización de lujo que en ningún momento había considerado su hogar, se sintió liberada. Ya no reconocía a Kevin. Aunque ella también hacía tiempo que lidiaba con lo suyo. Es posible que no fuese tan inocente, que tuviese una parte de culpa. Bastante.

Entró al coche y se concentró en no desviarse ahora, no

podía volver a perderse otra vez. Tenía que centrarse en sus objetivos y hacer lo que había hecho siempre para salir hacia delante. Pensar en ellos dos siempre le había ido bien, no olvidar nunca de dónde venían, cuál era su pasado. Era vital para ella que tuviese claro hacia dónde se dirigía.

Por mucho que Kevin dijera que lo tenía todo controlado, cada vez que salía de casa Mía no dejaba de vigilar su espalda. Controlaba si algún coche la seguía, o si estaba parado vigilando junto a un semáforo.

Jack había escapado de la Policía sin dejar ni rastro, había burlado sus controles en cuestión de minutos. Mía había sido el cebo, el gancho, y sabía que Jack no era como los demás.

Desde luego que tenía motivos para estar preocupada.

Y ese miedo de que Jack los encontrase más esa culpa que siempre la acompañaba le resultaban cada vez más difíciles de soportar.

3

—¿Estás preocupada por algo, Kate? Te noto un poco apagada esta mañana —preguntó el agente especial Patrick Hunt a su nueva compañera.

Llevaban dos semanas de intenso trabajo y solo habían logrado pistas que no conducían a nada, tanto en el caso del Hombre del Coche como en la huida de Jack Miller de la comisaría, que los había dejado bastante tocados. Que se te escape un detenido delante de tus propias narices…

Kate Myers se pasó una mano por el cuello mientras trataba de ordenar su mesa. De nuevo el dolor. Rigidez postural y articular. Seguía sin ponerse las gafas y esa mancha marrón en el verde de su ojo derecho había aumentado de tamaño.

—Hoy es uno de esos días, Patrick, mejor no preguntes.

Los dos agentes especiales del FBI habían acercado posturas, discutían desde el respeto, se escuchaban de forma atenta y a menudo constructiva. Él parecía haber comprendido que ella estaba atravesando un proceso de duelo, profundo y hosco, no solo por la muerte de un ser querido, sino por la pérdida de confianza en el ser humano. Ella a veces se olvidaba de en quién se había convertido, qué había hecho para acabar donde había acabado, y en esos momentos de amnesia volvía a ser la mujer que fue algún día, la que siempre deseó ser. Pero la mayoría de las veces no podía quitarse de la cabeza la prematura e incomprensible pérdida de su hermana. Lana lo intentó una, dos, tres veces, hasta que a la cuarta lo consiguió. Se quitó la vida y el mundo de Kate se resquebrajó. Tampoco podía olvidar lo que le había hecho su ex. Peter la había traicionado de la manera más rastrera: acostándose con una de sus mejores amigas. A pesar de que Peter conocía la dolorosa herida que se alargaba hasta la infancia de Kate. Y lo mucho que significaba para ella la hermana que acababa de perder. Y aun así, lo hizo. Sabiendo que su traición la hundiría más. Sí, había machacado a Peter a base de bien. Él había pagado por todo. No la echaron del FBI porque sabían que su trabajo era lo único que tenía y perderlo sería su ruina completa. Olvido y odio. Búfalo era su última oportunidad. Atrapar a Jack Miller y al Hombre del Coche era su prioridad vital.

—Voy a ir a por un café, ¿quieres que te traiga uno? —preguntó Patrick jugando de forma inconsciente con la punta de su corbata azul y blanca. Se acababa de quitar la chaqueta. El exceso de trabajo y de café lo hacían sudar por las axilas. Pero el gris oscuro de su camisa le sentaba especialmente bien.

—Vale, tráeme lo mismo que para ti, pero más cargado. Y gracias, Patrick. —Fue su primera manifestación cordial desde que había llegado a Búfalo.

—De nada, Kate —dijo con media sonrisa.

Ya sola en el despacho, la agente especial trató de empezar la investigación del Hombre del Coche desde cero. Reordenar cada uno de los datos que habían reunido. Quitarse de la cabeza la traición de Peter y el suicidio de Lana. Y ese ultimátum que pesaba sobre sus hombros.

Tenían a seis víctimas. Todas mujeres de entre treinta y cuarenta años. Violadas cuando estaban inconscientes, tal vez incluso después de muertas. Los forenses no habían encontrado restos de semen, pero en la cavidad vaginal de todas las víctimas había desgarros, erosión y una dilatación anormal, además de abundantes e idénticos restos de lubricante común y de látex.

La causa de las muertes no estaba clara. Las seis autopsias habían quedado inconclusas. Los forenses barajaban que les hubiese administrado una sustancia letal, como la hormona del páncreas, que se metaboliza tan rápidamente que se vuelve indetectable, o como la insulina, cuya sobredosis provoca una hipoglucemia severa y la posterior muerte si la víctima no recibe atención médica de urgencia. No obstante, no habían encontrado ninguna marca de pinchazo en las víctimas.

Las seis mujeres eran de Búfalo o de otros lugares del estado de Nueva York, así que era probable que el Hombre del Coche viviese en la zona. Distintos testigos afirmaban haber visto un sedán negro, de unos cinco metros de longitud, cerca de los callejones mal iluminados que habían servido de escenario de los crímenes, o al menos que elegía para dejar el cuerpo sin vida de sus víctimas.

Todas estaban casadas y tenían una buena posición social, aunque ninguna trabajaba. Sus cuerpos estaban vestidos con las mismas prendas con ligeras variaciones: falda de tubo, blusa de seda y pañuelo, y no habían podido confirmar si se las ponía el asesino. Los maridos aseguraban no estar seguros de reconocer esa ropa debido a que sus mujeres «tenían mucha en sus armarios».

Y había otro detalle común del que la prensa todavía no se había hecho eco: un «anillo de O» en el dedo anular de la mano derecha. Semejaba una argolla y era utilizado en el mundo BDSM como símbolo de pertenencia de una esclava a su amo. Se hizo popular tras el estreno de la película erótica francesa de 1975 *Historia de O,* cuya trama principal giraba en torno a las relaciones sadomasoquistas y a las prácticas sexuales basadas en la dominación y la sumisión, el *bondage* y la disciplina. El anillo de O podía representar no solo «pertenencia a», sino formar parte de un rito de iniciación en las relaciones sadomasoquistas. Habían intentado abrir una vía de investigación que tratara de establecer un vínculo de las víctimas con el BDSM, pero hasta la fecha era una vía muerta: ningún conocido o familiar sospechaba ni tenía conocimiento de que su mujer, hermana o amiga llevase una doble vida. Por otra parte, los grupos que practicaban BDSM solían ser muy cerrados y especialmente desconfiados. Aun así, debían intentar localizarlos y hablar con ellos.

El último elemento a tener en cuenta era que no se había producido otro asesinato desde hacía ya más de dos semanas, desde la huida de Jack Miller de la comisaría número 23 de Búfalo.

Y Jack Miller era el único sospechoso que tenían. Supuesto culpable de uno de los robos más grandes de la historia, propietario de un sedán negro, infancia traumática, coeficiente de inteligencia extraordinario y un montón de años de su vida en blanco. Tampoco tenían pistas sobre su hermana Wendy. No podían rastrear ninguno de los dos teléfonos, probablemente se deshicieron de ellos al salir de Búfalo, o bien estaban apagados y sin batería.

La vecina de Jack, Linda Galleymore, había aparecido

muerta en su vivienda. Aparentemente, un infarto datado por el forense el mismo día de la huida de Jack, que no sería de extrañar si se tuviese en cuenta su edad y la grave patología cardiaca que arrastraba desde hacía años, pero en la mente de la agente especial Myers las casualidades no existían.

Kevin, el joven de treinta y dos años que trabajaba como portero y técnico de mantenimiento del edificio de Jack, también había desaparecido sin dejar ni rastro. Ni uso de teléfono ni de tarjetas de crédito. Podría ser que hubiese visto u oído algo y también estuviese muerto en algún lugar.

Y por último, Kate consideró la muerte de la madre del principal sospechoso en aquel extraño accidente de coche y vestida como las víctimas del Hombre del Coche.

Patrick entró sujetando un café en cada mano y excitado incluso antes de beberse el suyo.

—Kate, no te lo vas a creer. —Dejó los dos vasos sobre la mesa. Pequeña turbulencia. Un par de gotas fuera—. Ha vuelto. Lo ha vuelto a hacer.

—¿Dónde? ¿Cuándo?

—Esta mañana, nos acaba de llegar el aviso de la Policía de Amarillo (Texas).

Kate se lamentó de que siempre fuera a Patrick y no a ella a quien pasaban los avisos. Se llevó una mano a la nuca, bajo el nacimiento del pelo de esa media melena ondulada a la que todavía no se había terminado de acostumbrar.

—Hay que moverse ya —reaccionó la agente especial, miró a Patrick con dureza y cogió su café con leche con extra de café que había traído para ella.

Se iban a Amarillo.

Su prioridad.

Su última oportunidad.

4

Las dos últimas semanas habían sido atípicas. En constante movimiento. Casi perpetuo.

Sentía las articulaciones rígidas como las soldaduras de un barco. Falta de descanso. Al menos, la temperatura había mejorado. La barba mal recortada y la piel rugosa. Camisas reutilizadas y alimentación a base de cocina rápida. Su pelo, de un castaño muy claro, había perdido el brillo y su textura era como la de las fibras de una cuerda. Apenas se reconocía a sí mismo.

Jack había tratado de mantener ese estado de concentración que le permitía contar números y controlar lo que sucedía a su alrededor. Las precauciones para evitar cámaras de vigilancia, coches patrulla y lugares concurridos habían consumido gran parte de su tiempo. El resto lo había invertido en observar y estudiar cada una de las variables que formaban parte de esa ecuación que le decía cuál era el resultado de qué. Probabilidad y consecuencias.

Después de su huida se sintió tentado en más de una ocasión de deshacerse del S90, pero era lo único que le quedaba de esa vida efímera, demasiado acostumbrada a la pérdida y a dejar atrás todo lo que algún día amó.

Pasó por el garaje que tenía a las afueras de Búfalo y que le servía de refugio para las emergencias, escriturado como propiedad de Charles Wiener. Su identidad de rescate.

Pintó el S90 de blanco y le cambió la matrícula y las ruedas. Aprovechó para revisar *su* motor. Su fiabilidad dependía de que cada parte funcionase perfectamente. De que la erosión y el desgaste provocado por el movimiento y la combustión interna no afectasen a ninguna pieza. En el interior de esa obra maestra de la ingeniería no podía existir ningún roce, ningún movimiento no deseado.

Cuando salió del refugio para las emergencias era consciente de que estaba asumiendo un gran riesgo, pero había puesto demasiado en ese coche como para deshacerse de él así como así. Y si caía en las manos equivocadas es posible que averiguaran unas cuantas cosas sobre lo que había hecho que nadie debía conocer. Además, el compartimento secreto bajo el motor continuaba siendo el mejor lugar para ocultar «el artefacto», ese que daría muchas respuestas y que tal vez fuese la clave para el comienzo de una nueva era. El resultado de lo que él mismo había pasado a llamar Proyecto Vida.

Jack había seguido con escrupulosa puntualidad sus pautas, pero necesitaba por encima de todo localizar a Mía, encontrarse de nuevo con la Chica del Semáforo. No terminaba de entender qué había fallado y tenía que mirar a Mía a los ojos para saber dónde estaba lo que daba vida a las cosas. Porque era eso lo que haría que el artefacto funcionase. La culminación del Proyecto Vida.

«Sabes que vas a tener que ir hasta el final para averiguarlo, ¿verdad, Jack?»

«Sí, lo sé.»

Había estado siguiendo la pista de Mía y de esa otra persona que debía de haberla coaccionado. Al menos, quería pensar que la habían obligado a traicionarlo de esa manera. Así que Jack hizo algo que se le daba tremendamente bien: seguir el rastro del dinero robado al Crédit Lyonnais entrando por la puerta de atrás del programa Quartz. Aprovechó la conexión directa con el satélite de su Getac XC500 en un momento de tranquilidad. El dinero puede moverse con mayor o menor rapidez, con mayor o menor habilidad, pero nunca desaparece.

Al principio le pareció curioso cómo lo habían sustraído. Las operaciones no habían sido nada elegantes, no tenía claro si a propósito o si era su forma de proceder. Primero habían retirado pequeñas cantidades y depositado en fondos que el propio Crédit Lyonnais tenía en otras cuentas, algunas de ellas utilizadas por el propio Jack como trampolín o lanzadera. Luego movían ese dinero inicial de una de esas cuentas a otra perdiendo un poco por el camino, es decir, desviándolo. Al final de ese vaivén, el saldo resultante para el banco francés era cero y del cien por cien para los asaltantes. Cuando se cansaron de esas pesadas y repetitivas operaciones pasaron a la fase dos: adiós a la delicadeza y al guante blanco para arrancar de cuajo los más de treinta y cinco millones que faltaban hasta llegar a los cincuenta robados. Los ingresaron a partes iguales en más de quinientas cuentas ubicadas en Liechtenstein, Bahamas, Bahrein, Macao, Barbados, Belice, Bermudas, Islas Marshall, Botsuana, Mauricio, Islas Vírgenes Británicas o Brunei Darussalam, por citar solo unos cuantos paraísos fiscales. Jack conocía de sobra con qué agilidad funcionaban en ellos los movimientos de capital, y constató que los ladrones habían utilizado unas identidades que aparecían y desaparecían de los sistemas informáticos como por arte de magia.

Es posible que el viejo truco de mover el dinero muchas veces con sendos cambios de mano para que los ojos del observador le perdiesen la pista funcionara con la Policía o el equipo de investigación del Crédit Lyonnais, pero no con él. No con Jack.

Él veía perfectamente dónde había ido a parar ese dinero y, lo más importante, dónde se lo estaban gastando. Tardó más tiempo del habitual para él en dar con ellos. No habían parado de moverse, pero por fin se habían establecido en un lugar. Justo en ese al que Jack había llegado hacía unos días.

Amarillo, Texas. Una ciudad en la que el clima era bastante más cálido que en Búfalo, pues estaba mucho más al sur y a su alrededor no había grandes lagos que enfriasen el ambiente, solo kilómetros y kilómetros de una tierra árida, a veces desértica. Tampoco tenía muchos atractivos, con los yacimientos de petróleo y de gas típicos de todo el estado de Texas, que llevaban allí a muchas personas tras la estabilidad económica y laboral, buscando su oportunidad.

El gobierno de Texas, conocido por su tradicional conservadurismo, se había ido volviendo cada vez más *amable* en cuanto a las tasas, impuestos y requisitos para abrir un negocio, comprar una vivienda y, también, registrarse en un hotel.

Y tal vez fuese ese el motivo por el que a Jack le había costado tanto dar con ellos. No era fácil encontrar a alguien en Amarillo. Pero ya casi los tenía. Ya solo le faltaba dar con su ubicación exacta para averiguar qué se escondía tras la mirada de Mía, eso que no había podido descifrar en ese álbum de fotos y recortes de periódico que llevaba escondido bajo el cárter del S90.

Wendy era otra de las variables independientes de la ecuación y cada vez la tenía más lejos de su control. Desde su huida había tratado de contactar con él varias veces, pero Jack solo había tenido tiempo de contestarle a alguno de sus mensajes. La notaba más nerviosa de lo habitual. Más cerca de tener otro acceso de impulsividad. No quería involucrarla, pero esa exclusión era lo que más provocaba sus explosiones de ira irracional. Accedió a decirle dónde se encontraba con la condición de que fuese cuidadosa y no utilizase su nombre verdadero. La Policía la estaría buscando como principal cómplice. Le prometió que se verían en breve.

10

VUELO DE LÉVY

1

—Escucha esto, Kate, ¿a que no sabes en qué era especialista Jack Miller cuando pasó por la facultad de Matemáticas de Portland? —La voz de Patrick transmitía entusiasmo y fascinación.

—Ni idea. Pero apuesto a que en el dosier que nos pasó el catedrático que supervisó su curso allí se habla largo y tendido de ello —dijo Kate sin apartar sus cansados ojos de la carretera.

El camino hasta Amarillo se estaba haciendo largo y ella llevaba varios días sin apenas dormir. Hicieron parte del trayecto en avión y parte en coche, dado que tuvieron que pasar por la oficina del FBI de Oklahoma para tramitar un par de expedientes que había que cerrar ya. Demasiada cafeína y demasiadas preguntas sin respuesta en su cabeza. Patrick le había insistido en que lo dejase conducir algunos tramos, pero Kate tenía acreditaciones que la capacitaban para la conducción evasiva, defensiva y de protección. Incluso realizó un curso intensivo de conducción deportiva. Según ella, que condujese Patrick en esa situación era una temeridad.

—En efecto. Y define a Jack como un auténtico genio de las matemáticas cuya mayor virtud era la referida al estudio de los procesos estocásticos. Los cuales son una rama de las matemáticas, de la probabilidad concretamente, que estudia gigantescas sucesiones de variables aleatorias de todo lo que nos rodea. Su finalidad es conocer si esconden algún tipo de patrón, si en todos esos pequeños sucesos que pasan a diario delante de nuestros ojos y que tomamos por aleatorios o impredecibles existe un factor que los explique o que determine su consecuencia inmediata. Una vez elaborado ese patrón de movimiento, tratan de predecir nuevos sucesos en el tiempo.

—Pero si lo aleatorio es en realidad previsible, el futuro se convierte en algo que podemos predecir —dijo Kate con una de esas miradas inteligentes y cargadas de una buena fotografía, como dirían en el mundo del cine—. Eso es de locos, Patrick.

—¿El qué? ¿Que haya gente estudiando la aleatoriedad o que pueda existir un patrón detrás de ella?

—Las dos cosas.

—Por el amor de Dios, Kate, no seas tan escéptica. El catedrático cita un montón de referencias de grandes matemáticos que obtuvieron resultados bastante satisfactorios. No es ciencia ficción ni un cuento de fantasía, es un hecho probable, quizá demasiado extraordinario para la forma en la que nos relacionamos con el mundo. Cuando nos topamos con algo que escapa a nuestro entendimiento solemos darle la espalda. Como si así dejase de existir.

—¿Y a qué conclusión llegaron esos ilustres matemáticos? ¿A que un día morirían, igual que morimos todos?

—Vamos, Kate, no me digas que nunca has pensado que podrías haber cambiado ciertas decisiones de haber sabido lo que iba a pasar.

En el rostro de Kate desapareció ese bonito pliegue que unía sus pómulos con su nariz cuando sonreía.

—El dosier dice que Jack dio muestras de haber realizado grandes avances en el patrón matemático conocido como «el vuelo de Lévy» —retomó Patrick para evitar que el pensamiento de Kate volara hacia ese lugar al que ni él ni ella querían que fuese—. El matemático Paul Pierre Lévy realizó importantes estudios de la aleatoriedad y su teorema principal es que las variables aleatorias tienden a estabilizarse en el tiempo antes o después. Es decir, siguen un camino que describe un movimiento coherente y, por tanto, predecible. El vuelo de Lévy se basa en la «caminata o paseo aleatorio», llamado así por otro matemático, Karl Pearson, en 1905. Este dijo que la posición de una partícula cualquiera en un instante del tiempo y del espacio depende únicamente de su posición anterior y de alguna que otra variable que pueden describir la dirección y la longitud de cada paso de esa variable.

Kate giró un poco el cuello para comprobar si su compañero estaba burlándose de ella.

—Pero si hay algo de cierto en todo eso no es para estar muy contentos, que digamos, sino más bien asustados.

—Vamos, Kate, esto es ciencia. Han llegado a describir con relativo acierto la ruta que iba a seguir un animal para buscar su comida, cuánto iba a subir una acción en la bolsa, cuánta gente iba a estar en una parada de autobús o en la cola de un banco a una hora determinada. Sencillamente, todavía no hay nadie ni nada tan potente para realizar los cálculos necesarios con el número de variables suficientes para determinar qué sucederá en un futuro. Sin embargo, cuando miras hacia atrás en el tiempo, todo aparece perfectamente indexado, todo es consecuencia de algo. Tan solo es cuestión de cambiar el punto de vista.

Ella rompió a reír como hacía tiempo que no lo hacía.

—¿Se puede saber de qué te ríes? —dijo Patrick.

—De nada..., me hace gracia eso que haces... —dijo

Kate sin poder controlar esa risa que provenía de algún lugar de su interior que tenía completamente olvidado, bloqueado y encerrado—. Estudiar constantemente mis reacciones... Es gracioso ver cómo esperas a que dé saltos de alegría o algo parecido.

Patrick rompió también a reír, también como hacía tiempo que no lo hacía.

—¿Te parece si paramos un momento a tomar algo? Nos vendría bien estirar un poco las piernas. Además, me estoy meando.

—Claro, en cuanto vea un área de servicio, paro.

—Kate, ¿piensas que fue él?

—¿Quién?

—Jack Miller.

—¿A qué te refieres, a si robó el dinero o a si es el Hombre del Coche?

—A las dos cosas.

—Sí, pienso que algo ha tenido que ver, pero no acierto a imaginar la relación.

—Yo tampoco le encuentro sentido a que alguien con un cerebro tan privilegiado tenga la necesidad de robar o de asesinar. Al principio no tenía ninguna duda acerca de la culpabilidad de Jack Miller, pero a medida que hemos podido saber más cosas sobre él...

Patrick sentía una gran admiración por las mentes brillantes. Su padre lo educó con una disciplina muy severa inculcándole esa veneración por la inteligencia. Y aunque él nunca lo reconociera, su matrimonio fracasó principalmente por esa razón. No es que dejase de querer a su mujer, es que nunca lo estimuló intelectualmente, su rutina junto a ella fue tan aburrida como una clase de mecanografía. Aun así, la echaba de menos como se echa de menos una parte de tu propio cuerpo.

—Nadie sabe por qué la gente hace lo que hace. —Kate no solo estaba pensando en Jack. Patrick tampoco—. Nadie ha dicho que los criminales que perseguimos tengan un coeficiente intelectual determinado. Considera el crimen como algo independiente de la inteligencia. Más bien yo me preguntaría qué desean esas personas, cuáles son sus necesidades y hasta dónde serían capaces de llegar para conseguirlas, y cuáles son sus límites morales si es que los tienen.

Kate divisó la señal que indicaba la siguiente área de servicio y tomó el desvío.

No sabía por qué se había producido un cambio en su interior, pero cuando bajó del coche y estiró las piernas deseó que la carretera hasta Amarillo fuese interminable. No se sentía con fuerzas para enfrentarse a ningún criminal, a un nuevo fracaso.

Y mucho menos, a ella misma.

2

«Cuando los dos árboles de levas empiezan a girar, las válvulas de admisión y escape hacen que cada pistón se mueva a una velocidad de veinte metros por segundo en el interior de los cilindros. Entonces, mi S90 vuela.» Jack tenía a su objetivo cerca.

El cajero del Wells Fargo Bank ubicado en el número 72 de St. Adams Street había sido utilizado cuatro veces durante los últimos dos días para extraer dinero de una de las cuentas a las que había ido a parar parte del dinero robado al Crédit Lyonnais. Jack había estado contando toda la noche, su oreja derecha sangraba, los zumbidos habían vuelto y los temblores apenas le dejaban conducir el S90 con la precisión que requería, pero en ese punto y a esa hora el patrón iba a volver a ocurrir. El cajero iba a ser utilizado de nuevo por la mujer que le había robado su sueño. La Chica del Semáforo. Y él debía estar allí.

«Sabes que no puedes hacer cadenas tan grandes de números, ¿verdad, Jacky? ¿Sabes qué ocurrirá si continúas contando de esa manera?»

«Ni lo sé ni me importa ahora mismo.» Parado a treinta metros del cajero del Wells Fargo Bank, todo daba vueltas a su alrededor y el suelo se esfumaba bajo sus pies. La presión en su cabeza, cada vez más alta y molesta. Los zumbidos en sus oídos, más intensos, más violentos. Con una mano acariciaba la barba de varios días. Rudimentaria y primaria.

«Déjalo, Jacky, tienes que dejar de contar ya.»

«No puedo.»

«¿Por qué no?»

«Está a punto de llegar. Ahora. Necesito hablar con ella.»

«¿Te has planteado que la necesidad y el deseo no siempre forman parte de lo mismo?»

«No tengo tiempo de pensar en eso ahora.»

Todo se detuvo durante un instante. Allí estaba el patrón, pasando justo por ese lugar y en ese momento.

Le costó reconocerla, se había teñido el pelo de rubio platino y lucía un nuevo corte, ahora liso y con mucho brillo. El flequillo, antes tan anárquico, lo llevaba peinado hacia atrás, sujeto con un par de pinzas que dejaban el bonito contorno de su frente a la vista. También se había teñido las cejas, que dibujaban un bello contraste en su piel tostada. Toda ella tenía un aire exótico, mitad nórdico, mitad de india americana. El color de su tez había perdido intensidad, como si se hubiese diluido el café con un poco de leche. Tal vez por no estar haciendo su maravilloso espectáculo en los semáforos, tal vez porque se pasase el día encerrada. Oculta.

La Chica del Semáforo. Por fin la tenía a su alcance. Pensó en cómo reaccionaría cuando la abordara. Podría ser que saliese corriendo o, tal vez, que le dijese algo así como: «Corre, Jack, me tienen vigilada los mismos que me obligaron a drogarte en mitad de la noche y a robar todo ese dinero en tu nombre, corre, antes de que el destino nos alcance».

«Tal vez el destino ya nos ha alcanzado, Mía —pensó Jack recordando lo que la gigantesca pauta de números en la que llevaba años trabajando le había mostrado—. Es cuestión de que esta vez yo pueda llegar antes que él.» Sus pensamientos se interrumpieron cuando ella se puso en movimiento.

Mía se guardó el manojo de billetes que sacó del cajero en una pequeña bandolera y enfiló St. Adams Street con las manos en los bolsillos de la fina rebeca. Su paso era lento, casi desinteresado, como si no quisiese llegar a ninguna parte o no tuviese ninguna prisa. Jack encendió el S90 y trató de ser cauteloso, mantener una distancia segura sin perderla de vista. No quería asustarla. Quería encontrar la fracción de tiempo exacta para abordarla.

La Chica del Semáforo torció por la Novena Avenida y bordeó Ellwood Park con el mismo paso apagado. Con los dedos rozaba el verde enrejado de la cara oeste del Parque de los Confederados, como lo llamaban en Amarillo. Se detuvo junto a un semáforo y miró hacia ambos lados. Parecía estar respirando recuerdos, conectando con otra realidad. Cruzó la calzada y giró a la derecha en Jackson Street. Las cuatro ruedas del S90 giraban despacio, sin apenas hacer ruido. «Caucho cien por cien natural vulcanizado con azufre y óxido de zinc para aportar la máxima resistencia frente a la abrasión y la rotura. Enriquecidas por silicio y silano. La banda de rodadura está al límite de lo permitido, el agarre al asfalto es inmejorable. El motor de ocho cilindros es un murmullo tan ligero como el suave viento.»

Mía se detuvo en el número 37 de Jackson Street, entre un incesante ir y venir de transeúntes: *pick-ups* cargadas de sacos de abono y comida para el ganado, un asombroso número de gente que se desplazaba en motocicletas viejas y en mal estado. A Jack le pareció que buscaba a alguien, fue un gesto preciso y calculado. Luego torció en Van Buren Street, con una breve parada frente a la iglesia bautista, y Jack tuvo que guardar una distancia mayor, casi cien metros, porque en esa zona no había apenas nadie. Mía continuó su paseo por Tyler Street hasta llegar frente a un Buick Verano negro con carrocería brillante y neumáticos nuevos. A Jack se le dibujó una sonrisa cuando recordó los enormes fallos que encontró en el último modelo de esa marca cuando lo inspeccionó en un concesionario de Detroit: «Fallos de precisión y de eficiencia en el par motor, desproporcionada velocidad angular del eje de transmisión, caja de cambios mal regulada, ruinoso desgaste a tres años vista… ».

«¿Vas a estar así toda la tarde, Jacky? ¿Siguiendo a Mía hasta la eternidad?»

«No.»

«O sales ya, o te marchas a pensar en lo que pasó anoche, Jacky.»

Jack tiró tres veces del cinturón de seguridad y se lo quitó. Esperó a que los cuatro tiempos del motor del S90 se encontraran en la fase de escape para girar la llave y desconectarlo.

Contó hasta tres al menos siete veces antes de salir del Volvo. Justo entonces Mía abría la puerta del Buick, arrancaba el motor y desaparecía a gran velocidad.

Jack volvió al S90, cumplió sus pautas con rapidez y arrancó antes de perder el rastro del Buick negro.

Giró por la avenida Quince y luego en Harrison Street. No la tenía en su campo de visión, pero los casi cuatro litros de cilindrada y doscientos ochenta caballos del Buick Verano hacían un ruido tan característico que Jack podría escucharlo a kilómetros de distancia, incluso con sus tapones de atenuación puestos.

Mía iba cada vez más rápido y Jack tuvo que acelerar para no perderla. Giró por Frontage Road, una de las vías más densas de Amarillo. Los ruidos eran múltiples y Jack perdió el rastro del Buick Verano. Metió tercera y subió hasta las cinco mil revoluciones. Las treinta y dos válvulas se abrían y se cerraban como el hipnótico aleteo de una mariposa. Torció por Canyon Road. Cuatro carriles por sentido. Pasó rozando a una furgoneta de Big Texan Steak y estuvo a punto de estrellarse contra un camión de Canadian Tire.

El ruido perforaba sus oídos, su oreja derecha sangraba, los zumbidos habían vuelto, tenía que salir de esa gran avenida o corría el riesgo de sufrir un colapso.

Por fin. No podía escuchar el motor del Buick, pero sí distinguió de lejos esa conducción forzada, rápida y acelerada. Peligrosa. Dejó Canyon Road y entró en Lincoln Street. Mía estaba aminorando. Tal vez llegaba a su destino o, tal vez, tan solo frenaba porque…

3

Esperaba haberlo perdido de vista. ¿Eran imaginaciones suyas? ¿Era Jack el que conducía el coche blanco que la había estado siguiendo?

Mía entró al garaje de la urbanización Golden Fields, justo enfrente del majestuoso edificio del Amarillo National Bank; cristales en negro ónix y una gigantesca «A» coronando su cima junto a la ondeante bandera estadounidense.

Sacó las bolsas de la compra y se apresuró a subir al ático. Su respiración era jadeante, seca.

—¿Kevin? ¿Dónde te has metido? —dijo nada más entrar a su impersonal vivienda de lujo.

—Sssh… Silencio, Mía. Esto es muy importante, calla un momento, por favor. —Kevin estaba donde estaba siempre. Desde que llegaron a Amarillo no había salido de su nuevo estudio y estaba desembocando en una dejadez física alarmante. Se alimentaba a base de azúcares y su abdomen era más prominente. Su tórax y sus hombros habían perdido masa muscular. Atrofia. Así que las camisetas le quedaban anchas de arriba y justas de abajo. Kevin estaba sentado en su centro de operaciones con unos cascos puestos y no perdía detalle del contenido de una pantalla: en una imagen pixelada, de resolución muy pobre, el primer plano de un hombre.

—¿Qué ocurre? —preguntó Mía al límite de su paciencia.

—En breves instantes Lauren Bell va a descubrir que su marido Richard se masturba con las fotos que Alice March le envía en bolas. Alice, la hija de Arthur March. Ya te conté su historia —continuó Kevin viendo que Mía no reaccionaba—. ¿Y sabes quién le ha dado el chivatazo a la señora Bell? —Kevin estornudó. Tragó saliva. Se aplastó sobre la cabeza la gorra de los Giants, cada vez más sucia y deshilachada—. Esa rata de Richard Bell no quiso darme lo que le pedí y ahora va a tener lo que se merece por hacer lo que no debería con jovencitas que no son para él. Y Lauren también se merece lo que está a punto de descubrir. Ella decidió someterse a un marido que nunca la quiso y en cuyos ojos nunca vio deseo, tan solo el reflejo de un estatus. ¿Entiendes por qué hago esto, Mía? No es solo dinero ni venganza personal, qué va. Es algo más profundo. Es una lección de moralidad.

—Estás enfermo, Kevin. —Mía soltó un bufido desesperado, lleno de fatiga, mientras a Kevin se le dibujaba una sonrisa viendo a través de la webcam del portátil de Richard Bell cómo su mujer se llevaba una mano a la cabeza y la otra a la boca mientras él trataba de subirse los pantalones y de cerrar la pantalla de un manotazo.

A Mía se le fueron las ganas de decirle que tal vez Jack podría haber dado con ellos. Toda la energía con la que había llegado a ese refugio artificial que había creado con Kevin desapareció sin dejar rastro. Y por su cabeza cruzó una idea, tan inesperada como reveladora. A lo mejor no era tan malo que Jack diese con ellos, que descubriese todo lo que les habían hecho a él y al resto. Y que le hiciese pagar por esa insoportable culpa que la corroía.

Se metió en el baño y cerró por dentro. Se quitó la ropa, abrió el grifo de la bañera y apenas se llenó con un par de dedos de agua, se acurrucó en una esquina y rompió a llorar en silencio. Se sintió tremendamente desolada bajo esa cascada iluminada con neón azul que mojaba su cuerpo, que acariciaba cada uno de esos tatuajes de los que creyó que la ayudarían a expiar esa culpa que la atormentaba desde hacía años. ¿Qué demonios estaba haciendo? ¿Por qué y por quién lo hacía? Se había ido dejando arrastrar por Kevin y había terminado haciendo cosas inimaginables por las que sentía repugnancia. Y lo peor era que no podía sacarse a Jack Miller de la cabeza. Y eso la hacía sentirse aún más pusilánime.

Mía vio claro que, por mucho que huyeran Kevin y ella, nunca podrían escapar de ellos mismos, de la responsabilidad de sus acciones. Recordó la conversación que tuvo con Jack en su primera cita en el Hutch's: «Cada uno ha de ser quien debe ser… Solo es cuestión de no olvidar nunca quién eres».

«Entonces, ¿este es el papel que la vida tenía reservado para mí? ¿Una mentirosa estafadora que ni siquiera tiene el valor de cambiarlo? —se preguntó envuelta en una cascada de lágrimas y agua del grifo—. Haz lo correcto, Mía. Reúne fuerzas para hacer lo correcto.»

Tal vez no era tan mala idea que aclarara las cosas con Jack. Si él decidía que necesitaba cobrarse su venganza, estaba en su derecho. Por todo lo que les habían hecho a él y a su hermana, sobre todo a Wendy. Eso sí fue una cabronada.

4

Lo que más le dolió a Wendy no fue haber sido engañada otra vez. Lo peor fue que su hermano saliera corriendo en busca de esa mentirosa que había sido cómplice de la persona que había tratado de matarla a ella. Pero Jack ni siquiera lo sabía, porque él nunca escuchaba y había antepuesto sus necesidades al bienestar de su propia hermana.

A Wendy se le rompió el corazón cuando descubrió que Arnold, en quien había depositado grandes y puras esperanzas, había estado utilizándola para acercarse a Jack. Cuando lo descubrió hablando con su…, no sabía ni cómo llamar a esa mujer que había seducido a un hombre de espíritu débil y corazón de viento como Jack solo para robar ese dineral con sus claves personales.

«Así no se hacen las cosas, Mía, no se hacen así, Arnold, o como te llames en realidad», pensó Wendy mientras se alisaba la melena frente al espejo esperando que a Jack le diese por mirar el maldito teléfono y contestar a sus mensajes. Se dio dos fuertes tirones con la plancha mientras apretaba las mandíbulas. Cayó pelo en el lavabo. Olor a quemado.

Una lágrima brotó del fondo de sus ojos. No llevaba nada bien el abandono y la culpa. Es curioso cómo funciona la mente cuando vienen mal dadas. Algunos tienden a echarle la culpa a los otros, al universo. Y otros se culpan a sí mismos, aunque no tenga el menor sentido.

Con tan solo doce años, Wendy tuvo que enfrentarse a dificultades con las que los novelistas ni siquiera sueñan. La separaron de su hermano, lo único que le quedaba tras el abandono paterno y la muerte de su madre. Tuvo que huir. Aprendió a mentir, a luchar, a ser alguien en quien los demás confiaran, a sobrevivir. Y ella también había hecho cosas. Algunas bastante malas.

Había llegado hasta Amarillo para encontrarse con su hermano, para que ambos se reunieran con su pasado. La crueldad, la violencia, los abusos, el engaño e incluso esa insidiosa culpa no eran nada comparado con la soledad que convertía muchos de sus días en auténticas pesadillas.

Su vida había llegado a uno de esos tramos en los que es tan fina la lámina bajo tus pies que cualquier movimiento en falso hará que el mayor de los vacíos te abrace. Había llegado el momento de ajustar cuentas con el pasado, de pagar de una vez toda su culpa.

En Amarillo se resolvería todo.

11

ESA PARTE DE LA CABEZA, METÁLICA, SINTÉTICA

1

Cuando vio cómo Mía entraba en la urbanización Golden Fields algo en su interior se relajó. Ya la tenía, ya sabía dónde vivía. Ahora debía calcular el momento adecuado para hacerle una visita. Encontrar la pauta correcta. Era consciente de que tal vez estuviera peligrosamente acompañada.

Se registró en el modesto pero confortable Motel Twins, a las afueras, saliendo por la interestatal 27 en dirección a Canyon. En esa zona servían filetes gigantes, subastaban ganado y hacían prácticas de tiro casi a diario. No se preocupaban de instalar cámaras de seguridad ni de cumplir las normas federales para el registro de huéspedes.

Tras asegurarse de que no había cambios en los escasos vehículos del aparcamiento exterior, Jack se encerró en su habitación para darse una ducha de agua bien caliente. Reparadora. Cruzó las manos por la espalda y enderezó la postura. Sus vértebras hicieron un ruido extraño. Cuando empezó a sentir un hormigueo por los hombros, dejó de estirar.

En cuanto el espejo del baño se desempañó, se afeitó con milimétrico cuidado y se recortó un poco los mechones que le caían sobre la frente. En los extremos de la esclerótica de ambos ojos emergía con timidez una fina red de capilares que parecía estar extendiéndose hacia el centro como una fiebre hemorrágica.

Se tendió en la cama y cerró los ojos. Su oreja derecha hacía rato que no sangraba y la presión intracraneal había disminuido. Haber visto a Mía, tener controlado dónde vivía, había rebajado su nivel de ansiedad. Hacía tiempo que no tenía esa poderosa sensación de estar haciendo lo correcto.

Sacó su álbum fotográfico y de recortes y su libreta de anotaciones. Necesitaba darle un repaso a todo.

«Sabes que, si te encuentran con eso, será tu fin, ¿verdad, Jacky?»

«Sí, lo sé.»

«¿Y por qué no te deshaces de todo ahora?»

«No puedo, aquí es donde se concentra mi vida. Tal vez todos mis pasos, movimientos, acciones y pensamientos no sean más que diminutas partes de una enorme ecuación que está justo a punto de dar el resultado final.»

«No creo en nada de eso, Jacky. Tal vez sí en algunas anotaciones de tu libreta. En algunos de tus proyectos. Concéntrate en ellos y tira lo demás. Sobre todo, ese asqueroso álbum de fotos. Tíralo antes de que sea demasiado tarde.»

Jack trató de bloquear a la Voz. Cada vez le hablaba más y más, y no hacía otra cosa que ponerlo más nervioso, aumentar su inseguridad.

«La incertidumbre es a la vez el primer paso hacia el fracaso y también hacia el éxito, Jacky. Nunca lo olvides.»

Abrió la libreta de anotaciones por la parte de las conclusiones y formulaciones maestras del proyecto al que había dedicado sus últimos cinco años. El resto de las investigaciones iniciadas en el campo de las matemáticas, la física o la ingeniería se encontraban en modo pausa.

El Proyecto Vida se había convertido en el centro de todos y cada uno de los números que contaba y calculaba.

Cuando todo estaba en silencio y se encontraba absolutamente a solas con los números, podía ver allá a lo lejos una diminuta luz. Un minúsculo hilo que lo conectaba todo. Atravesando el tiempo y el espacio, justo en el centro de la aleatoriedad. Ese era el verdadero patrón. Una gran pauta que llevaba avanzando durante miles de años, que impulsaba la vida, que marcaba cuál sería su próximo paso. Y Jack había llegado a una terrible conclusión: pronto, muy pronto, esa gran pauta iba a alcanzar un punto clave. Uno de esos puntos que marcan el devenir de la raza humana, tal vez uno de esos que la historia conoce como catástrofe, como barbarie, como punto de inflexión. Y su Proyecto Vida era un nuevo camino para que ese punto clave no fuese ningún final, sino otro principio.

El Proyecto Vida se había plasmado en un artefacto. Era su prototipo, y era perfecto, la máquina definitiva. Jack había diseñado algo que se encontraba justo en esa línea que separa lo vivo de lo inerte. El artefacto que guardaba bajo el capó del S90 era el resultado de haber unido más de cincuenta mil componentes. Pesaba apenas doscientos gramos y muchos materiales y aleaciones utilizados no tenían ni tan siquiera un nombre. Biomateriales. Pseudopieles. Nanotecnología.

Había revisado cada parte y mecanismo infinitas veces y no había podido encontrar un solo fallo. Lo único que le faltaba era algo que le obsesionaba desde que tenía uso de razón, desde que ocurrió aquello. Y que era justo esa gran diferencia, esa insalvable distancia que separa la vida y la muerte.

«Y estoy convencido de que esa diferencia está aquí, en Amarillo, puedo sentirlo.»

«Nada de eso, Jacky, tú no sientes nada, tan solo ves números, los cuentas y calculas resultados. Igual que yo. Y eso es todo. El resto son ilusiones tuyas. No existe tal diferencia. La vida y la muerte son técnicamente la misma cosa, Jacky.»

Jack cerró la libreta de anotaciones del Proyecto Vida y sacó el álbum de fotos y de recortes.

Dio cuatro golpecitos sobre la tapa y contó siete veces tres antes de abrirlo. Pasó la mano por la fina capa de poliestireno que cubría la primera fotografía tratando de ver más allá en esos ojos vacíos. ¿Qué número era el que le faltaba? ¿Cuál era la variable que se le estaba escapando? ¿El maldito factor humano? Cada una de esas fotos estaba ahí por una muy buena y poderosa razón. Una razón que llevaba arrastrándose millones de años por el universo y que estaba a punto de llegar. Faltaba muy poco, tan solo necesitaba una más...

2

Una muerte más. Una más. Un número que anotar en una libreta. En la primera página de un periódico. O en la carrera de un asesino en serie que acababa de firmar su séptima obra.

Otra vez la falda de tubo, la blusa de seda, el pañuelo al cuello y el anillo de O en el dedo anular de la mano derecha.

Cuando los agentes especiales Hunt y Myers llegaron a Amarillo, el fiscal de la zona ya había procedido al levantamiento del cadáver y ya había concluido la primera fase de la autopsia.

El forense Martin Donovan era un veterano en medicina legal demasiado acostumbrado a los agujeros de bala y a los asesinatos con arma blanca. Un crimen como ese le daba incluso risa.

Patrick salió de la sala de autopsias con Donovan detrás. Kate había preferido quedarse fuera para hacer un par de llamadas, tenía una fobia terrible a las cámaras mortuorias desde que tuvo que identificar el cuerpo de su hermana Lana sobre un lecho de metal.

Cuando Patrick alcanzó a su compañera, Donovan iba un poco rezagado. Cabeza pelada, nariz picuda y ojos excavados en dos enormes cuencas color ceniza.

—No hay duda de que se trata del mismo tipo —dijo Patrick con los ojos llorosos a causa de las emanaciones del formol y abriendo su libreta—. La víctima es Fiona Barnes, treinta y tres años, casada, rica y sin trabajo. Agresión sexual con penetración severa, desgarros vaginales con abundante sangrado y laceraciones en labios mayores y menores. Las heridas han sido ocasionadas por un elemento fálico extraordinariamente grande. Igual que en el resto de las víctimas, quizá un poco más agresivo. El doctor Donovan no ha hallado rastros de semen ni de ninguna otra muestra de ADN que coincidan con las encontradas en las otras víctimas. Llevaba el anillo de O. Y por lo demás...

—Se le olvida la droga usada —dijo Donovan mirando a Patrick y dando muestras de una patológica timidez con las mujeres.

—Han sometido la sangre y algunos tejidos del cuerpo de Fiona Barnes a una novedosa técnica de análisis: una cromatografía de gases acoplada a una espectrometría de masas. Así han identificado restos de hioscina, más conocida como «escopolamina».

—Vaya, esa es la droga que anula la voluntad, la que utilizan los violadores. —Kate cruzó los brazos bajo su pecho y aprovechó que su mano derecha quedaba oculta para abrirla y cerrarla un par de veces. Se había vuelto a exceder golpeando el saco y tenía la piel tan tirante como la primera vista de un divorcio.

—Todo apunta a que a Fiona Barnes primero la drogaron y luego la mataron con una sobredosis de esa misma sustancia. ¿No es así, doctor Donovan?

—Llámenme Martin. Mi teoría no, es lo que dicen la cromatografía, la espectrometría y la ausencia de otras causas. Y se le ha olvidado lo que le he contado de la cinetosis, eso es importante. La escopolamina no es fácil de encontrar. Se puede extraer de forma natural de una serie de plantas, pero obtener un solo gramo requiere un proceso extremadamente complejo. Aunque existe una variedad que se utiliza como fármaco para tratar la cinetosis, o el mal de movimiento, que...

—Está íntimamente relacionado con problemas en el oído —intervino Patrick antes de que el forense repitiera la lección de Medicina que ya le había impartido en la sala de autopsias.

—Exacto. Una de las causas más frecuentes de la cinetosis es un problema en el aparato vestibular, el sistema del oído que se encarga del equilibrio y el control espacial. Y les interesa saber que la escopolamina se receta en dosis muy muy bajas y solo se puede comprar con receta médica con doble firma.

—Entonces, sería posible que nuestro sospechoso fuese alguien con problemas de oído que está bajo tratamiento médico con escopolamina —concluyó Kate.

—Así es, señorita..., así es, Kate —dijo el doctor Donovan—. Si yo fuera ustedes, empezaría por pedir un registro de las recetas de escopolamina al Centro Nacional de Farmacovigilancia y que os digan si ha habido sustracciones recientes de esta sustancia en algún almacén. No sabemos seguro si la persona a la que buscamos tiene problemas de oído. No es habitual que alguien tenga facilidad para reunir la cantidad de escopolamina que hace falta para anular la voluntad y matar a siete personas. —Martin Donovan arrugó la nariz y sus ojos se abrieron con la parsimonia de una tortuga vieja.

—¿Ha encontrado algún pinchazo? ¿Puede administrarse por otra vía? —preguntó Kate directamente al forense, que plegó un poco el cuello y se puso rojo.

—En el primer examen no he visto ningún pinchazo, aunque no puedo descartarlo. Y la escopolamina es de las pocas drogas que tanto inyectada como inhalada o diluida en una bebida puede resultar letal.

—Muchas gracias, Martin, un gran trabajo. —Kate llamó al doctor por su nombre de pila y extendió la mano para despedirse de él formalmente, y el forense se retrajo como los cuernos de un caracol cuando alguien los toca, hacia ese caparazón que lo protegía de un miedo atroz a las mujeres.

Kate y Patrick volvieron al coche y llamaron a Clark Dupont para que fuera solicitando el registro de recetas y robos de escopolamina.

—Patrick, si Jack Miller aparece en ese listado, las probabilidades de que sea él se disparan —dijo Kate tras terminar la llamada a su jefe y ponerse de nuevo al volante.

Conducir la ayudaba a no pensar, y Patrick pensaba mejor cuando no conducía. En eso se compenetraban a la perfección.

Pusieron rumbo al domicilio de la víctima que les había hecho cruzar casi medio país. Fiona Barnes vivía en una de las zonas más lujosas de Amarillo, en el complejo Golden Fields, frente a la sede del Amarillo National Bank. Su marido, James Barnes, era doctor en Medicina Digestiva por la Rice University de Houston, uno de los mejores en su campo, según les había dicho el forense Martin Donovan.

Aunque Patrick Hunt no era un *profiler*, se le daba estupendamente bien estudiar a las personas y suponer lo que estarían pensando, así como sus motivaciones. Kate ya lo había experimentado en ella misma, así que escuchó con atención las notas que su compañero leyó en voz alta sobre la víctima:

—Estatus alto. Licenciada en Economía y Empresa, los ingresos del marido superan ampliamente el salario medio. Fiona solía salir una vez a la semana a cenar con sus dos únicas amigas, según me ha contado la Policía de Amarillo, y esa fue precisamente la noche que…

—Escogió el Hombre del Coche para acabar con ella. Así que el asesino sabía que esa noche Fiona saldría, la tenía controlada, conocía sus costumbres y los lugares que frecuentaba. Nuestro Hombre del Coche es selectivo con sus víctimas, alguien a quien no le importa esperar el tiempo necesario y que prefiere adormecer a sus víctimas en lugar de arriesgarse a un enfrentamiento directo con ellas. Lo que no sabemos es si establece algún tipo de relación antes o si pasa directamente a la acción.

Patrick también escuchó atento los razonamientos de Kate y realizó unas rápidas anotaciones en su libreta. Su compañera era brillante, eso le parecía patente desde el primer día. Kate tenía lo que Patrick definía como un «cerebro atractivo», quizá el atractivo que más valoraba en el ser humano… Por primera vez se quedó embobado observando el balanceo de sus ondulantes cabellos sobre su rostro. Ella pareció percibirlo y se puso un mechón de pelo detrás de la oreja, dando por cerrado el espectáculo. Él anotó mentalmente que ya le había dejado claro que no le gustaba que la miraran. Tendría que andarse con ojo, porque no le apetecía volver a importunarla.

—Lo que no acabo de entender es qué ha movido al Hombre del Coche a cambiarse de ciudad. Porque no hay duda de que ese lunático quiere que las encontremos. Desea que contemplemos su obra. Más que satisfacer una necesidad, parece estar tratando de demostrar o de enseñarnos algo. Es posible que Búfalo primero y Amarillo después signifiquen algo, y esté tratando de que le sigamos el rastro, ¿no crees?

—Nunca se sabe en estos casos, Patrick. Tampoco pienses que estamos buscando a un lunático, no tiene forzosamente por qué serlo. Y tú mismo acabas de responderte a la primera de tus preguntas. ¿Por qué cambiar de escenario? Precisamente Jack Miller, nuestro sospechoso número uno, tuvo que huir de Búfalo, ¿no consideras que es esa una buena razón? Y si quieres más, también es posible que tenga problemas de oído que se tratan con la droga utilizada para anular la voluntad de las víctimas.

Para Kate, responder a sus dudas era un método para poner en funcionamiento su razonamiento deductivo y dejar de lado su ciclo de pensamientos autodestructivos. En eso también se compenetraban bastante bien.

Patrick estiró los brazos hacia delante y arqueó un poco la espalda. Comodidad. Se llevó una mano a la boca, pero la retiró a tiempo. Se había propuesto no morderse las uñas. Anotó unas cuantas frases más referentes a algunas conclusiones provisionales, aunque también escribió otras que no estaban relacionadas con el caso pero le eran de ayuda para reproducir cadenas de pensamientos. Una especie de reglas nemotécnicas y resortes intelectuales que ponían en marcha ciertos procesos mentales que tenían tendencia a desaparecer si no los atrapaba de algún modo. A veces, en forma de dibujos. Era estricto en sus métodos de trabajo porque creía que las mejores ideas y los pensamientos más lúcidos ocurrían a veces en el momento menos esperado, cuando su mente estaba involucrada en otra actividad.

Luego abrió otro de los dosieres que contenían información sobre el pasado de Jack. Imaginó esa infancia entre médicos como si fuese una rata de laboratorio y recordó que a él también lo llevaron de pequeño a un médico un tanto particular. Lo recuerda muy alto y de rasgos agresivos. Sus padres se empeñaron en que no dormía bien por las noches y en que esa falta de sueño le estaba provocando un retraso en el desarrollo intelectual. «El cerebro crece cuando duermes,

Patrick, así que, si no duermes, el tamaño de tu cerebro no llegará a ser mucho más grande que una pasa», solía decirle su padre. Estuvo viendo a aquel médico hasta que su padre consideró que ya volvía a ser normal.

—¿Alguna anécdota nueva sobre Jack Miller? —preguntó Kate casi sonriente. Hasta ese viaje a Amarillo no había sido consciente de lo mucho que odiaba el silencio.

—Tengo una conjetura sobre uno de los médicos que vio a Miller cuando tenía dieciséis años, un año después de la muerte de su madre y de haber sido separado de su hermana. Lo firma un tal Adrian Euler, pero no es un diagnóstico propiamente dicho…

—Déjate de rodeos y suéltalo ya.

—Según Adrian Euler, psiquiatra del North Canyon Medical Center, es posible que Miller padeciese esquizofrenia u otro trastorno grave de la personalidad. Dijo que tenía una visión de la realidad desestructurada y que podía cursar con alucinaciones tanto auditivas como visuales. No obstante, anotó que dicho diagnóstico se confirmaría en las sesiones siguientes, a las que Miller nunca se presentó. También recoge frases transcritas de los padres de acogida. George y Susan Andrews afirmaron haberle visto hablar con alguien cuando estaba solo, parecía responder a preguntas que le hacía un interlocutor imaginario y, a veces, se enfadaba con él.

Patrick cerró la carpeta y emitió un suspiro cargado de desilusión. Sabía qué significaba lo que acababa de leer. Y se imaginaba lo que estaría pasando en esos momentos por la mente de Kate: si ese diagnóstico era cierto, no estaban buscando solo a una persona increíblemente inteligente, sino también a alguien enfermo y trastornado.

Llegaron a Golden Fields, se identificaron ante el vigilante de la lujosa urbanización y una cámara de videovigilancia giró hasta apuntar hacia ellos.

—Saluda al pajarito, Kate —dijo Patrick mientras se ajustaba el nudo de la corbata.

3

—Pero qué demonios... ¿Cómo nos han encontrado? —dijo Kevin al ver a la pareja del FBI mostrándole su identificación a Nick Bullit, el vigilante de seguridad.

Kevin activó el resto de las cámaras del circuito cerrado para ver hacia dónde se dirigían, pero no le cabía la menor duda de que estaban allí por él. Primero le entró hipo, después soltó algo parecido a un graznido, por último se llevó las dos manos a la boca reprimiendo un grito de rabia que provenía del núcleo de su dolor. Frustración.

—¡Mía, ven a ver esto, nos han encontrado! —El grito de Kevin fue desgarrador. Se quitó la gorra de los Giants y una gota de sudor brotó entre sus dos cejas.

Cuando Mía escuchó el grito de Kevin vio una imagen con claridad.

El conductor del coche blanco era él. Kevin había subestimado su portentosa inteligencia. Había obviado sus advertencias acerca de lo que Jack era capaz de hacer.

—¿Dónde está? —preguntó Mía tranquila cuando entró en el centro de operaciones de Kevin.

Kevin se giró con nerviosismo. Boca entreabierta. Labios ligeramente cortados, muy resecos y con el contorno amoratado. Una mirada desesperada bastó para contestar.

Mía buscó entre las pantallas y solo vio a un hombre y a una mujer esperar al ascensor en el *hall* del edificio.

—Son del FBI, nos han encontrado —dijo Kevin con auténtico pavor—. ¿Qué hemos hecho mal, Mía?

La mirada de ella era fría como el acero. Afilada y penetrante. Tenían exactamente tres minutos para activar el plan para las emergencias.

—¿Estás seguro de que vienen aquí, Kevin?

—¿Y adónde si no? Somos fugitivos, hay abierta una investigación de ámbito federal por el robo al Crédit Lyonnais y por todo lo demás, ¿recuerdas? —A Kevin parecía haberle vuelto de repente la cordura que le faltó cuando hizo todo lo que hizo. Cuando planificó vengarse de aquellos que lo dañaron, contra ese país que lo hirió. Gimoteó. Tosió. Le dio una arcada. Y pasó con fruición su mano derecha por esa parte de su cabeza, metálica, sintética, la que siempre ocultaba con la parte de atrás de la gorra. Luego se tapó la cara con las manos y pareció que lloraba.

El pulso de Mía era estable. Cincuenta pulsaciones por minuto. El plan para las emergencias estaba listo para activarse. En treinta segundos estarían huyendo por el piso contiguo que tenían comprado a otro nombre, y en apenas tres minutos habrían desaparecido de las inmediaciones de la urbanización.

—Kevin…

Todavía escondía la cara mientras gimoteaba de una forma casi infantil, fingida y absurda.

—Ya está bien. No vienen aquí, mira —dijo Mía señalando la pantalla número 3.

La pareja de policías esperaba frente a la puerta número 30, ubicada en la décima planta y perteneciente a la vivienda de James Barnes, el marido de la recientemente fallecida Fiona, que en ese momento abría la puerta al FBI.

Kevin estalló en una carcajada y se caló de nuevo la gorra de los Giants hasta las orejas. Le dio un fuerte beso a Mía en la mejilla y gritó:

—¡Somos invencibles, Mía, invencibles!

«Claro que sí, Kevin, somos invencibles», se dijo Mía antes de dejarlo solo.

Esa pareja de policías era solo un aviso. Una señal. El final estaba próximo, podía sentirlo en algún lugar de su interior. Era como una premonición muy poderosa. Todos sus pecados, todos, y esa culpa, cada vez más intensa, estaban a solo un paso de acabar con ella.

Kevin no tardó en recuperar ese estado de ánimo de optimismo y alegría. A veces se encontraba mal, y a veces se encontraba bien. O estaba muy arriba o muy abajo. Escuchó la conversación de James Barnes con los policías y se aseguró de que no les contaba nada de lo otro, de eso otro que Mía no sabía. De su particular pacto entre caballeros. Los dos agentes estaban allí para hacer las pertinentes preguntas sobre la estúpida e insignificante vida de Fiona.

Abrió la carpeta que había nombrado «Mi gran obra». Había llegado el momento del movimiento final, de su jugada maestra. Tenía a todos sus peones alineados y no podía arriesgarse a que diesen con él antes de terminar ese proyecto que le había supuesto tanto esfuerzo, y por el que había hecho todo. Muy pronto todo el mundo conocería quién era él.

Pero antes tenía que ajustar cuentas con alguien. Por no haber hecho lo que él le ordenó y por no tomarlo en serio. Porque de él ya nadie se reía.

12

YO, QUE TE HE OFRECIDO MI CORAZÓN TANTAS VECES

1

«Es la última vez que te lo pido, Jack. Ya no te estoy pidiendo dinero ni que te preocupes de una maldita vez por mí. Te estoy pidiendo que me contestes a este mensaje. Si no, voy a hacer algo, Jack. Algo malo, y me parece que ya sabes qué es. Contesta que esta noche nos veremos y hablaremos de eso que tú sabes.»

Wendy pulsó «Enviar» y lanzó el móvil contra la cama del hotel. Se dio un tirón de pelo y hundió la cabeza en la almohada mientras se liaba a puñetazos contra el colchón. Ya llevaba cuatro días en Amarillo y su hermano todavía no había accedido a verla.

Desde que Mía y el desgraciado de Kevin los habían engañado a Jack y a ella, la ansiedad se le había desatado. Por primera vez en años había decidido confiar en un hombre que no fuese su hermano. Y Arnold/Kevin la había traicionado acercándose a ella para consolarla de ese pasado cruel y violento. Luego haciéndola sentir comprendida, respetada, incluso amada. Y por último convenciéndola de que merecía la pena volver a intentarlo. Confiar en el género humano. Pero lo único que quiso Arnold desde un principio fue obtener información sobre Jack. Luego trató de deshacerse de ella enterrándola todavía con vida. Pero no la conocían. No sabían quién era ella ni de lo que era capaz.

Le había costado recuperarse física y anímicamente. La bolsa con la que Kevin le envolvió la cabeza le había dejado heridas profundas y feas. Una irregular línea rojiza surcaba su cuello. Las ataduras, en brazos y piernas, marcaron su piel. El forcejeo había sido violento, con erosión y desgarros. Pero ya estaba afinando otra vez sus sentidos. Había vuelto de entre los muertos. Había sobrevivido otra vez. Y todo sería distinto. Había llegado el momento de poner las cartas sobre la mesa.

Y hacer pagar a todos. Pero de verdad, y no a cualquiera, sino a uno de los auténticos responsables…

2

«Jacky, escúchala por una vez, hazme caso.»

«Estoy cansado. Nunca ha hecho nada más que ir detrás de mí a intentar aprovecharse. Seguirme a lo largo y ancho del país. Pensé que en Búfalo sería distinto. Pero nada ha cambiado. Incluso ha empeorado.»

«¿Estás seguro de eso, Jacky? Al menos, escucha qué quiere. Es tu hermana y parece más necesitada que nunca. Tu hermana está sufriendo.»

Jack ya había decidido el momento y el lugar para que el artefacto funcionase y cruzase esa fina y casi invisible línea. Habían pasado solo dos días desde la muerte de Fiona Barnes, pero todo parecía estar acelerándose de nuevo. Y una nueva víctima estaba al caer. Una vez más dudó de si debería presentarse un poco antes de sus cálculos con la intención de evitar que…, pero se reafirmó en la conclusión de que, aunque apareciese antes en ese lugar, ya habría sucedido igualmente. Y nadie le aseguraba que alterar la pauta no traería otro tipo de consecuencias más nefastas.

Esperaba no estar equivocándose y no tener que lamentar una muerte más. En vano y sin resultados. La octava.

En el fondo sabía que había algo que se le resistía. Los números no eran del todo claros. Había algo en el prototipo que había creado que no terminaba de funcionar. Faltaba una pieza, una sola, pero absolutamente necesaria para que todo funcionase como debía.

Veía la solución mucho más cerca que con los anteriores intentos. Y cuando la tuviese, el destino de la humanidad se vería profundamente condicionado como consecuencia de ese hallazgo.

Jack llevaba años realizando millones de operaciones cuyas «paradas» o «estaciones» anotaba en esa libreta de la que nunca se separaba. Eran las certezas y evidencias que aparecían como resultado de sus cálculos. Eran un punto a partir del cual seguir contando, como peldaños de una escalera. Y estaba a punto de llegar a un nuevo tramo.

Jack también había descubierto —no fue el primero en hacerlo, pero sí en saber qué significaban algunas de ellas— que los diminutos puntos que dejaban como impronta la sucesión de acontecimientos aparentemente aleatorios e inconexos componían figuras. No siempre, pero sí a veces. En el campo de las matemáticas se denominaban «fractales»: figuras u objetos geométricos cuya estructura básica aparentemente irregular se repetía a diferentes escalas. Aunque las que tenía Jack ante sí estaban unos cuantos pasos más allá de los fractales conocidos hasta la fecha. Las figuras de Jack eran la evolución de esos fractales. Su prototipo provenía de la forma de uno de esos fractales, del más importante.

Él había perfeccionado los movimientos brownianos, avanzado en las cadenas del matemático ruso Andréi

Márkov y revolucionado las funciones de transición de Feller. También le había dado un nuevo enfoque al vuelo de Lévy y sus paseos aleatorios, que se basaban en un modelo de distribución de probabilidad de cola pesada totalmente obsoleto.

Hacía ya tiempo que había pasado a otro nivel. A un nuevo enfoque de abordaje de los procesos estocásticos que había bautizado como «aleatoriedad profunda». Más o menos era como la espina dorsal de la aleatoriedad, como el hilo que unía no solo una cadena de acontecimientos, sino todos los acontecimientos juntos. La existencia humana y de todo el planeta Tierra no constituía más que la tripulación de una nave en constante movimiento, que llevaba mucho tiempo viajando hacia un lugar incierto.

El día que Jack vio por primera vez esa aleatoriedad profunda estuvo sangrando por los oídos y la nariz durante horas. Después no dijo ni una sola palabra en meses. Un periodo que los médicos resolvieron con un «necesita ser ingresado urgentemente». No tenía muy claro qué significaba la aleatoriedad profunda, pero tal vez se pareciese a eso que muchos llaman «el sentido de la vida». Pero si esa aleatoriedad profunda era la que estaba empujándolo todo desde el principio de los tiempos, ¿por qué demonios lo hacía? ¿Y hacia dónde se dirigía? Jack tenía la impresión de haber empezado a vislumbrar la respuesta a esas preguntas.

Lo único sobre lo que no tenía ninguna duda era que la figura que había descrito hacía poco menos de un año, el Proyecto Vida, era de vital importancia. Y ahora esa figura parecía tener un fallo. Inexplicable, pero no insondable. Tenía que hacerlo funcionar, costase lo que costase. Después ya tendría tiempo de resolver el enigma que constituía Mía.

Jack abrió nuevamente el álbum de fotos y de recortes. «Un dos tres. Un dos tres. Un dos tres.»

Las observó una a una tratando de cincelar con la mirada cada detalle: la posición de los pies, de las manos, la mirada, la distancia entre las pupilas, los restos de brillo en los ojos o la intensidad con la que el lápiz de labios se hundía en los pequeños pliegues de piel sin vida.

¿Qué era lo que se le escapaba? ¿Dónde se encontraba eso que daba vida a las cosas? ¿Dónde se encontraba esa fina línea que separaba lo vivo de lo inerte?

Le vino a la cabeza Wendy y pensó en si era oportuno verla. Quería a su hermana. Pero de alguna forma estar con ella lo desconcentraba. A lo mejor, apartarse de ella para siempre era el movimiento que faltaba para que la concatenación de sucesos lo llevara hasta su objetivo final.

Cerró el álbum y la libreta y se sentó en el suelo. Se situó en el centro de la amplia habitación de hotel que había alquilado con su identidad para las emergencias.

«Cuarenta y nueve pasos. Esperas tres segundos y llamas al ascensor. Tarda cero coma cinco segundos en ponerse en marcha y siete más en llegar hasta la novena planta. Donde tú te encuentras ahora. El trayecto hasta la planta menos uno, donde está el garaje, es de sesenta y ocho metros y medio en vertical. La cabina se mueve mediante un motor eléctrico con reductor a una velocidad de cuatro metros por segundo. El tiempo total es de diecisiete coma un segundos. Entras al coche y tiras las tres veces del cinturón de seguridad antes de ponértelo. Revisas espejos, cierres, *airbags,* frenos, niveles y compruebas el motor.

»Arrancas y sientes cómo cada una de las partes y sistemas del S90 se calientan. Los ciento dos octanos de pureza hacen que la gasolina fluya. Las treinta y dos válvulas se abren y se cierran, puedes sentir cómo el motor respira. Todo se comprime. Despliegas el alerón de fibra de carbono ultracompacta que instalaste bajo el maletero para que los mil cuatrocientos kilos que pesa el S90 se agarren bien al suelo a una alta velocidad.

»Abandonas el hotel y giras por Hugues Street. Metes segunda. Coges dos semáforos en rojo y tres en verde. Doblas a la derecha por Parker Street y continúas recto hasta bordear el parque Martin Luther King. Es una zona con restaurantes y hay mucha gente a estas horas. La temperatura ha descendido un grado. Aceleras. Metes tercera y coges cuatro semáforos en verde y uno en ámbar. Te lo saltas. Ya falta poco. No reduces. Te has cruzado con cuatro coches patrulla, pero ni tan siquiera los miras. No te buscan a ti. Buscan un sedán negro, y el tuyo ahora es blanco.

»Ya estás llegando. Pero no metes cuarta. Aún no. Giras por la avenida Treinta y Dos y pisas el freno en dos ocasiones. Solo un poco. Deceleras veintiséis metros por segundo y tardas en superar los siguientes cuatrocientos metros apenas veinte segundos.

»Giras de nuevo en Jackson Street y enseguida otra vez en St. Bowie Street. Está oscuro. La temperatura ha bajado dos grados y la iluminación natural es muy pobre, apenas veinte luxes.

»Reduces a segunda. El motor del S90 se apaga en un ronroneo agradable. Te detienes por completo. Tiras del cinturón tres veces y sales del coche. Has llegado y ante ti hay…»

«¿Puedes hacerlo, Jacky?»

«Sí, puedo. Pero ¿qué hay ante mí?»

«Enseguida lo verás. Pero imagino que ya lo sabes. Es otra mujer. Una más. Esto no me gusta, Jacky, pero llegados hasta este punto ya no hay marcha atrás. El tiempo se agota. Tienes que salir justo ahora.»

3

Había algo que la agente especial Kate odiaba. No llegar nunca a tiempo. Siempre era la última en enterarse de las cosas, sobre todo de las malas. La traición de Peter le hizo tanto daño no solo por haber sido engañada por la única persona a quien amaba, sino porque en la comisaría de Illinois, donde ambos trabajaban, hacía ya tiempo que muchos lo sabían. Nadie tuvo el valor de decirle nada. Todos parecieron entender a Peter, se había enamorado de otra y no había podido hacer nada, ¿qué culpa tenía?

Kate los maldijo a todos, y no solo golpeó a Peter, sino que tuvieron que separarla de otros dos colegas porque ya se había echado encima de ellos para hacerlos callar. Kate era la mala. La que siempre saltaba y a la que no se le podía decir nada.

Estaba cansada. Cansada de ser ella la perseguidora, la que tenía que correr para que no se le escapase la presa, y jugarse la vida por alguien que ni tan siquiera se lo agradecería porque ya está muerto.

Fue a Patrick a quien llamaron para decirle que alguien acababa de denunciar que había visto cómo un hombre estaba abusando de una mujer en un oscuro callejón, junto a un sedán negro. Y ahora era ella la que se estaba saltando pasos de cebra, semáforos en rojo o derrapando en cada curva, como si la vida de todas esas personas que estaba poniendo en juego valiesen menos que la de la mujer atacada. Lo que estaba en juego era la tranquilidad de la población. La gente solo quería salir a la calle sin miedo a que alguien la secuestrase, la violase y después la dejase sin vida en un sucio callejón.

Llevaban dos días en Amarillo y, si se confirmaba que la llamada anónima los llevaba a una nueva víctima del Hombre del Coche, estarían ante un nuevo ciclo de muertes. Kate llegó a Búfalo con la cuarta víctima del Hombre del Coche y rápidamente aparecieron dos más. Fue una serie de tres muertes bastante seguidas precedida de otro ciclo de tres. Todo apuntaba a que se avecinaba un nuevo ciclo con el que el número de víctimas llegaría a nueve. Algo que bajo ningún concepto podían permitir.

Los codos tensos y el cuello rígido como el acero. Las manos cerradas sobre el volante clavan sus dedos en el revestimiento de cuero. Dolor en los nudillos. Se acelera el aliento. Calor. Continúa sin usar las gafas y la mancha marrón de su ojo derecho crece por momentos.

—No corras tanto, Kate, vas a conseguir que nos matemos —dijo Patrick agarrándose al asa que había junto a su ventanilla.

A pesar de la cantidad de cafés que llevaba encima, no se había quitado la chaqueta. Ya estaba empezando a coger la forma de su cuerpo y se sentía cómodo con ella. Se fijó en su viejo reloj de pulsera y evocó a su padre. Una de las pocas manifestaciones de cariño que tuvo con él. «¿Por esto lo hiciste, papá? ¿Para que yo estuviese en este preciso momento y en este preciso lugar?» Desde que había conocido el alcance de la aleatoriedad no dejaba de preguntarse cuál era la incidencia real de las acciones de la gente en la vida de los demás, aunque tuviera lugar mucho tiempo después. Si acaso todo cuanto acontecía estaba ya predestinado. Y eso le angustiaba. Porque significaba que no existía la libertad. Sintió un pequeño ataque de vértigo. Ansiedad.

—No querrás que se nos escape otra vez tu hombre, ¿no? —Era la primera vez que Kate le sonreía de verdad.

Kate metió tercera. Tiró del freno de mano y las ruedas traseras derraparon en la esquina de Hugues Street con Madison Square. Caucho negro impregnado en el suelo.

—¿Cuánto queda?

Patrick se quedó con la agarradera en la mano tras derrapar en una curva y no dijo nada.

Metió cuarta. Los dos kilómetros de Canyon Road a cien por hora. Riesgo. Redujo a tercera. Tuvo que cambiarse de carril precipitadamente cuando un Ford Mustang aparcado dio marcha atrás para salir. Su maniobra hizo que el Toyota Prius que circulaba por su derecha tuviese que frenar casi en seco para evitar la colisión.

Giró a la izquierda. Embrague y segunda. Aceleró treinta kilómetros más. Cuatro mil revoluciones por minuto. Metió tercera. Giró a la derecha en Osage Street. Seis mil revoluciones. Volvió a reducir. Pedal de freno. Caucho en el suelo. Entró en la avenida Treinta y Cuatro y metió otra vez tercera. Cinco mil revoluciones. Giró a la derecha en Pheasant Street. Aceleró treinta y cinco kilómetros más. Setenta y cinco por hora. Pie en el freno. Embrague y segunda. Giró de nuevo a la izquierda en Eagle Street.

Esa era la calle del aviso. Habían llegado tan solo tres minutos después de haber recibido la llamada.

Estaba muy oscuro. Pero en el fondo del callejón distinguieron una figura: alguien agachado junto a un cuerpo tendido.

Lo tenían. Frente a ellos. Ya era suyo.

—Mierda, ¿estás viendo eso, Kate? ¿Lo estás viendo? —Patrick apoyó los brazos en el salpicadero.

—Sí, joder, échate hacia atrás si no quieres empotrarte contra el cristal.

—Acelera, Kate, ya es nuestro —respondió Patrick sin perder de vista el callejón.

Kate pisó el acelerador a fondo. Aunque le costase una más que probable colisión contra esa doble figura que podía distinguir a menos de cien metros.

No se lo podían creer, por primera vez una llamada anónima había servido de algo y estaban a punto de detenerlo.

4

«¿Qué vas a hacer, Jacky? Te van a coger. Lo sabes, ¿verdad?»

«No, no pueden cogerme. No ahora.»

«No hay escapatoria, Jacky. Esta vez no. Te han vuelto a engañar. Te dije que teníamos que dejar de una vez lo de las chicas, que al final pasaría lo inevitable. ¿Casualidad o consecuencia? Pero ¿por qué no lo has previsto, Jack? Hay una variable que no has tenido en cuenta. Y esa variable es...»

«Ayúdame a salir de aquí. Estoy muy cerca de mi objetivo.»

«Jacky, Jacky, Jacky. Siempre pidiéndome ayuda y ni siquiera me das las gracias. Dime, si te ayudo esta vez, ¿harás algo por mí?»

«Sí, lo haré.»

«Está bien. Recoge eso que tienes en el suelo. Entra en el S90 y arranca. Ya.»

Jack miró el rostro de la mujer que yacía en el suelo. La posición de sus ojos, el brillo de sus pupilas apagándose, la posición de sus manos, la izquierda caída sobre su pecho, a la altura del corazón, y la derecha extendida como si estuviese ofreciéndoselo en una plegaria.

Cerró el pequeño estuche de cuero negro, cogió la cámara de fotos y se detuvo un instante justo antes de abrir la puerta del S90.

«¿A qué esperas, Jacky?»

Jack entró en el Volvo blanco. Quería ver bien la cara del conductor del Dodge Charger que estaba a punto de colisionar contra él, aunque se imaginaba que sería esa pareja de policías de Búfalo. Cómo era posible que estuviesen allí.

No realizó ninguna pauta. El callejón de Eagle Street era tan estrecho que resultaba prácticamente imposible dar la vuelta.

Tenía casi encima al Dodge. ¿Desde cuándo la Policía llevaba ese tipo de coches? «Llantas *runflat* de veinte pulgadas no deformables con doce radios de acero galvanizado ultraligero, neumáticos radiales antipinchazos con filamentos de aluminio reforzado, banda de rodadura de diez milímetros. Un buen coche.»

Jack metió marcha atrás. Pedal de acelerador a fondo. Una línea recta casi perfecta. Cambio de eje en la caja de cambios. Engranajes helicoidales. De cero a setenta kilómetros por hora en uno con dos segundos. El acero, el kevlar y la fibra de carbono de la carrocería del S90 dejaron una estela, un rastro de partículas volátiles incandescentes al pasar rozando la pared. El violento giro a la derecha a setenta kilómetros en marcha atrás era imposible de realizar sin el impacto y el rozamiento continuo. Erosión de piedra, pintura y humedad. Un resplandor de lluvia de metal ardiendo hizo que el S90 pareciese un cometa a punto de ser engullido por la negrura cósmica de un callejón de Texas.

Justo antes de desaparecer hacia Maryland Street, Jack aún pudo ver cómo el Dodge Charger levantaba una densa nube de humo negro al frenar en seco para no pasar por encima del cuerpo de la mujer. Las ruedas traseras hicieron un vaivén a izquierda y a derecha y el morro del Charger besó el suelo antes de detenerse por completo a escasos centímetros de la víctima número ocho. «Discos de freno autoventilados y carbocerámicos. Pinzas fijas monobloque de aluminio de la marca Brembo. Seis pistones en el eje delantero y cuatro en el trasero. Bien por Dodge.»

Enderezó el S90 rumbo hacia Cowan Street en tercera. Embrague. Cuarta. Un dedo sobre el botón del Nitro, el sistema de las emergencias. Giro a la derecha. A la izquierda. No vio ni al Dodge ni a ningún otro coche de Policía siguiendo su rastro. Los había perdido de vista.

Ciento cuarenta y ocho pulsaciones por minuto y frecuencia respiratoria de treinta. La espalda entumecida. El temblor de manos había vuelto. Cogió bien fuerte la palanca de cambios con una mano y el volante con la otra. Sintió cómo brotaba la sangre por su oreja derecha.

La pareja de policías ya habría dado aviso por radio de que el coche era blanco y no negro. Probablemente incluso habrían logrado anotar su matrícula. Es posible que también le hubiesen visto la cara. Aunque con la escasez de luz de ese callejón y el deslumbramiento que provocaban los faros de alta luminosidad del S90 no era probable.

No podía regresar al hotel. Si la familia que regentaba el Motel Twins recibía la orden de dar aviso si veían un coche como el suyo, puede que hiciesen una llamada de teléfono.

Así que hizo una parada rápida en el motel para recoger un par de cosas y salió de allí tan rápido como pudo.

Dejó Amarillo por la interestatal 40 y se desvió por la carretera 385 en dirección a Vega, una población de apenas ochocientos habitantes, miles de kilómetros de extensiones vacías y árboles. Un desierto verde donde perderse. Casas abandonadas y naves industriales oxidadas y semiderruidas. Olvidadas.

Entró en una antigua fábrica de acero industrial y se aseguró de que desde fuera, a través del agujereado y desencajado portón, no se veía el S90. Sin tiempo para decidir dónde se escondería, se dispuso a comprobar si había encontrado la pieza que le faltaba a su prototipo.

«¿Qué vas a hacer ahora, Jacky? ¿Tampoco piensas abandonar Amarillo?»

«Sabes que no puedo, todavía no.»

Sacó el estuche de cuero que había recogido del suelo justo antes de que el Dodge se le echara encima. El que guardaba en el compartimento del S90 que había bajo el motor.

«Sé que no quieres pensar en ello ahora, pero ¿no has

notado que la temperatura del cuerpo de la última víctima era quizá un poco alta?»

«¿Qué quieres decir?»

«Que es posible que todavía continuase con vida, Jacky, y sin embargo tú...»

«No es cierto. No estaba viva.»

«Lo que tú digas, Jacky. Pero yo te digo que lo estaba.»

Ciento cincuenta pulsaciones por minuto. Su pulso continuaba subiendo. Su oreja derecha no paraba de sangrar. Los zumbidos eran ya un taladro que se abría paso hacia el interior de su cerebro. Dolorosa perforación.

Sacó el prototipo con cuidado y lo puso sobre el capó del S90. Abrió el estuche de cuero negro y sacó la muestra de sangre extraída de la última víctima. La octava. Cerró los ojos. El pulso le temblaba demasiado. Contó cuatro series de tres. Suaves golpecitos a intervalos precisos y exactos sobre el capó del S90. Nudillos de la mano derecha en ángulo recto.

Vertió las escasas gotas de sangre sobre el orificio central del Proyecto Vida. Y esperó. A que algo pasara. Tenía que funcionar.

El prototipo dio una sacudida. Pequeña. Otra más, un poco más intensa. Las válvulas empezaron a abrirse y a cerrarse con lentitud. Desperezándose. Los pernios a girar. La pseudopiel cambió ligeramente de color y se empezó a contraer.

Estaba funcionando. Jack contuvo la respiración durante tres segundos exactos. El tiempo que invirtió el prototipo en activar sus más de cincuenta mil elementos. De pronto, se paró. Dio una sacudida inesperada y violenta. Y todo quedó de nuevo en silencio.

No era posible. ¿Qué se le estaba escapando?

Se dejó caer en el suelo apoyando la espalda sobre el lateral abrasado del S90. No le encontraba ninguna explicación.

No entendía por qué los números se estaban comportando de esa forma tan extraña. ¿Qué estaba haciendo mal?

Trató de dejar la mente en blanco, cerrarse por completo y concentrarse en controlar su cuerpo. Demasiado tiempo poniéndolo al límite. Se había empezado a marear.

Su teléfono móvil emitió el sonido de una nueva notificación. Antes de cogerlo oyó otra más.

La primera lo dejó desconcertado. Número desconocido. Pero el mensaje era de Mía. ¿Cómo demonios tenía su nuevo número de teléfono? Desde que salió de Búfalo estaba utilizando la línea para las emergencias, un segundo número que no estaba a su nombre. Su hermana Wendy, siempre tan astuta, también había hecho uso de otra línea que Jack había puesto a su disposición «por si algún día no quieres que nadie te encuentre».

«Hola, Jack. Soy Mía. Tenemos que hablar. Llámame cuando puedas.»

El cerebro de Jack volvió a ponerse en marcha. Y no tardó en aparecer el dolor. Ese que empezaba en sus oídos y que se adentraba hacia el centro de su cabeza.

¿De verdad había recibido un mensaje de Mía?

Antes de seguir pensando, abrió la segunda notificación.

Ese mensaje era de Wendy…

«¿Cómo estás, Jacky? Seguro que bien. Porque tú solo piensas en ti. No importa. No te has molestado en llamarme. Vale. Asumo que no me quieres ni quieres saber nada más de mí. Yo, que te he ofrecido mi corazón tantas veces, y tú a mí solo tu miserable dinero. Tú lo has querido, Jacky. No sabes lo que voy a hacer. Adiós, Jacky. Tu única hermana, la única que siempre te ha querido. Me despido para siempre. Espero que vivas lo suficiente para arrepentirte hasta el infinito.»

5

Una lágrima había empezado a resbalar por la mejilla de Wendy. Ella no siempre fue así. Reclamar el amor de alguien era algo que detestaba. Pero había llegado a un punto de desesperación y aún no había terminado. Faltaba el último movimiento.

Apretó los dientes. Dolor interior. Apretó el móvil con todas sus fuerzas. Y justo cuando estaba a punto de hacerlo añicos contra la pared del hotel notó cómo vibraba.

«Hola, Wendy. Perdóname. Pero últimamente yo también he tenido problemas. ¿Quieres que nos veamos ahora? Pero tienes que venir a donde estoy. He tenido un pequeño accidente, por el asunto aquel de la acusación falsa. ¿Puedes? Gracias, Wendy, por quererme y por tener tanta paciencia conmigo. Tu hermano, que también te quiere.»

Wendy casi rompió a llorar de pura alegría. No se lo podía creer.

«Sí, Jack, claro que puedo. Tú dime dónde y enseguida estaré ahí.»

13

¿POR QUÉ NUNCA QUIERES QUE HABLEMOS DE ÉL?

1

—¡Está viva! Joder, Kate, viva.

—Ya lo sé, y también que ese cabrón se nos ha escapado delante de nuestras narices. Mierda —A Kate todavía le temblaban las manos tras la conducción temeraria. Sentía los latidos de su corazón en la garganta. Presión. Esa mujer que yacía ante ellos le recordó a su hermana Lana. Lágrimas. Mientras viviese, nunca dejaría de preguntarse si hubiera podido hacer algo más.

—Has llamado a la ambulancia, ¿verdad?

—Están en camino.

Patrick, arrodillado en el suelo, intentaba controlar el débil pulso de la mujer tendida en Eagle Street. Sin contaminar la escena del crimen.

Kate no paraba de andar arriba y abajo. Mano al cuello, la espalda más erguida de lo normal. Observaba cada detalle tratando de encontrar algo que el Hombre del Coche se hubiese dejado. La precisión y la velocidad con la que el S90 huyó marcha atrás le parecían propias de una película de ciencia ficción. El sedán blanco parecía haber sido arrastrado, engullido por un poderoso brazo invisible. Nadie podía hacer algo así.

—Se está apagando, Kate, ya no le encuentro el pulso.

Con ojos suplicantes, Patrick se quitó la chaqueta y la corbata.

—Déjame probar a mí.

Patrick se hizo a un lado mientras Kate se disponía a ponerse a horcajadas sobre la mujer para realizar las maniobras de resucitación cardiopulmonar. Pero justo cuando iba a empezar las compresiones torácicas, la ambulancia inundó de luz y ruido Eagle Street.

Dos sanitarios salieron corriendo por los portones lateral y trasero. Uno llevaba un maletín de emergencias y el otro una bala portátil de oxígeno.

—¿Qué ha ocurrido? —preguntó el más joven.

—Se acaba de quedar sin pulso, maldita sea. —La ira hacía que las pupilas de Kate temblaran.

El sanitario más veterano le tomó el pulso a la mujer y puso la membrana de un fonendoscopio sobre su pecho.

—Prepara el desfibrilador, John.

Rasgaron la blusa de seda de la octava víctima del Hombre del Coche, pusieron gel conductor sobre las placas y le aplicaron doscientos julios de descarga durante diez milisegundos.

—No responde, John. Prepara un bolo de adrenalina.

Más gel. Palas. Más julios. El tórax de la víctima elevándose casi diez centímetros. Bolo de adrenalina en yugular izquierda. No hay pulso. Más intensidad. Más voltios. Más julios. Más adrenalina.

—Espera —dijo el mayor. Pegó su oreja a la boca de la mujer y puso un dedo sobre su carótida izquierda—. Hay pulso. La tenemos, John. Hay que irse ya.

Patrick y Kate ayudaron a cargarla en la ambulancia y se pusieron en marcha tras ellos en dirección al hospital Northwest Texas Healthcare.

Todo había ocurrido tan rápido que no habían tenido tiempo ni de sentirse aliviados.

Kate conducía. Sofocada. Nerviosa. Patrick apoyó una mano en la frente tratando de reordenarlo todo. Se había dejado la chaqueta y la corbata en el callejón. Su teléfono empezó a vibrar justo cuando iba a decírselo a Kate.

—Sí, soy yo, ¿con quién hablo?

—Soy Martin Donovan, el médico forense asignado...

—Sé quién es. ¿Qué ocurre?

—He terminado la autopsia de Fiona Barnes y puedo decir con total seguridad que sí recibió un pinchazo.

—¿Dónde?

—En la base del cráneo. Y no se realizó estando viva, sino *post mortem*. El pequeño desgarro de la piel y unas ligeras estrías más amoratadas de lo normal lo confirman. Lo que no sé es para qué la pincharon. No hay rastros de ninguna droga en los tejidos adyacentes ni subyacentes, y eso es muy raro.

—Está bien, Martin, muchas gracias por llamar, ¿algo más?

—Le contará todo esto a la agente Myers, ¿verdad? Dele recuerdos de mi parte.

—Sí, adiós, Martin.

Patrick colgó y se quedó mirando a Kate.

—¿Y bien? ¿Vas a contarme qué te ha dicho? —preguntó ella con enfado.

Él resumió los datos del forense.

—Y también me ha dicho que no olvidara contarte esto y que te diera recuerdos —dijo Patrick levantando un par de veces las cejas, y se encogió de hombros con gracia.

Kate no pudo evitar una pequeña sonrisa. Descarga de tensión. Su nuevo compañero conseguía que se olvidara de sus neuras. Y en ese momento entendió cuál era su cualidad: paciencia.

La ambulancia paró en la puerta de urgencias del Northwest Texas Healthcare y ellos aparcaron a unos metros.

Contaban con una víctima que había sobrevivido. Si los

médicos conseguían estabilizar a esa mujer tal vez llegaran a conocer lo suficiente del Hombre del Coche como para acabar con él. Ninguno de los dos dudaba sobre su identidad. No habían hablado en el trayecto. Pero ambos lo habían visto a la perfección.

Jack Miller.

2

«Jack, entiendo que no quieras saber nada más de mí. Sé que lo que te hice no estuvo bien. Y no sabes las veces que me he odiado por ello y lo mucho que me arrepiento. Te pido que vuelvas a confiar en mí. Quiero que sepas que en el fondo hay mucho más de lo que puedas imaginar. Pero ahora necesito tu ayuda, Jack. Es por Kevin. Está conmigo. Mejor te lo cuento en persona. Pero creo que se ha vuelto loco, Jack, y que va a hacer algo muy malo. No sé cómo pararlo. Dime algo, Jack. Eres la única persona que puede salvarme. Te echo de menos. Mía.»

Sabía que enviar ese mensaje era traicionar a Kevin. Empezar a matarlo. Pero no le había dejado otra opción. Había llegado el momento de desprenderse de él y de hacer lo correcto.

Ella no era la mejor persona del mundo. Realmente, había hecho unas cuantas cosas bastante malas y era cómplice de otras tantas. Pero las acciones de Kevin no solo ponían su seguridad personal en un grave peligro, sino también eso que muchos llaman «conciencia» y que ella tuvo que reconstruir de cero desde bien pequeña. ¿Era necesario adormecer a la señora Linda Galleymore de esa manera para robar al Crédit Lyonnais sabiendo que podía morir de una parada cardiorrespiratoria? ¿Era necesario implicar a su amiga y compañera de trabajo Lindsay para fingir ese estúpido atraco a Wendy y conseguir copiar las llaves de casa de Jack? Pero, sobre todo,

¿era necesario matarla? Kevin se empeñaba en que fue un accidente, que cuando dejó a Wendy otra vez en el Brown Sugar para ir a por el coche la atropelló sin querer porque no estaba donde le dijo que tenía que estar. Y todo estaba muy oscuro.

Ya no se fiaba de Kevin. Menos después de lo que había descubierto. Planeaba algo horrible. Había visto esos horripilantes recortes de periódico sobre la muerte de esas mujeres, esos planos sobre cómo construir una bom... Nunca hubiera creído que Kevin fuese capaz de semejantes atrocidades.

Y Jack..., lo de Jack era superior a su entendimiento. No había podido identificar qué sentía hacia él. Pero no le había mentido sobre su arrepentimiento, ni tampoco en que lo echaba de menos. Ella tenía sus razones para lo que le hizo. Aunque fueran las mismas que la habían estado arrastrando por el fango, la culpa y el remordimiento los últimos años. ¿Por qué demonios no paró todo aquello a tiempo? ¿Por qué no supo ver en qué acabaría?

Kevin la había convencido para seducir a Jack. Se había vuelto terriblemente astuto y su mayor virtud era sacar provecho de las personas. Descubrir qué era lo mejor de ellas y arrebatárselo haciendo uso de muy malas artes. Cuando descubrió que Jack trabajaba como contable en un banco, que estaba soltero y tenía una hermana tan necesitada de amor como de dinero, se dijo que aquella era la oportunidad que habían estado esperando. Y convenció a Mía de que no pondría en peligro la vida de ninguna persona, él solo quería justicia.

Pero Mía, como si hubiese estado viviendo con los ojos vendados, lo estaba empezando a ver claro. Debió pararlo cuando estuvo a tiempo y no haber ido cediéndole tanto terreno.

Cogió las llaves del Buick Verano y pasó por el estudio de Kevin. Tenía la puerta entreabierta y salía un espeso tufo a sudor. Olor a grasa corporal y al calor que desprenden los ordenadores. Estaba trasteando con esos siniestros recortes de periódico. Vio cómo trataba de esconderlos cuando sintió su presencia en el umbral.

Mía se agachó para recoger un recorte en blanco y negro. Era de la portada de *The New York Times*: «El equipo médico logra salvar la vida de la última víctima del Hombre del Coche». Ese era el titular bajo una fotografía granulada de un sedán. Kevin no sabía que no era la primera vez que Mía veía uno de sus recortes.

Kevin se levantó apresurado. Los dos se estudiaron con la mirada.

—Devuélveme eso, Mía. No es lo que piensas —dijo Kevin apretando el entrecejo. Una gota de sudor brotó de su frente. Sus pupilas parecían haber aumentado de tamaño. Tal vez como consecuencia de la falta de luz natural.

Mía le devolvió el papel sin decir nada. ¿Por qué guardaba todos esos recortes de periódico sobre el Hombre del Coche? ¿Acaso Kevin era…?

Abandonó Golden Fields sabiendo que estaba a punto de llegar a ese lugar en el que ya no hay marcha atrás. En el que todo va a cambiar para siempre. Se subió al Buick Verano y justo antes de que su mente enlazara cadenas de malos pensamientos su teléfono móvil emitió el sonido de una nueva notificación.

«Hola, Mía. No sé qué decir. No sé qué pensar. Pero yo también quiero volver a verte y creo que tiene que haber alguna explicación para lo que pasó. Tuve que huir de Búfalo y ahora estoy aquí, en Amarillo. Así que cuando tú quieras podemos vernos. Jack.»

3

En cuanto pulsó «Enviar» se arrepintió de las palabras que había utilizado. Del tono del mensaje. Daba la impresión de ser un loco o un acosador.

«Me parece que se te nota demasiado, Jacky. Babeas. Y te volverá a engañar.»

Ella se había disculpado y le había dicho que en el fondo había mucho más. ¿Significaba eso que… sentía algo hacia él? Solo de imaginar esa posibilidad, desaparecieron todos sus dolores y preocupaciones. Casi podía percibir cómo vibraban las células en su interior.

Pero no podía obviar lo que Mía le había dicho sobre Kevin. ¿Que estaba con él? Eso le hizo sentir angustia. Ganas de vomitar. ¿Se refería al portero de su edificio en Búfalo? Si era así, habían orquestado un buen plan, mucho más elaborado de lo que él había imaginado. Quería confiar en Mía y creer que Kevin la había forzado, que esa ayuda que le pedía era sincera. Pero cabía la posibilidad de que pudiesen estar al tanto de la existencia de su artefacto y quisieran hacerse con él. ¿Era eso posible? ¿Para qué iban a querer ellos el Proyecto Vida?

Y por primera vez se planteó que no había sido demasiado buena idea introducir a Mía en la ecuación de su vida. O a lo mejor ella y Kevin estaban destinados a adueñarse de sus avances.

«No, eso no puede ser, Jacky. No tiene ningún sentido.»

«No lo tiene. Pero ya no sé qué pensar.»

Demasiadas contradicciones. Demasiados acontecimientos. Inesperados y rápidos. No estaba acostumbrado a que los acontecimientos fuesen una sorpresa constante. Lo convertían en un ser tremendamente vulnerable. En una persona normal.

Se pasó una mano por la cara y rozó los escasos dos milímetros de su barba. Ya raspaba. Con la punta de la lengua acarició la cara interna de sus dientes y la notó rugosa. Tenía las uñas largas y en su interior se había empezado a acumular suciedad. Su cuerpo estaba siendo invadido por los gérmenes y las bacterias y sintió ansiedad. Sofoco.

Algo horrible estaba a punto de pasarle a la humanidad.

Él lo había podido ver en la aleatoriedad profunda. No sabía exactamente cuándo ocurriría esa gran catástrofe, pero sería pronto. Antes de lo que él había calculado. Por eso era tan importante que hiciese funcionar el Proyecto Vida. Costase lo que costase.

Para afrontar esa recta final necesitaba calmarse. Centrarse. Volver a recuperar el control.

Intentó visualizar el maldito factor humano de toda la ecuación. Primero fue Katia32. Después Mía. Y ya debía incluir a Kevin y a la pareja de policías que le pisaban los talones. Sin olvidarse de Wendy y del Hombre del Coche...

«¿Quién es el Hombre del Coche, Jacky? ¿Por qué nunca quieres que hablemos de él? ¿Es porque tienes miedo a escuchar la respuesta? ¿Crees que no podrías soportarla? No vas a poder esconderte eternamente. La realidad es la que es, te guste o no.»

Sintió un fuerte mareo y tuvo que apoyar las manos en el suelo. La sangre de su oreja derecha se acumulaba en un pequeño charco. Los zumbidos habían regresado y las manos le temblaban. La garganta se le cerraba. Las piernas sufrían sacudidas molestas. Su visión empezó a nublarse...

«Jacky, escúchame. Concéntrate en los números. Ya habrá tiempo de pensar en lo demás. Es tan sencillo como eso. Deja las variables aleatorias por un momento. O te desvanecerás. No intentes planificar a largo plazo y concéntrate en el futuro inmediato.»

Jack obedeció a la Voz y sus síntomas mejoraron.

Hizo un rápido repaso a su periplo desde que su madre perdió la vida. En Denver (Colorado) conoció al prestigioso doctor en Matemáticas Terence Cumbs. Durante año y medio en Madison (Wisconsin), trabajó con Stanislav Romanov, un genial matemático y físico ruso. También estuvo un tiempo en Kokomo (Indiana) y en Nashville (Tennessee).

Hasta terminar en Búfalo, donde encontró a la Chica del Semáforo y eso lo desvió de su camino. ¿O era eso precisamente lo que había estado buscando? Como nada ocurría por casualidad y todo tenía un sentido, la Chica del Semáforo debía tener una razón de ser muy importante en el interior de la gigantesca ecuación del Proyecto Vida.

Mientras pensaba en Mía, recibió la notificación de un nuevo mensaje.

«¿Te vendría bien vernos ahora, Jack? Es urgente. ¿Dónde te alojas? Mía.»

Ciento veinte pulsaciones por minuto. La oreja ya no le sangraba, pero los zumbidos seguían ahí, como la Voz, siempre a su lado.

«Ahora mismo no me alojo en ningún sitio, ¿te vendría bien a las afueras de Amarillo? Hay una población llamada Vega, cerca de la salida 385 cogiendo la interestatal 40. Antes de llegar verás el área de servicio Yellowstone 40. Nos vemos allí dentro de media hora.»

Jack se quedó observando la pantalla del teléfono esperando a que vibrara sobre la palma de sus manos.

«Jacky, Jacky, Jacky. Déjalo ya, anda. Deja de pensar en Mía. ¿Recuerdas que me dijiste que si te sacaba del apuro en aquel callejón harías algo por mí? Pues te pido por favor que no veas a Mía. No te conviene y solo te traerá problemas. Además, recuerdas que has quedado con Wendy y que estará al caer, ¿verdad?»

«Déjame en paz.»

«Ese no es el acuerdo, Jacky. Me lo prometiste.»

«Tú no entiendes nada. No tienes derecho a decirme lo que tengo que hacer. Tú no sientes nada, no sabes qué es eso que da vida a las cosas. Déjame en paz de una vez.»

El móvil emitió un nuevo pitido.

«Me parece bien, Jack. Voy ya hacia allí. Ahora nos vemos. Mía.»

Jack respiró aliviado. Sus pulsaciones subieron un poco más, pero los zumbidos parecían haberse apagado y el grifo del goteo de sangre haberse cerrado.

Justo en el momento en el que iba a enviarle un mensaje a Wendy para decirle que le había surgido un imprevisto, oyó cómo aparcaba su Lincoln Town junto al portón de la fábrica de acero en la que se encontraba.

4

Cerró el coche de un portazo. Jack era lo único que la ataba a ese mundo hostil, y aquella era la última oportunidad que le daba a ese hermano mayor que nunca ejerció como tal y al que había estado siguiendo alrededor del país durante toda su vida.

Entró a esa vieja fábrica y lo vio allí de pie. Como siempre. Calculando cada uno de sus pasos. Milimétrico. Casi sintético.

Se observaron unos instantes. Ella deseando una manifestación de amor. Él languideciendo.

Wendy se lanzó a sus brazos y rompió a llorar en un incontrolable llanto. Uno que provenía desde el fondo de ese corazón tan gravemente herido. Jack no pudo evitar contar las pulsaciones a las que latía el corazón de su hermana. De medir su temperatura corporal y la fuerza exacta con la que lo estaba estrechando entre sus temblorosos brazos.

—Escúchame un momento, Wendy, tengo que hacer una cosa muy importante y voy a tener que marcharme. Me ha surgido una urgencia. —Las pupilas de Jack eran dos puntos minúsculos. Dos cabezas de alfiler que se acababan de clavar justo en el centro del corazón de Wendy.

—¿De qué me estás hablando?

—Es muy importante que haga una cosa ahora. Después podremos hablar, te lo prometo.

Wendy sintió una fuerte náusea. Angustia vital. Se apartó de Jack dándole un empujón, y una tos áspera dobló su frágil cuerpo hacia delante.

—Wendy…

—No me toques…, ni se te ocurra tocarme —Wendy trató de coger aire. De dominar esa ira que estaba a punto de tomar el control.

—No es por mí, Wendy, ya te hablé de ello. Es algo que debo hacer por el bien de todos nosotros.

—Vete, Jack. No sé si sabes la clase de persona que es esa zorra a la que vas a ver. ¡Intentó matarme, estúpido! ¡Ella y su maldito novio! ¡Te han engañado, te hicieron culpable del robo y tú sales detrás de ella! ¿Qué esperas de ella? ¡Yo estoy aquí y soy tu hermana! ¡Lo único que tienes! ¡Tu hermana!

Jack pudo sentir cómo el ritmo de su corazón se aceleraba. En quince minutos Mía estaría en Yellowstone 40. Tenía que salir ya si no quería rebasar los límites de velocidad. Si no quería desviarse de la pauta. Lo que su hermana decía acerca de que habían intentado matarla era pura invención. Mentira. Siempre intentando llamar su atención.

—Wendy…, te prometo… —Jack quiso pasar una mano por el hombro de su hermana. Una muestra de afecto. Pero ella no se lo permitió.

—Lárgate y ni se te pase por la cabeza volver a llamarme. Te diré algo, Jacky. Nunca has querido escucharlo, pero en esta vida me han hecho mucho daño, tanto que ya no he podido soportarlo más. ¿Y sabes qué? He descubierto que ese dolor, compartido, se lleva mejor. Así que prepárate, Jack.

Jack archivó la amenaza en algún lugar de su cerebro. Su urgencia era ver a Mía. Dejó atrás a Wendy con la esperanza de arreglar las cosas con ella. Algún día se le pasaría.

14

ESTOY CONTIGO A MUERTE

1

Llegó puntual a Vega y encontró el área de servicio que Jack le había indicado. La noche había empezado a caer, pero la temperatura todavía se mantenía estable. Las arañitas tras su pecho volvían a aparecer.

Demasiados delitos a sus espaldas. Y se iba a ver cara a cara con una de las personas más buscadas del país. Alguien a quien ella y Kevin habían incriminado. Traicionado. Tal vez no estuviera de muy buen humor y se comportara con violencia hacia ella. Y eso que no lo sabía todo. No sabía qué le habían hecho a su hermana.

No era la primera vez que alguien con el perfil de Jack se quedaba prendado de ella, desde luego que no. Pero con Jack había sentido algo distinto. No era pena ni simpatía. Era algo que provenía de ese lugar donde residía lo mejor de ella. Su inocencia. Lo que sentía cuando estaba cerca de él o cuando pensaba en él era tan sencillo como una inocente y pura sensación de bienestar. De paz.

Entró en la cafetería del área de servicio y dio un vistazo rápido a las personas sentadas en la barra y en las mesas. Una de las camareras se fijó en su presencia. Se sentó en una al fondo. Junto a una ventana. Jack seguía sin aparecer. Sacó dos horquillas y se sujetó el flequillo rubio platino.

—Hola, Mía.

Jack apareció desde un ángulo de visión que no controlaba y se sentó frente a ella. Estaba mal afeitado. Su piel era del color de la cera vieja y tenía unas espantosas ojeras sobre las que descansaban sus ojos cansados y apagados. En uno presentaba un alarmante derrame que parecía estar a punto de teñirlo todo de rojo.

—Jack..., ¿qué... qué te ha pasado?

La camarera más joven, la que se había fijado en la entrada de Mía, los observaba desde la barra. Jack trató de leer sus intenciones.

—Tú dirás, Mía. ¿Qué me ha pasado?

—Jack..., yo... no sé ni por dónde empezar...

—Por el principio estaría bien.

Los ojos de Mía eran dos grandes astros perdidos en un oscuro vacío. Ingrávido y solitario.

Mía estaba a punto de echarse a llorar. Dolor precordial.

—No sé si sabría, Jack. Es una historia tan larga..., solo puedo decirte que lo que hicimos fue un error. No fue idea mía y no ha pasado ni un solo día en el que no me haya arrepentido. Jack, estoy desesperada y no sé qué puedo hacer para que me perdones, para reparar lo que hice, porque yo...

Jack asintió observando la estabilidad con la que se comportaban las pupilas de Mía. Apenas se habían contraído. Parpadeo regular. El lamento y la pena envolvían su rostro. Las cejas de un rubio tan claro como el resto de su pelo. Casi blanco. Los rasgos de su rostro tan bellos como el primer día. Como en su primer beso.

—¿Fue por dinero?

Jack volvió a fijarse en la camarera joven. Estaba secando unos vasos con un paño y levantaba con disimulo la vista hacia ellos. El cocinero, un hombre de mediana edad y muy tripón, salió de detrás de la barra y le dejó dos platos combinados: «Aligera, guapa».

—Sí, fue por dinero, pero no es tan sencillo, no era solo dinero, era... una forma de decirle al mundo que no estábamos dispuestos a dejar que nos pisotearan. Que nosotros también formábamos parte del juego y que en esta partida no siempre gana quien tiene mejores cartas, sino quien mejor sabe jugarlas. A mí y a Kevin nunca nos ha tocado la parte buena de la baraja, Jack. Por eso necesitábamos hacer esto...

Mía se llevó una mano al pecho y pareció tener dificultades para respirar. Acababa de reproducir los mismos argumentos con los que Kevin llevaba años acribillándola. Y ya estaba bien. Esos pensamientos no eran los de ella.

«Haz lo correcto», se dijo de nuevo.

Apoyó las manos sobre la mesa. Su espalda se irguió como si estuviese cogiendo impulso para levantarse. Su pecho subía y bajaba para coger aire.

—¿Te encuentras bien, Mía? —preguntó Jack nervioso.

Lo tranquilizó con un sutil gesto de su mano derecha.

—No es nada, Jack. Me pasa desde hace un tiempo. Como en nuestra primera cita. A veces me cuesta coger el aire. Cuando estoy nerviosa. Pero se me pasa enseguida. —Una lágrima dibujó el contorno de sus ojos.

—Mía..., puedo entender lo del dinero, pero no sé por qué era necesario engañarme de esa forma. Tampoco sé por qué tuvisteis que meter a Wendy en todo esto..., me ha dicho que intentasteis... ¿Intentasteis matarla?

Mía levantó una mirada cargada de sorpresa. Expectación y miedo. Entonces, ¿Wendy no estaba muerta?

—Jack... —Se tapó la cara con las dos manos y cabeceó. Le hubiese gustado escapar de esa realidad. Salir de allí. Correr con todas sus fuerzas y no volver más. Pero ya era tarde, si no hacía algo todo se iba a complicar mucho más—. Todo fue idea de Kevin, te lo juro, traté de decirle que estábamos yendo demasiado lejos, y que no hacía falta involucrar a..., Dios, fui tan estúpida por dejarme arrastrar... Pero tienes que entenderlo..., es mi hermano, Jack, mi hermano, y no podía abandonarlo ahora, justo cuando parecía estar recuperándose de todo lo que le hicieron...

Jack trató de evaluar a Mía.

«Es tan sencillo como que está fingiendo, Jacky. Estudió Arte Dramático, ¿recuerdas? No te fíes de ella, te va a volver a engañar y esta vez puede que sea la definitiva. Puede que yo no esté ahí para sacarte de esta. Márchate. Ya.»

—¿El portero de mi edificio en Búfalo es tu hermano?

—Sí, mi hermano pequeño, tiene dos menos que yo y, a pesar de que aún no ha cumplido los treinta, ya ha pasado por bastantes cosas. Llevo unos cuantos años tratando de sacarlo del pozo. Hace siete años fue víctima de una salvaje agresión por parte de un grupo de niñatos con dinero. Esos que conducen coches caros y que se creen con derecho a hacer lo que les venga en gana y que terminan casándose con mujeres florero que les dan hijos y les ríen las gracias mientras se abren de..., Dios..., siento el tono de mis palabras. Pero es que esa gente me saca de mis casillas, pasan por los tribunales sin ser juzgados y serán los que estén al mando de este país o de empresas que dan de comer a millones de familias... —Sus párpados eran como dos grandes alas, blancas y angelicales. Batiéndose en la nada de un mundo hostil y desolado.

—¿Qué le hicieron a Kevin? —A Jack siempre le había gustado que le contaran historias.

—Le dieron una paliza. Una paliza de muerte. No querían nada en particular, eso es lo más triste. Lo hicieron por diversión, porque podían. Kevin trabajaba limpiando jardines y piscinas de las mejores casas del Upper East Side de Nueva York. Él jamás se metía con nadie. Ni tan siquiera osó nunca mirar a ninguno de esos hijos de papá que se paseaban con su hiriente sarcasmo. Pero un día... Kevin estaba limpiando el jardín de los Rivers, una de las familias más adineradas de Nueva York. Edward Rivers, el mayor de sus hijos, celebraba uno de esos cumpleaños en los que hay chicas y chicos bebiendo y tomando drogas y perdiendo el control, con la música por las nubes y la piscina llena de bikinis flotando y copas de alcohol derramadas. Cuando Kevin vio que allí no había figuras adultas y que el desmadre era cada vez más salvaje, decidió marcharse antes de importunar a nadie. Sabía de sobra cómo era el carácter de aquellos chicos y que un solo gesto podía bastar para que lo sacaran todo de quicio. Y eso fue precisamente lo que ocurrió. A una de las chicas, una tal Jennifer, le dio por decir que había pillado al «chico de la piscina» mirándole con descaro las tetas...

Mía cerró los ojos y aprovechó para coger aire.

—Puedes contarme la historia más adelante si no te apetece ahora. —Jack aprovechó la pausa para echar un vistazo a las personas que había en la cafetería. Le dio la vuelta a la taza de café, alineó el servilletero y su cuchara, y se dijo que, antes de contar noventa y tres veces tres, tendría que salir de ese local si no quería que la Policía se le echase encima.

—No pasa nada, Jack. Te lo debo. La chica empezó a gritar que no solo la había estado mirando, sino que también había intentado tocarla. Siete u ocho chicos no tardaron en cercar a Kevin. El alcohol, las drogas, las hormonas, la edad, su infinito ego..., ya sabes. Él trató de agachar la mirada, pedir perdón por algo que no había hecho. Pero no iban a permitírselo. ¿Qué importaba si lo que acababa de decir aquella chica era verdad o mentira? Se habían sentido insultados por alguien a quien consideraban inferior. Y nadie se reía de ellos ni de sus mujeres. Mucho menos, el chico de la piscina.

»Lo habían rodeado y se lo pasaban de unos a otros como

si fuese un juguete. Reían, gritaban, las chicas los alentaban. Jennifer, la que lo había acusado, incluso parecía llorar de rabia, gritaba clamando justicia. Edward Rivers le dio un puñetazo en la cara y dos más lo sujetaron por los brazos para que Edward pudiese seguir golpeándolo a su gusto. Parecía su regalo de cumpleaños. Todos lo animaban. Cuando ese malnacido se agotó de tanto descargar sus puños contra Kevin, lo soltaron y mi hermano cayó de bruces. Apenas podía moverse, apenas podía articular sonido alguno. Jennifer se acercó hasta él y le escupió dándole dos fuertes patadas. Muchos empezaron a patearlo hasta que perdió la consciencia. —Mía bebió un trago de agua. Despacio.

Jack estaba a punto de llegar al tiempo límite para salir de allí sin contratiempos. Ese límite que los números y la pauta le habían impuesto.

—Lo siguiente que recordó Kevin es que despertó en la cama de un hospital. Lo dejaron tirado en un contenedor pensando que estaba muerto, como si no fuera más que una bolsa de basura… Estuvo varios días en coma y tuvieron que intervenirlo varias veces, tenía el cráneo fracturado, así como otros huesos, un pulmón perforado, un riñón colapsado y el hígado con una inflamación tan grande que todavía hoy tiene que tomar medicación. Le funciona solo al cuarenta por ciento. Pero lo más grave era la cabeza. Tuvieron que ponerle una enorme placa de titanio que después tuvieron que cambiarle porque le daba unos terribles dolores… En fin…, ya sabes por qué nunca se quita esa gorra de los Giants.

—Es espantoso…, ¿y nunca lo denunció?

—Claro que lo denunció, pero ya sabes cómo trata la justicia a esa gente, y nosotros no teníamos dinero. Faltó poco para que lo metieran en la cárcel por injurias…

Jack miró a la camarera. Estaba haciendo una llamada telefónica. Se fijó en la pantalla del televisor. Allí estaba él bajo un enorme cartel con dos números de teléfono y un titular: «Jack Miller podría ser la identidad real del asesino en serie conocido como el Hombre del Coche. Llame inmediatamente a la Policía si lo ve».

—Mía, voy a tener que...

—Espera, solo una cosa más. Kevin..., verás, esto es difícil de explicar, creo que es posible que él sea... He llegado a pensar que el Hombre del Coche..., Dios..., que es él, Jack. Tienes que ayudarme a detenerlo, no tengo a nadie más, Jack, solo te tengo a ti..., y creo que está planeando algo aún peor... —En los ojos de Mía había dulzura, súplica, necesidad. Y también una pizca de astucia. Puso sus manos sobre las de Jack.

«Vamos, Jacky, ¿te lo has creído? Dice que dejaron a Kevin en un contenedor, ¿y qué hicieron ellos con Wendy?

»Nunca te dijo nada acerca de los coches y sin embargo lleva un Buick Verano que conduce perfectamente. ¿Por qué no le preguntas sobre su afición a los coches negros, eh? ¿Tienes miedo a sus respuestas? Es una impostora.»

—Claro que te ayudaré, Mía, pero antes me gustaría que me respondieses a algo...

—Claro, ¿qué quieres saber?

—En lo de Wendy, ¿tuviste algo que ver?

—¡Nooo! Por Dios, Jack, fue Kevin quien lo hizo, pregúntaselo tú mismo a Wendy. Yo no tenía ni idea y, según él, tampoco era su intención hasta que ella descubrió sus planes. Dice que ella se golpeó en la cabeza mientras discutían y él se asustó pensando que había muerto..., fue un accidente... Dios, ¿en serio has pensado que yo sería capaz de hacer algo así? ¿A tu hermana?

—Y hay otra cosa más que necesito saber —dijo Jack—. ¿Cómo lo hicisteis para que yo me enamorase de ti?

Mía torció el cuello con la horrible certeza de que sus actos la perseguirían el resto de su vida.

—Kevin había escogido esa parte de Búfalo porque allí se movía mucho dinero. Cuando encontró trabajo como portero en tu edificio todavía no había nada planeado. Aquello fue..., digamos que casual. Pero cuando supo que trabajabas en un banco moviendo cantidades grandes de dinero empezó a fantasear con utilizarte para apropiarse de una buena suma. Él es muy bueno manipulando a la gente y no tiene ningún tipo de escrúpulos. También es un experto en ordenadores y así supo que... —Mía se puso un poco roja—. Que estabas dado de alta en una página de contactos que apenas usabas...

—¿Kevin era Katia32? —preguntó con incredulidad.

Mía asintió y a Jack le llegó una suave fragancia primaveral.

—Sí, pensó que a través de... Katia32 podía sacarte información personal, llegó a entrar en tu ordenador, y así averiguó la existencia de tu segunda línea de teléfono. Su intención era sustraerte las claves personales del banco, pero...

—Hace falta mi Smart Card.

—Exacto. Así que decidió involucrar a una persona real, a mí. Entonces conoció a tu hermana Wendy cuando iba a visitarte. Empezaron a intimar y Kevin la utilizó para conocer tus gustos, como tu admiración por las personas con habilidades físicas, algo que... a ti nunca se te había dado bien debido a tu... enfermedad.

Mía sintió una horrible vergüenza. Habían estado hurgando en la vida de una persona y utilizado todas sus debilidades en su contra. A medida que lo reconocía, más horribles le parecían sus actos.

—Entonces, aquello que tú hacías en los semáforos ¿no era real? —Jack estaba sintiendo por primera vez a qué sabía la traición.

—Por supuesto que lo era. —Mía expresó cierta indignación—. Yo hacía ese espectáculo en otra parte de la ciudad;

mi amiga Lindsay y yo nos trasladamos a esa calle por la que, gracias a Kevin, sabíamos que pasabas a diario. Confiamos en que te fijarías en mí y después... Te juro que no estaba planeado, Jack. El plan era que llegáramos a conocernos para que yo pudiese tener acceso a esa tarjeta tuya. Pero lo que pasó entre tú y yo no fue en absoluto fingido, Jack, fue real, tan real como este preciso momento, por eso me siento tan mezquina. ¿Nunca has pensado que a veces las cosas suceden por una razón que está más allá de nuestra propia voluntad? Yo creo que por alguna razón que no entiendo tenías que formar parte de mi vida.

El engaño llegaba mucho más lejos de lo que Jack había pensado, pero aun así...

—Tengo que marcharme ya, Mía —dijo levantándose de la mesa.

—Espera un segundo. —Mía lo cogió de la mano y él se quedó observando el contacto de esos bonitos dedos sobre su piel—. No suelo decir esto muy a menudo, de hecho es la primera vez que lo digo... —Mía se levantó mirándolo con devoción—. Creo que estoy..., creo que me he enamorado de ti, Jack..., decidas lo que decidas, es lo que siento, y necesitaba decírtelo.

Jack cogió aire. El derrame en su ojo derecho se había empezado a coagular y tenía un color oscuro. Nadie nunca le había dicho algo así en su vida.

—Te ayudaré en todo lo que necesites, Mía, pero si no me marcho ya, puede que sea demasiado tarde. Te llamaré luego y te daré instrucciones precisas de lo que tienes que hacer si quieres... detener a tu hermano Kevin. Tal vez te resulte difícil de entender, pero haz solo lo que yo te diga cuando yo te lo diga.

—Estaré esperando tu llamada. —Mia se acercó y le dio un cálido beso en los labios.

Jack salió de esa cafetería contando cada uno de sus pasos. Solo podía pensar en ese beso. En su cuerpo.

Se sentó en el S90 y trató de contar. Había sobrepasado con creces el límite que se había marcado, llegaba tarde, muy tarde.

Apenas una hora después llamaría a Mía y le daría esas instrucciones.

2

Los agentes especiales Patrick y Kate no se habían movido del hospital desde que habían llevado a la última víctima del Hombre del Coche, y de eso hacía casi tres horas. La noche lo había llenado todo de silencios y cambios de turno. Tenían una oportunidad única de atrapar al asesino.

La víctima se llamaba Anika Svenson, tenía treinta y tres años y estaba casada con un poderoso constructor. Permanecía en coma, pero los médicos eran bastante optimistas y esperaban que Anika despertase de un momento a otro. El escáner cerebral no había detectado daño neuronal. La hipoxia no había sido lo suficientemente intensa como para necrosar tejidos. Solo restaba esperar. Paciencia y calma.

En las últimas horas Patrick y Kate habían recibido la información de que a Jack Miller le habían hecho una receta de escopolamina para su cinetosis y problemas de oído y equilibrio. Para recoger mensualmente durante toda su vida. Eso hacía que el cerco se estrechase todavía más sobre él.

En los primeros análisis realizados a Anika, no había restos de ninguna droga, pero habían mandado una muestra de sangre a Martin Donovan para que la analizara con su equipo de espectrografía. La víctima presentaba un diminuto pinchazo en la base del cráneo, muy difícil de ver si no se apartaba un poco el pelo y se observaba bajo un buen foco. Era exactamente igual al descrito por Martin en el caso de Fiona Barnes salvo que a esta la inyectaron *post mortem* y a Anika se lo habían hecho estando viva.

Anika Svenson, al igual que el resto de las víctimas, había sido violada brutalmente por alguien cuyo miembro era de un tamaño extraordinariamente grande. Tampoco se habían encontrado rastros de semen, aunque sí de lubricante y de látex.

—¿En qué estás pensando, Kate? —Patrick sujetaba un vaso de café bien caliente. El impulso de morderse las uñas parecía ir a menos, pero su inclinación por la cafeína no había menguado ni un ápice—. Supongo que ahora que sabemos que es Jack Miller, todo empieza a encajar…

—Todavía no conocemos su implicación, solo que estaba en la escena del crimen y no para prestar auxilio precisamente.

—No te entiendo, tú eras la que desde un principio dijo que todo apuntaba a…

—Yo me ciño a los hechos, Patrick, a lo que podemos probar y demostrar, no a conjeturas ni teorías. —Kate tenía las manos cruzadas a la altura del pecho. Y la zona cervical medio adormecida—. Hace dos días estabas convencido de que no era él, ahora de que sí. Solo vale lo que ha pasado en realidad, y lo único real son siete mujeres muertas, una en coma y un hombre que estaba en la escena del crimen. Nada más.

Patrick decidió callarse lo que estaba a punto de decir. Los dos necesitaban un descanso. Aclarar las ideas y dejar la mente en blanco durante unas horas. Dormir. En cuanto Anika se despertase les aclararía sus dudas. Pero tal y como les había dicho el doctor Thomas Welles, eso podría ser tanto cuestión de horas como de días.

Fue el propio doctor Welles quien irrumpió en la sala de espera. Patrick salió a su paso mientras que Kate permaneció sentada.

—De momento no tenemos nada nuevo, ningún fluido o tejido que no provenga de la propia víctima o de su marido, Viktor Svenson.

—¿Saben ya qué pudo inyectarle?

—No parece que se le haya inyectado ninguna sustancia química por ese pequeño pinchazo. ¿Quieren saber cuál es mi teoría al respecto? —dijo Thomas Welles ajustándose sus pequeñas gafas de cristal redondo y montura ultrafina. Sus hombros eran estrechos como un callejón sin luz—. Si no le inyectaron nada, el motivo del pinchazo tuvo que ser para extraer, sangre tal vez.

—¿Les saca la sangre? —dijo Kate levantándose de la silla.

—Es bastante lógico, y no sería la primera vez que un asesino en serie colecciona partes de sus víctimas.

Patrick adoraba las manifestaciones y expresiones de la mente brillante. Pero no soportaba a los prepotentes.

—¿No hay forma de saber con exactitud si esa extracción se produjo? —preguntó Kate.

—No la hay, agente. Si la hubiera, ya la habríamos puesto en práctica.

—Gracias por la información, doctor —dijo Patrick sin disimular su antipatía.

Thomas Welles se dio la vuelta, pero antes de salir se giró hacia ellos.

—Ah, otra cosa, agentes. El señor Svenson me ha pedido si serían ustedes tan amables de abandonar esta salita. Van a llegar personas cercanas a la familia y necesitan un espacio para descansar cerca de la señora Svenson. Como ya hay un policía haciendo guardia en la habitación y otro más en la puerta, la seguridad de la víctima está garantizada.

Patrick y Kate se miraron con cierta sorpresa. Viktor Svenson se había mostrado distante mientras habló apenas unos diez minutos con ellos, pero no dignarse siquiera a pedirles aquel favor rozaba la falta de respeto.

—Nos vamos, por supuesto. Avísenos si se produce algún cambio —dijo Patrick tratando de arrastrar a Kate con la mirada.

Cuando abandonaron la sala de espera se cruzaron con el marido de la víctima, que salía de la unidad de cuidados intensivos.

—Señor Svenson, nos marchamos. Estaremos atentos al teléfono —dijo Patrick con cordialidad—. Tenga por seguro que estamos haciendo todo lo posible por…

—Descuiden. Buenas noches, agentes. —Viktor se despidió sin ni siquiera darles la mano y fue a reunirse con dos hombres en el otro extremo del pasillo.

Ropa oscura, pelo engominado y rasgos duros como los dientes de un arado. Caucásicos. Altos como árboles. Las manos anchas y duras como la piel de un caimán. Parecían cualquier cosa menos familiares de los Svenson.

El camino hasta el hotel fue tan incómodo como una primera cita. Patrick no se atrevía a hablar por miedo a incomodar a Kate, que tenía el ceño constantemente fruncido, como si llevara un cartel: «Peligro, no tocar, no hablar y no mirar». Una barrera de espinas electrificada. Estaba cansada y acababan de tratarlos como a una piedra en un zapato.

—¿Te importaría dejarme en la cervecería irlandesa que hay dos calles antes de llegar al hotel? —preguntó Patrick mientras retorcía un poco su cuello y sacaba uno de los dosieres de Jack. Echó los brazos hacia delante y arqueó la espalda. Un agradable calor bordeó sus hombros y escápulas.

A Kate le hizo gracia cómo se hacía el interesante con esa petición tras el silencio forzado. «No vas a llegar a ningún sitio así, Kate, nadie te va a rescatar si no te dejas ayudar», se dijo Kate.

—Patrick. ¿Te importa si te acompaño a esa cervecería? —Kate sintió un rubor en las orejas.

—Estaré encantado, Kate.

La cervecería Grand Canyon era uno de esos locales en los que el ruido de fondo reverbera tanto que solo es posible permanecer allí dentro en el mismo estado en el que se encuentra el resto, con al menos un par de cervezas en el cuerpo.

Escogieron una de las mesas más alejadas del núcleo tumultuoso. Pidieron un par de cervezas y algo de picar. Mayoría de hombres con barba y camisa a cuadros. Risas desproporcionadas, desacomplejadas. Sudor. Folklore. Golpes en la mesa. Máquina de dardos. Billar. Y música *country*.

Patrick pensó que a Kate le sentaba bien estar allí, rodeada de esa gente que parecía disfrutar. Sus mejillas se colorearon y pareció que se agrietara el corsé de tensión que llevaba puesto a todas horas.

—¿Te parece si tratamos de aclarar todo esto un poco? —preguntó Kate con brillo en la mirada. La mancha marrón de su iris derecho… seguía ahí.

—¿Qué quieres aclarar? —dijo Patrick sonrojándose.

—La información que tenemos hasta ahora, las pistas… ¿A qué crees que me estaba refiriendo?

—Oh, a nada, es que después de todo el día sin apenas comer la cerveza me ha sentado como un tiro.

Kate dio un sorbo a su jarra y se relamió la espuma con un gesto desenfadado. Sensualidad. Sacó la carpeta con los informes y fotografías más relevantes del caso e hizo sitio en la mesa.

—Voy un momento al baño, Kate, ya sabes, la cerveza.

Kate asintió con una sonrisa cariñosa.

Patrick se las tuvo con un par de sillas antes de llegar

al baño. No toleraba demasiado bien el alcohol, sobre todo cuando estaba cansado y tenía el estómago vacío.

Cuando salió del baño tuvo una especie de momento revelador, tal vez porque a veces el alcohol elimina esas ramas que no dejan ver bien el sendero: apenas había dejado de pensar en Kate en todo el día. No dejaba de estar pendiente de sus reacciones, sus comentarios, su opinión. Se aflojó la corbata. Sintió el frío del titanio de su reloj en la muñeca. ¿Se estaba convirtiendo Kate Myers, al igual que Jack Miller por otras razones, en una nueva fuente de obsesión, en una fijación? ¿O simplemente era… fascinación?

Kate había realizado anotaciones en unos pósits que había colocado sobre la superficie de madera vieja formando una figura geométrica. A Patrick se le antojó que era un pentágono, pero con el mareo no habría podido asegurar ante un tribunal si esa figura tenía cinco, seis o diez puntas. Se quitó la chaqueta.

En cuanto tomó asiento, su compañera le hizo un resumen de los datos objetivos y comprobados, antes de la conclusión:

—Podemos asegurar que todos los ataques son obra de la misma persona porque se han repetido detalles que no han sido revelados a la prensa, como el anillo de O, el símbolo de la dominación y sumisión.

—También la posición en la que las abandona. Esa postura también significa algo. Una mano sobre el pecho, y el otro brazo extendido en el suelo formando un ángulo con el tronco de entre cuarenta y cinco y setenta grados…

La camarera dejó en la mesa otras dos jarras de cerveza rebosantes y un plato de patatas barbacoa.

—Patrick, solo podemos estar seguros de que han encontrado así a cuatro. Sí, es cierto que las casualidades en estos casos no suelen producirse…

—¿Te parece poco fiable el cincuenta por ciento de los casos? —preguntó Patrick.

Kate sonrió al verlo tan impetuoso. El efecto de la espuma que usaba para echar hacia atrás su pelo oscuro se había perdido y eso había hecho que aumentara de volumen.

—Está bien, consideraremos la postura como una parte importante de lo que nos está tratando de decir el Hombre del Coche. —Kate escribió la palabra «postura» en un nuevo pósit y lo pegó a un lado de la figura geométrica.

—¿Por qué has dejado «postura» fuera de las evidencias principales? —preguntó Patrick antes de beber otro trago.

—De momento se queda fuera porque solo la hemos encontrado en el cincuenta por ciento de las víctimas. Da gracias por que incluso no la haya dejado fuera de la mesa.

A Patrick le hizo gracia ese comentario, y a la propia Kate también.

—Se me acaba de ocurrir algo. —Patrick se frotó las sienes—. ¿Y si las mueve después de dejarlas? No hemos hablado nunca de ello y a lo mejor… ¿No podría ser que el Hombre del Coche las dejara en esa posición y después las moviese por alguna razón? Pero por qué a unas sí y a otras no…

—Uf, veo que el alcohol afina tus sentidos… —dijo Kate con una inofensiva sorna mientras anotaba «mover» en otro pósit que pegó debajo del de «postura». Le había parecido interesante el planteamiento de Patrick.

—¿Crees que podría tratarse de un asesino itinerante? —preguntó Patrick con impulsividad.

—No, más bien tengo la impresión de que tuvo que trasladarse por otros motivos.

—¿Cómo lo sabes? ¿Y cómo sabes que no lo ha hecho antes ya?

A Kate le estaba gustando el Patrick desinhibido. Directo.

—En primer lugar, tienes razón, no podemos estar seguros de que no lo haya hecho ya antes. Recuerda que envié los principales rasgos de su *modus operandi* a todas las oficinas del país para que revisasen casos similares. Y no han encontrado nada. En segundo lugar, hay una gran diferencia entre un asesino en serie y un itinerante, y es esa diferencia la que hace del Hombre del Coche un *serial,* el que escoge a sus víctimas con meticulosidad, tiene normas y principios aunque a nosotros nos parezcan lo más retorcido del mundo, mata por una razón y no le importa solo el cómo, sino también a quién. En cambio, el itinerante no suele planificar, mata como una necesidad, es más impulsivo y para él es una forma de expiación.

»Yo al itinerante lo compararía más bien con un depredador que en ocasiones necesita saciar su hambre y se va moviendo para evitar que su coto de caza se alarme demasiado. En cambio, al asesino en serie lo veo más como un coleccionista, su necesidad es más espiritual, necesita transmitir algo a través de la muerte. En cualquier caso, llevamos dos víctimas nuevas en apenas cuarenta y ocho horas tras un parón de dos semanas. Y los dos crímenes de Amarillo han sido un poco más precipitados. Ha habido ligeros cambios en su *modus operandi.*

Patrick se había dejado seducir tanto con la exposición de Kate que, cuando ella hizo una pausa esperando a que le preguntase por «esos cambios», él se quedó observándola sin decir nada.

—Patrick, ¿te encuentras bien? Te voy a prohibir beber más…

—Sí, sí, estoy bien. Dime cuáles son esos cambios.

—Las víctimas de Amarillo presentan lesiones más graves en sus zonas íntimas. Es como si el Hombre del Coche se estuviese volviendo más violento. Y el otro cambio evidente es que no mató a la última. Me parece un fallo muy grande o bien…

—¿Que la ha dejado viva a propósito?

—Yo me inclino más por que fuera accidentalmente, cuadra mejor con que se está volviendo más impetuoso, tiene más prisa, una mayor urgencia por…

—¿Terminar?

—Es posible que esté llegando al final de la serie y por eso está acelerando. Temo que estemos a punto de ver algo desagradablemente gordo si no le damos caza antes.

Kate apuró su cerveza y ojeó de nuevo sus notas.

Patrick aprovechó para pedir dos jarras más a la camarera.

A ese paso tendrían que salir de allí a gatas o, quién sabe, quizá abrazados. El mareo de Kate era notable. Pero podía más la sensación de bienestar que la estaba invadiendo. Una sensación casi irreconocible. Vergonzosamente placentera.

Kate señaló un pósit con las letras BDSM y esperó a la conexión que hiciera Patrick. Le estaba gustando ese juego de compenetración.

—¿Crees que las víctimas podrían estar relacionadas con algún tipo de práctica sexual? —preguntó su compañero.

—Es posible, pero creo que el anillo tiene un componente más simbólico. No hemos encontrado ninguna relación de las víctimas ni de sus maridos con prácticas de dominación y sumisión. Esto es tan solo una conjetura: el anillo representa la sumisión, la esclavitud de la mujer respecto al hombre, pero no de forma directa, sino como una característica que el asesino quiere denunciar. Todas las víctimas mujeres vivían en la opulencia a costa del dinero de sus maridos, de su estatus y de su…

—Visto así, ¿no serán ellos los esclavos y ellas las dominadoras? Quien lleva una vida plácida es la mujer, ¿no crees?

A Kate se le escapó una sonrisa irónica. Sin estar bajo los efectos del alcohol y con otra compañía, su reacción habría sido agresiva.

—No me lo puedo creer… Que los hombres seáis tan cortos de miras. La mujer florero vive en una cárcel, aunque sea de oro y haya entrado por su propio pie, pero de la que no puede escapar. Ese tipo de vida supone para muchas mujeres firmar un contrato con el diablo. —Kate estaba visiblemente nerviosa.

—Tranquila, tienes razón. Las víctimas podrían ser esclavas de esa vida ligada a un marido que tal vez no sea el hombre de sus sueños…

—Por supuesto que no, Patrick. ¿Acaso viste dolor en los ojos de Viktor Svenson? Lo que había era rabia, vergüenza, ganas de venganza porque el muy cabrón se sentía insultado. No su mujer, él es quien se sentía humillado.

Kate le dio un buen trago a la cerveza, vio cómo Patrick la miraba con una mezcla de temor y expectación, y le volvió a entrar la risa.

—Vale, es posible que me haya pasado un poco, ¿no?

Patrick casi se ahoga con la espuma de la cerveza.

—Para nada, mujer, de hecho me has convencido totalmente. —Patrick hizo una pausa. Incomodidad. La miró a los ojos y vio en ellos su propio reflejo, el de un hombre de treinta y tantos, divorciado y cansado—. Ahora necesito que me respondas a una pregunta. Creo que ha llegado el momento de que hablemos en serio de un punto que hemos estado evitando todo el día.

El color de las mejillas de Kate se volvió más intenso. «Por favor, Patrick, ahora no. No me propongas nada. Lo estoy pasando bien y no quiero estropearlo», pensó Kate mientras Patrick se desataba los puños de su camisa y se arremangaba de forma elegante doblando cada uno un par de veces. Cuando acabó, la miró con seriedad.

—¿Crees que fue él? Responde sí o no, por favor. Y quiero que me digas lo que piensas de verdad.

Kate volvió a sonreírse. Se vio como una estúpida por imaginar que tal vez Patrick estaba pensando en ella como…

—Sabía que tarde o temprano volverías a Jack Miller. Pero tienes razón, ha llegado el momento de que me moje. Las pruebas y los indicios apuntan a que él es el Hombre del Coche y quien robó al Crédit Lyonnais, pero…

—Hay muchas cosas que no cuadran. Para empezar, en ninguno de los informes médicos que tenemos de él está presente ni siquiera uno de los tres signos de la tríada psicopática cuando la enfermedad aparece a edades tempranas: enuresis, piromanía y sadismo hacia los animales. Sí, sé que no todos los asesinos en serie presentan uno o más de esos signos, pero sí la mayoría de ellos. En segundo lugar, el componente sexual de los crímenes y el tema de las salvajes penetraciones…, no sé, he hablado con muchos asesinos en esta vida y ninguno de ellos se parecía en nada a Jack Miller. Esa parte animal que los convierte en depredadores sexuales y mortales no la vi en él, es solo una intuición, pero para mí cuenta mucho.

»Diría que Jack es más bien…, ¿te has fijado en sus ojos? ¿En cómo lo observa todo y en esa ausencia de parpadeo? A mí me transmiten que está muy lejos, como en otro plano de realidad, pero en ningún caso tiene la mirada del violador. Y por último, te vas a reír de mí otra vez, pero ¿no crees que un tipo como Jack Miller, experto en variables aleatorias, tiene otras cosas más interesantes que hacer que ir por ahí matando a mujeres y sacándoles sangre?

—Vaya, Patrick, cuánta pasión, cualquiera diría que tú y Jack…

—Idiota…

—Perdona. Mi intuición también me dice que no es él. De todas formas, no podemos obviar el peso de las pruebas en lo del Crédit Lyonnais, todo ese dinero robado con sus claves. Luego se escapa de la celda de la comisaría. Tampoco podemos olvidar que su vecina Linda Galleymore murió precisamente ese día en circunstancias extrañas, y tampoco que tanto el portero de su finca como su hermana se encuentran en paradero desconocido. Y para terminar, tiene acceso a la escopolamina por vía legal y lo vimos en la escena del último crimen. Como poco, cometió delito de omisión de auxilio. Así que, si no es él, alguien debe de haberse tomado bastantes molestias en hacernos creer que sí…

Kate perdió el hilo ante una nueva idea que la asaltó. Se quedó con la boca entreabierta, se llevó una mano a la nuca y torció el cuello a izquierda y derecha. El alcohol había rebajado un poco su tensión cervical.

—¿En qué estás pensando, Kate?

—¿Y si por alguna razón las matara en el momento de abandonarlas? Eso explicaría por qué Anika Svenson continúa con vida, llegamos justo en el momento en el que iba a acabar con ella y no tuvo tiempo de terminar. Desde un principio pensamos que las mataba en otro lugar y después las trasladaba para preparar su escena…

—No sé por qué razón iba a arriesgarse tanto. Normalmente los asesinos en serie secuestran, luego matan, puede que antes o después haya abuso sexual, y por último, preparan la escena del crimen. Esa suele ser su pauta.

Había cierta desilusión en la voz de Patrick. ¿Quién iba a querer hacerle algo así a alguien? Y sobre todo, ¿por qué?

Kate remató la tercera cerveza, despegó uno de los pósits y lo colocó justo en el centro de la figura geométrica que había formado en la mesa. Luego cogió el pósit con la palabra «postura» y lo colocó en el lugar que había dejado libre el que acababa de mover, el que llevaba escrito el nombre de «Jack».

—Jack Miller está involucrado de algún modo tanto en el robo del Crédit Lyonnais como en los asesinatos del Hombre del Coche. Así que dar con él es nuestra máxima prioridad, sin olvidar lo que pueda contarnos Anika Svenson cuando despierte.

—Kate. ¿Tienes una foto de Kevin ahí? Déjamela un momento, quiero comprobar una cosa.

Kate abrió su carpeta y le pasó una foto de Kevin. Patrick la observó con minuciosa atención. Kevin llevaba una gorra de los Giants bien hundida en la cabeza. Estaba muy pálido y en sus ojos había tristeza. O una extraña mezcla entre rabia y pena. Incluso nostalgia. Abandono. Un alma desahuciada y traicionada por la vida.

—Es la única que tenemos, es de hace unos siete años —aclaró Kate—. Se la tomó la Policía en el juicio contra un tal Edward Rivers y sus amigos por una brutal agresión por la que fue intervenido quirúrgicamente y le pusieron una placa de titanio en la cabe…

Antes de terminar la frase se dio cuenta de que ese era un buen motivo para atentar contra el estilo de vida que estaba atacando el Hombre del Coche…

—No te gires, Kate. No sé si es la cerveza o estamos ante una de esas casualidades que solo ocurren unas cuantas veces en la vida.

—¿Kevin? —preguntó Kate con la intención de girarse.

Patrick lo evitó cogiéndola de las manos como dos enamorados que se sinceran y con la mirada se cuentan sueños llenos de bellas promesas. La primera reacción de Kate fue apartarlas. Pero sintió sus nudillos cálidos, que la arropaban. Como esa herida en la piel que, aunque de forma muy lenta, ya está empezando a cerrar.

—Está mirando hacia aquí. Bebe una cerveza en la barra, a unos cinco metros. No me cabe ninguna duda de que es la misma persona de la foto. Lleva hasta la maldita gorra de los Giants, joder.

Kate trató de ver el reflejo en los ojos de Patrick. Visualizar en qué posición exacta estaba, si iba armado, si estaba solo y preparándose para atacar. El efecto del alcohol se desvaneció ante la inyección de adrenalina.

—¿Y por qué no vamos a hablar con él? Que yo sepa, no es sospechoso de nada.

—Tengo la impresión de que en cuanto nos levantemos va a salir corriendo, acaba de pedir la cuenta y no deja de mirarnos. Algo le ha puesto nervioso. Quizá nosotros. Disimula muy mal. ¿No es mucha casualidad que Kevin esté en Amarillo? —A Patrick se le dibujó una sonrisa maléfica—. ¿A la de tres?

Los ojos de Kate se abrieron de par en par. Complicidad.

—A la de tres —respondió Kate llena de confianza. Una sonrisa con un único significado: «Estoy contigo a muerte».

Uno.

Dos.

Tres.

15

ESOS SONIDOS QUE ESCUCHAS SON REALES, IGUAL QUE YO

1

Kevin salió disparado de la cervecería irlandesa a la que había ido a parar tras su última discusión con Mía. Ya no le cabía ninguna duda de que sabían algo. Los mismos policías que vio días atrás en su urbanización.

Podía oír cómo le pisaban los talones, cómo el ruido de sus pasos se perdía en el vacío de la noche cuando torcía por una calle y cómo volvían apenas siete u ocho segundos después. Esa era la escasa ventaja que les sacaba.

No eran ellos contra quienes estaba en guerra, sino contra esa sociedad injusta que moldeaba el mundo a su antojo. Pero, claro, qué iban a saber ese par de memos, ¿acaso había algún policía capaz de cuestionarse si las órdenes que cumplía tenían algún sentido? Aunque cabía la posibilidad de que no supiesen nada de «su gran obra» y solo estuviesen tras él debido a que podía haber dejado algún tipo de prueba hacía tan solo unas cuantas horas, cuando se despachó a gusto en ese particular homenaje a esa persona que era como él. Justiciera. Vengadora.

La distancia hasta Golden Fields era de unos cinco minutos, al ritmo que iba tal vez de cuatro. Había ido hasta esa cervecería porque estaba medianamente lejos de su refugio.

Esperaba que su centro de operaciones no hubiese sido descubierto también por esos dos sabuesos. Jamás debió abandonarlo. Sacó el móvil y llamó a Mía. Ella era quien lo había empujado a salir tras provocar la discusión, y solo esperaba que no lo hubiese traicionado.

—¡Kevin! ¡Solo queremos hablar!

Escuchó cómo ese policía gritaba su nombre. Un escalofrío recorrió toda su espalda. Aceleró. Se pisó un cordón de la zapatilla. Trastabilló. Sabían quién era. Mierda. Empezó a sentir un molesto latido tras la placa metálica que daba forma a la parte trasera de su cabeza. Ese pedazo de cráneo sintético que le recordaba cada uno de los minutos de su vida lo que le habían hecho, pero sobre todo lo que él iba a hacer. Se pasó una mano por la placa y acarició su suave textura. Deslizante y fría. Era una manía que rebrotaba cuando se ponía nervioso. Volvía a estar abajo. En el sótano de su autoestima. Su vida transcurría en un ascensor con solo dos paradas: el ático y ese oscuro sótano lleno de monstruos en el que se encontraba ahora.

El móvil de Mía daba tono, pero no contestaba.

Giró por St. Marvin Street y siguió recto hasta Grand Street. Tropezó con algunos empleados de los grandes almacenes Wall Mart que se amontonaban en la acera tras el cierre. Puntas de cigarro chisporroteando y gritos de desconcierto y de «Ahí va el ladrón.

Volvió a llamar a Mía. ¿Dónde demonios se había metido su hermana? ¿Lo había traicionado y por eso iban tras él? Su cerebro palpitaba cada vez más tras la placa. Si no conseguía hablar con Mía antes de llegar a las proximidades de Golden Fields, tendría que cambiar de rumbo porque no podía arriesgarse a que supiesen dónde guardaba la información de sus planes. De esos que harían que los cimientos de todo el país se tambaleasen.

La carrera estaba siendo infernal. La última semana encerrado en su estudio con una dieta a base de comida basura y sin apenas actividad física le estaba pasando factura.

Su cerebro no dejaba de hacer cálculos. Qué sería de él si lo atrapaban. En Texas estaba instaurada la pena de muerte. El simple hecho de pensar en ello hizo que sus piernas dieran un poco más de sí. No sobreviviría en prisión, no soportaría el fracaso de no haber podido terminar su obra.

Volvió a llamar a Mía. Oía los pasos tras él cada vez más lejanos, pero ahí seguían.

—Dime, Kevin…

—¿Estás en casa? ¿Ha estado ahí la Policía?

—¿Qué ocurre, Kevin?

—Contéstame sí o no, ¿ha estado o está ahí la policía? ¿Me has vendido, Mía?

—Pero ¿se te ha ido la cabeza o qué? No. No he hablado con la Policía, y sí, estoy en casa, recién salida de la ducha.

—Saben que estamos aquí. Lo saben todo. Ahora mismo están pisándome los talones. Los tengo encima, Mía, encima.

—¿De qué estás hablando? ¿Qué saben?

—Tengo que dejarte, voy a tratar de despistarlos. Si no pasa nada, en una hora aproximadamente estaré en casa y te cuento. Si no tienes noticias mías en ese tiempo, ya sabes dónde guardamos parte del dinero, márchate y no mires atrás, Mía, no mires atrás.

Antes de que Mía dijese «De acuerdo», su hermano ya había colgado.

Kevin giró por Apache Street y aligeró aún más hasta llegar a Longhorn Trail. Siguió recto unos treinta metros y se desvaneció entre las estrechas calles de Mars, Seinfield y Woodland. Se ocultó en el interior de unos contenedores después de haberse asegurado de que la distancia con los policías era ya de al menos quince segundos. «De vuelta al contenedor», pensó mientras trataba de recuperar el aliento.

Una nueva ironía de esa vida que tanto disfrutaba riéndose de él, humillándolo y derrotándolo.

Con la carrera, la placa de la cabeza parecía haberse calentado y estar a punto de fundirse con su cerebro. Trató de pensar, de tranquilizarse. La mesa de la cervecería en la que estaban los dos policías tenía cuatro jarras de cerveza vacías. Desde luego, no parecía que lo hubiesen estado siguiendo. Pero conocían su nombre. Eso en parte era normal, ya que había desaparecido del edificio donde se habían cometido algunos delitos. El policía le había gritado que «solo querían hablar». Recordar eso le hizo sonreír. Tosió. Aspiró un fuerte olor a pescado podrido. Se ensució. Y empezó a llorar de pura felicidad. El ascensor estaba subiendo a toda velocidad hacia el ático de ese extraño edificio en el que vivía.

Ya casi había llegado al final. «Control» estaba casi listo. Prácticamente ya había infectado todo lo necesario para darle el poder que necesitaba, el control de las máquinas que le hacían falta para obtener su «poder de negociación». En un par de días podría ejecutar su verdadero plan.

Tendría que estar más atento y reforzar el control de su seguridad porque estaban muy cerca, casi tanto como él de llegar al final.

2

Habían pasado dos días desde que huyó del área de servicio de Yellowstone, donde se había reencontrado con la Chica del Semáforo. Los mismos que habían pasado desde la última vez que intentó poner en marcha su prototipo. Y desde entonces Jack había ido vagando hasta dar con el lugar idóneo donde esconderse, donde poder recalcular esa ecuación.

Podría haberse marchado lejos. Pero eso no habría resuelto nada. La humanidad necesitaba que terminara lo que había empezado.

Se había escondido en uno de los bloques abandonados de Pantex Plant, en la localidad de Panhadale, condado de Carson, a unos sesenta kilómetros del centro de Amarillo. Había escogido la única planta de desmantelamiento de armas nucleares de todo el país porque contaba con una superficie de más de sesenta y cinco kilómetros cuadrados. Eso era sinónimo de muchos lugares vacíos donde ocultarse para trabajar sin interrupciones. Desde la declaración internacional de la política de desmantelamiento y reducción del arsenal de armamento nuclear, Pantex se había convertido en uno de los centros con mayor control y vigilancia de todo Estados Unidos. Y al haber cesado la fabricación de nuevo armamento, cerraron gran parte de las instalaciones, aquellas en las que se enriquecía uranio y se ensamblaban las ojivas en el interior de las bombas. Un lugar idóneo para recuperar el control de la pauta, del camino de la aleatoriedad profunda. Necesitaba de una vez por todas hacer que su artefacto funcionase y tratar de saber con la mayor precisión posible qué era eso tan terrible que estaba a punto de suceder, y cuándo.

El interior de Pantex Plant era inhóspito. Estaba lleno de suciedad. Microbios. Abandono. No había luz. No había agua potable. Allí no podía darse sus duchas calientes y relajantes. Ni afeitarse. Ni tomar café mientras aspiraba su aroma. Y estaba solo. Sin nadie con quien hablar aparte de esa voz de su cabeza. Y todo ello le estaba empezando a pasar factura.

Al menos, después de más de treinta y siete horas sin apenas dormir, había logrado llegar a una conclusión importante: la Chica del Semáforo formaba parte, esencial e irrenunciable, de esa gran ecuación que estaba a punto de resolver. Sí, era cierto que después de la confesión de Mía era ella quien se había interpuesto en su camino. Pero tal y como la propia Mía le había dicho, una parte de ella sabía que se habían conocido por una razón muy importante. Una que va más allá de la voluntad de las personas. Una que forma parte del transcurso de todo.

«Jacky, no puedes ignorarme eternamente, porque tú y yo siempre estaremos juntos y porque sin mí jamás lo lograrás. Lo que debes preguntarte no es qué da vida a las cosas, Jacky, sino qué es lo que se la quita.»

Jack llevaba sin parar de realizar cálculos día y medio, no solo había rehecho parte de muchas de las cadenas de Márkov que lo habían llevado a las diferentes «estaciones», sino que las había ampliado con múltiples variables de transición entre estados. Y todas esas «estaciones perfeccionadas le decían que tenían que pasar en algún momento por Mía. Lo que todavía no había podido resolver era hacia dónde se dirigía esa aleatoriedad profunda. Iba a cambiar de rumbo en breve. Podía ver de dónde venía, trazado y trayectoria, pero no su final. Quizá nadie estaba capacitado para determinarlo. Tal vez nadie debería estar capacitado nunca para conocer ese final.

«Jacky, déjalo ya. Ni Mía es tan importante como crees ni tampoco esa aleatoriedad profunda. Sal de aquí ahora mismo y olvídate de Mía para siempre. No es bueno para nosotros, Jacky. ¿Hace falta que hablemos de lo que le pasó a tu madre? ¿Por qué nunca quieres que hablemos de ello ni tampoco de esas mujeres que están muriendo en vano? Te lo advertí entonces, pero no quisiste escucharme.»

Estaba tremendamente fatigado. La nave industrial en la que él y el S90 se ocultaban era un auténtico pozo ciego. El sistema de ventilación hacía años que estaba parado y allí no había más que el esqueleto de maquinarias destinadas a la construcción de las armas más letales que había conocido el ser humano. Jack había contado solo en el sector C cuatro mil centrifugadoras Zippe para enriquecer uranio y extraer el uranio 235. Obras de ingeniería de milimétrica precisión cuyo tambor interno giraba a miles de revoluciones por minuto gracias a un campo magnético pulsátil y así lograban la separación de los dos principales isótopos del hexafluoruro de uranio, el 238 y 235. «Construidas en fibra de carbono, aluminio y acero *maraging*. Rotores tipo fuelle para mejorar el control de la velocidad de giro y evitar la resonancia.» También había cientos de reactores y montañas de ojivas vacías. Cabezas nucleares que aguardaban en la oscuridad como sombras siniestras. Destructoras del mañana.

Todo ese arsenal era la única compañía de Jack. Una compañía que parecía cobrar vida propia, ponerse en contacto con él. Primero oyó ruidos, un rumor lejano y difuminado en el vacío industrial. Después una extraña vibración, como si los ventiladores y los rotores de todas esas máquinas hubiesen tratado de ponerse en marcha. Por último, había sentido cómo desprendían más calor, como si estuviesen despertando después de años de hibernación.

No había vuelto a ver a Mía desde su encuentro en el área de servicio de Vega, pero sí habían hablado. Ella le había dicho que lo que había intentado para que atrapasen a Kevin no había funcionado. Y se había vuelto a disculpar por lo que le habían hecho.

Recordar a Mía le provocaba un sentimiento contradictorio, sabía que la Chica del Semáforo era a la vez principio y fin. El principio de una nueva vida o el fin de su búsqueda. Pero quería estar a su lado. Era una especie de vuelta al hogar, quizá a un hogar tan bello como el que nunca tuvo.

Cuando Mía le pidió ayuda para detener a Kevin, le ofreció lo que mejor sabía hacer: un nuevo vuelo de Lévy, una nueva caminata aleatoria. Hacer bailar a los números. Darle un pequeño empujón a Kevin en el momento y en el lugar adecuado para favorecer esa cadena de acontecimientos que lo hicieran caer en los brazos de los policías.

Jack veía la realidad formada por millonésimas y casi imperceptibles partes que habían sido parcialmente agrupadas dentro de la gran malla. Cuando trataba de hacer bailar a los números, tocaba una pieza aquí y otra allá para desencadenar ese efecto dominó que hacía que el eterno río de acontecimientos arrastrase con él esas pequeñas acciones que favorecían a sus intereses. Jack le había pedido a Mía que tuviese una discusión con él a una determinada hora y que Kevin acabase saliendo de casa, ese era el detonante de la cadena. Y no había funcionado. Los números no se habían comportado como esperaba.

Se dejó caer en el suelo. De nuevo los oídos. Sangre espesa. De nuevo los zumbidos. Temblores y sequedad en ojos y boca. De nuevo ese latir en su interior. Corazón y cabeza.

Sacó el Proyecto Vida y lo observó con detenimiento. Esa figura asombrosa y vital, casi humana, ¿por qué no funcionaba? ¿Cuál era la pieza que le faltaba?

Pensó en la chica de la última foto de su álbum. Igual que con cada una de las anteriores, calculó que sería clave para el funcionamiento de su proyecto, la pieza definitiva. Había algo poderoso y contradictorio en todas esas muertes. Algo que se le resistía y le aterraba al mismo tiempo. Si la última seguía con vida, tal vez fuera porque no era ella la elegida, sino esa otra que estaba por llegar, que los números le habían dicho que se encontraba a solo dos días de él.

Antes de levantarse, volvió a oír el rumor de las máquinas. Una vibración serpenteante recorriendo el suelo hasta llegar a sus pies. Trató de apartar esas interferencias que parecían querer desviarlo de lo que estaba tan cerca de lograr.

«Jacky, esos ruidos son reales, igual que yo, no forman parte de tu imaginación. Tienes que salir de aquí.»

Jack se dirigió hacia el único punto del bloque en el que tenía cobertura y esperó alguna notificación. Necesitaba un salvavidas, se sentía solo, al límite.

El móvil vibró.

Mía. Ahí estaba su prueba. Su confirmación.

«Hola, Jack, ahora mismo no puedo hablar, Kevin se ha encerrado en su estudio y está muy nervioso y paranoico. Creo que incluso ha estado llorando. He podido ver algunas cosas que guardaba y estoy casi segura de que planea fabricar una bomba. Me ha dicho que en dos días como máximo tendremos que marcharnos. Amarillo ya no es seguro. Dime algo cuando puedas, Jack. Te echo de menos. Mía.»

Jack se alarmó con la bomba, pero mucho más con esos «dos días» de plazo...

Se dirigió a su improvisada pizarra de acero oxidado y metales pesados anaranjados y se dispuso a introducir la variable Kevin en sus ecuaciones. ¿Era posible que constituyera un punto mucho más importante de lo que había calculado? Justo cuando la aleatoriedad profunda iba a llegar a uno de esos puntos clave en la historia, todo parecía complicarse más y más.

A lo largo de la historia se habían producido acontecimientos extraordinarios que habían supuesto un antes y un después en el devenir de la humanidad. Grandes guerras, catástrofes naturales, atentados, golpes de Estado y deslumbrantes hallazgos y descubrimientos. Todos ellos formaban parte de las cadenas de Márkov con las que Jack estudiaba la probabilidad de hechos aleatorios como principio o final. Los cientos de cadenas secundarias estaban a punto de confluir en un mismo lugar, en un mismo instante.

«Jacky, déjalo ya. Por mucho que tú hagas o dejes de hacer, jamás podrás cambiar nada, lo que deba ser será. Hay cosas que tú no sabes, Jacky. Y contra las que ni tú ni nadie puede luchar.»

Jack contestó al mensaje de Mía y se puso a reunir toda la información que pudo en Internet e introdujo aquellos puntos o estados previos en los que Kevin hubiera estado en el pasado lejano e inmediato.

«Hola, Mía. Necesito realizar nuevos cálculos, en cuanto pueda te digo algo. Yo también te echo de menos. Jack.»

«Más letal, Jacky, eso es lo que trataba de decirte, más letal, Jacky, huye de aquí ya.»

3

Llevaba horas dándole vueltas a todo en la gran suite del hotel. Cepillándose el pelo hasta arrancarse mechones enteros. Limándose las uñas hasta ver brotar la sangre en la yema de los dedos. Mordiéndose los labios hasta hacerse desollones. Sangre y piel en los dientes. Lágrimas en los ojos y un grito de pura rabia contenido en la garganta.

Los dos últimos días habían sido especialmente duros. Tras el último insulto de su hermano, que la había dejado tirada en esa nave industrial, había llegado a una conclusión: estaba sola en el mundo.

Jack. Él y nadie más que él era el causante de todo. Lo que más le dolía era no haberse dado cuenta antes. Él tuvo la culpa de que su padre estuviese demasiado aburrido de la vida como para pensar que quizá pasarse por el cuarto de su adorable hija pequeña a altas horas de la noche para buscar consuelo fuese una buena idea. Ese mismo consuelo que su madre no quiso ver porque solo tenía ojos para su hijito con síndrome de disincronía. Su padre se fue porque no soportaba la culpa, y su madre no hizo otra cosa que centrarse todavía más en Jack, en el niño con capacidades especiales y necesidades aún más especiales.

Pero lo peor vino después. Aquel fatídico día en el que otra vez por culpa de Jack perdieron a su madre.

Nunca lo había visto con tanta claridad. El día que su madre murió iban los tres juntos. Como siempre que se dirigían a ver a uno de esos jactanciosos doctores para que le diesen su opinión. Una opinión condicionada por las miradas lascivas de su madre. Sugerentes prendas. Pegajosos perfumes con fragancias florales. Sutil maquillaje y sonrisas forzadas. Serviles. Falsas.

Pero aquella tarde no llegaron a la consulta del doctor Marcuse. Apenas faltaban tres manzanas para la calle Glasgow cuando Jack se quedó paralizado. En mitad de un paso de cebra de una de las arterias principales de Portland. Parecía estar mirando algo a lo lejos, un poco más allá de donde se encontraban Wendy y su madre. Su madre le dijo que se diese prisa porque el semáforo estaba a punto de ponerse en rojo...

Un coche salió de la nada, directo hacia Jack. La reacción de su madre fue instintiva, coherente con el resto de su vida. Soltó la mano de Wendy y corrió hacia Jack. Llegó justo a tiempo para darle un empujón y lanzarlo al otro lado de la calzada, pero no pudo evitar que el Cadillac Escala que venía a más de cien por hora impactara contra ella.

No había podido olvidar el cuerpo de su madre tendido boca arriba, asfixiándose. Colapso. Perdiendo la vida mientras Jack seguía observándolo todo desde la distancia. Terrible indiferencia.

Al no poder localizar a su padre y no tener más parientes conocidos, fueron puestos bajo la tutela del Estado y separados, para terminar cada uno en un destino. Jack en familias de bien que cuidarían y atenderían a un niño con sus necesidades y su potencial. Ella, en familias en cuyo seno se repetirían algunos trágicos hechos. Familias humildes. Deshechas.

Incluso era posible que Jack supiese de antemano que todo aquello ocurriría, y aun así, no hizo nada, dejó que pasara porque tal vez era lo que deseaba.

Pero había llegado el momento de ajustar cuentas con el pasado y devolverles a la vida, y a Jack exactamente lo mismo que a ella le habían dado: dolor y lágrimas.

PARTE III

PANTEX

16

—

EL TIEMPO SE AGOTA

1

Se presentaron en el Northwest Texas Healthcare apenas quince minutos después de que el doctor Thomas Welles los llamase para decirles que Anika Svenson había despertado tras casi tres días en coma.

Desde que los dos agentes especiales persiguieron a Kevin desde aquella cervecería irlandesa habían pasado dos largos días en los que habían tratado de seguir su pista y la de Jack Miller. Improductivo trabajo. Cansancio no recompensado.

Cuando entraron en la unidad de cuidados intensivos, estaban haciendo guardia los dos hombres de rasgos caucásicos con los que se había reunido Viktor Svenson unos días antes. Kate se preguntó con qué se encontraría si revisaba su hoja de antecedentes, si es que conservaban su verdadero nombre.

Thomas Welles y Viktor Svenson salieron de un despacho y se estrecharon las manos.

—Le avisaré si hay cualquier novedad, señor Svenson. Estoy muy contento de que su mujer se haya recuperado y no presente daños graves. Créame que no siempre tenemos tanta suerte.

Viktor Svenson pasó por delante de Kate y Patrick como si su presencia fuese intrascendente y se reunió con los dos hombres de negro. No le gustaban nada las personas como Viktor Svenson. Pensaban que estaban tan arriba en la escala social que merecían una justicia diferente. Una justicia comprada y orquestada por ellos mismos. Ni siquiera se tomaban la molestia de disimular ese desafío a la ley común que representaba la presencia de empleados con ADN sicario. Kate se decidió a pedirle explicaciones y la identificación, pasaporte y visado de sus dos gorilas, pero Patrick la detuvo sujetándola del brazo.

El doctor Thomas Welles se acercó a ellos después de deshacerse del traje de siervo de la clase alta y recuperar el tono distante de la última vez que se vieron.

—¿Podemos hablar con ella ahora? —preguntó Patrick.

—No es buen momento, agentes. La señora Svenson ha sufrido mucho y está agotada. Su marido me ha pedido expresamente que no la molesten.

A Kate se le escapó una sonrisa ácida, corrosiva.

—Doctor Welles, me parece que hasta ahora hemos sido muy pacientes con la extraña forma que tienen aquí en Amarillo de colaborar con la ley —dijo Kate acercándose tanto al doctor que pudo verse reflejada en el cristal de sus diminutas gafas. El estrecho pecho del doctor se plegó entre sus hombros como el cierre de una navaja—. Somos agentes federales y estamos al mando de la búsqueda de uno de los asesinos en serie más peligrosos de los últimos años. Tras esa puerta está la persona que podría revelarnos la identidad del asesino. Así que me parece que, a no ser que la señora Anika Svenson se encuentre en situación de riesgo para su vida o exista algún otro tipo de contraindicación médica de peso, le ruego que se aparte porque vamos a pasar.

Los ojos de Thomas Welles disminuyeron de tamaño. Se hizo a un lado.

—Tienen cinco minutos, agentes.

Kate y Patrick entraron en la habitación. El aspecto de Anika Svenson era tan parecido al de un cadáver que al principio Kate pensó si no habría muerto mientras ellos discutían fuera. Estaba tumbada boca arriba. Una fina sábana cubría su cuerpo. Dos sistemas de gotero salían de su muñeca izquierda y un monitor de constantes marcaba un pulso y una saturación de oxígeno estables. Tenía el cuello girado hacia la ventana, aunque desde la cama apenas podía ver la luz natural que entraba.

Kate se situó en una zona próxima a su campo visual. Patrick, tras ella, a una distancia prudencial, respetando el espacio íntimo vital.

—Buenos días, Anika, yo soy la agente especial Kate Myers y mi compañero el agente especial Patrick Hunt. Lamentamos mucho lo que le ha ocurrido y queremos decirle que no le quepa la menor duda de que vamos a atrapar a la persona que le ha hecho esto.

En las palabras de Kate había fuerza. Resentimiento y rencor. Recordó el cuerpo sin vida de su hermana Lana y se le hizo un nudo en el cuello.

Anika apenas parpadeó. Sus ojos no se movieron ni un milímetro de esa ventana con vistas a ningún lugar.

—Anika —Kate se acercó un poco más—. No me puedo ni imaginar por lo que debe de haber pasado, pero necesitamos hacerle unas preguntas que nos acerquen a la persona que le ha hecho esto, y necesitamos que sea cuanto antes.

Una lágrima humedeció los faraónicos rasgos de Anika. La piel café con leche. Parpadeó, pero no quiso mirar a Kate. En unos minutos el doctor Thomas Welles o el propio Viktor Svenson los invitarían a salir.

—Por favor, Anika, ¿cree que podría reconocer a la persona que le hizo esto si la viera de nuevo? —Kate esperó a que asimilara la pregunta. La vio tragar saliva con dificultad. Malestar. Sacó una foto de Jack tomada en la comisaría de Amarillo y la de Kevin, la misma con la que lo habían identificado en la cervecería—. Mire la foto de estos dos hombres, por favor, Anika, ¿reconoce a alguno de ellos? ¿Los ha visto alguna vez?

Kate situó las dos fotos en un punto en el que Anika no tuviese más remedio que verlas. A Patrick le sorprendió el tono dulce con que Kate se estaba dirigiendo a su única testigo. Anika pareció mirar las dos fotos y después levantar los ojos ligeramente hacia arriba y a la izquierda. Patrick observó el detalle y no dijo nada, pero empujó a Kate con la mirada para que continuara. Patrick conocía muy bien las técnicas de programación neurolingüística que se empleaban para la identificación de reacciones corporales naturales y su significado más común. Levantar los ojos hacia arriba y a la izquierda denotaba que estaba recordando, una de esas dos imágenes le había hecho recordar algo.

—Por favor, Anika, dígame si reconoce a una de estas dos personas como su agresor. Haga un esfuerzo.

Anika pareció mirarlas con más atención. En su rostro se dibujó el vivo recuerdo del dolor. Dos lágrimas surcaron sus pronunciados pómulos hasta sus carnosos labios. Después llevó sus ojos de nuevo hacia arriba y a la izquierda.

Patrick dio un paso hacia delante.

—Anika, sé que está recordando lo que le ocurrió y no queremos hacer esto más doloroso. También sabemos que su marido le ha dicho que no nos revele la identidad de su agresor, porque piensa que él se encuentra en mejor disposición para encontrarlo que nosotros. Escúcheme bien, Anika. Somos el FBI, hemos entregado nuestra vida a atrapar a gente como el Hombre del Coche, y créame, somos bastante buenos. Se lo pido por favor, ayúdenos a atrapar al indeseable que le ha hecho esto. Así no volverá a hacerle nada parecido a ninguna mujer más.

Anika levantó la vista hacia Patrick. Suplicaba, parecía estar rogándole que se adentrara en su mente para no tener que decir nada. Patrick la animó a hablar con un leve movimiento de su cuello hacia delante. Anika suspiró profundamente y levantó el dedo índice de su mano derecha. Movimiento lento. Apretó los dientes y apuntó hacia una foto. Patrick comprobó de cuál se trataba y buscó confirmación en la expresión de Kate. Mismo asombro.

—¿Está segura, Anika? ¿Es este el hombre que la atacó? —dijo Patrick sujetando la foto que Anika había señalado: la de Kevin con la gorra de los Giants.

Anika asintió. Su cuerpo pareció estremecerse. Un suave sollozo precedió al sonoro llanto en el que estalló casi de inmediato.

El doctor Welles y Viktor Svenson entraron con brusquedad.

Viktor se dirigió a los agentes. Los miró con ira en el temblor de sus ojos. Aroma a madera de roble y algodón egipcio.

—Márchense de aquí, ahora. Ya han hecho suficiente —dijo sin prestarle la menor atención a su mujer, que seguía llorando mientras era consolada tímida y torpemente por el doctor Welles.

—La dejaremos descansar. Pero le recuerdo que su mujer va a tener que prestar declaración —dijo Kate sin dejarse intimidar.

Salieron de allí reforzados y a la vez contrariados. Ahora ya no les cabía ninguna duda de quién era el Hombre del Coche. Anika no dudó ni un solo instante en señalar a Kevin. Pero, entonces, ¿qué demonios pintaba Jack Miller junto a Anika en aquel callejón de Eagle Street? ¿Acaso cabía la posibilidad de que Kevin y Jack actuasen juntos? Lo único que encontraron lógico era que, al contrario que Jack, Kevin sí parecía tener un móvil. En el juicio por su agresión fue condenado a realizar trabajos sociales para la propia familia Rivers y el resto de los acusados. La Justicia no había sido del todo justa con Kevin. Pero a Kate y Patrick les resultaba chocante que se estuviese vengando contra personas que no tenían nada que ver con lo que le había pasado. Los asesinos movidos por la venganza atacan en primer lugar a las personas causantes de su dolor, y cuando se dan cuenta de que ese dolor no ha cesado, empiezan a atacar a terceras personas. Pero, en este caso, ni la familia Rivers ni el resto de los supuestos culpables parecían haber sufrido algún daño o amenaza.

Kate se sentó como siempre al volante y, antes de que le diese tiempo a arrancar, Patrick recibió una llamada.

—Sí, soy Hunt. ¿Con quién hablo?

—Soy el doctor James Barnes, el marido de Fiona, estuvimos hablando hace unos días…

—Le recuerdo perfectamente. ¿Qué ocurre?

—Usted dijo que si recordaba algo importante le avisara.

—Por supuesto, James. ¿De qué se trata?

—Al principio no le di demasiada importancia, pero… ¿podríamos hablarlo mejor en persona? Es un tanto embarazoso para mí…

—¿Le vendría bien ahora? ¿Se encuentra usted en su casa?

—Sí, me viene bien y estoy en casa.

—De acuerdo, James. Tardaremos unos quince minutos. Hasta ahora.

Patrick y Kate pusieron rumbo a la urbanización Golden Fields.

Todo se aceleraba.

2

Kevin apenas había querido hablar con Mía desde la última discusión que habían tenido. Lo había desconcentrado y apartado de sus propósitos, y había estado a punto de costarle que lo atraparan.

Desde entonces no se había movido de su estudio. Lo justo para ir al baño, comer y poco más. A pesar de los imprevistos, su plan maestro transcurría según lo esperado y en dos días daría su golpe final. Les mostraría las consecuencias de esa forma de vida que aplastaba el rostro y las ilusiones de la clase obrera y trabajadora.

La gente se vendía tan fácilmente, era tan manipulable y su respuesta ante un estímulo concreto era tan predecible que incluso se había sorprendido de lo dóciles que se habían mostrado todos sus peones. La clase alta era capaz de todo con tal de seguir manteniendo su posición. Todos a excepción de uno, alguien que se le había resistido y había hecho que tuviera que modificar sus planes ligeramente. Pero no sin antes haberle dejado un *regalito.*

Viktor Svenson.

Le había costado lo suyo llegar hasta él para conseguir el ingrediente esencial: el uranio. Había tenido que *jugar* con unas cuantas personas de su comunidad para acercarse Viktor Svenson y su uranio. Y no había dado su brazo a torcer e incluso se había reído de él. El resultado solo Anika podía contarlo.

Tras dejarle su particular tarjeta de despedida a Viktor, contactó con el grupo ruso Kran a través de la *deep web* y ellos le prometieron, a cambio de una cifra astronómica, lo único que le faltaba: las quinientas toneladas de uranio que en dos horas le entregarían en el punto acordado, el sector C de Pantex Plant.

Su pulso se aceleró cuando vio a los dos policías junto a la entrada de la urbanización. Su mano derecha se fue directa a la pieza metálica de la parte trasera de su cabeza. Frío. Suavidad sintética. Nervios. Su nivel de azúcar en sangre se disparó.

Tras los últimos acontecimientos había mejorado el sistema de audio de su equipo y podía escuchar perfectamente lo que Nick Bullit, el vigilante de seguridad de la urbanización, hablaba con todo aquel que entrara o saliera de su particular reino virtual. Golden Fields había instalado un nuevo sistema de conexión wifi, una donación por cortesía de George Sappiro, el álter ego de Kevin en la comunidad: un excéntrico artista posmodernista que apenas salía de casa. Kevin tenía el wifi *hackeado* desde el primer día. Podía ver y oír todo lo que pasaba en los espacios comunes. También había incorporado nuevos procesadores a su equipo para que la frecuencia de reloj superase la astronómica cifra de diez gigaherzios. Necesitaba inmediatez y una captación lo más limpia y transparente posible.

Cuando escuchó que la pareja del FBI iba a hablar de nuevo con James Barnes, cabeceó mirando al techo de su estudio. Sonrió abriendo mucho la boca. Su ojo malo se entrecerró. Era evidente que no estaban allí por él, pero decidió prestar atención al teléfono personal, teléfono del trabajo y portátil de su vecino. Porque tal vez al doctor podría habérsele olvidado su trato y qué pasaría si se iba de la lengua.

No entendía por qué había ido a por Anika Svenson cuando en su mismo edificio ya había habido una víctima. Sabiendo que el marido de esa víctima era uno de sus peones y podía decir cosas que llevaran hasta él. Se preguntó si no se habría vuelto un adicto al riesgo. Si no lo habría hecho para sentir el acecho. El miedo a que lo encontraran.

Pero rápidamente recordó la razón de esos actos aparentemente temerarios: el Hombre del Coche era bueno.

El Hombre del Coche hacía lo correcto.

El Hombre del Coche se merecía ese homenaje.

Y ese pensamiento lo llevó como un cohete a la parte más alta del ático de su mente. Esa en la que todo lo bueno pasaba.

3

El eminente doctor en Medicina Digestiva presentaba un aspecto muy diferente al de la última vez. Su pelo estaba alborotado. Gris apagado. Barba descuidada y preocupantes ojeras azuladas. Falta de oxígeno en sangre. Probable aumento del consumo de alcohol y disminución en las horas diarias de sueño. El ambiente en el elegante salón estaba muy viciado.

—Tomen asiento, por favor.

James Barnes se ajustó un poco el cuello de la arrugada camisa blanca y dio un trago de agua.

—Verán, agentes. Esto es un poco embarazoso para mí... y no he dejado de pensar en Fiona y en lo que ese malnacido le hizo, ¿saben? Esto es duro, muy duro de llevar. Yo la quería, por Dios, creo que no he querido a nadie tanto en mi vida.

El viudo era la viva imagen del sufrimiento. La esclerótica de ambos ojos había adquirido un tono amarillo y pequeñas venas habían montado un entramado rojo.

—Entiendo por lo que debe de estar pasando, doctor —dijo Kate con esa empatía de la que ya había hecho gala en el hospital con Anika Svenson—. Pero, créame, estamos tras el hombre que le hizo daño a Fiona y le puedo asegurar que vamos a dar con él.

James emitió un pequeño sollozo que contuvo con una inspiración profunda y otro trago de agua.

—No sé cómo empezó todo ni por qué, pero verán... Dios, me da una vergüenza terrible contarles esto.

—No se preocupe, puede contar con nuestra absoluta discreción —dijo Patrick comprensivo.

—Todo empezó hace unos seis meses. Fiona y yo no estábamos atravesando una buena racha, ya saben, muchas discusiones, poco sexo, falta de comunicación, distancia. Yo imparto clases en la Universidad de Amarillo, y una de mis alumnas, mi alumna más brillante, Katherine Reeves... Una noche de celebración patrocinada por uno de nuestros principales proveedores..., yo no estaba bien, había bebido, Fiona apenas me dirigía la palabra, y Katherine era tan..., tan brillante y tan atractiva y estaba siempre tan pendiente de mí... Acabamos pasando la noche juntos... —James se tapó la cara.

—Bien, doctor, ¿era eso lo que quería contarnos? —dijo Kate con un tono empujado por la rabia. Su ex, Peter, también había buscado *atención* en otra persona—. ¿Nos ha hecho venir para decirnos que le ponía los cuernos a su mujer con una chica veinte años menor que usted?

—Lo sé, créame, no ha pasado ni un solo día que no me arrepienta, pero no es ese el motivo por el que les he llamado. Fue algo más que ocurrió hace poco, hace unas dos semanas. Desde aquella noche, Kat, mi alumna, había intentado que continuásemos viéndonos, que empezásemos una relación. Se había ilusionado mucho. Yo le dije que no era posible, que había sido un error mío, que amaba a mi mujer y quería continuar con ella. Kat no se lo tomó nada bien, estuvo amenazándome con contárselo todo a mi mujer y a todo el mundo. Yo quedé unas cuantas veces más con ella para tranquilizarla, no hubo sexo, aunque es posible que sí nos besáramos en alguna ocasión, bueno, mejor dicho, ella me besó...

»El caso es que hará unas dos semanas recibí un correo electrónico cuya dirección no había visto en mi vida. Cuando lo abrí vi una foto mía con Katherine y una captura de pantalla de mi teléfono móvil con algunos mensajes entre ella y yo. Como podrán imaginar, hacíamos claras referencias a la noche en la que mantuvimos sexo... Tras las fotos, me pedía que le remitiera cuanto antes la historia clínica de John Sally, un paciente mío que es vecino de esta comunidad. Si no se lo daba en menos de veinticuatro horas, no solo enviarían esos archivos a mi mujer, sino al Colegio de Médicos y a toda la maldita universidad…

A James le temblaban las manos. Patrick y Kate se miraron y esperaron a que terminase su historia.

—Pueden hacer conmigo lo que les dé la gana, les juro que desde que Fiona se fue ya no me importa nada…

—James —intervino Patrick con solemnidad—. Ahora mismo no se preocupe por las consecuencias, necesitamos que nos diga qué hizo con la historia clínica de John Sally y por qué piensa que podría ser importante.

—Lamento decir que acabé cediendo al chantaje de ese desconocido… No sé cómo pude ser tan estúpido…

—¿Y supo algo más de esa persona después de enviarle la historia clínica?

—No, al parecer cumplió con lo pactado y no dijo nada a nadie. No supe más de él. Incluso desaparecieron de mi correo electrónico como por arte de magia los dos correos que nos enviamos.

—¿Y por qué nos cuenta esto ahora, James? —preguntó Kate más tranquila.

—Me pareció extraño que unos días después asesinaran a mi mujer. No me imagino qué tipo de relación podría existir entre una cosa y otra, pero me pareció demasiada casualidad que primero me chantajearan de esa forma tan profesional y días más tarde Fiona… Quizá el chantajista no obtuvo lo que quería y le hizo eso a Fiona como represalia. Ah, y otra cosa: John Sally. No sé para qué querrían su historia clínica, pero desde entonces las veces que me lo he cruzado por la comunidad lo he visto distinto, muy apagado. Como si una especie de culpa y remordimiento se hubiese adueñado también de él…

Los agentes salieron del piso de lujo de James Barnes y respiraron aire limpio.

—¿Crees que merece la pena investigarlo, Kate? Lo del chantaje y también a ese tal John Sally. ¿Podrían tener algo que ver con Kevin?

—Mientras no tengamos nada más, todo merece la pena.

Cuando los dos policías salieron de la urbanización, Kevin dejó de masajearse la placa de titanio y vio el mensaje que acababa de recibir de los rusos. Estaban a punto de llegar a Pantex Plant con las quinientas toneladas de uranio. Había llegado el momento. Después ya vería qué hacía con el bocazas de James Barnes. Porque el nuevo Kevin cumplía con sus amenazas. Y si no, que se lo preguntaran a Viktor y Anika Svenson.

4

La sangre llevaba rato brotando de su oído derecho con un interminable hilo. Eritrocitos, leucocitos y plaquetas desprendiéndose de su cuerpo como consecuencia de la enorme presión intracraneal. Los mareos eran constantes y apenas podía mantenerse en pie. Náuseas y alteración del equilibrio. Su vista, cada vez más nublada, testigo en las sombras de los albores de un nuevo amanecer.

Ante él se levantaban integraciones de Lebesgue-Stieltjes. Axiomas de Kolmogorov. Ecuaciones de Fokker-Planck. Matrices de transición. Procesos de Weiner. Múltiples cadenas de Markov. Movimientos brownianos. Y cientos de vuelos de Lévy que trataban de arañarle tiempo al futuro inmediato para cambiar el curso de las cosas.

Parecían superponerse y al mismo tiempo parecían tener un sentido. Cada número y cada símbolo matemático parecían estar donde debían estar. Introducir la variable Kevin en sus cálculos le había supuesto a Jack mucho más trabajo del que había imaginado. No entendía su relevancia, pero con ella las integrales y las ecuaciones funcionaban mejor, como si hubiese colocado una pieza indispensable en el rompecabezas. A pesar de ello, a Jack se le antojó que tenía frente a él un acontecimiento de tal magnitud que sería imposible detener su curso. Ya había aprendido que en la historia del universo a veces se producen hechos inevitables.

«Vamos, Jacky, a estas alturas ya debes intuir lo que está a punto de suceder. Llama a tu hermana y marchaos los dos juntos. ¿O me quieres dar a entender que ya estás preparado para hablar sobre ese tema, Jacky? Porque el tiempo se agota.»

La Voz se refería al Hombre del Coche y evocaba en Jack el accidente mortal de su madre. No fue él quien lo provocó, fue esa chica que aguardaba de pie al otro lado de la calle, junto al semáforo. Ella le pidió que se detuviera, y esa fue la causa de que su madre tuviera que ponerse delante de aquel Cadillac para que no lo atropellara a él. Aquel fue el momento en el que entró en contacto directo con la aleatoriedad profunda. Nunca supo ni quién era aquella chica ni qué quería, ni tan siquiera si fue real o un producto de su imaginación. Pero con ella empezó todo, y por eso, con la Chica del Semáforo, en este caso Mía, tal vez lo hiciese otra vez, pero como un brote verde después de un desastroso final.

«Jacky, veo que empiezas a recordar las cosas importantes. Aunque lamento decirte, y en el fondo lo sabes, que aquella chica del semáforo no era real. Tú fuiste quien se inventó que debías pararte en mitad de la calzada y desencadenar todo lo que ocurrió después, incluido lo que está ocurriendo ahora y lo que terminará ocurriendo en muy poco tiempo. Tú desencadenaste la tormenta que lleva más de veinte años formándose para estallar justo en este preciso instante. Tú golpeaste esa primera pieza del dominó.»

«¿En serio me la inventé? ¿No había ninguna chica junto a aquel semáforo? ¿Por qué fui yo quien empezó todo esto?»

«Bien, Jacky, al menos veo que vuelves a querer hablar conmigo. Las únicas mujeres que estaban allí eran tu hermana Wendy y tu madre. Y sabes que las mujeres a las que mata el Hombre del Coche no son más que una representación de...»

Un estruendoso temblor interrumpió a la Voz. Las máquinas de Pantex Plant parecían estar desperezándose tras un profundo y letárgico sueño. Cientos de diminutas luces verdes iluminaron gran parte del almacén. Las cuatro mil centrifugadoras Zippe estaban poniéndose en marcha. La puerta superior de las máquinas se abrió con un movimiento lento e hidráulico, como si esperaran a ser alimentadas. Sus sistemas de refrigeración, ventiladores y disipadores también se pusieron en funcionamiento.

Jack quiso comprobar que no era producto de su imaginación como la chica que vio junto a aquel semáforo y que provocó que su madre muriese.

Caminó a lo largo de las centrifugadoras. Esa nave estuvo destinada al enriquecimiento de uranio, pero hacía años que Pantex Plant solo desmantelaba bombas nucleares, no generaba nada nuevo.

«¿Es real esto? ¿Quién está detrás? Dímelo.»

«Jacky, qué imperativo eres cuando quieres. Sí, lo que estás viendo es real. Y en cuanto a la segunda pregunta, ¿qué te hace pensar que yo debería saber eso? ¿Por qué yo y no tú?»

«Tú eres quien siempre está tan seguro de todo.»

«En eso te equivocas, Jacky. ¿Nunca te has parado a pensar que yo solo te digo lo que tú mismo no te atreves a decirte?»

Las puertas de acero blindado del muelle de carga principal del sector C se abrieron. Dos camiones con remolque semirrígido y capacidad de carga para más de veinticinco toneladas entraron con un bramido estremecedor levantando una nube de polvo a su paso. «Cuatro ejes, dos de ellos direccionales. Sistema de suspensión neumática y ruedas gemelas. Motor Volvo D16K. Setecientos treinta caballos de potencia a mil novecientas vueltas. Dieciséis litros de cilindrada. Sistema de inyección XPI y par motor de 350. Estos camiones no solo estaban preparados para transportar, sino también para correr.»

Jack se apresuró a esconderse tras un bloque de centrifugadoras. Se aproximó lentamente por detrás de las máquinas hasta un rincón cercano a donde habían parado los dos camiones. Las puertas de ambos se abrieron y de cada uno de ellos salió un grupo de hombres con acento ruso. Corpulentos. Aspecto militar. Rasgos duros y angulares. Cortantes como la cara mala de un hacha. Rápidos como el viento.

Empezaron a descargar bidones con exterior de metal reforzado con plomo y acero al carbón, fibra de vidrio y aluminio ultraligero. Base con ruedas para su transporte. Y los empujaron hasta la zona de las centrifugadoras y se colocaron máscaras estancas de protección con filtros específicos frente a gases y vapores químicos y radiactivos.

No podía ser otra cosa que uranio. Y estaban a punto de cargar las centrifugadoras Zippe para proceder al enriquecimiento. Preparaban una gran bomba nuclear.

Jack pensó que tal vez fuese ese el gran acontecimiento que estaba a punto de suceder. Una nueva guerra nuclear. Y su sangre se heló por completo. Lo había tenido justo delante de sus ojos y había sido incapaz de verlo. Y ahora tal vez fuese demasiado tarde.

17

ÉL PUEDE VERLO TODO

1

Mía había estado tratando de ponerse en contacto con Jack durante las últimas horas, pero le había sido imposible. Los mensajes que le había enviado ni siquiera le habían llegado. O estaba incomunicado o había desconectado su teléfono móvil. No sabía a quién más recurrir. Le daba miedo enfrentarse a su hermano y que le diese uno de sus ataques de histeria.

Kevin continuaba encerrado en su estudio y había eludido cualquier intento de mantener una conversación. Tal era su estado de psicosis que incluso había dejado olvidada su gorra de los Giants sobre la mesa.

Su hermana había visto los planos de la bomba. Tampoco podía olvidarse de todos los recortes que su hermano guardaba sobre el Hombre del Coche. No tenía claro si era él ese perturbado criminal o solo su fan número uno. Cualquiera de las dos cosas le parecía abominable.

A través de la puerta del estudio, Mía había escuchado cómo hacía tratos con alguien sobre una factura que ascendía a varios millones de dólares. Pero Kevin no solo utilizaba líneas seguras, sino también «palabras seguras», por lo que era imposible descifrar el lugar y el momento de la entrega.

El comportamiento de su hermano hacía años que no

era normal. Nadie había sufrido tanto como él. Y ella siempre lo consoló, lo defendió, lo toleró. Esa era su culpa.

Primero fue la falta de sensibilidad hacia la vida animal. Después llegó la falta de respeto por las mujeres. Es cierto que fue una mujer la que provocó la agresión que sufrió, pero, que ella supiese, su hermano no había tenido ningún otro problema con las mujeres como para que hubiese ido cultivando esa aversión. Se dirigía a ellas como seres intelectualmente inferiores y entes de naturaleza parasitaria. Las había ido cosificando. Salvo a ella, al menos de momento.

Kevin también le perdió el respeto a la intimidad de las personas, de ese modo llegó el *hackeo* de redes de alta seguridad que contenían datos médicos o de máxima seguridad, como algunas bases de datos policiales. Cuando Mía lo descubrió, él alegó que no había maldad en esas prácticas. Tan solo lo hacía porque podía. Era como un reto, una forma de superarse y de seguir progresando en el campo de la informática. A Mía le pareció que se había convertido en una poderosa adicción. Más tarde Kevin descubriría que le podía sacar mucho partido a todas esas cosas que averiguaba de las personas. Que podía manipular sus acciones y que hiciesen lo que él quisiese amenazando con sacar a la luz esos secretos en su poder. Su sospecha había pasado a ser realidad: todas las personas guardan oscuros secretos, pero a medida que ascendían en la escala social, esos secretos eran todavía más siniestros, y el precio por ocultarlos aún más alto.

Como broche final a esa evolución personal, Kevin le había prometido que, si lo ayudaba con el plan que incluía a Jack y el robo al Crédit Lyonnais, lo dejaría todo y empezarían de cero en otro lugar. Dejarían de vivir para siempre bajo el yugo de esa sociedad clasista y manipuladora porque tendrían el dinero suficiente. Y Mía se creyó la promesa y aceptó. Creyó que todavía existía en algún lugar aquel hermano inocente y bondadoso con el que creció. Ella era lo único que tenía Kevin.

Pero después de descubrir el alcance de su maldad, supo que definitivamente lo había perdido. Su hermano se había convertido justo en todo aquello que él mismo odiaba, pero mucho peor. En el fondo, Mía tenía el convencimiento de que no iba a poder parar a su hermano. Ya lo había intentado sin éxito, y no tenía a nadie más a quien recurrir.

Estaba aterrada y solo se consolaba al pensar en Jack. Era el amor más puro y verdadero que jamás había conocido. Un tipo de amor tan sumamente fuerte que ni tan siquiera sabía su razón de ser o procedencia. No era por sus labios, ni por las líneas con las que se dibujaba su silueta, ni por su sonrisa ni sus besos. Era más bien algo que provenía del pleno conocimiento de saber que su vida ya nunca más volvería a ser la misma sin él. Estar a su lado era ahora su única prioridad. Jack era su destino.

Y entonces se preguntó: ¿Es el amor la forma más fuerte e irracional de dependencia hacia una persona que puede existir? ¿Una que se encuentra más allá del poder de la obediencia, la fidelidad o de las leyes de la atracción? ¿Significa estar con esa persona a pesar de no entender el porqué?

«Sí. Eso es precisamente el amor. Esa fuerza que mueve el mundo y que te empuja a hacer cosas que están por encima de tu propia existencia. Que te empuja a estar cerca de ciertas personas porque es así como el universo lo quiere. Así es como debe ser para que todo funcione como debería funcionar. Algo irrenunciable capaz de sacar lo mejor y lo peor de una misma.»

Sintió un escalofrío tan grande que tuvo que abrazarse a sí misma. La piel de gallina. Mareo. Las arañitas tras el pecho moviéndose deprisa. Se sintió como la marioneta de un titiritero. Movida por una fuerza tan intensa como para condicionar su voluntad, sus deseos, sus necesidades.

Sus extraños pensamientos volaron cuando oyó que se abría la puerta del estudio.

—Kevin, necesito hablar contigo un momento.

Su hermano pasó de largo. Ensimismado. Olor a tabaco. ¿Ahora también fumaba? Lo siguió hasta la cocina.

—¿Qué quieres ahora? ¿No ves que no puedo? Estoy ocupado, muy ocupado. Precisamente estoy tratando de hacer justo eso que tú no haces, asegurar nuestro futuro. ¿Acaso crees que todo esto que ves a tu alrededor ha salido del aire? No, Mía. Todo esto es gracias a mí, a mí. Y te diré algo, este mundo puede que se esté yendo a la mierda y que esté lleno de personas horribles, pero te aseguro que se equivocó de lleno tratándome como si yo no valiese absolutamente para nada. Si pensaba que podía aplastarme y reírse en mi cara, estaba muy equivocado, muy equivocado.

Mía se fijó en que había perdido pelo. La placa metálica que cubría gran parte del hueso occipital era más visible que nunca. Apreció con claridad los remaches con los que había sido fusionada con su cráneo. También esa parte central más brillante y pulida debido a esa interminable caricia.

—Tranquilízate, Kevin. Solo quiero decirte que no estoy dispuesta a dejar que le hagas daño a nadie más.

—Tú no entiendes nada. Te lo advierto, Mía, no te cruces en mi camino porque es algo entre ellos y yo, ¿entiendes? Y nadie me va a parar —Kevin le apuntó con un dedo. Su mano temblaba. Las comisuras de los labios con una costra blanca.

—Kevin, escúchame, vayámonos ahora, olvida eso y empecemos de cero, tú y yo. Ya tenemos el dinero para hacer nuestra vida, ¿no era ese tu plan?

Kevin negó con la cabeza. Sus fosas nasales se abrieron.

—No fui yo quien empezó todo esto, Mía. ¿Te has parado a pensar alguna vez que quizá no haya forma de olvidar cómo me humillaron? ¿Que tal vez solo devolviendo una parte de ese dolor pueda desprenderme un poco de él?

Kevin estaba fuera de sí. A Mía le caían las lágrimas viéndolo devorado por las ansias de venganza.

—Dame una oportunidad para enseñarte que el mundo también tiene una cara amable. Empecemos de nuevo en otro lugar. Con otras vidas, con otras personas a nuestro alrededor. Todo será otra vez como antes. Necesitas olvidar, Kevin. Te lo ruego.

Pero en su hermano hacía tiempo que solo habitaba el ruido. Un insoportable ruido de fondo.

—Apártate de mi camino, Mía, y estate preparada porque mañana nos marchamos. Sí, a otro lugar, al que yo tengo planeado. Y por si te ha empezado a fallar la memoria, te recuerdo que yo lo veo todo.

2

Kevin se aseguró de que su estudio estaba bien cerrado y se caló la gorra de los Giants hasta sentir la tela sintética sobre su magullada piel.

Aplastó una lata de Coca-Cola contra el suelo. Soltó un grito. Dio un par de puñetazos al aire.

Discutir con su hermana siempre lo alteraba. Lo desviaba de su camino. Sin ir más lejos, lo había tenido apartado de sus pantallas al menos cinco minutos. ¿Y si durante esos cinco minutos se había colado alguien en su perímetro de seguridad y estaba a punto de irrumpir en su casa y mandar al traste todos sus planes? ¿Y si su hermana había fingido esa estúpida preocupación para permitir que entrase en su guarida la persona con la que había planeado su traición? ¿Y si estaban todos compenetrados y preparados para traicionarlo a lo grande? ¿Y si…?

Trató de parar esas suposiciones que estaban inundándolo de inseguridad y de miedo. Ya casi había llegado al final y no podía descontrolarse, no iba a dejar que también le arrebataran su gloria. El ascensor se movía arriba y abajo cada vez más rápido entre el sótano y el ático de su edificio interior.

Entonces decidió que James Barnes merecía un castigo. Así lograría distraerse. Le había dicho expresamente que mantuviera la boca cerrada acerca de la historia clínica de John Sally.

Reunió todas las fotos que tenía con su alumna Katherine Reeves y las capturas de pantalla con sus mensajes eróticos y los envió a todos los correos de la universidad y del hospital en los que trabajaba. «Adiós, doctor Barnes.»

Después, se sintió algo mejor. Había vuelto a restaurar su equilibrio. Entre lo justo y lo injusto. Movió con energía los hombros. Dio un par de saltos. Se encendió un cigarro. Tosió.

Edward Rivers, su mujercita Jennifer y todo el maldito Gobierno de su asqueroso país podían ir preparándose, su fin estaba cerca. Su inminente victoria actuó de relajante.

Sabía que Mía lo había intentado traicionar. Aunque no hasta qué punto. Pero estaba al tanto de que había quedado con Jack para hablar de su plan maestro al menos una vez. Los siguientes intentos de ponerse en contacto los había controlado o bloqueado. Tenía el móvil de Mía clonado y no solo podía ver y escuchar todo lo que entrase o saliese de él, sino interrumpir las comunicaciones parcial o totalmente. Ya había activado esta última opción. Al principio le costó asumir que tampoco podía fiarse de su hermana. Pero no le había dejado otra opción. Y tendría que andarse con mucho ojo porque ella también…

Sí, ella también.

Andréi, el líder del grupo paramilitar Kran, le había informado de que en tres horas como máximo las centrifugadoras Zippe estarían cargadas y listas para funcionar. Kevin las tenía bajo control, como el resto de la maquinaria del sector C de Pantex Plant.

Le había llevado años de exhaustivo trabajo crear Control, el gusano informático para acceder a los sistemas de producción, vigilancia y seguridad de la antigua planta nuclear. Gracias a sus *colaboradores* había logrado introducir el gusano en la red privada de la planta de Panhadale. En pocas horas tendría el uranio enriquecido, y en menos de un día estaría ensamblada una cabeza nuclear de veinte megatones de potencia. Su detonación supondría la muerte de miles de personas. La radiación se extendería cientos de kilómetros. El ozono de gran parte de la atmósfera de esa zona desaparecería. La lluvia ácida convertiría los alrededores en terreno yermo, y el pulso térmico lo quemaría todo a su alrededor.

Pero su plan maestro no solo era esa catástrofe, sino ver el sufrimiento en los ojos de aquellos que lo habían convertido en lo que era. Ellos eran los causantes de todo y era a ellos a quien el mundo tendría que pedir responsabilidades.

En cuanto Andréi le diera la confirmación de que había cargado las centrifugadoras Zippe y él hiciese sus comprobaciones, procedería a la fase de enriquecimiento.

Ya faltaba poco.

3

Nada de lo que hiciese o dejase de hacer cambiaría el hecho de que el mundo era un lugar horrible que no solo permitía que las cosas malas pasaran, sino que parecía disfrutar con ellas. Wendy ya lo tenía claro. Su lucha no debía ser por cambiar las cosas, sino por hacer que sucediesen como al mundo parecía que le gustaba, infligiendo dolor.

Ella no eligió tener un padre que a veces dormía en su cama para que su madre pudiese dormir con su hermano Jack cuando tenía pesadillas nocturnas o sus temblores eran tan grandes que apenas podía tenerse en pie. Tampoco eligió que el miembro de su padre fuese tan monstruosamente grande comparado con el pequeño tamaño de su vagina de niña. Lo que provocó que la desgarrara por dentro. En repetidas ocasiones. Menos aún pidió que su madre mirase para otra parte cuando de sobra sabía lo que hacía su marido. Tenía oídos para escuchar sus gritos, tenía ojos para ver sus lágrimas y heridas, y tenía manos para tocar su pequeño cuerpo maltratado.

En cambio, su madre eligió no hacer nada. Eligió seguir con su vida, consentir esa aberración para que no le faltase el sustento y así poderle dar a su hermano mayor las atenciones que necesitaba.

A pesar de ello, Wendy buscó el amor, ese lugar en el mundo donde no había sombras, sino luz, donde no había indiferencia, sino comprensión. Pero las familias de acogida por las que pasó no ayudaron demasiado. Volvieron los abusos y el mirar hacia otro lado. Lo único que hizo de norte en la brújula de su existencia fue pensar en su hermano. Su única familia. Pero tras años reclamando su afecto, descubrió que se estaba convirtiendo en aquello que más odiaba: en una de esas mujeres que van tras un hombre hasta el final, aunque a ese hombre no le importe absolutamente nada ella.

Pero eso ya era historia.

Había tratado de ofrecerle su corazón con cada una de sus ofrendas. Pero él, como siempre, solo vio en aquellas muertes algo que la vida le había puesto ahí por alguna mística razón. Pues ella era esa razón. Y había llegado el momento de hacer la ofrenda final. La que lo liberaría para siempre y le haría pagar.

Wendy llevaba horas esperando a su presa. Como la más letal de las depredadoras. Entre las sombras. Su presa tenía nombre de mujer y un cuerpo esculpido y bronceado.

Su hermano por fin la escucharía. Su hermano por fin entendería qué era eso que llevaba tanto tiempo diciéndole en un lenguaje que solo él debía comprender.

4

—¿Qué demonios se supone que es todo esto, Dmitri? —preguntó uno de los mercenarios rusos que estaba cargando las centrifugadoras de hexafluoruro de uranio al ver la gran placa de acero oxidado donde Jack había plasmado su Proyecto Vida. Ante él tenía cientos de extraños símbolos, números de diferentes tamaños, líneas trazadoras y figuras geométricas irregulares y aparentemente caóticas.

Jack observaba agazapado a los dos hombres que habían irrumpido en su laboratorio matemático.

—No tengo ni la menor idea, Mijaíl —respondió el otro mercenario que se había parado a contemplar ese fresco de arte incomprensible en la pizarra de siete metros de largo por dos de alto—. ¿Le decimos algo a Andréi?

—No. Vamos justos de tiempo. Todavía hay muchas centrifugadoras sin cargar. En unas horas habremos terminado y mañana estaremos a miles de kilómetros de aquí.

Pero su hermano Dmitri seguía fascinado ante esa galaxia simbólica. Siempre se le dieron especialmente bien los números, pero la familia y los conflictos decidieron su futuro por él.

—Vamos ya, Dmitri. Hay muchas cosas que no comprendemos y no por ello el mundo ha dejado en algún momento de girar. Anda, ya tendrás tiempo de entretenerte con todos los números que quieras cuando acabemos este encargo.

—Espera, Mijaíl, por favor. ¿Puedes ver algo tras todos esos números y símbolos, o soy solo yo?

—No veo nada. Solo que estamos perdiendo el tiempo y todavía hay mucho que hacer.

Cuando se fueron de nuevo hacia la zona de las centrifugadoras, Jack sintió cierta nostalgia. Ese joven ruso admirado ante la parte final de la gran pauta le recordó a sí mismo bastantes años atrás, cuando descubrió la existencia de la aleatoriedad profunda. Y sintió algo que hacía mucho tiempo que no sentía.

Miedo.

Miedo a no saber qué iba a suceder a continuación. Al abismo que se extendía ante él.

Tenía que encontrar a Kevin para pararlo. No le cabía ninguna duda de que detrás de ese pequeño ejército ruso estaba él y esa bomba sobre la que Mía le había hablado. Se dijo que todavía podía hacer algo. Si estaba en ese preciso lugar y en ese preciso momento era porque los números lo habían llevado hasta allí para al menos intentarlo. No existía la casualidad, todo era consecuencia. La gran pauta, cada uno de sus movimientos y decisiones, lo había estado empujando desde siempre hasta aquella planta nuclear. Quizá para tener una última oportunidad de parar esa catástrofe, o quizá tan solo para que fuera un espectador con un asiento reservado en primera fila desde donde poder ver el espectáculo que iba a darle una buena patada al mundo. Su Proyecto Vida tal vez supusiese una esperanza. La salvación. Y tal vez, después de todo, su vida, la aleatoriedad, la muerte de su madre, el Hombre del Coche y la Chica del Semáforo encajaran dentro del mismo puzle. El del movimiento final.

Tenía que salir de allí lo antes posible. Los rusos no se moverían del sector C en unas cuantas horas y entonces sería demasiado tarde.

Había dejado el Volvo S90 aparcado cerca del muelle de carga donde los mercenarios tenían sus dos camiones. Salir de aquel almacén y llegar hasta allí se le antojaba algo tan peligroso como complicado. Si todo aquello era obra de Kevin, lo había subestimado. ¿Cómo había hecho Kevin para lograr que los rusos atravesasen los estrictos sistemas de seguridad de Pantex Plant? ¿Cómo pensaba Kevin ensamblar una bomba y detonarla?

«Jacky, no hay nada escrito, no hay nada más incierto que lo que aún no ha pasado. Así que tú decides si seguir adelante o rendirte. Deja de pensar ya en Kevin. Lo hecho hecho está. Te ha ganado la partida, te ha engañado a ti y probablemente a muchos más. Solo te queda escapar. Y olvidar. Sobrevive, Jacky. Es lo único que importa.»

«¿Puedes sacarme de aquí ahora?»

«Si tú quieres, sí, puedo. Pero tienes que prometerme que te marcharás inmediatamente de este país. Con tu hermana. Te olvidarás de Mía, de la aleatoriedad profunda y del Proyecto Vida. Solo te dedicarás a nuestra supervivencia, nada más.»

«Sí, te lo prometo.»

«Esta vez, si no cumples con lo prometido, no volverás a saber nada más de mí, estarás solo, para siempre. ¿Estás preparado?»

«Sí, lo entiendo. Estoy preparado.»

«Está bien, Jacky. Allá vamos.»

5

—¿Agente Hunt? Soy Martin Donovan, el médico forense de Amarillo.

Patrick se aseguró de que Kate estuviese al corriente de la conversación telefónica. No quería que se enfadase porque lo informaban primero a él.

—Dígame, ¿qué sucede? ¿Ha encontrado algo nuevo?

—Verá, agente..., esto es un poco... extraño, ¿entiende lo que le quiero decir?

—No, no lo entiendo, ¿extraño por qué?

—Tras los resultados de los análisis de Anika Svenson y del informe que me ha pasado su médico en el Healthcare, mi colega Thomas Welles, me he dado cuenta de la diferencia...

—Vaya al grano, estamos a punto de hacer una intervención y la situación es de máxima urgencia.

Patrick observó que Kate, al volante, echaba humo por las orejas. El cuello estirado y recto como un día de entrenamiento en el Ejército.

—Perdone, agente Hunt. En primer lugar, mientras que Fiona Barnes fue drogada con escopolamina ingerida o inhalada y se le practicó el pinchazo en la nuca una vez muerta, a Anika Svenson la pincharon cuando todavía estaba viva y sí le inyectaron una droga por esas vías de entrada. Hablo en plural porque no tenía un solo pinchazo, sino dos. Le inyectaron un alcaloide de la familia de la escopolamina, menos potente y con un rastro en sangre algo mayor. La persona que lo hizo trató de ser muy cuidadosa para que pareciese que no habían inyectado nada. Primero pinchó la aguja en la piel y después la cargó por la parte posterior de la jeringa con un vial, parecido a como se realizan las extracciones de sangre. De esta forma, evitó que en la piel más superficial se apreciaran rastros de sustancias químicas. Pero el caso es que Anika ha resultado ser hipersensible a los alcaloides y eso ha provocado que le salga un eccema local, aunque no termino de explicarme por qué ha tardado tanto en formarse...

—Martin, ¿trata de decirme que no se utilizaron ni la misma droga ni el mismo *modus operandi* en ambas víctimas?

—Exactamente, agente Hunt. Y hay más, con relación a la cuestión esa del..., ya sabe..., a la cuestión del... gran miembro que parece tener el Hombre del Coche. Anika no parece que fuese penetrada por un órgano excepcionalmente grande, sino más bien como consecuencia de una fuerza extrema y brutal. Ah, y el doctor Welles está seguro de que a Anika la violaron estando despierta, presenta todos los signos de la violación con forcejeo. En cambio, en el resto de las víctimas la penetración se produjo bien *post mortem,* bien estando drogadas.

—Muchas gracias por todo, Martin. Tengo que dejarle, llámeme si encuentra algo más.

—De nada, agente Hunt. Ah, le contará esto también a la agente Myers, ¿verdad?

—Descuide, Martin, está aquí conmigo, ahora mismo se lo cuento todo. Ella también le envía recuerdos.

Patrick colgó el teléfono y no pudo evitar romper a reír al ver la expresión de sorpresa con la que Kate se giró a mirarlo.

—¿Qué tiene tanta gracia?

—Perdón, Kate, es que me imagino a Martin Donovan pensando en ti. Ya sabes, pensando en…, ¿te imaginas, el doctor Donovan y tú juntos?

El cansancio y la falta de sueño parecían haber desinhibido a Patrick. A Kate le costó soltar esa tensión que llevaba acumulándose en el centro de su pecho y de su garganta. Desde su última conversación con James Barnes habían pasado dos horas, sin parar a tomar ni un café, tratando de localizar al tal John Sally. Pero finalmente se dejó contagiar por la naturalidad e inocencia con la que Patrick reía a tan solo medio metro de ella.

Aparcaron frente al nuevo domicilio del hombre del cual James Barnes entregó la historia clínica para evitar el chantaje por su lío amoroso con la joven Katherine Reeves. John Sally se había mudado de la urbanización Golden Fields después de tener «una de las gordas» con su mujer, tal y como les había hecho saber ella misma.

Tocaron al timbre del apartamento que John Sally había alquilado de forma temporal, hasta que su mujer y él arreglaran las cosas, y esperaron a que abriera aquella puerta color azul turquesa.

—¿Qué piensas de lo que nos ha dicho Martin, Kate?

—Que parece que, en lugar de acercarnos, nos alejamos más. Las pruebas son las pruebas. Todo indica que la persona que trató de matar a Anika no es el Hombre del Coche. O sea, que ahora son dos los asesinos. Y ese imitador, si Anika no ha mentido, es Kevin, que conocía casi al milímetro los detalles del *modus operandi* del Hombre del Coche.

—¿Y por qué razón Kevin imitaría al Hombre del Coche?

—A lo mejor no deberíamos preguntarnos por qué, sino a quién y cómo. Tal vez Kevin tenga otros motivos para agredir a Anika, y la imitación del Hombre del Coche solo haya sido una maniobra de despiste. Tal vez lo admire también. No sería la primera vez que alguien con un perfil psicopático se siente fascinado por otras personas que percibe que son como él, que tratan de relacionarse con el mundo de la misma forma que él. Así que deberíamos plantearnos si tiene motivos personales para hacerles daño a Anika y a Viktor Svenson. Quizá algún tipo de relación con la agresión que sufrió.

—Llamaré al jefe para que investiguen cualquier tipo de relación de los Svenson con los Rivers y el resto de los involucrados en el juicio de Kevin. Por otra parte, ¿cómo es posible que Kevin supiese lo del pinchazo en la nuca y el anillo de O en el dedo anular? Esa información está protegida con el más alto nivel de seguridad, así que o tenemos un topo o Kevin ha podido acceder a la base de datos de la Policía.

Antes de que Kate respondiese, John Sally les abrió la puerta. Patrick aprovechó mientras se acomodaban para llamar a Clark Dupont, como le había anunciado a su compañera.

El desastroso aspecto que presentaba el apartamento hizo que Kate arrugara la nariz. El aspecto de John era preocupante. Parecía no haber dormido en bastantes días y le olía el aliento a acetona: mala alimentación y abuso de alcohol. Y mostró un claro corte paranoico, incluso tuvieron que enseñarle sus identificaciones dos veces antes de que los dejase entrar. Se acercó mucho a ellas como si pretendiese distinguir detalles de falsedad en los documentos. Tenía las persianas y las ventanas cerradas y desde el salón Kate se fijó en las bolsas de basura que se amontonaban en la cocina.

—¿Podríamos abrir las persianas y dejar que corra un poco el aire, señor Sally? —preguntó Kate autoritaria.

—No, en absoluto, no podemos. No quiero que nadie sepa si estoy aquí, porque me vigila. No quiero ponérselo fácil. Me dijo que volvería en cuanto me durmiese. Ese hijo de puta está al acecho, él lo ve todo.

Kate inspiró con profundidad y trató de llevar algo de paciencia al fondo de sus pulmones. Patrick vio que se estaba poniendo nerviosa y calculó que tal vez John Sally necesitase palabras de comprensión.

—¿Podría empezar por el principio, señor Sally? ¿De quién está hablando?

John miró por encima del hombro de Patrick para controlar la puerta.

—Todo empezó hace unas dos semanas, cuando recibí un correo electrónico de alguien que me pedía que yo hiciese algo por él si no quería que difundiese ciertas cosas sobre mi persona. Cosas que, por cierto, son una pura mentira, ¿saben? Pura mentira.

—¿A qué cosas se refiere, John? ¿Puedo llamarle John? —El tono de Patrick era pausado y tranquilizador. Arqueó la espalda un poco hacia delante y sus hombros entraron en calor. La chaqueta era ya casi tan cómoda como su propia piel.

—Llámeme como quiera. Ese malnacido dijo que tenía pruebas de que yo veía vídeos de pornografía infantil y que podía decírselo a mi mujer y a la Policía, ¿pueden creerlo? —Se levantó enérgico e impetuoso.

—Por favor, John, siéntese y cuéntenos si es tan amable qué quería esa persona que usted hiciese por ella —dijo Kate con tono imperativo. Le molestaba que alguien le hablase desde una posición más alta. Encontraba ese gesto una burda manera de manifestar superioridad.

John los miró con desconfianza, guiñó un poco los ojos y se sentó mientras carraspeaba. La barba descuidada y las pupilas hiperdilatadas. Era posible que llevase varios días en casi total oscuridad.

—Verán, ese malnacido quería que le enviase los planos de Pantex Plant. Ese hijo de puta quería todos los planos de la central. Todos.

—¿A qué central se refiere, John?

—¡A la central nuclear, maldita sea!, ¿acaso no saben que aquí en Amarillo tenemos una de las mayores de todo el maldito planeta? Llevo trabajando como ingeniero en Pantex Plant más de treinta años, yo he sido el responsable de levantar y organizar tres cuartas partes de la central, sé dónde está cada maldita puerta y dónde y cuándo se pone en marcha qué y cómo. Nadie conoce Pantex mejor que yo.

—No le diría para qué quería los planos, ¿verdad?

—¡No, maldita sea! Qué sé yo. Para planear un robo, un asalto, nada bueno, sin lugar a dudas. Allí se desmantelan armas nucleares. Eso es lo que se hace ahora en mi planta. Ustedes son los agentes especiales. Piensen para qué iba a querer alguien los planos de una central nuclear.

Por su forma de hablar, el trabajo en Pantex había dado

sentido a la vida de John, aunque al mismo tiempo también parecía sentirse molesto por los mejores años de una vida que ya no volverán.

—¿Le envió los planos, John?

—Por supuesto que no se los di —dijo dándose por insultado—. ¿Me han tomado por una rata? Mi padre combatió en la Segunda Guerra Mundial, maldita sea, y allí murió. Ese hijo de puta no me sacó ni medio plano, pero cumplió con su palabra.

—¿Qué le hizo? —preguntó Patrick.

—Le envió a mi mujer asquerosos vídeos de menores que supuestamente estaban almacenados en mi ordenador. El muy canalla lo infectó todo, y mírenme ahora, mi mujer y mis hijas no me hablan, no pueden ni mirarme a la cara. Ese hijo de puta me ha hundido en la miseria. ¿Cómo quieren que les explique a mi mujer y a las crías que a mí no me van las menores? ¡No me van, maldita sea!

John se había vuelto a levantar. Apretaba los dientes y sus mandíbulas se tensaban. Todo él desprendía un olor rancio. A mueble viejo y apolillado.

—John, haga el favor de sentarse. —Kate también se estaba poniendo nerviosa. Era una de esas personas extraordinariamente empáticas, de ahí su gran poder de deducción, pensó Patrick antes de que John volviese a sentarse entre carraspeos.

—Pero no acabó con eso. No. Ese malnacido tenía un objetivo: los planos de Pantex. Y lo hizo de forma más sutil y elegante. Una mañana se presentó aquí uno de esos mensajeros que llevan flores a domicilio. Recuerdo que era un ramo de margaritas muy bonito. Con una nota de mi mujer, que quería que hiciésemos las paces, que oliera bien la fragancia de esas flores porque allí estaba la esencia de nuestra relación, me llevaría a recordar cuando empezamos. Ese malnacido es muy ingenioso, ¿saben? Las malditas margaritas habían sido rociadas con un concentrado de veneno de abeja. ¡Cielos!, al meter allí mis narices esa sustancia del demonio penetró en mis pulmones. Lo más gracioso es que soy alérgico a esa mierda. ¡Demonios!, caí fulminado en el acto. ¿Cómo sabía que yo tenía alergia a las abejas, eh? Yo se lo diré. Ese cabrón tiene el poder de verlo y oírlo todo, incluso es posible que ahora mismo nos esté viendo y oyendo. El muy cabrón se ha metido aquí, en nuestras jodidas cabezas. —John aplastó el dedo índice contra una de sus sienes mientras se le perdía la mirada en la más severa de las paranoias alucinógenas.

Patrick hizo un par de anotaciones en su libreta mientras sentía cómo sus pulsaciones ascendían. Ahora ya sabía por qué esa persona que también había extorsionado a James Barnes necesitaba la historia clínica de John Sally. Tuvo la impresión de que se habían topado con una piedrecita y estaban a punto de ver que bajo ella se escondía todo un continente perdido.

—No sé cómo sabía eso, John, pero, dígame, ¿terminó consiguiendo los planos? —continuó Patrick.

—Por supuesto que sí. Ese cabrón consigue todo lo que se propone. Yo suelo guardar mis documentos importantes en un maletín que siempre llevo conmigo, y cuando desperté, me había desplumado. Y el muy malnacido tuvo la delicadeza de administrarme un antídoto. Habría muerto si no lo hubiese hecho. Es como si ese cabrón disfrutase viéndome sufrir. Por eso me resucitó, para que viera que me había vencido y para verme sufrir aquí, desde mi exilio.

Las pulsaciones de Patrick seguían subiendo. Lo estaba invadiendo esa urgencia ante lo incierto. Tuvo la impresión de estar rodeado de un decorado que no era real, de unas personas que actuaban perfectamente sincronizadas para la función final. Y de que Kate y él acabarían cansándose de dar vueltas por las bambalinas.

—John, ¿cree que el mensajero que le trajo las flores es el chantajeador? ¿Podría reconocerlo? —preguntó Patrick mientras observaba cómo Kate masajeaba con disimulo sus sienes.

—No sé si era él o un compinche. Y no sé, yo soy bueno para las caras, pero ese cabrón me fulminó tan rápido que apenas pude verlo bien, llevaba una gorra tan calada que apenas se le veían los ojos. Ya saben, esas estúpidas gorras de béisbol que llevan todos esos idiotas hoy en día...

En cuanto escuchó lo de la gorra, Kate abrió su carpeta y sacó una foto de Kevin. La puso a escasos centímetros de los ojos de John y esperó su reacción sin mediar palabra.

John entornó un poco los ojos. Apretó los párpados. Miró a los dos policías y después de nuevo hacia la puerta.

—No al cien por cien. Pero me lo apostaría todo al setenta y cinco a que es ese hijo de puta. Los labios, tan finos, son inconfundibles, me quedé con ese detalle porque parecían los labios de una anciana desdentada.

Kate se guardó la foto mientras hacía ademán de levantarse. Si Kevin se había tomado tantas molestias para conseguir los planos de una central nuclear, no era precisamente para que formasen parte de su colección privada de cartografía.

—¿Dio usted aviso a su empresa del robo de los planos? —preguntó Patrick viendo cómo Kate se ajustaba el cinturón y la cartuchera. Su lenguaje corporal le estaba diciendo que se tenían que marchar ya.

—Por supuesto que avisé, ¿por quién me han tomado? Pero esos estúpidos de seguridad se creen que lo saben todo y me respondieron que no me preocupara por nada, que no era la primera vez que pasaba algo así y que nadie podía entrar allí ni con un maldito ejército.

—Una última cosa, John, ¿podría decirme con quién habló usted?

—Con Elliot Warren. Su compañía lleva la seguridad de Pantex y de muchas otras instalaciones industriales. El idiota de su hijo, Duncan, vive en la misma urbanización que yo. En la que vivía yo, quiero decir…

Patrick y Kate salieron del apartamento de John y escucharon cómo le daba tres vueltas a la cerradura.

Se dejaron caer en el coche abatidos. Kate introdujo la llave en el contacto, pero no arrancó, se quedó congelada en esa postura.

—¿Ocurre algo, Kate?

La expresión de su compañera era de concentración máxima. En su cerebro se estaba librando una verdadera batalla.

—James Barnes, extorsionado por medio de un correo electrónico, remite la historia clínica de alguien que vive en su misma comunidad y es extorsionado de la misma forma, mediante un *hackeo* de su red. Ese alguien tiene los planos de una central nuclear y terminan en poder del chantajista. Y ahora resulta que el hijo del dueño de la empresa que controla la seguridad de la central también vive en esa comunidad. Tres personas relacionadas con Pantex Plant en la misma urbanización.

—¿Crees que Duncan también ha sido…?

—Estoy segura de que también ha tenido noticias de Kevin. Las casualidades no existen, Patrick. La cuestión es…

Kate se quedó de nuevo paralizada.

—¿Cuál es la cuestión?

—Nada, ha sido un pensamiento fugaz. Pero creo que deberíamos darnos prisa y hablar cuanto antes con ese tal Duncan Warren. Ah, y tal vez deberíamos revisar la posible implicación de Viktor Svenson con Pantex Plant, porque todo parece empujarnos hacia esa dirección. Si la mujer de Viktor fue agredida por Kevin, y este obtuvo información sobre Pantex, tal vez el motivo de la agresión a Anika Svenson fuera una represalia contra su marido por no haber cumplido con alguna de sus exigencias, y no por formar parte del grupo de personas que le abrieron la cabeza.

Pusieron rumbo a Golden Fields. Kate conducía absorta en sus pensamientos. Patrick revisaba sus anotaciones tratando de buscar un patrón que lo enlazase todo.

Cuando llegaron a Golden Fields, de nuevo Nick Bullit les abrió la verja con su bonachona sonrisa. Y de nuevo, los dos se fijaron en cómo la cámara de vigilancia rotaba sobre sí misma hasta posarse justo sobre sus caras.

—¿Esa cámara se mueve sola o tienen a alguien controlando los sistemas de seguridad? —preguntó Kate.

—¿Esa de ahí? —señaló Nick—. Ni hay nadie controlando las cámaras ni tienen un sistema de movimiento automatizado. Es posible que se muevan a veces, cuando les apetece —dijo Nick sonriendo.

Los agentes especiales del FBI se dirigieron al piso de Duncan Warren. Si también había sido extorsionado, la persona a la que estaban buscando se hallaba más cerca de lo que habían pensado.

18

A PARTIR DE AHORA ESTÁS SOLO

1

Kevin se encontraba al borde de un ataque de pánico. Todo parecía estar complicándose justo al final. Como si a todos les hubiese dado por meter las narices en sus cosas justo cuando menos tiempo de reacción tenía. Durante los últimos treinta minutos no había dejado de pasar su mano derecha por la placa de titanio de su cabeza. Se ponía y se quitaba la gorra de los Giants, pasaba de unas cámaras a otras de forma compulsiva, tratando de ver algo sospechoso. Incluso les había subido el volumen a varias de las pantallas para captar alguna palabra que le resultase importante. Su estudio parecía el centro de operaciones de una central telefónica. Un constante flujo de conversaciones, cláxones, puertas, sistemas de climatización, llamadas telefónicas, timbres y hasta ladridos.

Andréi lo había llamado para advertirle que había alguien escondido en el almacén cuando ellos entraron. Solo alcanzaron a verlo cuando «salió disparado como un cohete propulsado» en un sedán blanco.

Después Mía le había insistido en que tenían que hablar. Ante su negativa, ella se había marchado de casa sin decir nada. Estaba solo, como siempre lo había estado. Su hermana había tratado de entenderlo, pero hacía ya tiempo que había decidido hacer su camino por otra parte. «Pues que así sea, Mía, atente tú también a las consecuencias», se dijo Kevin clavando bien fuerte sus uñas en la placa metálica.

Por último, esa pareja del FBI. Otra vez metiendo las narices en su urbanización. Iban a visitar a Duncan Warren. O sea, que habían empezado a tirar del hilo, pero jamás llegarían hasta él, porque él siempre estaría un paso por delante; para cuando llegaran hasta él ya sería demasiado tarde. Que siguiesen tirando del hilo, y tal vez se encontrasen con una desagradable sorpresita justo antes de llegar a la última parada.

2

Había algo que a Kate no le cuadraba. Demasiado fácil parecía todo. Tanta coincidencia entre vecinos relacionados con una central nuclear no era por casualidad, ni mucho menos. Se visualizó a sí misma y a Patrick como dos peces que acaban de morder un anzuelo y no están haciendo otra cosa que acercarse más y más al lugar donde está apostado el pescador que ya tiene una mano en el sedal para cobrar su pieza.

Duncan les abrió la puerta con desenfado. No tendría más de veinticinco años. Ni un solo pelo en la barba ni probablemente en todo el cuerpo. El de la cabeza, alborotado con glamur. Espuma y cera aromática. Una camiseta de algodón de pico muy holgada que dejaba ver el principio de sus trabajados pectorales. No era el tipo común en Amarillo, a Duncan le pegaban más bien Nueva York o San Francisco.

El piso estaba decorado con una estética minimalista, con enormes fotografías en blanco y negro. En la mayoría aparecía él mismo tratando de parecer natural: sonriente, sin camiseta, tocando la guitarra, bebiendo una taza de café o abrazado a una bella mujer que sería su esposa, Noelle Blair.

—¿Está solo en casa, señor Warren?

—Sí, Noelle se ha ido a pasar el fin de semana con unas amigas. Le encanta esquiar.

Kate detectó su incomodidad y calculó hasta dónde había tenido que irse de fin de semana, bien entrada la primavera, para encontrar nieve.

Patrick observó un par de prendas de ropa interior masculina tiradas por el suelo. Un espejo pequeño sobre la mesa de centro con restos de polvo blanco. Unos cuantos vasos medio vacíos en la mesa de comedor y una buena mancha color rojiza en la bonita alfombra blanca, cerca de la chimenea, que se había intentado limpiar sin demasiado éxito. Se acercó y olfateó como un perro de presa.

Cuando se giró, Duncan se había ausentado para ir al baño y los ojos de Kate esperaban atentos su veredicto.

—Vino. Tan solo una copa derramada sobre la alfombra.

Kate había cruzado los brazos por detrás de la espalda y esperaba en silencio a que Duncan regresara. Le pareció más tranquila que con John Sally. Tal vez Duncan le transmitiese una tranquilidad casi irrespetuosa.

—¿Y bien? ¿De qué desean hablar conmigo, agentes? —Duncan se había arreglado más el pelo y desprendía un aroma a hierba fresca. Toqueteaba sus anillos, en los dedos pulgar y anular de la mano derecha. Kate pensó que era el prototipo por el que se hubieran vuelto locas muchas de sus compañeras de instituto y universidad.

—Señor Warren, no tenemos demasiado tiempo y necesitamos que conteste a unas preguntas de la forma más rápida y sincera que le sea posible —dijo Kate mirándolo fijamente a los ojos.

—Estoy a su entera disposición —respondió Duncan haciendo una bonita reverencia con su mano derecha. Tenía cierta gracia al moverse. Como un ser ingrávido. Armonía.

Despreocupada felicidad. Kate le adjudicó ese tipo de atractivo que por alguna razón a ella le hacía sentirse mal. Quizá porque sacaba a relucir su vulnerabilidad. No quisiera que le gustase, pero...

—Sabemos que su padre, Elliot Warren, es el jefe de Stronghold Security, la empresa que lleva la seguridad de Pantex Plant. Y la pregunta es muy sencilla, ¿alguien le ha pedido que haga algo relacionado con la empresa de su padre o con Pantex Plant en los últimos días? —preguntó Kate con contundencia.

A Duncan se le quedó congelada la sonrisa. Patrick lo observaba a cuatro metros de distancia. No querían crear un entorno cómodo para Duncan. Preferían que sintiera que, por una vez en su vida, no tenía controlada la situación.

—No sé qué ha querido decir con eso, agente. ¿Pueden explicarme el objetivo de esta visita? —Sus ojos tenían un brillo especial, tal vez se había echado un colirio para favorecer ese efecto. Pero en su voz había aparecido un ligero temblor.

—Con mucho gusto, señor Warren —dijo Kate acercándose más a él—. Somos agentes del FBI y estamos al mando de una investigación que puede tener implicaciones a nivel internacional. Así que nuestro objetivo es muy serio y no lo puedo compartir con usted. Le vuelvo a repetir la pregunta...

Duncan la escuchó de nuevo, cogió aire a fondo y se sentó en el sofá de piel blanco marfil. Se tapó la cara con ambas manos y negó con la cabeza. Estaba a punto de venirse abajo. Trataba de esconderse de una realidad de la que siempre le habían sobreprotegido.

—Sabía que traería problemas, ¡lo sabía, maldita sea! Pero ese gusano me amenazó con..., ¡qué estúpido he sido! —Daba la impresión de que se iba a echar a llorar. De que iba a retroceder unos cuantos años, hasta los doce o trece.

—Entiendo que alguien se puso en contacto con usted.

A pesar de estar intentándolo, las lágrimas no brotaban de sus ojos.

—Fue aproximadamente hace una semana, no sabría decirlo con exactitud... Ese individuo borró los correos de mi ordenador después de que..., ¡qué estúpido!

—Ya tendrá tiempo de lamentarse, ahora nos urge saber qué le pidió y a cambio de qué.

—Recibí un correo en el cual se adjuntaba un vídeo..., uno en el que salíamos Gregor y yo en una situación... comprometida.

—¿Quién es ese Gregor? —preguntó Kate inquisitiva.

—Gregor Turing. Trabaja para mi padre. Es jefe de equipo en Pantex Plant y está al mando de la seguridad de una de las zonas más importantes. —Duncan agachó la cabeza y se miró los anillos—. Gregor y yo salíamos en ese vídeo sin mucha ropa... ¡Por Dios!, soy un hombre casado, y Gregor..., él tiene dos niñas preciosas..., me entienden, ¿verdad?

Su mirada era desesperada. La de un hombre dispuesto a todo por defender su posición.

—Necesitamos saber qué le pidió que hiciera.

Duncan se levantó nervioso. Miró por la ventana y se puso una mano sobre la boca.

—Me pidió que le pasara a Gregor una memoria USB y un teléfono móvil de prepago que había sido dejado en mi buzón. Antes incluso de enviarme el correo con las instrucciones. Sabía que accedería a pesar de mi negativa inicial...

—¿Sabe usted qué contenía esa memoria USB, señor Warren?

—No tengo ni la menor idea. Me dijo que no tratara de ver su contenido porque él se enteraría. Sí visioné el vídeo..., solo una vez, pero juraría que estaba grabado desde una webcam, y solo podía ser la de mi propio ordenador portátil.

—¿Sabe qué hizo Gregor con la memoria USB?

—No, yo simplemente se la entregué con el teléfono móvil y le dije que esperase órdenes. Él es una persona muy difícil de doblegar, pero cuando le dije que ese tipo tenía muchas más cosas…, los cogió a regañadientes y desde entonces no he vuelto a saber de él… Gregor es una persona respetable. Alguien con su prestigio no dejaría que este se fuese por la borda, y menos por… una simple memoria USB.

Kate se aproximó furiosa al interrogado. Patrick seguía al margen, observando el desgaste psicológico al que su compañera lo estaba sometiendo. Chicos como Duncan, a los que nunca les había faltado nada, no llevaban nada bien que los presionaran.

—¿Solo una memoria USB? Señor Warren, le aconsejo que no salga del país los próximos días y que se vaya buscando un buen abogado porque puede que reciba una orden judicial para testificar como colaborador y cómplice en un acto terrorista a escala internacional.

Kate salió de Golden Fields con una ligera ansiedad en el pecho.

—¿Por qué no arrancas, Kate? ¿Te parece si le hacemos una visita al tal Gregor Turing? —Patrick no dejaba de anotar en su cuaderno apoyado sobre los muslos.

Kate trataba de mirar más allá de ese hilo del que estaban tirando. Necesitaban ir más rápido. No paso a paso.

—Patrick, ¿no te parece que las pistas son demasiado sencillas, evidentes, y a la vez demasiado…?

—¿Complejas? Sí, yo también tengo la impresión de estar haciendo justo lo que alguien espera que hagamos, como si nuestras acciones estuviesen previstas y no tuviésemos capacidad de sorprender.

—No somos más que otras dos marionetas de Kevin y estamos haciendo justo lo que él quiere. De todas formas, no tenemos más remedio que seguir la pista de Gregor y estar pendientes de por dónde podríamos tomar un atajo.

Tras informar a su jefe de que existía una probabilidad alta de que Kevin estuviese planeando algún tipo de delito relacionado con la central nuclear Pantex Plant, salieron en dirección al domicilio de Gregor Turing y compartieron la extraña sensación de estar alejándose de su objetivo en lugar de acercándose.

3

«Muy bien, Jacky. A partir de ahora estás solo. Completamente. Me has decepcionado, no sabes cuánto. Te aseguro que acabarás por arrepentirte de esto. Adiós, Jacky.»

Escuchó la Voz cuando decidió incumplir su compromiso de abandonar Amarillo y a Mía. Escapar del sector C fue una muestra de la sincronización perfecta. Cálculo de movimiento milimetrado. Aceleración. Embrague. Frenos. Cambios de dirección. Caja de transmisión. Admisión, compresión, expansión y... escape.

Recordaba, casi a cámara lenta, las expresiones asombradas del grupo paramilitar que había ocupado Pantex Plant. Y también había visto con sus propios ojos eso que iba a sacudir los cimientos de la humanidad. Había huido dejándose llevar por el instinto de preservación personal. Aunque prefería creer que Mía, la Chica del Semáforo, era la pieza que le faltaba al Proyecto Vida, el único capaz de suspender la función final de Kevin.

Había tratado de calcular de cuánto uranio disponía Kevin, cuánto necesitaba enriquecer para fabricar su bomba y el tiempo que le llevaría. En veinticuatro horas aproximadamente, las centrifugadoras del sector C podían enriquecer un kilo de uranio 235. No era una cantidad potencialmente alarmante en comparación con las que se manejaban a lo largo y ancho del planeta, pero desconocía el tipo de bomba que preparaba Kevin y, sobre todo, dónde la iba a detonar. Con un kilo podía acabar con la vida de miles de personas, pero su efecto podía aumentar hasta límites insospechados con una reacción en cadena. Y también cabía una tercera opción, la más optimista: que Kevin quisiese esa bomba para tener «poder de negociación». Que la bomba fuese el medio para lograr un fin mayor, uno que quedaba totalmente fuera de su campo de previsión.

Jack llevaba un par de horas encerrado en su S90 en medio de un claro, en un bosque de abedules a las afueras de Amarillo. Su oído derecho goteaba y sentía manos y pies cada vez más acorchados. La espalda encorvada y el rostro lleno de folículos pilosos que crecían y crecían sin parar.

Había llamado varias veces a Mía, pero no le entraban las llamadas. Estaba al borde del agotamiento. Eran demasiados los números complejos que poner a bailar, como le habría dicho su antiguo jefe en el Crédit Lyonnais. Eso le hizo recordar los cincuenta millones sustraídos. El uranio y el equipo paramilitar no eran algo barato, además de otros colaboradores que podría tener en nómina para construir el resto de la bomba. A todo ello había que sumarle los gastos que debía haber destinado a su plan de escape. A no ser que tuviese planeada una misión suicida…; conociendo la forma de proceder de Kevin, le parecía improbable. No concordaba con su personalidad contentarse con morir matando. No. Él querría disfrutar de su victoria. Morir no era una opción.

Jack albergaba un sentimiento de impotencia y rabia que nunca había formado parte de él. Kevin se le había adelantado en todo y eso había hecho que perdiese cierta confianza en sus números. Lo único en lo que siempre había creído. Tenía la impresión de que, hiciese lo que hiciese, Kevin estaría allí esperándolo. Como una fatalidad del destino.

Pero no le quedaba más remedio que intentarlo. Antes de lograr que su artefacto funcionase, pondría rumbo a Golden Fields y trataría de dar con Mía en ese entorno de lujo. Levantado por y para proteger al rico. Aquello debía de ser como el cuartel general de Kevin. Y en consecuencia, el lugar más protegido por él mismo. Nunca dejaría que nadie se acercase a su centro de operaciones. Imaginó que el edificio de Búfalo donde él vivía debió de ser donde Kevin realizó sus prácticas de vuelo mientras pasaba desapercibido.

Antes de arrancar el S90 sacó su Getac XC500 y trató de averiguar algo más sobre Kevin y el enclave exacto de su fortaleza dentro de esa gran urbanización. Localizar a Kevin le daría quizá la oportunidad de volver a estar con Mía, pero se dio cuenta de que esa ilusión lo hacía vulnerable. Ilusionarse era como confiar en lo desconocido, en que aquello que no controlaba lo favoreciera como por arte de magia.

Decidió seguir la pista del dinero. Eso siempre se le dio bien.

Comprobó los pisos que se habían comprado o alquilado en Golden Fields durante los últimos seis meses y a nombre de quién. Jack contaba con que en esa lista no apareciesen los nombres de Mía ni de Kevin. Elaboró una primera lista de las diez viviendas que habían sido adquiridas más recientemente. El punto siguiente a investigar eran las cuentas bancarias. Cuatro pertenecían a diferentes empresarios con una liquidez y una trayectoria profesional poco sospechosas. Dos mostraban una deuda que rozaba la bancarrota y otras dos tenían como titular a uno de los bufetes de abogados más notables del país y, al parecer, habían destinado esa compra a servir como piso de préstamo para clientes preferentes que debían trasladarse desde otro estado.

Solo quedaban dos nombres en su lista. Uno era George Sappiro, un artista posmodernista y polifacético. Comprobó su trayectoria y le llamó la atención que, para tener tanta reputación, tan solo había podido encontrar dos fotografías suyas en las que, además, no se le veía bien la cara. El último nombre era Julia Nin, una escritora de origen australiano en proceso de publicar su primera obra. Promocionada por una famosa mecenas de escritoras prometedoras de las últimas décadas. No encontró ninguna foto de Julia y, curiosamente, los dos pisos compartían pared medianera, aunque cada uno pertenecía a un bloque de viviendas. Escarbó en el dinero con el que se habían pagado y ahí encontró las certezas que andaba buscando.

El dinero de ambos pisos no había salido de ningún banco, sino de un fondo de inversión con nombre de banco y sede en las Islas Caimán. Los propietarios del fondo no eran personas físicas, sino jurídicas, que tenían una cuenta vinculada a la misma de la que Jack había ido tirando hasta llegar a Amarillo. Lo tenía. Kevin no poseía un piso, sino dos, uno a nombre de George Sappiro y otro a nombre de Julia Nin, tal vez él viviese en uno y Mía en el otro, tal vez estuviesen comunicados. Pero solo había un modo de averiguarlo: ir hasta allí y entrar esquivando los sistemas de seguridad que Kevin tendría instalados.

Antes de poner rumbo a Golden Fields, calculó que no le costaba nada hacer un último esfuerzo para evitar lo ineludible. Si había alguien a quien recurrir en busca de ayuda era la pareja del FBI que lo había detenido en Búfalo tras los pasos del Hombre del Coche. Escribió un mensaje de texto en el que se identificaba y explicaba brevemente su versión de los hechos. Pero sobre todo suplicó que se dieran prisa en ir hasta el sector C de Pantex Plant. Envió el mensaje a la central de Policía de Amarillo y de Búfalo para que fuese transmitido inmediatamente a los agentes Patrick Hunt y Kate Myers.

En cuanto arrancó, percibió las treinta y dos válvulas abriéndose y cerrándose como el pulmón de acero del mañana. Veintisiete kilómetros y medio de carretera interestatal. Siete más de calles por el núcleo urbano de Amarillo. Al menos ocho cruces importantes, treinta y nueve semáforos, catorce stops, una calle cortada, dos desvíos alternativos como consecuencia de uno o dos accidentes que taponaban la circulación. De cuatro a cinco coches de Policía, un camión de la basura, dieciséis taxis y seis camiones de grandes mercancías. Esos eran los obstáculos que Jack tendría que superar él solo, sin la ayuda de esa voz sintética que milimetraba los cálculos a los que él no llegaba cuando estaba ofuscado o demasiado cansado para pensar. Pero ahora se encontraba solo y tenía que darlo todo, todo lo que le quedaba. Se preguntó a sí mismo: «¿Vas a poder llegar hasta el final, Jack? ¿Puedes con esto tú solo?».

«Sí. Puedo.»

Antes de llegar a su destino, un pálpito, casi una visión, se cruzó ante sus ojos. Todavía no había resuelto el enigma del Proyecto Vida, ni tampoco el del Hombre del Coche. Y no le cabía ninguna duda de que ambos se habían aunado en ese mismo lugar y en ese momento por una simple razón, una que todavía no había alcanzado a ver. O tal vez siempre la vio y nunca la quiso aceptar. Siempre hubo una variable a la que nunca quiso entrometer en todo aquello. Y tal vez fuese la clave.

La terrible verdad.

4

Había salido de casa tratando de no hacer ruido. Pero Kevin le había dado las dos vueltas de rigor a cada una de las dos cerraduras en la puerta acorazada y vio cómo asomaba la cabeza al final del pasillo. Al menos había tenido la delicadeza de mostrar algo de preocupación por una hermana que se marchaba.

Los dos se quedaron mirándose unos segundos. A los dos se les antojó que tal vez fuese una despedida. No se dijeron nada. Mía se marchó y Kevin volvió a sus cosas.

Al pasar junto a la cabina de control, Nick Bullit le sonrió a través del cristal y la cámara de vigilancia giró sobre sí misma acompañándola hasta la salida.

Marcó el número de Jack, pero no dio tono ni tampoco emitía la señal de apagado o fuera de cobertura. Hacía casi dos días que no sabía nada de él y temía que se hubiese cansado de esperar, que creyera que ella no era más que una impostora. Una carga. Alguien que se había pasado la vida mintiendo para proteger y justificar a su hermano. Tal vez no solo mereciera una condena el hacedor del mal, sino también aquel que, aun sabiendo de su existencia, no hiciese nada por impedirlo.

Ella nunca supo cómo enfrentarse ni a lo bueno ni a lo malo, a un mundo que se había cansado ya de darle segundas oportunidades que desaprovechaba. Jack había sido esa última luz a la que seguir, pero de nuevo se había encargado de perderla de vista.

Atardecía cuando rodeó la urbanización Golden Fields y fue hacia su Buick Verano. Lo dejaba aparcado en el otro extremo para no tener que bajar al garaje ante una posible huida desesperada.

Junto a su coche, tirada en el suelo, estaba una anciana que se había caído hacia atrás y tenía dificultades para levantarse. Llevaba un vestido negro. Un pañuelo por la cabeza tapaba casi su rostro. El atuendo típico de luto. Gimoteaba pidiendo ayuda entre débiles susurros.

—¿Qué le ha ocurrido? ¿Se encuentra bien, señora?

—Ayúdeme a levantarme, señorita…

Mía se acercó. Había algo extraño en aquella mujer. Parecía que se estuviese ocultando. Cuando Mía estuvo lo suficientemente cerca sintió ese cosquilleo en el pecho. Esas pequeñas arañitas que danzaban en su interior. ¿Qué ocultaba tras esas prendas negras?

—Señorita, se lo ruego…

Y de pronto lo vio. Eran sus ojos. La miraba de reojo. Desde el suelo. Esos ojos azules… no eran los de una persona mayor, y le resultaban tan familiares…

La señora se giró de golpe y puso su cara frente a la de Mía. El pañuelo se deslizó hacia atrás y pudo ver su rostro.

Wendy. La hermana de Jack.

De nuevo las cosquillas en el pecho. Como un enjambre de abejas revoloteando alrededor de su reina.

—Hola otra vez, Mía. —En la cara de Wendy se dibujó una sonrisa maléfica, se puso una máscara de protección respiratoria que colgaba de su cuello y vaporizó un espray. Mía se desvaneció al instante.

Wendy se incorporó y comprobó que no hubiese nadie cerca.

—Ahora tú y yo jugaremos un rato, Mía. Ahora te daré eso que andas buscando, y a mi hermano, eso que durante tantos años él me ha dado. Frustración. Dolor. Sufrimiento. Y ante todo, soledad.

19

LOS ÚLTIMOS DÍAS

1

Cuando Patrick recibió la llamada desde la comisaría principal de Amarillo con el mensaje que les había enviado Jack Miller, le pidió a Kate que parara en el arcén de la interestatal 40. Iban de camino a Claude, el pueblo donde vivía Gregor Turing, el amante de Duncan Warren. El sector H, que era el que estaba a su cargo, era el centro neurálgico de los servidores y ordenadores para la supervisión remota de la central nuclear.

A Patrick se le dibujó una sonrisa cuando leyó el mensaje de Jack. Kate frunció el ceño y se mostró desconfiada.

—Puede ser una trampa. No sabemos nada de Jack Miller, salvo que tiene una inteligencia varias veces superior a las nuestras juntas, conduce endiabladamente bien y sigue siendo el principal sospechoso de... Es un fugitivo. ¿Quién te dice que no nos está enviando a ese sector C para que no vayamos tras Gregor Turing? ¿Es que no lo ves?

—Nos da lo que buscábamos: una alternativa, otro camino que seguir. ¿No querías tirar más fuerte de ese hilo y correr a una velocidad mayor a la que Kevin y sus pistas nos permitían? Pues este es el camino, Kate. Y a mí me da buen pálpito. Yo confío en él, si eso te vale.

Kate se preguntó si por una vez no debería dejarse llevar por la pasión, como Patrick hacía con sus corazonadas. Parecían estar jugándosela a cara o cruz y que fuera el azar el único argumento de peso en su decisión final. A su derecha estaba Gregor Turing, a su izquierda el sector C de Pantex Plant. Por un momento entendió la fascinación que sentía Patrick por los estudios de Jack sobre la probabilidad y los procesos estocásticos. Sería fantástico calcular esas variables aparentemente aleatorias y que te dijesen lo que iba a suceder a continuación.

—¿Y se puede saber por qué, si Jack quiere ayudarnos, no da la cara? ¿Se puede saber, si es inocente, por qué no ha intentado defenderse en ningún momento y no ha hecho otra cosa que huir y estar justo en la escena del crimen? Una cosa muy distinta es la inteligencia que pueda tener una persona y otra su sentido de la moralidad. Te recuerdo que algunos de los grandes psicópatas de la historia tenían un coeficiente intelectual muy superior a la media.

—No puedo responder a eso, Kate. Ya lo sabes.

—Y yo solo estoy intentando poner algo de cordura y que seamos nosotros los que decidamos. Tú y yo, Patrick. No Kevin ni Jack. Hemos estado yendo de aquí para allá sin tiempo de parar para ponerlo todo en orden. Y eso no me gusta, no me gusta nada que nos movamos a empujones porque entonces perdemos nuestra capacidad de análisis, nuestra capacidad para decidir.

Patrick agachó la cabeza. Le molestaba que no compartiera su instinto. Pero no podía dejar de darle la razón a Kate en sus razonamientos. Miró su reloj y le pareció que esas manecillas, tan incansables, estaban a punto de pararse.

—Eh, Patrick —dijo Kate suavizando un poco la voz. El cansancio de su compañero era evidente. Le apeteció pasarle una mano por la frente y recolocar esos mechones de pelo oscuro que empezaban a caer con timidez—. Perdona mi tono. Yo también estoy hecha un lío. Y agotada. Si tú crees que debemos ir a Pantex y poner patas arriba el sector C, allá vamos. La verdad es que veo igual de malas ambas opciones. Así que, puestos a cagarla, prefiero poder decir al final que fue el agente Hunt quien insistió. Además, tu amigo Jack es tan tan listo que sabía que acudiríamos ante una amenaza nuclear. No, no podemos negarnos a acudir ante algo así.

Kate terminó con una sonrisa que disfrazaba una disculpa. Entonces le apeteció decirle a su compañero que sentía haber sido tan brusca con él. Patrick asintió y pensó que tal vez pudiese acostumbrarse algún día a esa efusividad que Kate transmitía a veces. Esa cólera explosiva.

Tras informar a Clark Dupont de que sus sospechas de estar ante un atentado nuclear habían aumentado aún más, cambiaron el rumbo hacia la central. A su jefe se le hizo un nudo en el estómago tan grande que se olvidó de su proceso de envejecimiento y se planteó que no siempre se tiene por qué llegar a viejo para llegar al final. Y eso le hizo recordar que la vida era aquello que sucedía cada instante, y el resto... todavía no existía. No importaban ni los años ni las arrugas, solo vivir cada día.

Kate, como siempre al volante, hacía movimientos circulares con el cuello para aliviar la tensión acumulada sobre los hombros y favorecer el riego sanguíneo. Patrick continuaba con sus anotaciones, pasando páginas adelante y atrás y tratando de hilar todas las pistas y ver el conjunto.

—¿Puedo hacerte una pregunta, Patrick? ¿Se puede saber qué demonios apuntas a todas horas en esa libreta?

A veces a él también le resultaba curioso que necesitase anotarlo todo. Y pensó en decirle que se hacen cosas porque al principio tenían un sentido, pero con el tiempo solo quedaba la vieja costumbre. Como el que se echa la mano al bolsillo buscando el paquete de tabaco años después de haberlo dejado. Las personas son sus recuerdos, sus creencias y sus decisiones. Y Patrick tomaba notas porque formaba parte de sí mismo.

—Los datos que vamos reuniendo. Detalles que me parecen importantes. Cómo reaccionan las personas ante un determinado estímulo o pregunta. La sucesión de los hechos que puedan estar encadenados. Diferentes formas de encajar todas las piezas del puzle que hemos ido recopilando. A veces incluyo posibles móviles de nuestros principales sospechosos. Otras veces incluso me atrevo a imaginar qué camino seguirá cada uno de ellos, cuál será su siguiente movimiento.

—¿Igual que hace Jack con el estudio de los procesos…?

—Estocásticos.

—Era eso de lo que trataban, ¿no? De ver un poco más allá y saber si se pueden predecir ciertas cosas. Algo así como ver el futuro, ¿verdad?

—Yo no emplearía el término «futuro» tan a la ligera. Más bien es una forma de comprender el mundo y de saber por qué ocurren las cosas que ocurren. Llamamos «azar» o «aleatorio» a aquello que no comprendemos o cuya causa nos parece demasiado remota como para que merezca la pena estudiarla. Pero en el fondo todo tiene un porqué, la relación causa y efecto es sobre lo que se ha cimentado la vida que conocemos. Descubrir las causas te da el poder de predecir. Aunque imagino que hay tantas variables en juego entrelazándose unas con otras y modificando su trayectoria constantemente que es de locos plantearse que todo lo que ocurrirá es cuestión de números y que se puede llegar a controlar.

Kate lo vio como ese hombre diferente al resto que siempre había buscado y se preguntó, tímidamente, si tal vez Patrick…

Y entonces recordó que no hay mayor punto débil que aquello que realmente quieres. Si dejas de querer, dejas de sufrir.

—Es fascinante, Patrick. En eso tenías razón, que haya alguien capaz de predecir qué ocurrirá, aunque se trate solo de un pequeño acto, es algo realmente increíble.

Patrick vio cómo Kate lo observaba de un modo distinto, parecía estar analizándolo.

—¿Te digo cuál es mi teoría? —preguntó Patrick dando unos golpecitos con la cabeza de su bolígrafo sobre su libreta—. Creo que la memoria USB que Kevin le dio a Duncan para que le entregase a Gregor era un virus informático. Un gusano o un troyano.

—Explícate.

—No es la primera vez que ocurre. En el año 2010 un gusano informático apodado Stuxnet se coló en la red de ordenadores de una central nuclear en Natanz (Irán). Se fue deslizando a través de los sistemas de seguridad y terminó adueñándose del *software* utilizado para el manejo de las centrifugadoras de uranio. Después las hizo girar a miles de revoluciones por minuto hasta su propia destrucción.

—Sí, algo había oído, aunque no conocía tan bien los detalles... ¿Se supo quién lo hizo?

—No, nunca se supo. Pero imagínate, si alguien en 2010 pudo hacer eso, ¿qué no serían capaces de hacer hoy en día?

—¿Podrías ir al grano, Patrick? Estamos a punto de llegar a la central. ¿A dónde quieres ir a parar? —Los ojos de Kate tenían ese brillo especial que precede a la verdadera tormenta de fuego.

—Claro, mi teoría es la siguiente. Kevin es un *hacker* de alto nivel que ha accedido al sistema de seguridad que controla las máquinas y equipos de Pantex Plant a través de Gregor. Pero Kevin no está tratando de destruir las centrifugadoras, sino de utilizarlas para crear una bomba nuclear, tal y como nos ha dicho... Jack Miller.

Kate miró a Kevin horrorizada. El cuero cabelludo tras

su nuca se tensó. Un frío gélido se apoderó de la piel de sus brazos.

—¿Desde cuándo piensas eso, Patrick? —Kate pareció apretar más el acelerador. En su voz había reproche.

—Más o menos desde ahora, Kate. Si estoy en lo cierto, tal vez Jack no fue quien robó el dinero del Crédit Lyonnais, sino Kevin. Se coló en su casa de algún modo, era el portero, qué sé yo, podría tener una copia de sus llaves perfectamente, lo dejó inconsciente y utilizó sus claves personales para robar ese dinero y desviarlo a cuentas fantasma. Piénsalo, Kate, recuerda la mañana que fuimos a detenerlo, parecía no tener la menor idea de nada, de no saber ni dónde estaba. Todo cuadra, ¿no lo ves?

Llegaron a la puerta principal de Pantex Plant y Kate miró a Patrick muy seria.

—Ojalá no tengas razón.

Bajaron del coche y ambos sacaron la placa para no perder tiempo. Estaban ante una amenaza que podría poner en riesgo la seguridad de miles de personas. Tal vez cientos de miles.

Junto a las puertas principales había una cabina de control de al menos cincuenta metros cuadrados. Salió un vigilante en bastante buena forma física y se aseguró de que los dos agentes del FBI vieran bien cómo se ajustaba su arma reglamentaria en el costado derecho. Llevaba puestas unas gafas de sol estilo aviador con los cristales de espejo a pesar de que el sol navegaba ya a la deriva por el horizonte. Mascaba algo parecido a un chicle.

—¿Qué desean? ¿Tienen una autorización? ¿Una visita programada?

—No, no tenemos ni autorización ni una visita programada. ¿Su nombre es...? —intervino Kate con determinación.

—Sullivan, Henry Sullivan. Y ya pueden guardar sus identificaciones, la vista no me falla, ya sé que son del FBI —dijo el vigilante con arrogancia.

—Escúcheme un momento, Sullivan. Acabamos de recibir un aviso de amenaza terrorista con implicaciones directas en esta central. Necesitamos urgentemente realizar unas comprobaciones. Así que si es tan amable díganos a quién dirigirnos porque le aseguro que necesitamos pasar inmediatamente. —Kate era especialista en caer mal a primera vista.

A Sullivan se le escapó una sonrisa sarcástica. Mascó con energía y se dio un buen trago de saliva.

—Vamos a hacer una cosa, ustedes dos me enseñan la autorización y yo les pongo al habla con quien haga falta —dijo Sullivan cruzándose de brazos y mostrando un inusual orgullo por la autoridad que le otorgaba su puesto de trabajo.

—Mire, Sullivan, si quiere tener alguna posibilidad de seguir conservando su puesto, ya puede ir llamando a su superior. No nos haga perder más tiempo. Es una cuestión de seguridad internacional, le recuerdo que somos agentes federales y puedo hacer que hoy mismo duerma en la cárcel.

Sullivan evaluó de nuevo la situación. Sonrisa torcida. Volvió a mascar y paseó por el interior de su boca lo que fuese que tuviese dentro. Hizo ademán de quitarse las gafas de aviador. Titubeó. Después debió de embargarle algo de sensatez y albergó alguna posibilidad de que su hipoteca y futura esposa estuviesen en juego.

—Bien. Supongo que no se pierde nada haciendo una llamada de comprobación. —Sullivan sacó su teléfono corporativo con conexión al satélite y llamó a su jefe, Elliot Warren.

Le explicó la situación y escuchó la respuesta. Asentía sin dejar de mirar a Patrick y a Kate. Chulería. Profesionalidad sobreactuada. Los dos agentes del FBI oyeron el alto volumen de voz al otro lado de la línea.

Sullivan se despidió de su superior acatando sus órdenes con servilismo infinito.

—Al parecer hoy es su día de suerte, agentes. Pueden pasar. Elliot Warren los espera en el sector H. ¿Saben cómo llegar?

Patrick sonrió viendo cómo Sullivan todavía trataba de dar la imagen de que todo lo que se escondía tras las puertas que él custodiaba era suyo.

—¿Está indicado?

—Más o menos.

—Pues en ese caso no te preocupes, nos las apañaremos.

Volvieron a subir al coche y esperaron a que Sullivan les abriera las puertas.

La extensión de Pantex Plant era increíblemente grande. Había tantas naves industriales, almacenes, edificios, depósitos y fábricas de metalurgia que tardaron en encontrar el sector H unos cuantos minutos. Las indicaciones eran bastante imprecisas y las placas estaban muy deterioradas.

Elliot Warren, el padre de Duncan, los estaba esperando en la puerta. Su porte era solemne. Todo lo contrario que su hijo. El pelo blanco parecía un algodón de azúcar recién glaseado. Traje negro y corbata plateada. Camisa blanca y zapatos recién encerados. El intenso afeitado había dejado varias heridas que le daban un aspecto feroz. Como si el sangrar a él le resbalara.

—Buenas tardes, agentes, el mensaje que me han trasladado de seguridad es muy alarmante. Antes de nada, tienen que saber que la actividad en nuestra central es de trescientos sesenta y cinco días, veinticuatro horas. No podemos detenernos bajo ningún concepto.

—Señor Warren, estamos inmersos en la investigación de un posible acto terrorista —dijo Patrick—, y según una información a la que hemos podido tener acceso, es posible que se estuviesen llevando a cabo actividades relacionadas con él en esta central nuclear. Concretamente en el sector C.

—Nuestra empresa de seguridad cuenta con unos avances tecnológicos y una plantilla de profesionales que harían palidecer a los que tiene en nómina Bill Gates.

—Le creo, pero estamos ante una emergencia. —Patrick podía sentir cómo la respiración de Kate se agitaba—. Tenemos que acceder al sector C. Comprobar si hay alguna anomalía.

—Trato de decirles que si hubiese ocurrido cualquier incidencia en ese sector o en cualquier otro lugar de la central yo lo sabría. Y, por si no lo saben, tras el Tratado de No Proliferación Nuclear solo nos dedicamos al desmantelamiento de armamento nuclear, y eso significa que el sector C lleva años cerrado, ¿lo entienden ahora? La información que han recibido es falsa, alguien les ha tomado el pelo, aquí es imposible que haya ocurrido nada sin que yo lo sepa.

—Señor Warren —intervino Kate con su rostro más serio—, si tenemos que volver con una orden y si al final resulta que sí había algo relacionado con esta central, le juro que usted, su hijo Duncan, Gregor Turing y cuantas personas más hayan podido tener algo que ver se enfrentarán a un proceso judicial, y le prometo que no pararé hasta verlos entre rejas.

Elliot miró a Patrick como si él fuese el culpable de la forma en la que Kate le estaba hablando.

—¿Qué tienen que ver mi hijo y Gregor en esto?

—Su hijo le entregó un USB con un gusano informático a Gregor Turing para que él lo conectara a un ordenador del sector H, infectando su maldito sistema de seguridad, para que la persona que los ha estado extorsionando no hiciera público que son amantes. Y ahora, señor Warren, ¿nos lleva al sector C o va a seguir jodiéndonos con su mierda de propaganda? —a Kate no le tembló la voz.

En cambio, a Elliot Warren le empezaron a temblar los labios. Una rabia incontenible trataba de desbordarlo. Hacía tiempo que había descubierto que su hijo era homosexual y le parecía bien que continuase con esa comedia barata que representaba su absurdo matrimonio con Noelle Blair. Pero no soportaría que se hiciera público. Le prometió odio eterno a Kate con la mirada y se dirigió a Patrick:

—Acompáñenme.

El interior del sector H era lujoso. Iluminación blanca cegadora. Superficies reflectantes. Una administrativa de labios rojos y mirada felina los saludó al pasar y analizó a Kate de arriba abajo.

Elliot les hizo pasar a una sala de control donde tres operadores se encargaban de vigilar un montón de pantallas, indicadores luminosos y sonoros.

—Hola, Sam, ¿sabes si ha habido algún tipo de incidencia en el sector C en las últimas cuarenta y ocho horas? —preguntó Elliot a uno de los operadores.

—No, señor. Ninguna incidencia. Ese es el sector que lleva años cerrado.

—Lo sé, Sam. ¿Tenemos alguna cámara activa en él?

—En el interior no. Pero sí en las puertas principales y en gran parte de su perímetro.

—Muéstramelas.

El joven operario de piel aceitunada seleccionó el sector C en la consola y casi inmediatamente aparecieron las imágenes de varias cámaras frente a ellos. Sam se giró con timidez haciendo bailar con gracia su ensortijado flequillo para ver la reacción de Elliot, que le respondió dándole una cariñosa palmadita en la espalda. Fue el primer gesto amable que Patrick y Kate veían en el señor Warren.

En las pantallas no se apreciaba ningún tipo de movimiento ni actividad. Parecían fotografías congeladas en el tiempo y en el espacio. La imagen parecía dar un salto de tanto en tanto, como un parpadeo, algo común en los monitores debido a la frecuencia de refresco, el número de veces por segundo que se actualiza la imagen que muestra una pantalla.

—¿Ya lo han visto? En el sector C no hay nadie.

—Y ahora ¿podría llevarnos hasta allí? —preguntó Kate.

—Acompáñenme.

Llegaron del sector H al C en quince minutos, en medio de un incómodo silencio. Elliot tuvo la sensación de que ese sector C no se encontraba exactamente donde él recordaba, y se dijo que se estaba haciendo mayor, que esa enfermedad que destruye poco a poco la memoria estaba empezando a hacerle mella. «Pronto no recordaré mi número de identificación personal —pensó ensombrecido—. La cara fea de la vida me está diciendo hola.»

Sam había ido con ellos y fue el encargado de ensuciarse las manos para abrir uno de los accesos al sector C. Su ensortijado flequillo bailó de un lado a otro con la corriente que generó al abrir la puerta. A Elliot primero y a Sam después se les dibujó una sonrisa de satisfacción, provocadora y burlona, al comprobar que todo allí dentro permanecía en silencio. A oscuras. Como un antiguo parque de atracciones abandonado.

—¿Sería tan amable de encender la luz, señor Warren? —pidió Kate.

El jefe dio la orden con una mirada, Sam se acercó a los interruptores y la gran nave se iluminó a pequeños golpes de intensidad. Los agentes federales se adentraron unos cuantos metros y comprobaron que no parecía haber nada fuera de lo normal.

Patrick podía sentir cómo el enfado, la frustración y la rabia crecían en el interior de Kate.

—Está bien. Vámonos —dijo ella.

Salieron de Pantex Plant teniendo que soportar la autosatisfacción de Elliot Warren reiterando las características de sus maravillosos sistemas de seguridad.

—Muchas gracias por todo, lamentamos las molestias que hayamos podido ocasionar —dijo Patrick mientras abandonaban la propiedad de Panhadale.

—Si se les ocurre volver por aquí, espero que lo hagan con una orden bajo el brazo.

Kate le sostuvo la mirada, pero no dijo nada. Odiaba hacer el ridículo de una forma tan espantosa. Odiaba que la engañaran, confiar en alguien para después ser traicionada.

Se subieron al Dodge Charger más cansados y perdidos que nunca.

Jack los había enviado a un lugar vacío y muerto, y seguir el rastro del USB que Duncan Warren le había entregado a Gregor Turing ya no parecía tener ningún sentido. Se encontraban en un callejón sin salida. El hilo del que habían estado tirando se había cortado.

En cuanto Kate encendió el motor, sonó el teléfono de Patrick. Los dos se quedaron observando el número oculto de la llamada entrante.

—Hola, agente Hunt —dijo una voz sintética y robotizada. Patrick pulsó el manos libres—. Lamento decir que han llegado tarde. Es una pena, porque le había empezado a coger el gusto a este juego. Pero lamento decir que la partida está a punto de terminar, y saben quién va a ganar, ¿verdad?

—¿Quién es usted? ¿Kevin?

2

—Oh, claro. Quieren saber quién soy. ¿Y quién es Kevin? Ustedes solo se preocupan de los demás cuando ven amenazada su posición o la de esa clase social a la que protegen y para la que trabajan. A nadie le importaba quién era yo hace un mes, un año, diez años, pero ahora sí quieren saberlo. Pues les diré algo: claro que van a saber quién soy, pero cuando yo quiera. Veo que han estado haciendo sus deberes y puede que conozcan mi nombre, pero no tienen ni la menor idea de quién soy en realidad.

Kevin estaba exultante. Cuando vio a los dos agentes del FBI entrar en Pantex Plant pensó que todo había terminado. Sería cuestión de minutos que descubrieran a los rusos en el sector C. De nuevo le invadió el miedo, la paranoia. Descontrol interior. Pero entonces se le ocurrió la idea de que el sector C llevaba tantos años cerrado que nadie notaría la diferencia si los conducía al sector D, clausurado a la vez que el C y con unas características similares.

El gusano que Gregor Turing había colado sin ser consciente en la red informática de Pantex le había permitido obtener el control absoluto. Podía usar los sistemas de seguridad de Elliot Warren para crear una realidad a su antojo. Las cámaras del sector C, que habían estado emitiendo unas imágenes en bucle pregrabadas, las redireccionó al sector D. Ahora tan solo era cuestión de que alguien intercambiase en tiempo récord las señales indicativas junto a la puerta de cada sector. Y ahí fue donde entraron de nuevo los rusos. Kran.

Llamó a Andréi y le explicó la urgencia. Estaba dispuesto a ofrecerle más dinero, una compensación por ese riesgo no previsto, pero no contaba con que Andréi trabajaba en ese plan no solo por dinero, sino porque creía en ello. Estadounidenses y rusos llevaban décadas zumbándose a lo largo y ancho del planeta tanto de forma sutil como en forma de guerras satélite o torpedeando la imagen pública y la economía del país enemigo. La ocasión de atentar contra los Estados Unidos que Kevin les había planteado, a cambio de una buena suma de millones, representaba para ellos una nueva oportunidad para asestarle un golpe al sistema económico y político estadounidense. Para ellos esa misión era casi tan importante como para Kevin. Quizá más, porque, venganzas personales aparte, ¿existe algo más fuerte que los ideales?

La sensación de júbilo que Kevin experimentó cuando vio que ni siquiera Elliot Warren se percataba del engaño hizo que no pudiese evitar llamar a la pareja del FBI para disfrutar de su inminente victoria y del fracaso ajeno. Un fracaso que él mismo se había encargado de abonar a base de trabajo duro y su extraordinario talento con la nueva tecnología. A veces le daba por imaginar que fue durante la operación craneal a la que se sometió cuando los médicos debieron de tocar algo en el interior de su cerebro que hizo que desarrollase esa habilidad. Como si hubieran provocado algún tipo de nueva conexión neuronal. Otras muchas veces pensaba que lo único que hicieron fue dejarle esa reluciente placa de titanio para que nunca olvidase y pudiese sacar la fuerza necesaria para hacer que las cosas cambiasen para siempre.

—Está bien, de acuerdo —dijo Patrick controlando sus pulsaciones—. Seas quien seas, has ganado, te felicito. Ahora dinos qué quieres y acabemos con esto de una vez.

Kate percibía el dolor y el resentimiento que se filtraba entre las palabras de esa voz sintética.

—Oh, claro, lo que quiero. Ahora sí os interesa saber lo que yo quiero. Pues lamento decir que tendréis que esperar hasta mañana. Preparaos porque mañana todo va a cambiar. Es el gran día, es cuando empieza la nueva era, una era de justicia. De verdadera justicia. Para cuando me veáis, será demasiado tarde, y cuando escuchéis lo que quiero, vuestras ganas de colaborar desaparecerán igual de rápido que han aparecido. Adiós, agentes, hasta mañana.

Kevin colgó el teléfono y sintió una satisfacción tan grande que rompió a llorar de pura felicidad. Se dejó caer al suelo y notó cómo una gota espesa se abría paso desde su nuca hasta sus escápulas. Durante la última hora su estado de nervios lo llevó a clavar las uñas repetidas veces alrededor de la placa de titanio. En el primer año tras la intervención quirúrgica, tuvo pesadillas todas las noches: se despertaría y la placa se le habría desprendido mientras dormía, derramándose toda la masa encefálica por el suelo de su habitación. Hasta que un día despertó y descubrió que ese miedo ya no estaba, se había ido, y entonces contempló que ante él se dibujaba un mundo lleno de oportunidades.

Las centrifugadoras estaban a punto de obtener la cantidad del isótopo U-235 que necesitaba. Después pasaría a la fase de ensamblaje y tan solo unas horas más tarde tendría lista la bomba, *su* bomba. Acondicionada para ser detonada a distancia mediante un control remoto y ubicada en un lugar donde provocara una catástrofe de proporciones bíblicas.

Pero antes les daría una última oportunidad de redención. De hacer lo correcto. De devolverle a la justicia su verdadero significado.

Tan solo le quedaba una cosa por resolver. Su hermana Mía estaba ya fuera de su radio de control. Había desconectado su teléfono móvil. Tal vez se hubiese reunido con Jack. Debió acabar con él cuando tuvo ocasión y ahora pagaba las consecuencias por esa absurda condescendencia que su hermana le había metido en la cabeza. De todas formas, pensó que incluso ese cabo suelto no haría sino darle más emoción a ese final apoteósico y triunfal.

«¿Dónde estás, Mía? ¿Dónde estás, Jack? Ya falta poco…»

3

Llegar hasta Golden Fields fue rápido. Entrar, no tanto. El perímetro de la urbanización de lujo estaba rodeado por cámaras de vigilancia que podían estar controladas por Kevin desde su guarida. No podía arriesgarse a que lo viese llegar. No podía volver a fallar porque sabía que el tiempo se estaba agotando.

Los oídos le dolían tanto que estaba convencido de que se le habían perforado los tímpanos. Lo veía todo más oscuro que nunca y las cosas a su alrededor no parecían estar moviéndose como acostumbraban, o como él solía verlas. Todo sucedía a una velocidad tal que le era imposible de controlar. Una velocidad normal.

Pensó en la chica de aquel semáforo, esa que le pidió que se parase en aquel paso de cebra, la que lo empezó todo. Después pensó en Mía y en todo por lo que había tenido que pasar hasta reunirse con ella. Los crímenes del Hombre del Coche, el Proyecto Vida, la aleatoriedad profunda, Kevin, esa pareja de policías siguiendo su pista..., nada de eso podía ser casual, nunca lo era. Tenía que sacar fuerzas de donde fuera y encontrar el sentido.

Le costó mucho controlar el flujo de personas en Golden Fields, encontrar ángulos muertos y el momento oportuno para irrumpir en los pisos de Kevin y Mía. Había tratado de recuperar sus pautas. Esperar los segundos exactos antes de dar un paso dando golpecitos o contando. Cuando logró entrar en uno de los pisos comprado bajo identidades falsas, dudó de si no se habría equivocado. Estaba totalmente vacío. Recorrió las habitaciones desiertas hasta encontrar una zona que presentaba una enorme diferencia con relación al resto. No le solía ocurrir, pero a Jack se le dibujó una sonrisa cuando vio una vitrina de nogal y cristal envejecido contra una pared del salón. La movió con sumo cuidado para no hacer ruido. Allí estaba. Casi inapreciable. Pero perfectamente distinguibles las líneas que daban forma al contorno de una puerta.

Esa debía de ser la vía de escape de Kevin. Su salida de emergencias. Imaginó el trabajo y el precio de semejante obra. Entre los dos pisos no había solo una pared medianera, sino la estructura de los dos bloques de viviendas a los que pertenecía cada uno de ellos. Una obra así estaba totalmente prohibida y suponía un riesgo medio para la estabilidad de esos edificios.

Jack pegó la oreja a esa puerta escondida y esperó hasta estar seguro de que los hermanos se hallaban al otro lado. Todavía no tenía ni idea de cómo actuaría cuando entrase. Enseguida empezó a oír algo parecido a un grito. Júbilo. Celebración. Después percibió una conversación corta y monocorde. Y más gritos de júbilo seguidos por un llanto alegre, contenido. Le costó reconocerla, pero esa voz era la de Kevin. Y entonces supo que la pareja de policías tampoco había podido parar a los rusos en Pantex Plant. Él no se sentía con fuerzas para enfrentarse cuerpo a cuerpo con Kevin, no sabía si ello implicaría además perder a Mía, la parte más importante del Proyecto Vida. Del nuevo amanecer. Se quedó esperando unos cuantos segundos más tratando de escuchar la voz de Mía, pero no hubo suerte. Así que tendría que entrar en la cueva de Kevin si quería saber qué había pasado con ella. Se le pasó por la cabeza la posibilidad de que Kevin hubiese descubierto que quería traicionarlo y la tuviese maniatada, o que incluso… le hubiese hecho algún tipo de daño. Esa posibilidad hizo que sacara fuerzas para encontrar la pauta que lo ayudase a entrar justo en el momento idóneo.

Empezó a contar. Los cuatro tiempos. «Un dos tres, un dos tres, un dos tres, un dos tres.» Ahí estaba. Justo delante de él. La pauta. Contó de nuevo hasta tres, cogió aire a fondo para empujar la puerta falsa... y sintió cómo su teléfono móvil vibraba en el bolsillo de su pantalón. Se detuvo en seco. Esa llamada no podía ser ocasional o circunstancial.

Era un mensaje con una fotografía adjunta.

El mensaje era de Wendy.

Y en la fotografía vio horrorizado a Mía tumbada en una cama, inconsciente. Vestida exactamente igual que las víctimas del Hombre del Coche, exactamente igual que su madre el día que murió. Falda de tubo negra y blusa de seda. Al cuello un pañuelo y en su mano derecha..., de momento aún no le había colocado el anillo de O. El anillo de la sumisión.

«Hola, Jacky. Ya ves que al menos alguien de la familia sí cumple con lo que promete. ¿Recuerdas cuando te dije que te arrepentirías de todo lo que me habías hecho? Pues ese momento ha llegado, Jacky. Aquí tengo a la perra. Ella ahora está durmiendo, pero en cuanto se despierte va a recibir lo que se merece, igual que todas. ¿Quieres venir? Oh, claro que sí, seguro que quieres. Ven, Jacky. Aquí te espero. Ven a salvarla. Qué importa lo que sufriera tu hermana durante toda su vida por tu maldita culpa. Tú solo tienes ojos para ti y para la perra. Te espero, Jacky. Aunque no te puedo prometer que cuando llegues continúe con vida.»

Su corazón empezó a palpitar con fuerza, sus oídos a sangrar. Tuvo que sentarse en el suelo antes de poder organizarlo todo en su mente. El final estaba cerca, pero su estado físico y mental eran tan débiles que apenas tenía fuerzas para continuar. Una enorme presión trataba de abrirse paso desde el centro de su cerebro. Expansión libre irreversible. Tenía que escoger si tratar de parar a Kevin, o tratar de impedir que su hermana Wendy acabase con la vida de Mía.

Se lamentaba de no haber querido comprobar esa eterna sospecha por miedo a descubrir que la realidad era tan horrible como había podido imaginar. Porque eso implicaba enfrentarse a su hermana, lo único que tenía en el mundo hasta que… conoció a Mía.

Al principio, cuando descubrió que un movimiento anómalo sucedía en la pauta que estaba siguiendo para descubrir qué le faltaba al Proyecto Vida para que funcionara, pensó que aquello tal vez fuese la solución. Esa anomalía quizá fuese lo que les daba vida a las cosas. Llegó a ese primer lugar empujado por su pauta y fue donde encontró a la primera víctima. Se acercó a la mujer que yacía en el suelo y, preso del miedo y la incomprensión, comprobó que estaba muerta. Por la temperatura de su cuerpo y el estado de su piel, llevaba muerta unas cuantas horas. Eso lo tranquilizó en parte, aunque hubiese llegado un poco antes a ese lugar no habría conseguido evitar su muerte. Se fijó en su ropa y la posición en la que estaba tumbada, pero los nervios le impidieron interpretar los detalles. Tan solo evocó un recuerdo, perdido en algún lugar de su memoria, que se acercaba lentamente hasta la orilla de su mente. La mujer tenía la mano izquierda apoyada sobre el pecho, justo encima del corazón, y el brazo derecho extendido con la mano abierta, como si estuviese ofreciéndole algo. A él. Como si la aleatoriedad profunda le estuviese entregando esa pieza que le faltaba para que su prototipo funcionase.

Minutos después de haber encontrado a esa primera víctima y sin tiempo más que para hacerle una fotografía que analizar con detalle posteriormente, tuvo que huir cuando vio en el horizonte del callejón a una pareja estupefacta al descubrir lo que a todas luces era el escenario de un crimen. Ese día, tras escapar de allí en su S90 negro, nació el asesino en serie que Búfalo conocería como el Hombre del Coche.

El problema fue que esa resultó la primera víctima de unas cuantas más.

Sus cálculos volvieron a ofrecerle la premonición de un acontecimiento relacionado con su Proyecto Vida en un momento y un lugar determinados. Y se encontró con la segunda víctima. Mismo *modus operandi*. Misma ropa. Misma postura. Sospechó que hubiese alguien jugando con él, incluso tratando de incriminarlo, pero su parte más racional le decía que había un depredador suelto cuyos crímenes, cuyas víctimas, significaban algo para el proyecto que salvaría a la humanidad de una hecatombe, por cruel e ilógico que pareciese.

Así que trató de analizar el significado de esas muertes. Todas esas mujeres casi parecían formar parte de una representación teatral. Jack interpretó que ese algo que le ofrecían simbólicamente no podía ser otra cosa que aquello que provenía del corazón: su sangre. Así que se dijo que unas gotas debían ser suficientes para alimentar a su prototipo, mitad máquina, mitad humano. Extrajo con cuidado de no dejar rastro una pequeña cantidad de sangre de esa segunda víctima y le prometió que el responsable de su muerte pagaría por lo que había hecho. Una vez en su piso de St. James Street, comprobó que, efectivamente, con la sangre su prototipo se ponía en funcionamiento, pero, tras un par de segundos del mayor milagro visto por el ser humano, se paró. Jack pensó que, tal vez, el problema fuese que no era la sangre adecuada, que quizá probando con otra sangre…

Durante las siguientes semanas siguió el mismo procedimiento, obteniendo los mismos resultados. Pero su frustración fue creciendo a medida que aumentaba el número de víctimas. Ni podía evitar esos asesinatos ni su sangre servía para perfeccionar su Proyecto Vida. Y no tenía ni la menor idea de quién podía estar haciendo algo así.

Nunca supo anticiparse al Hombre del Coche porque siempre cometió el mismo error. Nunca introdujo la variable que le hubiese permitido evitar esos asesinatos. Nunca introdujo la variable Wendy en la ecuación de su vida. Algo en su interior se resistió a creer que su hermana fuera capaz de aquella atrocidad. Estaba pagando las consecuencias de su error.

Ahora solo le quedaba enfrentarse a la última víctima. Por triste y aterrador que pareciese, tal vez fuese ese el destino de Mía, la Chica del Semáforo: ser la última víctima del Hombre del Coche, y hacer que el Proyecto Vida funcionase.

El cerebro le trabajaba cada vez con mayor lentitud. Como un motor que se está quedando sin combustible. Pero una certeza se coló en su cerebro, no sabía si la pauta, o eso que llamaban amor. No podía dejar que Mía muriese. Ella todavía conservaba cierta pureza, tal vez cierta magia. Ella tenía que ser importante, pero no a través de su muerte. No podía ser la última víctima del Hombre del Coche, de su propia hermana. Ella era lo único que le importaba. Ni la gran pauta ni aquello que daba vida a las cosas.

Así que renunció a entrar en la guarida de Kevin y pararle los pies. Había tomado una decisión vital. No lo habían hecho ni los números ni la Voz. Lo había decidido él.

Salió de Golden Fields sin detenerse a contar ese tiempo que ya era una carrera a muerte por ver quién llegaba antes, él o esa gran pauta.

Admisión, compresión, expansión y… escape.

No le importó que Kevin pudiese verlo por las cámaras de vigilancia. No contó más números. Tampoco le suplicó a la Voz que le mostrase el camino más rápido. No. Ya no. Era él, Jack Miller. Solo él. Contra ese destino que parecía ya escrito y al que trataba de adelantarse.

Entró en el S90 y trató de concentrarse en ese lugar donde Wendy tenía secuestrada a Mía. Visualizó la fotografía. Se repitió cada una de las palabras que su hermana había empleado. Trató de ir hacia delante en el tiempo, de ver todas las cadenas de movimientos. Todo el árbol de probabilidades, todas las causas y consecuencias.

Sacó el Getac XC500 y buscó en el mapa de Amarillo la relación de hoteles. Entre los nombres de los más frecuentados, uno le llamó la atención.

Last Days Inn.

«¿Es ahí donde te escondes, Wendy? ¿Es ahí donde quieres que nos veamos por última vez?»

Wendy nunca hacía nada sin dotar a sus actos de un significado. Le había estado ofreciendo su corazón a través de aquellas mujeres, lo único que tenía para dar, su propio corazón. Un corazón que tal vez significase algo más.

Su hermana había tratado de llamar su atención representando la muerte de su madre para conseguir que él fuese esa figura familiar que nunca tuvo. Y ahora estaba poniendo su broche de oro a esa gran representación alojándose en Los Últimos Días.

Geolocalizó el Last Days Inn y revisó las habitaciones disponibles según la plataforma de reservas de su página web. Cuando vio que estaba ocupada la habitación más cara, la suite familiar, a Jack se le dibujó una sonrisa que pronto se tornó en una lágrima amarga.

«¿Ahí es donde quieres que vaya, Wendy? ¿A una reunión familiar para revivir nuestros días pasados y vivir los últimos? ¿Es ahí donde quieres que termine todo?»

Cerró los ojos para dibujar la trayectoria más rápida. Sin importar semáforos, cruces, coches de Policía ni camiones de basura. Solo llegar lo antes posible. Diecisiete minutos y treinta y dos segundos. Ese era el tiempo que lo separaba de su destino.

Hizo rugir los ocho cilindros del motor del S90 y supo que ese era el momento y el lugar en los que tenía que estar para que las cosas saliesen bien.

Sonrió, metió primera y salió como una bala hacia un destino en el que, tal vez, sería testigo del fin de su presencia en este mundo. Por eso la Voz insistía en que dejase a Mía, se olvidase de la aleatoriedad profunda y se marchase muy lejos. La Voz, esa parte de él oscura y fría, ya había intuido lo que pasaría.

«¡Instinto de autoconservación! Así que tan solo era eso: la supervivencia del yo hasta el final de las consecuencias», le dijo Jack.

Pero la Voz no contestó.

20

HA LLEGADO EL MOMENTO DE SEGUIR NUESTRO PROPIO CAMINO

1

—No pienses que va a venir nadie a rescatarte, perra. ¿Acaso crees que el gran Jack arriesgaría su vida por alguien como tú? Te queda muy grande, Mía. Porque él es... ¿diferente? Por eso has tratado de pegar tu asqueroso culo de clase baja a él. Las perras como tú no valéis nada. Vuestro único objetivo es seducir a un hombre para que os mantenga y os permita ser esa mujer que creéis ser, aunque para él solo seas ese estúpido objeto que lucir, que cría a sus hijos cuando se han cansado de follarte y de utilizarte.

Wendy recorría arriba y abajo, a lo largo y a lo ancho, la suite familiar del Last Days Inn sin parar de hablar. Mía seguía tumbada, semiinconsciente. Apenas distinguía la figura de Wendy. Cuero negro y labios color cereza. Moviéndose a su alrededor como ese siniestro péndulo que corta la cuerda unida a la vida con cada uno de sus balanceos.

Con la foto que le había enviado, su hermano Jack ya debía saberlo todo. En el fondo, Wendy mantenía la vaga y casi inocente esperanza de que la perdonase y comprendiese que solo lo había hecho porque lo quería, para reclamar una atención que nunca tuvo. Pero por otra parte era consciente de que las posibilidades de reconciliación con su hermano y con el mundo se habían agotado. Y más cuando acabase con Mía, esa mujer con la que su hermano se había obsesionado a pesar de que lo había engañado, utilizado para robar ese dinero, y de haberla involucrado y casi asesinado a ella por la misma causa. Sabía que su hermano no la soportaría después de acabar con su amada, añadida a todas las muertes que llevaba a su espalda. Pero era su forma de cortar con ese mundo para siempre.

Nadie la buscó cuando fue ella la víctima para hacer justicia. En cambio todos querían encontrar al Hombre del Coche. Nadie se preocupó por las mujeres que sufrían el abuso y la dominación más cruel del hombre sobre ellas. Cerraron los ojos y se taparon los oídos. Pero el asesinato era diferente, porque a la muerte sí le tenían miedo, era algo a lo que todos, incluidos los hombres, estaban expuestos. Pues ahora abrirían bien los ojos. Ella haría que los abrieran de una maldita vez.

—¿Y qué me dices del tarado de tu hermano? No te lo vas a creer. Tanto a Jack, tu amado, como al tarado de Kevin, tu hermano, les he enviado un mensaje. Un mensaje diciéndoles lo que te va a pasar. ¿Sabes por qué lo he hecho? Para demostrarte que no te quieren, estúpida, que solo eres un maldito objeto para ellos, uno que utilizar y cambiar por otro cuando se estropee o se haga viejo y feo. Lo he hecho para que entiendan que a mí nadie me jode, que no soy alguien a quien utilizar como si fuese una maldita cosa sin alma ni corazón. Yo soy alguien con conciencia, ¿entiendes, perra? Ninguno de los dos va a venir, demasiado ocupados en sí mismos. Y ya es hora de que te vayas despertando, quiero que veas bien lo que tengo preparado para ti. No te creas, es algo que yo misma experimenté, nunca te daría nada que yo misma no hubiese probado antes.

Wendy fue hasta el armario de la suite familiar y sacó un

arnés fabricado con cinchas y correas de cuero negro que llevaba acoplado un gigantesco pene protésico en su extremo. Se acercó a Mía y lo balanceó ante sus apagados ojos. La noche había empezado a caer y estaba ansiosa por comenzar con su último *show.* Pero esta vez quería que su víctima, su última víctima, estuviese bien despierta para ver y sentir a la perfección lo que tenía preparado para ella.

—Esto es lo que te espera, perra. Vas a sentir lo mismo que yo sentí. ¿No querías un hombre en tu vida? Pues yo te lo daré con toda la fuerza. Así que vete despertando, ya falta muy poco para que todo acabe.

2

Cuando Kevin recibió el mensaje de Wendy con la fotografía adjunta de Mía, se quedó paralizado. Como si acabase de ver un fantasma. Todo estaba pasando tan rápido que ya no era consciente de si era real o producto de su imaginación, fruto de tantos días encerrado. Hasta donde él sabía, Wendy estaba muerta. Él mismo fue quien la enterró tras envolver su cabeza en una bolsa de plástico. Bueno, ni la enterró a mucha profundidad ni comprobó si tenía pulso. Pero no se movía.

Kevin estalló en una carcajada que provenía del centro de su abdomen. Se tuvo que sujetar la entrepierna para no mearse encima. Sintió un pinchazo en el pubis. Su tronco se dobló y las lágrimas rodaron por sus mejillas. Terminó empapado en sudor. Hacía mucho tiempo que no se reía tanto y tan a gusto. Tardó un rato en recuperar la calma.

No sabía si se trataba de una extorsión o si era una venganza personal. Simplemente se dijo: «Wendy está loca», y esa frase volvió a arrancarle una carcajada. No le costó demasiado decidir que de ningún modo saldría al rescate de su hermana. Eso no solo lo pondría en peligro, sino que supondría abandonar ese plan maestro que estaba a punto de culminar por todo lo alto.

Mía ya era historia. Había sido una buena hermana, cuidó de él cuando peor estaba, lo ayudó en su venganza. Pero había estado rastreando todos los mensajes del teléfono móvil de su hermana durante las últimas horas y había visto sus llamadas de socorro a Jack. Y no había mayor traición que aquella que provenía de quien más quería. «Así que no pudiste entregarme, ¿eh, perra? Pero sí encargar que lo hagan otros», se dijo Kevin reafirmándose en su postura. Su hermana tenía lo que se merecía por seguir a esa sociedad malvada, manipuladora e interesada.

«Muy bien, Mía, pues estás sola. Y si Wendy te ha atrapado, que sea tu Jack quien vaya a rescatarte», pensó mientras borraba el mensaje y la fotografía de Wendy de su móvil. Volvió a reír. Se rascó la panza. Soltó un eructo.

Hacía un rato que Andréi le había llamado para informarle de que ya disponían de la cantidad suficiente del isótopo U-235 para ensamblar la cabeza nuclear. Kevin le dio instrucciones para que introdujesen en el tren de ensamblaje las pequeñas barras cilíndricas recubiertas en cerámica en las que se había solidificado el uranio 235. Un gigantesco pórtico lleno de brazos robóticos y cintas transportadoras que el propio Kevin controlaría remotamente a través del gusano informático que había introducido en el centro de control de Pantex. En primer lugar, recubriría todas esas pequeñas barras con una aleación combustible de zirconio, y luego las ensamblaría en la cabeza nuclear. Finalmente completaría la bomba nuclear con plutonio-239, tritio, deuterio y dos explosivos primarios para permitir su detonación.

En apenas unas horas tendría por fin ese objeto que sería su «poder de negociación», con el que alcanzaría lo que había ansiado durante tantos años.

Su venganza.

Ante él se presentaba una noche de trabajo larga, muy larga, pero ya podía ver cómo al final de ese túnel lo esperaba un nuevo amanecer.

3

Jack aparcó cerca del Last Days Inn. Ya no quedaba luz natural, y sus ojos, tan cansados y vacíos de energía, tenían que hacer un gran esfuerzo para ver lo que había a su alrededor. Antes de salir del coche sacó de nuevo el cuaderno donde estaba concentrado el trabajo de toda su vida. Donde había anotado todas las estaciones en el estudio de la aleatoriedad profunda, incluido el final de curva en el que se encontraban ahora. En ese cuaderno estaban todos sus diseños. Motores con los que la ingeniería ni siquiera soñaba, aleación de metales y adhesión de materiales todavía por descubrir, engranajes y mecanismos tan perfectos como los que crean la propia vida, tal vez incluso más. Los fractales y figuras que provenían de la propia naturaleza, de las propias formas con las que el universo se expresaba y se perpetuaba. Y sobre todo, el Proyecto Vida.

Tal vez el sentido de una sola vida solo tuviese un significado cuando se observase como parte de ese conjunto, como engranaje de esa maquinaria perfecta. Tal vez hubiese que esperar al final para verlo en su globalidad, y no una diminuta parte de ella.

El vértigo se acompañó de una náusea pasajera. Se miró las manos, las cuencas de sus ojos en el espejo retrovisor. ¿Todas sus acciones habían estado escritas desde el principio?

No.

Eso no podía ser. Porque él escogía. Él tenía el poder de hacer lo que decidiese. ¿O no?

Sintió un mareo todavía más grande. Un letargo, poderoso y enérgico, parecía querer arrastrarlo al oscuro vacío de la nada. Sabía perfectamente que sus horas estaban contadas. Que había llegado el momento de pasar el testigo. Su función en esa gigantesca obra estaba a punto de terminar. En cuanto entrara por la puerta del Last Days Inn para enfrentarse de una vez a Wendy y rescatar a Mía, su tiempo se agotaría. Debía cerrarlo todo antes de entrar. El Proyecto Vida necesitaba a Mía. Pero ¿quién se encargaría de unir ambas partes si él ya no estaba? ¿Quién era la persona indicada para depositar en ella la confianza de su cuaderno y su prototipo?

Pensó en las personas de su alrededor, en cada una de las que se habían cruzado en su vida siguiendo ese río de causalidades, consecuencias y efectos. Y se detuvo en una. Una que había tenido que librar un sinfín de obstáculos, igual que él.

Kate Myers.

No sería sencillo convencerla, no le resultaría fácil ganarse su confianza, menos aún si no habían logrado sacar nada en claro de Pantex. Guardó el cuaderno en el compartimento seguro que tenía bajo el asiento y preparó un mensaje para Kate con las instrucciones a seguir. Después envió un nuevo mensaje a la comisaría central de Amarillo para que se lo reenviaran. Y pidiendo que mandasen cuanto antes una patrulla al domicilio de Kevin. Y que al día siguiente por la mañana podían ir a ese hotel, que allí lo encontrarían a él y... al Hombre del Coche.

En cuanto lo dejó todo preparado, lo más preparado que pudo con el poco tiempo del que dispuso, se dijo que ya estaba listo. Esperaba que aquello que Kevin estaba a punto de hacer no fuese demasiado grave, que la vida siguiese siendo vida. Más vida que nunca.

Cerró los ojos, contó hasta tres, en sus labios se dibujó una sonrisa y, justo cuando iba a salir del coche, su cuerpo se paró en seco. Como si algo o alguien lo hubiese paralizado.

«Jacky, Jacky, Jacky. ¿Acaso crees que iba a permitir que acabaras con nosotros? Sabías que, si te pasabas de la raya, yo acabaría por tomar el control. La primera vez que lo hice..., oh, me parece que ya puedes imaginar cuál fue. ¿Te suena de algo un paso de cebra, una falda de tubo y un pañuelo de seda al cuello? Aunque no lo recuerdes, fui yo quien te paró en aquel semáforo donde tu madre perdió la vida. Esa mujer no era buena para nosotros, Jacky, no lo era, por eso te eché una mano para deshacernos de ella. Y ahora soy yo quien tiene el control otra vez, y no vas a entrar en ese hotel de ninguna manera.»

La Voz. Infatigable. Inseparable. Había vuelto y no estaba dispuesta a que Jack se pusiera en peligro. Sabía qué le esperaba allí dentro.

La preservación y conservación del yo, por encima de todo.

4

—Te diré lo que vamos a hacer, Patrick. No vamos a ir a la dirección donde Jack nos ha dicho que se encuentra Kevin, ni tampoco al Last Days Inn, donde dice que estará mañana con el Hombre del Coche. No. Lo que vamos a hacer es dejar de obedecer órdenes y de seguir las indicaciones de tu amigo Jack, eso solo nos ha conducido a un lugar.

—¿A cuál?

Patrick vio a una Kate más nerviosa y enfadada que

nunca. Los dos mechones de pelo ondulado caían por cada lado de su cara. Las mejillas enrojecidas y la mirada decidida. Una vez más, no pudo evitar decirse que la veía hermosa. El nuevo mensaje de Jack les indicaba, además, que en su coche, aparcado junto al Last Days Inn, había un mensaje para Kate que ella, y solo ella, debía leer.

Kate vio la fatiga en el rostro de Patrick. Cierta inocencia en esa confianza ciega en sus corazonadas. Su barba de cuatro días y su paciencia con ella. Pero, ante todo, vio a un hombre diferente.

—¡Dios, Patrick...! ¿No te das cuenta? —Kate suavizó el tono—. Han estado jugando con nosotros unos y otros. ¿No crees que ha llegado el momento de seguir nuestro propio camino de una vez? —La mirada de Kate rogaba su apoyo.

—Está bien, Kate. Seamos nosotros los que decidamos dónde buscar. Pase lo que pase, será nuestra decisión, nuestra responsabilidad. Estamos juntos, estoy contigo. —Patrick trató de transmitirle que creía en su propuesta. En ella.

Estaban deseando que ese extenuante caso terminase para ponerse a reordenar sus vidas. Necesitaban con urgencia un paréntesis donde hacer un sitio a sus sentimientos. Tan olvidados, tan despreciados por el día a día. Sus rupturas sentimentales los habían llevado a ese momento de la vida en el que te empiezas a plantear que te encuentras solo.

Pararon en una cafetería en el extrarradio de Amarillo para darse un respiro. Repostar. A veces es mejor hacer una pausa para observar si la dirección que se está siguiendo no tiene como destino la nada.

Ocuparon una de las mesas más tranquilas del local, junto a una pared de ladrillo naranja deslucido. En lugar de sillas había bancos opuestos con un acolchado bastante generoso. Tanto como para favorecer el sueño. Y sobre sus cabezas pendía una lámpara de metal oscuro y antiguo que ofrecía una luz amarilla mostaza. Sombras suaves y cálidas.

Patrick repasaba las anotaciones de su libreta y Kate tenía sobre la mesa diferentes informes. También sus pósits. Seleccionó tres aspectos que quizá valiese la pena investigar o utilizar.

—A ver qué te parece. Creo que todo está conectado: Kevin, Jack, el robo al Crédit Lyonnais y el Hombre del Coche, que es una parte clave del rompecabezas. Así que voy con él. Anika Svenson identifica a Kevin como autor de su violación e intento de homicidio. Sin embargo, los informes médicos revelan que no era el Hombre del Coche. Por lo tanto, Kevin está descartado.

—Tras descartar a Kevin, tenemos a Jack Miller —dijo Patrick.

—Exacto. Supongamos que Jack fue capaz de prever esos asesinatos y se hubiese desplazado hasta el lugar del crimen tal vez para tratar de evitarlos.

—Entonces, ¿no crees que fue él?

—Deja que termine, Patrick. Lo vimos en el callejón porque alguien hizo una llamada para denunciar ese crimen. Y ese alguien fue una mujer. Imagina por un momento que esa mujer está relacionada con el Hombre del Coche, ¡qué demonios!, imagina que esa mujer es el Hombre del Coche y que sabía que Jack estaba tras su pista y por eso realizó esa llamada de socorro, para incriminarlo y que le quitásemos ese peso de encima. No es del todo descabellado, ¿verdad? Aunque, por otra parte, Anika fue la víctima de un imitador, de Kevin, así que el Hombre del Coche no habría hecho la llamada, y así volvemos al principio y pensamos que la llamada fue anónima y circunstancial.

—¿Estás barajando que el Hombre del Coche sea una mujer? Pero si ya has visto cómo deja a las víctimas…

—¿Y? ¿Acaso han encontrado semen o algún otro tipo de resto biológico masculino? ¿Crees que solo un hombre puede penetrar a una mujer? Existen consoladores y muchos otros tipos de juguetes sexuales…

Patrick se sonrojó y Kate detuvo su exposición.

—Vaya, no lo había visto de esa forma, pero entra dentro de lo posible. Eso podría explicar el descomunal tamaño del miembro con el que se penetró a las víctimas.

—Ahí es donde quería ir a parar. No es un pene humano, por eso no tiene un tamaño humano. Es uno de esos penes protésicos con tamaños monstruosos que se utilizan en sesiones sado o BDSM, incluso como objeto decorativo…

—Y Martin Donovan nos dijo que no era necesariamente el mismo lubricante que se utiliza en los preservativos, aunque sí parecido.

—Eso es. Ahora supongamos que el Hombre del Coche es una mujer y que también se trasladó de Búfalo a Amarillo y tiene relación tanto con Jack como con Kevin. ¿Qué perfil crees que tendría? ¿Qué motivos podrían empujar a una mujer a hacerle algo así a otra?

Patrick hizo un esfuerzo por acercarse a esa realidad que se les escapaba.

—Está bien. Si quien lleva a cabo la violación es una mujer, podemos presuponer que no obtiene un placer físico durante dicho acto, dado que no hay estimulación directa de sus órganos genitales, ni tampoco disfruta del sufrimiento de la otra persona, dado que la víctima está drogada o muerta. Eso significa que el acto de la violación es simbólico, una forma de expresión o parte de una representación mayor. Por otra parte, el uso de un pene gigantesco contra una mujer pasiva podría representar una violación o abuso infantil. ¿Cómo crees que una pobre niña violada por un adulto debe de ver ese pene con relación a su diminuta cavidad vaginal?

—Gigantesco…

—Entonces, el Hombre del Coche es una mujer que de niña fue violada por un adulto. Por alguien con una superioridad física absoluta sobre ella, parecida a la que tiene nuestra asesina cuando droga a sus víctimas. Ahora supongamos que ese violador fue su padre, y que su madre, alguien cuyo estatus social era medio-alto como consecuencia de su matrimonio, hizo oídos sordos y se puso una venda en los ojos mientras su hija era violada en su propia casa, todo ello para preservar su estatus y la unidad familiar por encima de todo. Podría ser que nuestra asesina estuviese tratando de destruir públicamente un estilo de vida. Un modelo familiar basado en el patriarcado, solo que en lugar de castigar al hombre castiga a la mujer. Tal vez como forma de recriminar a su propio género la pasividad y permisividad que adopta ante una sociedad que continúa imponiendo una superioridad sexual que exige sumisión. El anillo de O podría ser un símbolo de esa sumisión.

Kate se quedó totalmente impresionada.

—No está mal. Eso explicaría muchas cosas. ¿Y la posición de las víctimas?

Patrick sonrió y Kate se sonrojó. Los dos recordaron cuando él afirmó que dicha posición podría ser determinante y ella lo despreció por no haber encontrado a todas las víctimas en esa postura.

—Sí. Debe de formar parte de la escenificación. Ahí, tal vez, es donde entra en juego el terreno personal. Ese mensaje puede que esté dirigido a una persona en concreto. A alguien a quien nuestra asesina trata de hacer daño o de llamar su atención. Este tipo de representaciones tan metódico y concreto están generalmente dirigidas a un destinatario capaz de reconocer el significado; en este caso, la particular indumentaria con la que viste a sus víctimas también formaría parte de esa representación, y eso nos conduciría a…

Kate vio algo en Patrick que la asustó e interrumpió su discurso.

—Patrick, ¿qué es eso que tienes en… tu oreja derecha? Gira la cabeza un momento.

—¿Qué tengo, Kate? Me estás asustando…

—Mierda, te está sangrando el oído derecho, ¿te encuentras bien?

Patrick se llevó una mano a la oreja y sus dedos se llenaron de sangre.

—Joder… Me encuentro bien. Cansado tal vez. Pero nada más.

—Vamos a que te vea un médico. Esto ya es demasiado.

—¿Un médico, ahora? Vamos, es solo una pequeña hemorragia —dijo Patrick tratando de mostrar tranquilidad mientras empapaba unas servilletas de papel.

—Está bien, pero prométeme que si te notas algún síntoma raro me avisarás, ¿de acuerdo?

—Te lo prometo, tranquila.

—Pues… última cuestión —dijo Kate sonriendo—. ¿Has pensado ya en alguna candidata? ¿Qué me dices de la hermana de Jack, o incluso de la hermana de Kevin? Las dos están en paradero desconocido, Wendy no tuvo una infancia fácil dado que su madre murió…

Kate se calló de golpe. Eso era. Ahí tenían la conexión.

—Ahí está, Kate. Es lo que estaba a punto de decirte antes. Supongamos que el padre de Jack y de Wendy abusó de ella de niña, y que su madre no hizo nada, volcada en un hijo con una enfermedad rara y un potencial tan grande como una maldita mina de oro. Y después, como ya sabemos, murió atropellada en extrañas circunstancias, dejando una imagen para el recuerdo de sus hijos. Con una indumentaria que es la de las víctimas de la Mujer del Coche…

—Eso es, Patrick…, tiene toda la lógica del mundo.

—Es solo una teoría.

—Una bastante lógica y perfectamente razonable. Incluso explica que Jack anduviera tras ella, siguiendo ese mensaje y tratando de atraparla, ¿no crees?

—Y a lo mejor también explicaría lo de la escopolamina. No sabemos si era Jack quien iba a recoger su medicación a la farmacia, o lo hacía su propia hermana.

—Antes de ponernos a buscar a Wendy, hay que llamar otra vez al Centro Nacional de Farmacovigilancia para preguntar si tienen registro de quién recogía la medicación de Jack Miller, también hay que resolver dos cabos sueltos. ¿Te has planteado que es posible que Viktor Svenson sepa que fue Kevin quien atacó a Anika y también lo que tiene planeado en la central nuclear? Antes de ir a por una Wendy desaparecida, sería útil hablar con Viktor seriamente.

—Estoy de acuerdo. ¿Y el último cabo suelto?

—En realidad no es un cabo suelto, sino un modo de prevenir algo que podría ocurrir. Se trata de Edward Rivers, Jennifer y compañía. Los que casi mataron a Kevin y encima lo humillaron.

—Pretendes protegerlos. Sí, supongo que una persona movida por la venganza siempre trata de restablecer el origen de su dolor haciendo pagar a aquellos que le hicieron daño.

—Entonces urge buscar a Wendy, urge hablar con Viktor Svenson…

—Y para advertir a los Rivers podríamos llamar a Dupont para que envíe a alguien a Nueva York.

—Me parece perfecto. Y ahora, ¿cómo encontramos a Wendy?

—Tal vez encontrando a Jack…

Kate supo de inmediato qué estaba pensando: el mensaje de Jack indicándoles su posición. El Last Days Inn.

—A ver qué te parece, este es el plan: damos aviso a la central sobre los Rivers, vamos a hablar con Viktor y, mañana por la mañana, si no ha pasado nada que cambie nuestro rumbo, visitamos el Last Days Inn, ¿te parece?

Patrick le respondió con una bonita sonrisa.

Recogieron todos los documentos que tenían sobre la mesa de la cafetería y sintieron que estaban a punto de hacer que las piezas encajasen.

PARTE IV

ARLINGTON

21

LAS SERIES FINALES

1

A Kevin se le cayeron las lágrimas cuando Andréi le dijo que el proceso había terminado. La noche se le había hecho larga como un lunes de trabajo. Dolor de muñecas y, sobre todo, dolor al respirar. Pero había conseguido su objetivo y estaba pletórico. Pronto los primeros rayos de la mañana iluminarían su guarida. Saltos. Gritos de tensión acumulada. Carcajadas. La gorra de los Giants surcando su laboratorio de operaciones. Las tres partes en las que estaba dividida la bomba estaban listas para su ensamblaje. La cabeza, el cuerpo y la cola pronto le darían forma al arma perfecta. A su «poder de negociación».

Andréi y el resto del grupo ruso Kran salieron de Pantex Plant mostrando su autorización al vigilante Henry Sullivan. Autorización elaborada a la perfección por el propio Kevin sin levantarse de su estudio. Henry constató que la autorización concedía permisos para deshabilitar diferentes máquinas destinadas al reciclaje y para el uso de equipos y materiales de las instalaciones de Pantex. Actividad no muy común, pero que sí se realizaba con relativa frecuencia para abaratar costes e impuestos indirectos y al mismo tiempo ir reduciendo el excedente de equipamiento y maquinaria que estaba totalmente fuera de servicio y se degradaba día a día por su propia inactividad. Al menos de esa forma se contribuía a poner en circulación materiales destinados a la obsolescencia por desuso y también se aprovechaban los beneficios fiscales que suponía participar en dicha política de reciclaje. Así que la triste realidad de todo el asunto era que camiones como los del grupo Kran desfilaban sin parar ante los ojos de Henry Sullivan, siempre y cuando mostrasen su debida autorización, ¿por qué iban a tener que sospechar?

Kevin esperó impaciente hasta que Andréi en persona le hizo entrega de las tres partes de la bomba. El tamaño final no era demasiado grande, al menos no si se comparaba con los misiles de armamento militar. Las tres partes cabían en una maleta de un metro por setenta. Exterior de aluminio y revestimiento interior en espuma de poliuretano inyectada, con refuerzos de metacrilato para los tres compartimentos. Kevin se había asegurado de construir una bomba que solo él sabía cómo ensamblar y cómo detonar. No se hubiese arriesgado nunca a que los rusos trataran de venderle la bomba a un tercero. No se fiaba de ellos.

—¿Puedo preguntar una cosa? —dijo Andréi con su marcado acento.

—Depende —respondió Kevin con ganas de perder al ruso de vista.

—¿Tus asuntos tienen algo que ver con esta ciudad? ¿Tengo que darme prisa en salir?

—Tienes que darte prisa, sí. Y tienen que ver con todo el maldito estado de Texas.

Andréi se fue con el dinero y Kevin cogió su maleta, guardó sus papeles y su atrezo en una mochila, y abandonó Golden Fields por esa salida de emergencias que comunicaba los dos pisos.

A lo lejos distinguió uno de esos largos coches negros

junto a la portería de Nick Bullit. De su interior salieron tres hombres con un aspecto tan terroríficamente duro como un desahucio familiar. Pero no tenía ni un minuto que perder para llegar con tiempo a su penúltima parada. Un abandonado taller mecánico que había comprado hacía dos días cuando descubrió que su hermana Mía estaba traicionándolo y supo que necesitaba un refugio que ella no conociese: «Reparaciones Larry. Neumáticos y servicios para su coche». Llevaba veintitrés años cerrado debido al desvío de la interestatal 35. Algo parecido a lo que le pasó al Bates Motel.

Kevin siempre deseó tener un taller, desde que era un niño, y se puso rápidamente con el montaje de su cabeza nuclear. Le llevó mucho más tiempo del que esperaba. Horas de tensión, sudor frío y miradas constantes a las puertas de entrada de ese taller abandonado. Su paranoia estaba empezando a ser tan poderosa como la mordida de un tiburón. Pero sentía que nada ni nadie lo podía parar. Era invencible. En ese momento tuvo una revelación espiritual: se dijo que si existía algún dios, si había alguien organizando todo aquello, ese alguien apostaba por Kevin, ese alguien quería a Kevin y ese alguien estaba haciendo todo lo posible por que ganase Kevin. De nuevo, las lágrimas humedecieron su cara. «Te quiero, Dios», dijo mirando al techo del taller. Y lo dijo muy en serio.

Observó todo cuanto había a su alrededor. Picor de ojos. Se quitó la gorra. La cabeza empapada de sudor ácido. Como en el estómago del cambio climático. Mano a la placa de titanio. Sonrisas y lágrimas. Apenas había tenido tiempo de disfrutarlo, pero Reparaciones Larry era un sueño hecho realidad. Un montón de herramientas a su disposición, cuatro bancos de trabajo. Cuatro columnas elevadoras de coches. Varias desmontadoras de ruedas. Equilibradoras. Plataformas de derrame de aceite. Sistema de aire a presión y depósito privado de gasolina. Una pequeña prensa y muchas otras cosas más que hubiese escudriñado muy a gusto de haber tenido tiempo. Pero no lo tenía. Así que se quedó tan solo con esas maravillosas vistas para el recuerdo.

Adosó la bomba mediante dos potentes electroimanes al juguetito que guardaba bajo una lona en el fondo del taller. Un dron de grandes dimensiones al que había bautizado Black Lamb. Comprobó que los *displays* de la consola de control que se iba a colocar en su brazo izquierdo a modo de brazalete funcionaban y que el dron respondía a sus órdenes y los receptores no tenían fallos. Introdujo el destino del dron y puso el contador del detonador en marcha. Sus ojos se abrieron y la boca se le hizo agua.

En unas horas, el yacimiento de gas natural recién encontrado en el condado de Reeves se convertiría en una de las bombas naturales más grandes de la historia cuando la ojiva nuclear de Kevin explotase en él. La extensión subterránea del yacimiento era de más de cien kilómetros. La detonación no solo provocaría miles de muertes en el condado de Reeves, sino también la desolación en gran parte del estado de Texas debido a las fatídicas consecuencias de la explosión nuclear unida al gas y al petróleo, que provocaría un terremoto de una magnitud que estremecería los cimientos de medio estado. La tierra se resquebrajaría y la sociedad estadounidense le vería las nauseabundas tripas a su estilo de vida.

Se aseguró por última vez de que cada elemento estaba en orden. Había instalado un sistema de control remoto vía satélite, eso le permitía manejar el dron a una gran distancia.

Abrió las puertas de Reparaciones Larry de par en par y echó el dron a volar dándole un tierno beso. Ya eran cerca de las dos del mediodía. Se caló la gorra de los Giants, se colocó la escayola falsa sobre el brazo izquierdo para tapar la consola de control y, antes de salir en dirección al lugar donde lo esperaba el jet privado que lo haría volar hasta su glorioso destino, emitió el mensaje que durante tanto tiempo había deseado difundir.

La exigencia de su venganza.

2

La noche había sido intensa. Apenas habían dormido unas horas y lo hicieron por puro agotamiento. Aun así, fue un sueño de muy mala calidad debido a la gran cantidad de excitantes que llevaban en el cuerpo y al estado de tensión en el que se encontraban.

El Centro Nacional de Farmacovigilancia les confirmó que, efectivamente, la escopolamina recetada durante muchos años a nombre de Jack Miller la recogía su hermana, Wendy Miller. A pesar de ello decidieron priorizar la investigación del atentado terrorista con armas nucleares.

La conversación mantenida con Viktor Svenson no había ido demasiado bien. Desgaste. Gran pérdida de valiosas y escasas energías. Viktor se había cerrado en banda e incluso había amenazado con denunciarlos y poner toda su maquinaria legal contra ellos por un delito contra la intimidad. Aunque finalmente consiguieron acercar posturas y sí extrajeron una información útil.

Cuando mencionaron a Kevin en relación con la agresión de su mujer y le explicaron sus extorsiones, Viktor pareció suavizar su actitud y mostrar un poco de confianza en el cuerpo de Policía, algo de lo cual carecía por completo desde hacía años.

Les confesó que antes de la violación de Anika, una persona le había estado tratando de extorsionar para conseguir cierta cantidad de uranio enriquecido. El extorsionador creía que Viktor tenía la posibilidad de acceder a ese uranio gracias a sus relaciones con los rusos y con antiguos proveedores de Pantex Plant, de la que fue directivo. Viktor no accedió al chantaje porque esa había sido siempre su política. El resultado había sido la pobre Anika al borde de la muerte y tratando de superar algo que nunca jamás olvidaría.

Cuando Kate le preguntó si hubiese podido conseguir el uranio, Viktor, con una mirada orgullosa y altiva, respondió que por supuesto que sí. Habría podido si hubiese querido. Él podía ser muchas cosas, pero no participaba en actividades terroristas.

Le agradecieron su colaboración y le rogaron que si se enteraba de dónde estaba Kevin se lo dijera, ya que le hicieron saber que eran conocedores de que estaba llevando una búsqueda por su cuenta. Viktor asintió con solemnidad y antes de marcharse le dijeron, de forma sutil, dónde podía empezar a buscar: el piso de Golden Fields. Con ello se aseguraban de no dejar el cabo suelto de la información que Jack les había pasado y al mismo tiempo no participarían activamente en seguir una pista que les había dado una de las personas más buscadas del país. Algo que no hubiesen permitido sus superiores sin una orden judicial y tras haber acordonado bien la zona, con el retraso de tiempo que supondría.

Clark Dupont los informó de que los Rivers estaban perfectamente en su casa con sus dos hijas, a punto de disfrutar de un bonito día en familia. Si ellos no eran el objetivo de Kevin, ¿cuál era? ¿Destrucción sin más?

Habían seguido la ruta que se habían trazado y se sentían satisfechos, al menos habían sido fieles a sí mismos y habían seguido su propio camino, como Kate había insistido. La próxima parada era el Last Days Inn.

Esa visita sí suponía confiar en un sospechoso en quien Patrick ya creía ciegamente. Se ponían en manos de esa persona a la que apenas conocían, pero que, desde el más absoluto silencio, había conseguido despertar en ellos una fascinación.

De camino, Patrick trató de encontrar alguna prueba o pista de que Wendy estuviera alojada allí. Desde la obligatoriedad de la identificación personal en los hoteles, era imposible registrarse sin presentar un documento oficial. Patrick estaba comprobando el listado de clientes que le había pasado el hotel. Evidentemente, no encontró a ninguna Wendy Miller. También les había pedido que echaran un vistazo a los coches aparcados en las afueras del hotel o en el garaje propio en busca de un Volvo S90 blanco. La respuesta fue negativa.

—Patrick, ¿has probado con la madre de Jack y de Wendy?

—¿Que si he probado qué?

A Patrick se le daba bien realizar perfiles y elaborar razonamientos deductivos, pero Kate tenía esa chispa, esa energía que hacía el contacto necesario para poner en marcha los engranajes de sus pensamientos. Ella era quien le indicaba, con sus preguntas e inquietudes, hacia qué dirección dirigir su pensamiento lógico.

—Tal vez a Wendy se le podría haber ocurrido registrarse con el nombre de su madre, ¿no crees? A modo de homenaje o de comunicación secreta con Jack. ¿No decías que los asesinos en serie suelen dotar de significado sus acciones?

—Excelente razonamiento. Buscaré por su nombre de soltera, Rebecca Woods.

Desde el hotel le habían adjuntado un archivo electrónico y a Patrick no le estaba resultando nada sencillo buscar en la pantalla de su teléfono móvil.

—No sé cómo demonios no tienen esto ordenado alfabéticamente, debería ser obligatorio... ¡Lo tengo, Kate! Se aloja nada más y nada menos que en la suite familiar, imagino que debe de ser como un miniapartamento.

—Depende de qué entiendan por una familia normal en Texas.

Ya estaban llegando al Last Days Inn. Patrick dejó su libreta de anotaciones y su teléfono móvil. No le había dicho nada a Kate para no asustarla, pero la oreja derecha le volvía a sangrar. Y tenía un dolor de cabeza más fuerte de lo habitual, pero nada más.

Apenas unos minutos después estaban aparcados frente al hotel. Los dos comprobaron que tenían su arma reglamentaria cargada y en su sitio y se miraron. Tenían la certeza de que el encuentro no sería lo que suele entenderse por pacífico. Patrick miró su reloj de pulsera. Las dos del mediodía.

Abrieron las puertas del coche y, de nuevo, un imprevisto ajeno interrumpió su operación. El teléfono móvil de Patrick empezó a sonar. Kate lo miró apremiándolo con la mirada: «Ya no me importa si siempre te llaman a ti y no a mí».

—Es el jefe Dupont —dijo Patrick.

—Patrick, por lo que veo no te has enterado, ¿verdad? —La voz de Clark denotaba fatiga. Definitivamente sí empezaba a notar la edad.

—¿Enterarme de qué?

—Un colgado que, si no me equivoco, es uno de los desaparecidos en Búfalo tras el robo al Crédit Lyonnais, acaba de emitir en directo ante todo el maldito país un comunicado por medio de un canal vía satélite. ¿Tiene algo que ver con la central nuclear que fuisteis a ver ayer? El caso es que ha pirateado la señal y me han dicho desde Langley que no hay quien lo mueva de ahí. Ese canal solo emite lo que quiere ese chalado. Bueno, más que un comunicado, la emisión era una amenaza. Hará algo muy muy feo si no se cumple lo que pide. A nosotros, a los Estados Unidos de América —La voz de Clark se apagó al final como el último rescoldo de una hoguera un día de lluvia. Para él, amenazar a su país era mucho peor que amenazar a su madre.

—¿Qué es exactamente lo que pide y con qué ha amenazado?

Patrick ya se imaginaba que era Kevin y su bomba nuclear. No podía creer que estuviese sucediendo el peor de sus temores.

—Te envío el vídeo por correo. Mientras, podéis ver el Daily News Tv en su web. Llámame en cuanto lo veas.

Kate y él se quedaron mirándose con el pánico asomando por el balcón de sus ojos. No podían adivinar qué exigía Kevin.

El móvil de Patrick emitió la notificación de nuevo mensaje recibido y los dos pegaron sus cabezas a la pantalla para saber lo que Kevin tenía que decirle al mundo.

3

—Te he dicho que te despiertes de una maldita vez y que dejes de hacerte la dormida, estúpida.

Wendy abofeteó con fuerza a Mía, que parecía estar a punto de perder la conciencia. Apenas le salía un hilo de voz y parecía tratar de llevarse las manos al pecho, como si le faltase el aire o sintiera una gran opresión. El color de su piel se había vuelto azulado durante la última hora. En sus párpados y a lo largo de todo su cuello se habían empezado a dibujar finas venas entre el rojo y el morado.

Tras toda la noche en vela, no se habían presentado ni Jack ni Kevin, y ya era de día, pero Mía no despertaba. Nada estaba saliendo como ella quería. El sufrimiento de Mía tenía que ser el sufrimiento de Jack, pero ¿dónde demonios se había metido su hermano? ¿Es que tampoco le importaba la perra? Estuvo tentada de enviarle un nuevo mensaje. Incluso de llamarlo. Pero eso hubiese denotado debilidad. Y ella ya no era vulnerable. Así que cogió su teléfono móvil y, para evitar tentaciones, lo hizo añicos contra una pared de la suite.

—¿Qué demonios tratas de fingir? ¿Crees que me voy a tragar que te pasa algo? ¿Acaso piensas que no sé de sobra cuánto duran los efectos de esta maldita droga? Es porque aún confías en que el tarado de tu hermano o tu querido Jack van a venir a rescatarte, ¿verdad? Todavía no te has dado cuenta de lo sola que estás, pero eso que haces es justamente lo que odio. Piensas, esperas y deseas que sea un hombre quien venga a salvarte, ¿no es así? Ni se te ha pasado por la cabeza considerar que a lo mejor tú misma podrías haber hecho algo por evitar esta situación. Pues te diré algo: como en cinco minutos no abras tus malditos ojos, te juro que te voy a torturar de tal forma que me rogarás que te mate, ¿me has oído? ¿Me has oído bien, maldita perra?

Wendy estaba totalmente fuera de sí. Con Mía tenía que hacer algo diferente al resto de sus víctimas, porque ella era la última, su despedida. Debía sentir el dolor que ella padeció cuando era pequeña a manos de su propio padre, tenía que cerrar ese círculo de sufrimiento. Pero Mía no parecía estar muy por la labor de ser testigo de esa experiencia, tal y como Wendy quería. La había golpeado con fuerza, le había gritado, se había desahogado con ella, amenazado con hacerle cosas terribles, todo con tal de que se despertase, pero en el fondo sabía que Mía no estaba fingiendo.

Algo le estaba ocurriendo que parecía estar matándola antes de tiempo. Tal vez un problema pulmonar, o cardíaco. Tal vez fuese alérgica a la escopolamina y estuviese sufriendo algún tipo de *shock* o de extraña reacción frente a esa potente droga. En cualquier caso, estudiar las contraindicaciones en el uso de la escopolamina, o preguntarle a Mía si era alérgica a algún medicamento o padecía alguna dolencia previa no entraba en sus planes. Si Mía se estaba muriendo, tendría que darse prisa para que sintiese todo el horror que pudiese antes de irse al mundo de los sueños eternos.

Se ajustó el arnés de cuero con el monstruoso pene protésico y se aseguró de que Mía tenía tanto las piernas como los brazos perfectamente encadenados a la estructura de forja de la cama principal de la suite.

—Ha llegado tu hora, Mía, ha llegado el momento de que veamos de qué estás hecha, de qué estamos hechos todos nosotros.

4

Jack abrió los ojos totalmente desorientado. Tardó unos instantes en ubicarse y en hacerse una idea del tiempo que llevaba inconsciente. En su último recuerdo era de noche y en ese momento los rayos de sol lo inundaban todo. Un fuerte y doloroso pitido hizo que se llevara las dos manos a los oídos.

Lo primero que reconoció fue el elegante salpicadero del S90. Y lo último que recordaba era que se dirigía a…, sus pensamientos volaron rápidamente hacia Mía. El miedo se apoderó de él. Su hermana podía haber tenido tiempo de hacer muchas locuras.

Trató de salir del coche y se acordó de la Voz. De que había vuelto. Esa voz de su interior era la que lo había paralizado, la que había impedido que subiera a la extraña reunión familiar a la que su hermana lo había convocado. Ya había tomado el control de su cuerpo en al menos un par de ocasiones más: la Voz había hecho que se quedase totalmente parado justo antes de que le ocurriesen cosas malas. Eso era a lo que Jack llamaba «lo malo». También recordaba que le había dicho que ella fue quien lo había parado el día que murió su madre. ¿Qué era realmente esa voz en su cabeza? ¿Una segunda conciencia? ¿Una disociación de su personalidad? ¿O simplemente una enfermedad mental?

«Jacky, Jacky, Jacky. ¿Por qué no lo dejas de una vez? Te he dado, ¿cuántas? ¿Cien oportunidades? Quizá más. Pero tú te empeñas en hacer siempre aquello que yo te digo que no hagas. ¿Sabes una cosa, Jacky? A partir de ahora van a cambiar mucho las cosas, porque a partir de ahora mando yo, ¿entiendes?»

«Cállate y déjame en paz. Tú no eres real. Tú no eres quien decide. Y tú nunca has hecho nada por mí. Tú solo eres una parte de mi estúpido y maldito ego que no quiere morir. Que solo quiere sobrevivir a toda costa, sin importarle nada ni nadie.»

«Oh, Jacky. Pero qué ingenuo y qué gracioso eres. Que no puedas verme no significa que no sea real. La gente no es capaz de ver casi nada, de entender por qué pasan las cosas, y eso no significa que dejen de pasar, ¿verdad? Oh, Jacky. ¿Cómo me has llamado? ¿Ego? No sabes lo equivocado que estás...»

«Te he dicho que te calles. Tú solo eres una maldita voz dentro de mi cabeza, así que te ordeno que te calles de una maldita vez.»

«Jacky...»

«¡No quiero volver a oírte nunca! ¡No te necesito! ¡Sal de mi vida, ya!»

Jack gritó con fuerza y, a pesar del punzante dolor de cabeza que eso le provocó y los penetrantes pitidos en sus oídos, consiguió acallar a la Voz y salió decidido del coche.

Esa siniestra parte de él solo le había traído problemas.

Era como tener que convivir con una persona totalmente opuesta a él dentro de una misma cabeza, sintiendo que cada día el espacio para compartir se estrechaba más y más.

Localizó la escalera de emergencias. Parte trasera del hotel. Mediodía. Alzó la vista y vio las siete ventanas de la última planta. Estaban iluminadas desde el interior, luz anaranjada, cálida. Jack casi podía sentir el rumor de la temperatura de color desde allí afuera. Esa debía de ser la suite familiar.

Subió como pudo, poco a poco. «Escalones de huella estrecha. Fabricados en acero galvanizado reticulado. Arranque ligero y estable y escapada total de cuarenta metros.» Las piernas parecían pesarle; las manos, frías y espasmódicas, se aferraban al pasamanos para no caer rodando. Su mirada estaba envuelta en una bruma blanca y espesa. Demasiadas horas sin descansar, sin dejar de sangrar. Sin dejar ni un solo instante de pensar.

La puerta de emergencias de la última planta estaba entreabierta. Alguien había dejado pegada una pelota de chicle en el cierre de liberación automática fabricado en aluminio de baja densidad. Alguien que probablemente utilizase esa puerta para entrar con total libertad sin necesidad de pasar por la principal. Tal vez alguien del personal, tal vez un amante, tal vez alguien que aprovechaba esa salida para fumar al aire libre.

Cuando accedió al pasillo de la séptima planta los ruidos que lo acompañaban se callaron de golpe, como si esa alborotadora compañía de su cabeza se hubiese quedado en la calle. Tan solo oía el débil repiqueteo de su corazón, que parecía estar esculpiendo sobre su piel, arterias y venas la última partitura que tocaría, tal vez un réquiem de despedida.

Había tan solo cuatro puertas. Cuatro suites. Arrastró sus pies por la lujosa moqueta. «Cien por cien lana virgen. Altura de la felpa de siete milímetros. Tensada sobre capa de fieltro y fijada al suelo mediante barras de anclaje estilo suizo.»

Se detuvo frente a la puerta más lujosa. «Fabricada con teca de Birmania, marqueterías de palo santo y detalles en aluminio envejecido.»

Jack cerró los ojos de nuevo, como tantas veces había hecho. Inspiró con profundidad. Llenando sus pulmones de aire, de vida. Necesitaba concentrarse por última vez, encontrar la pauta adecuada.

Un. Dos. Tres.

La puerta estaba abierta. Solo tuvo que girar el pomo y empujar con suavidad. Parecía que Wendy la hubiese dejado así para que no tuviese ningún problema para entrar, o tal vez porque creía que su hermano jamás se presentaría y ni se había molestado en cerrar con llave.

Avanzó tratando de no hacer ruido. Su corazón seguía tensando sus paredes como la cuerda de un arco a punto de soltar su última flecha. Todo parecía en calma. En un perturbador y extraño silencio. Pero enseguida empezó a oír un gemido ahogado, que se repetía a intervalos de un segundo. Llegó hasta el dormitorio principal y allí pudo ver una imagen que le heló la sangre. El golpeo de tambores en su corazón se detuvo en seco.

Mía estaba tumbada sobre la cama con sus cuatro extremidades encadenadas. Parecía estar sufriendo algún tipo de colapso. Estaba ahogándose. Estaba sufriendo la falta de oxígeno y de sangre, y también lo que Wendy le estaba haciendo.

Su hermana estaba montada sobre Mía, vestida en cuero negro y con un espantoso arnés atado a la cintura. Hebillas y tachuelas plateadas. Cierres ajustados, y justo en el centro, un gigantesco pene protésico con el que trataba de penetrar a Mía a la fuerza. Con extrema violencia.

—¡Wendy! ¡Aléjate de ella ahora mismo!

Wendy reparó en él y dibujó una sonrisa siniestra, malvada, abyecta. La presencia de su hermano no hizo más que alimentar la fuerza y el empeño en la agresión. Mía apenas emitía débiles quejidos, sus ojos parecían haberse dado la vuelta y estar mirando directamente al vacío. Apenas consciente, apenas con vida. Su estado era alarmante.

Jack se lanzó sobre el cuerpo de Wendy, pero, antes de que llegase hasta ella, su hermana sacó una fina y larga daga que tenía sobre el colchón y le apuntó a la cara. Jack se detuvo a escasos milímetros de ese acero de doble filo con una hoja de apenas dos milímetros de espesor.

—Baja ese cuchillo, Wendy. ¿Qué es lo que quieres? ¿A mí? ¿Me quieres a mí? Pues aquí me tienes. Pero deja a Mía, suéltala. Esto es algo entre tú y yo. ¿No? ¿No era esto una reunión familiar, Wendy? Mía necesita un médico con urgencia. Se está ahogando.

Wendy lo escuchó con una sonrisa triste y perdida. Nunca la había visto tan desesperada. Se separó de Mía y se deshizo del arnés y el pene protésico sin dejar de apuntar a Jack con el cuchillo.

—Ni se te ocurra intentar nada —dijo Wendy apretando los dientes.

Jack reparó en las manchas de sangre bajo el cuerpo de Mía, a la altura de su entrepierna. Laceraciones y desgarros de gravedad indeterminada.

—¿Qué demonios le has hecho, Wendy? ¿Qué demonios te pasa?

Wendy hizo esfuerzos por contener su ira un poco más. Necesitaba decir antes de nada todo lo que quería.

—¿Qué demonios me pasa? ¿Lo pregunta el que se ha pasado media vida hablando solo? Nunca en la vida se ha preocupado nadie por mí. Nunca nadie dijo ni hizo nada cuando papá empezó a abusar de mí, cuando la sangre que brotaba era la mía y las sábanas manchadas las de mi cama...

—Wendy, yo no tenía ni idea de que papá...

—Cállate. Tú, el chico de la inteligencia prodigiosa, el chico que podía ver incluso el futuro, ¿no sabías lo que le hacían a tu hermana en tu propia casa delante de tus narices? Jamás te ha importado si las personas que tenías a tu alrededor estaban viviendo un verdadero infierno. Lo único que te ha importado siempre han sido los números..., ¡por Dios...!, eres igual que mamá. Tan volcada con que su hijo sería una de las mentes más brillantes de la historia que no oía por las noches los gritos de socorro de una niña de siete años, su propia hija...

—Wendy, deja ese cuchillo y hablaremos de lo que quieras. Te juro que nunca supe...

Las lágrimas rodaban por la cara de Wendy. Sus párpados, al igual que la mano con la que sostenía el cuchillo, temblaban.

—Vale, Wendy, asumo mi culpa. Tienes razón, no soy más que un egoísta que siempre se las arregló para absorber la atención de mamá y de los demás. Sé que por mi culpa no tuviste una infancia normal, ahora lo sé, Wendy, y te pido perdón por no haberlo visto, te pido perdón por lo que te hizo papá y por no haberme dado cuenta. Lo siento, Wendy, de verdad, te ruego que me perdones y que me permitas arreglar esto... Todavía podemos arreglarlo... tú y yo, sabes que soy capaz de lo imposible...

Wendy vio que los ojos de Jack también estaban enrojecidos. Era la primera vez que veía a su hermano sintiendo de verdad lo que le decía. Asintió con la cabeza viendo cómo Jack se acercaba a ella lentamente.

—Vamos, Wendy, deja ese cuchillo y suelta a Mía para que pueda verla un médico, después podremos marcharnos, ¿te parece bien?

El rostro de Wendy se endureció de nuevo cuando le oyó nombrar a Mía. Todo ese veneno que la invadía volvió de nuevo a su epicentro.

—Eres un hijo de puta mentiroso. Me has estado mintiendo y tratando de engañar otra vez. —Wendy negó con la cabeza mientras apretaba la daga con fuerza—. La perra se queda. La perra tiene que morir. ¿De verdad me quieres? Pues demuéstramelo. Es a mí a quien tienes que elegir, estúpido, no a ella. Elígeme a mí y puede que llegue a perdonarte…

—Wendy, Mía no tiene la culpa de nada, deja que se vaya, por favor…

—Claro que la tiene. Igual que mamá e igual que todas las demás. Ellas son las que les han permitido a los hombres como tú y como papá llegar hasta donde habéis llegado. Ellas, las que han consentido, se han tapado los ojos y cerrado la boca ante el horror que habéis sembrado a lo largo de la historia. Esclavizándose ante hombres que ni tan siquiera les hacían sombra. Solo porque tenían dinero y poder, el mismo que nos habéis estado robando a nosotras toda la vida. Creéis que sois vosotros la jodida fuerza motriz del planeta Tierra, pero somos nosotras. Nosotras, las que tenemos la capacidad de crear vida en nuestro interior. Vosotros solo sois la crueldad y el pánico, la variable que sobra en esta maldita ecuación de maldad y de terror. ¿Te preguntas por qué hago esto? A vosotros está visto que nada ni nadie os puede cambiar, pero a nosotras… Somos nosotras, las mujeres, las que tenemos que despertar, las que tenemos que ser nuestras propias redentoras. Por eso lo hago, para que todas despierten de una maldita vez y vean que no somos las esclavas de nadie ni vosotros los dueños de nada. No necesitamos ni la compasión ni que ningún hombre decida que somos iguales o que ha llegado el momento de dejar de tratarnos como un jodido objeto, un juguete que romper o una muñeca que utilizar a su antojo.

—Está bien, Wendy. Estoy de acuerdo contigo…

Jack se creía capaz de reconducir a Wendy, de calmarla, pero Mía emitió una ruidosa inspiración. Su espalda se arqueó y sus brazos y piernas empezaron a dar pequeñas sacudidas. Estaba convulsionando.

—No te lo volveré a repetir, Wendy, libera a Mía, tiene que verla un médico inmediatamente.

—Ella es igual que las demás. ¿Acaso crees que te quiere? Ella solo quiere tu dinero, estúpido, ¿no viste cómo te engañó una vez? Yo te ofrecí mi corazón, Jacky, algo que nunca nadie hizo antes por ti…

Jack vio que su hermana se llevaba la mano izquierda a la cara para limpiarse las lágrimas y aprovechó para abalanzarse sobre ella. Mía se estaba muriendo. La Chica del Semáforo. Wendy trató de alcanzarlo con la daga, pero Jack se agachó justo a tiempo, aunque perdió el equilibrio aterrizando en el regazo de su hermana, que no pudo evitar caer de espaldas. Wendy cogió la daga con las dos manos y alzó los brazos. Jack la miraba con ternura, con verdadero amor, con nostalgia, con una intensa y trágica melancolía por esos días que se perdieron para no volver nunca más. Wendy soltó un ensordecedor grito de rabia y bajó los brazos con todas sus fuerzas.

No intervino la Voz, ni tampoco el propio Jack. Fue algo más bien animal, primitivo e instintivo. Justo cuando el cuchillo se iba a clavar sobre el cuello de Jack, rodó hacia un lado tan rápido que Wendy no tuvo tiempo de detener su propio movimiento. Los quince centímetros de acero se clavaron en su pecho, justo en el centro. La hoja entró con tanta facilidad que apenas la sintió. Apenas fue consciente de lo que acababa de pasar.

En cuanto Jack recuperó su posición y vio a su hermana en el suelo con la daga clavada hasta la empuñadura, corrió hasta ella. No podía dejarla morir.

—Dios mío, Wendy, aguanta, por favor, aguanta.

Ella parpadeó un par de veces y negó con la cabeza. En sus ojos había dolor, había miedo, había descanso. Incomprensión. Se dijo que aquel era un mundo de locos del que estaba a punto de marcharse sin haber entendido absolutamente nada. Dejó de moverse apenas un par de segundos después. Y Jack, por primera vez en su vida, rompió a llorar.

—Lo siento, Wendy, no te mueras, por favor… —Jack se abrazó a su hermana y trató de incorporarla, tal vez si llamaba rápidamente a una ambulancia todavía se pudiese hacer algo.

Pero, tras él, Mía volvió a emitir un gemido quejumbroso. Como un buque encallado zambulléndose en el más inhóspito océano.

Dejó a Wendy con cuidado sobre el suelo y se levantó para ver en qué estado se encontraba Mía. Tenía que vivir por todos los medios. Ella, la Chica del Semáforo, era la nueva esperanza. El nuevo brote que haría funcionar el Proyecto Vida. Era la última variable de la ecuación.

—Mía, estoy aquí, todo ha terminado, aguanta un poco más.

Fue a registrar en los bolsillos de Wendy para buscar las llaves de los candados con los que había sujeto las cadenas y no tuvo tiempo de ver ni de oír nada. Su hermana había conseguido levantarse y se había sacado los quince centímetros de daga del pecho, que ahora descansaban en el interior de Jack. Fue tan rápido como un fugaz pensamiento. Del pecho de Wendy salía una imponente cascada de sangre. Trató de decir algo, pero al coger aire su boca se llenó de sangre burbujeante. Sus ojos se abrieron de par en par, los de Jack también. Wendy sacó el cuchillo del cuerpo de Jack y lo dejó caer. Se abrazó a su hermano con fuerza y los dos cayeron en un charco de sangre. Sangre de su propia sangre.

Jack empezó a sentir cómo su corazón, de forma paulatina y pausada, desaceleraba, aminoraba la marcha. Esa era la primera y la última parada que haría en toda su vida. Parpadeó un par de veces mientras sentía cómo la respiración y el cuerpo de Wendy, sobre él, también se apagaban. Sobre su cabeza, emergiendo entre una espesa bruma, planeó una terrible pregunta.

«Entonces, ¿así es como termina todo?»

Sí. Así es como termina todo.

Absolutamente Todo.

5

«¿Quién soy yo? Bueno, eso ya ha quedado claro que al mundo poco le importa, aunque si os apetece ponerme un nombre, podéis llamarme "Ese que cambió la historia". Os preguntaréis qué quiero. Es muy sencillo y creo que tiene toda la lógica del mundo. Hace unos años, fui víctima de la agresión más brutal y humillante que os podáis imaginar. Fui escupido, pateado, golpeado y ultrajado hasta que mis torturadores me dieron por muerto y me echaron a un contenedor como si fuese una maldita bolsa de basura. Y todo esto, ¿sabéis por qué? Por diversión. Porque esa gente con dinero se sentía tan sumamente infeliz y vacía que no encontraron nada mejor que hacer para satisfacer sus ansias de poseer y de conquistar que destruir una vida humana. Destrozándola no solo por fuera, sino también por dentro. Como podéis ver, por suerte o por desgracia, no morí aquel día. Aunque sí me pasé unos cuantos meses en el hospital, concretamente hasta que se fusionó correctamente la placa de titanio que tuvieron que ponerme en la cabeza para que mi cerebro no se me cayera al suelo cada vez que me pusiese de pie.»

Kevin se giró para que el espectador pudiese ver bien un primer plano de la placa de titanio.

«Los médicos me aconsejaron que era mejor que no se viera, que podía infectarse. Me propusieron realizar implantes múltiples de piel, una piel que arrancarían de mis brazos, piernas y caderas. Pero yo insistí en que no lo hicieran porque no quería olvidar ni un solo segundo de mi vida lo que me habían hecho, quería poder ver y tocar cuando quisiera mi humillación, mi desgracia. De ella es de donde nace mi fuerza. Mi esencia.

»Los denuncié a todos. A diez personas de buena familia y con una cantidad de dinero tan grande como para no tener que trabajar más en su vida ni ellos ni sus hijos. Diez chicos y chicas que no dudaron en negarlo todo y en denunciarme a mí por injurias y por atentar contra su dignidad, honor e imagen pública. Sabéis quién ganó el juicio, ¿verdad? Tuve que estar medio año limpiando y arreglando sus jardines como parte compensatoria por los "daños morales" ocasionados. Después de las graves lesiones que sufrí tuve que pasar por esa tormentosa humillación porque el juez estimó que no tenía pruebas concluyentes contra ellos…

»En fin. No haré esto más largo. Quiero que sepáis que el mundo en el que vivimos es un verdadero asco, para los que todavía no se hayan enterado. Que la justicia no es igual para todos, y que este mundo está gobernado y dirigido por personas que se creen capaces de doblegar al resto a su antojo. Pues os diré algo, ha llegado el momento de que todo cambie, ha llegado el momento de que seáis testigos de ver cómo hoy todo va a cambiar.

»En estos momentos, como podréis ver en las imágenes que emitiré a continuación, sobrevolando nuestras cabezas hay una bomba nuclear que está de camino hacia un lugar del cual solo puedo decir que hará que retumben y se estremezcan los cimientos de esta podrida nación.

»La cuenta atrás ya ha sido puesta en marcha, quedan menos de seis horas para que todo explote, y solo hay una forma de pararlo. Una que, como decía al principio, tiene toda la lógica del mundo. Yo solo pido justicia, yo solo pido que se devuelva al pueblo, y sobre todo a mí, un poco de lo que nos fue arrebatado por una nación gobernada por y para los ricos.

»Esta es mi condición. Mi única exigencia. Quiero la cabeza de Edward y Jennifer Rivers. Las dos cabezas. Y para que veáis que yo sí sé perdonar y que estoy dispuesto a hacer un gran esfuerzo por mi parte, les perdono la vida a los otros ocho. Antes de las ocho de la tarde, se deberá ejecutar públicamente a Edward y a Jennifer Rivers. El lugar será el Washington Square Park de Nueva York, y se tendrá que llevar a cabo en el árbol más antiguo de Manhattan, el gran olmo situado en la parte noreste del parque. Seguro que muchos de vosotros no lo sabéis, pero ese olmo ya fue testigo hace apenas doscientos años de multitud de ejecuciones públicas, de ahorcamientos para ser exactos. Y así es como deberá hacerse esta vez. A la antigua usanza, quizá eso nos refresque un poco de dónde venimos y hacia dónde vamos.

»Antes de acabar, quiero dejar claro que esto no es ninguna negociación. No estoy dispuesto a comunicarme con nadie y no hay ninguna alternativa posible. Solo hay una opción. Así de sencillo.

»Esto es todo lo que tenía que decir. Ahora todo depende ya de nuestro querido Gobierno. Habéis oído bien. Antes de las ocho quiero ver a Edward y Jennifer Rivers ahorcados y colgando del gran olmo del Washington Square Park, y allí deberán permanecer toda la noche para que todo el mundo pueda ver bien qué pasa cuando alguien se dedica a destruir y a hacer el mal por el mal. De lo contrario, todo explotará. Y que a nadie se le ocurra tratar de engañarme porque os advierto que yo lo veo todo. Incluso lo que ocurre en el gran olmo.»

El vídeo de Kevin duraba apenas dos minutos. Era un primer plano fijo del que apenas se podía distinguir su cara y una pared blanca de fondo. Tras él se había empezado a emitir la vista panorámica de un dron bajo el cual pendía un misil de pequeñas dimensiones con el pictograma de «Peligro nuclear». El dron volaba a una velocidad asombrosamente rápida para el tamaño que se le presuponía. Las imágenes que emitía eran las del relieve terrestre que iba dejando tras su paso. La imagen estaba totalmente desenfocada y, a excepción del misil, no se podía distinguir nada.

A Kate y a Patrick se les heló la sangre cuando visionaron el desafío de Kevin. Su exigencia. Ese era su último movimiento. Después de todo el esfuerzo y de haber puesto lo mejor de ellos mismos en ese caso, habían llegado tarde. Su sensación inicial fue de rabia, frustración, impotencia. Pero aún había algo de tiempo, tenían que reaccionar y agotar hasta el último segundo que les quedara por evitar la catástrofe.

Eran las dos del mediodía y estaban a tan solo unos metros de la puerta principal del Last Days Inn, preguntándose si en esa suite familiar había ocurrido algo malo, si allí se encontraban Jack y el Hombre del Coche. Pero la gravedad de un atentado nuclear pudo más que lo que pudiese estar sucediendo en ese hotel. Así que, sin tiempo para nada más y dejando ese cabo suelto, salieron disparados hacia la comisaría central de Amarillo.

De camino recibieron diversas llamadas, todas de máxima urgencia. Una era de su jefe, Clark Dupont. Les reenvió un vídeo que el presidente de los Estados Unidos había emitido en directo a través de la NBC como reacción inmediata al de Kevin, y en el cual le rogaba «sensatez» y que abriera un «espacio para la negociación de forma civilizada». Lamentaba mucho lo que le había ocurrido y le aseguraba que se reabriría su caso, y si se demostraba que había habido irregularidades, las personas responsables serían juzgadas y pagarían severamente por ello.

De momento, no había habido respuesta por parte de Kevin. Él mismo había dejado claro que no habría más comunicación y no había dejado ningún canal abierto para ninguna negociación.

También habían recibido una llamada de Viktor Svenson. En su voz no solo había auténtico pánico, sino verdadera urgencia por encontrar al agresor de su mujer, que ahora amenazaba con atentar contra todo el país. Viktor también tenía un verdadero y «lógico» motivo para exigir su cabeza por lo que le había hecho a su mujer. Él y sus hombres habían estado en el piso de Golden Fields y hallaron muestras de que allí había estado viviendo un *hacker.* El equipamiento informático «parecía fundido», ese fue el término que empleó Viktor. Y no habían encontrado rastros de dónde podría haber ido Kevin o en qué lugar pensaba detonar su bomba. Patrick le pidió que permaneciera en alerta porque podría necesitar su colaboración. Viktor le respondió que de momento desplegaría sus contactos a lo largo y ancho de todo Amarillo para dar caza a ese malnacido. Su opinión era que debía estar cerca porque «los ordenadores todavía estaban calientes cuando hemos llegado».

En la comisaría central de Amarillo se habían reunido los altos cargos de la delegación del Gobierno de Texas, oficiales del Ejército y los jefes de Policía de la ciudad. Estaban en la sala de conferencias y en la pantalla central podían ver imágenes en directo tanto del Comité contra Emergencias Terroristas del presidente de los Estados Unidos como de los comités de urgencia del FBI y de la CIA.

Las primeras premisas fueron muy claras. Activar el plan de contención. Y eso fue lo que hicieron durante las siguientes tres horas. Rastrear cada rincón de todo el estado de Texas en busca de cualquier pista que pudiese acercarlos a Kevin. Se habían puesto estrictos controles en todas las carreteras, estaciones de tren, aeropuertos, y cualquier otro medio de transporte o vía por la que Kevin pudiera escapar. También se había hecho una difusión masiva de una foto suya a todos los comercios y agentes de seguridad del estado indicándose la extrema peligrosidad del sujeto y la urgencia con la que debían encontrarlo. Como el propio Kevin se había encargado de que todo el mundo le viese la cara y de manifestar cuáles eran sus intenciones y su exigencia, dicha tarea se había facilitado enormemente.

El presidente de los Estados Unidos fue tajante: bajo ningún concepto cederían ante el chantaje ni complacerían las exigencias de un «lunático» del que apenas conocían nada. Ninguna persona en los Estados Unidos podía estar en posesión de armamento nuclear. Ninguna. Ese había sido el principal miedo que había llevado a los gobiernos mundiales a reunirse y establecer el Tratado de No Proliferación Nuclear. El presidente había ordenado localizar y trasladar a la oficina de la CIA de Nueva York a Edward y a Jennifer Rivers. Que no fueran a ceder ante ningún chantaje no significaba que su presencia allí no pudiera ser útil para otros fines.

Kate y Patrick escucharon atentos el despliegue de medios desde Langley, sede central de la CIA, y desde Washington, sede central del FBI y del Comité para las Emergencias

Terroristas de los Estados Unidos. Pero no tenían tiempo de desplegar absolutamente nada. A Kate le dio la impresión de que el presidente y sus asesores se preparaban más bien para «dar caza al terrorista» una vez se hubiese producido el desastre. Parecían estar pensando más en mitigar la onda expansiva de los daños que en evitar el primer impacto.

Los lugares a los que Kevin podría haber mandado el dron para hacerlo explotar eran innumerables, y ya se habían puesto a trabajar al doscientos por ciento diferentes grupos de especialistas de todo tipo para tratar de averiguarlo. Desde geólogos hasta el jefe de los artificieros. También habían echado a volar una pequeña flota de aviones y de helicópteros, para intentar localizar el dron y detenerlo. No obstante, lo de «echar a volar a los pájaros» era más para la galería que para nada práctico. Propaganda política. Desconocían a qué altura volaba y qué tipo de bomba y de mecanismo de explosión contenía el dron, y por tanto los pájaros estaban volando a ciegas. Que se supiera, Kevin tenía al menos una cámara instalada en el dron y era muy posible que pudiese hacerlo detonar a distancia si detectaba aviones o helicópteros en su campo de visión.

Encontrar al propio Kevin se había convertido en la mejor opción. El problema era que ya pasaba de las cinco de la tarde, y en menos de tres horas era muy difícil localizar a una persona que podía estar en cualquier parte.

—¿Dónde demonios crees que podría estar escondiéndose alguien así, Kate?

—¿Por qué me lo preguntas a mí? ¿No eras tú el de los perfiles? Pues analízalo, o mejor aún, ¿por qué no se lo preguntas a tu querido amigo Jack Miller? A lo mejor él sabe algo…

Kate estaba al borde del histerismo completo. Su espalda, más envarada que nunca, y esa mancha marrón de su ojo derecho en su apogeo. Hasta tal punto que Patrick, lejos de considerarla una bonita excepcionalidad de su anatomía, empezó a verla como una señal de enfermedad. Y se preocupó.

Ante toda esa gente yendo arriba y abajo como las abejas de un panal recién agitado, Kate sintió claustrofobia. Ansiedad. Empezaba a costarle respirar. No había ni premisas claras ni un plan en el que confiar. Las órdenes del presidente y del director del FBI eran tan tajantes como inútiles: «Encontradlos; al chico y a la bomba». ¿Y cómo se supone que iban a lograrlo?

El presidente incluso se había atrevido a preguntar a la CIA, ante todos los que estaban escuchando la conferencia, si era posible «preparar una escena». Ese era un recurso ya utilizado en otras ocasiones, consistente en simular una situación con la intervención de especialistas o actores y la presencia de cámaras o no. Su finalidad no era otra que la de engañar al gran público, en este caso a Kevin, para que creyera algo que no estaba pasando en realidad. *Cinéma vérité.* La escena a preparar sería una simulación en la que se colgaría a Edward y a Jennifer Rivers.

La respuesta del director de la CIA fue esperanzadora: «En poco más de dos horas es algo complicado, pero, sí, se podría preparar una escena». El problema era que se desconocía hasta qué punto «el sujeto» podía tener cámaras en la «zona de trabajo», y eso ofrecía unas posibilidades de éxito muy pequeñas. Kevin quizá tuviese desde el control de cámaras de videovigilancia de la zona hasta detectores de inhibidores de señal, muy utilizados por la CIA en este tipo de casos. Preparar una escena quedaba aparcado de momento.

Patrick trató de pensar como pensaría Kevin. Era su única opción, adelantarse por una vez a sus pasos. Aquello era en lo que había estado trabajando Jack Miller toda su vida. La mente más brillante que había conocido nunca. Se había deshecho de su chaqueta y había tenido el impulso varias veces de morderse las uñas. En su lugar, tomó café y más café. Presión en el pecho y en los oídos. Dolor justo en el centro de la cabeza.

Invitó a Kate a alejarse un poco del barullo de la sala de conferencias de la comisaría central de Amarillo para hacerle saber lo que se le había ocurrido. En aquel momento ellos dos habían quedado relegados a un segundo plano. El presidente de los Estados Unidos estaba haciendo las cosas a su manera. Y ya había tomado algunas decisiones, como por ejemplo centrar la mayoría de sus recursos en Nueva York. Según él, si el terrorista pedía que fuesen allí las ejecuciones y decía que lo «vería todo» era porque estaba en algún lugar cercano y, como consecuencia, era allí donde detonaría su bomba.

—Escúchame un momento y ayúdame con esto. Lo hemos hecho antes juntos, tú y yo. Adelantarnos a sus próximos movimientos. Pero necesito que me ayudes a pensar en ese perfil.

Kate levantó la vista y al ver esa esperanza, tan inocente y tan real, pensó que quizá…, a lo mejor…

—Lo primero que hay que preguntarse es si Kevin sigue aquí en Amarillo o ya se ha marchado, por ejemplo a Nueva York, que es donde exige que se lleven a cabo sus ejecuciones. Por lo que ha dicho Viktor Svenson, debe de estar en Amarillo o en algún lugar cercano, dado que «los ordenadores todavía estaban calientes». Aunque podía haber volado rápidamente, lo dudo. En segundo lugar, habría que preguntarse qué sentido tiene abandonar su guarida, teóricamente segura a sus ojos, cuando supuestamente tendría que tenerlo todo más controlado. Y en tercer lugar, suponiendo que lo que Jack nos dijo acerca del enriquecimiento de uranio fuese cierto, y que no vimos nada en Pantex, es imposible que la bomba que haya fabricado en tan poco tiempo sea demasiado grande. Además, si sus propias cámaras no mienten, las dimensiones del artefacto son pequeñas. Por tanto, podemos pensar que Kevin debe de haber planeado detonar su bomba sobre algo que haga aumentar su potencia, como una reacción en cadena —Kate terminó con cierto aire avergonzado por haber dicho alguna estupidez.

—Creo que has dado en el centro de la diana. Primera cuestión. Kevin está en Amarillo o cerca de Amarillo. Si escogió esta ciudad fue por un buen motivo, alguien que ha preparado su venganza perfecta durante tantos años no deja la elección de su centro de operaciones en manos del azar. Además de Pantex Plant, debe de existir otra razón de peso que lo haya traído hasta aquí, porque Pantex no es la única central nuclear del país. Eso nos lleva a la siguiente cuestión que planteas. ¿Por qué abandonar su guarida justo cuando más a salvo debería estar? Kevin necesita publicidad. Que todo el mundo sea testigo de que «los ricos no siempre ganan» y de que «el sistema» tiene sus grietas. Y él también quiere ser testigo de las reacciones de la gente. Para él es como multiplicar su experiencia y su venganza por mil. Quiere disfrutar de su momento de gloria y está dispuesto a arriesgar su propia seguridad. Eso nos lleva a pensar que debe de haber elegido un lugar en el que concurran muchas personas. Eso le daría facilidad para no ser identificado entre la masa y para el escape en caso de que tuviese que huir.

—Joder, Patrick…, no soy de corazonadas, pero al escucharte creo que en estos momentos estoy teniendo una… Debe de haber escogido un evento. Un evento público multitudinario. ¿Puedes averiguar qué eventos importantes hay hoy en Amarillo?

—Eso está hecho —dijo Patrick levantando la cabeza

para hacer un llamamiento al resto de los policías. Kate lo cogió del brazo para impedirlo.

—¿No crees que sería mejor no decir nada por el momento? Si levantamos la liebre, montan un dispositivo y Kevin se ve acorralado, puede que detone la bomba sin más. Ha demostrado ser alguien muy impulsivo, ¿no crees?

—No sé si me veo con fuerzas para que soportemos nosotros solos el peso de esta responsabilidad.

Kate ya había iniciado una búsqueda de los eventos locales en su teléfono móvil. Su cara pasó de iluminarse a ensombrecerse en un solo instante. Levantó su terminal para que Patrick viese bien la pantalla.

—El último partido de las series finales de la Liga de Béisbol. Los Rangers de Texas contra los San Francisco Giants... ¡La gorra de los Giants! Hoy tienen la posibilidad de ganar las series finales desde hace más de una década.

—Lo tenemos, Patrick. Es allí a donde ha ido. Rodeado de gente que lleva la misma gorra que él y que pueda ver a través de las grandes pantallas del estadio lo que él mismo desee retransmitir.

—Un momento, Kate, ¿no habrán anulado el partido?

—Lo dudo. ¿No has oído al presidente y a los de la CIA? El gran público piensa que es Nueva York el blanco escogido y, como suele ocurrir en estos casos, el mundo no se detiene ante nada siempre y cuando el problema no sea en su propia casa.

—¿A qué distancia tenemos el estadio?

Kate volvió a consultar su teléfono móvil y su rostro se ensombreció.

—Joder, supongo que ni tu ni yo somos muy aficionados al béisbol, ¿verdad? El maldito estadio de los Rangers de Texas está en Arlington, a casi cuatrocientas millas de aquí...

—¿Y cómo demonios ha podido llegar Kevin hasta allí en tan poco tiempo? ¿En avión?

Kate consultó las posibles formas de llegar a Arlington.

—Es difícil pero no imposible. El aeropuerto de Arlington se encuentra justo al lado del estadio de los Rangers de Texas, el Globe Life Park. En avión se tarda alrededor de una hora y media, menos si se trata de un jet privado. Podría estar ya allí perfectamente. ¿Podemos llegar nosotros a tiempo?

Patrick se quedó pensando un instante en el riesgo de fracasar: era alto. Percibió el ajetreo y el caos a su alrededor. Desde Washington y desde Langley ya se estaban preparando para el impacto. El presidente no paraba de desplegar dispositivos para dar caza al terrorista, y allí mismo, en la comisaría central de Amarillo, todos parecían estar buceando en el mismo charco. ¿Acaso perdían algo por intentarlo en el Globe Life Park de Arlington?

—Hablemos con Clark Dupont, que nos prepare un jet privado ya.

Kate sonrió ante ese espíritu arriesgado de Patrick.

—¿Crees que deberíamos pedir ayuda extra? Podríamos hablar con Viktor Svenson. Sí, no soporto a ese hombre, pero en situaciones así hay que aprovechar todos los recursos, y he de reconocer que Viktor tiene muchos.

—Estoy de acuerdo. Llamaré a Viktor para ver si tiene contactos en Arlington y que empiecen el rastreo de Kevin mientras nosotros llegamos. También estaría bien decirle a Dupont que envíe a algunos hombres de incógnito.

Dupont estaba desesperado con el inminente ataque y no puso ninguna objeción a facilitarles un jet privado que los llevara hasta Arlington en tiempo récord.

Viktor Svenson también se mostró excepcionalmente colaborativo. Por supuesto que tenía recursos en Arlington y en unos minutos los tendría rastreando cada centímetro cuadrado del Globe Park. Si Kevin estaba allí, lo encontrarían.

Antes de colgar, a Patrick le pareció que incluso estuvo a punto de darle las gracias.

El jefe de la Policía de Amarillo, Frank Abbot, se mostró algo contrariado con que se marchasen a Arlington. Pero no le quedó más remedio que aceptar su decisión, ellos eran los federales. Le dijeron que tal vez en el Last Days Inn, concretamente en la suite familiar, podrían encontrar a algunos de los principales sospechosos del caso del Hombre del Coche. Abbot se mostró también contrariado con eso, pero les indicó que enviaría a alguien a que «pegara un vistazo». No llevaba nada bien que los federales le dijeran dónde tenía que mirar en su propia ciudad. Pero no le quedó más remedio que acatar la sugerencia para lograr su ansiado ascenso.

Tan solo unos minutos después, Patrick y Kate subían a un avión sabiendo que se jugaban mucho en aquel vuelo. Les quedaban dos horas de margen.

6

Una vez hubo pasado los controles de seguridad y pudo estar a pie de campo para admirar esas maravillosas vistas con las que tantas veces había soñado, no pudo evitar romper a llorar de pura felicidad. Se ajustó bien la gorra y contempló el verde césped con forma de diamante sobre el que muy pronto saltarían los dos equipos que lo darían todo por el éxito, exactamente igual que él. Se fijó en el *home* y en las bolsas de la primera y la segunda base. Las líneas de *foul,* los postes de *fair* y hasta en el montículo del bateador, la pequeña loma desde la que mandar la bola al infinito si hiciese falta, exactamente igual que él iba a hacer con su resentimiento, mandarlo fuera de sí mismo, fuera del campo y hacer, por fin, una vuelta completa.

Kevin iba a ver en directo por primera vez en su vida al equipo al que llevaba siguiendo desde que tenía uso de razón, cómo se coronaban campeones de las series finales, el mayor trofeo del béisbol. Y todo eso tendría lugar mientras se llevaba a cabo su personal venganza. O bien colgaban a los Rivers o bien haría estallar su bomba.

Cuando estuvo lo suficientemente seguro de que no tendría que pasar por ningún control más y hubo visitado las instalaciones del campo, se deshizo de la escayola aislante de su brazo izquierdo bajo la que había ocultado la consola de control. Con ella podía manejar tanto el dron y el detonador como el acceso a las cámaras que tenía *hackeadas* y al canal de televisión cuya señal había logrado piratear vía satélite. Lo que no se quitó fue ni el gran bigote que se había pegado ni las enormes gafas de pasta que le tapaban media cara. Eso debería bastar para pasar desapercibido.

Las gradas se estaban llenando de aficionados. Kevin no podía parar de sonreír. Allí su gorra de los Giants era una más. Por primera vez se sintió integrado, que formaba parte de algo auténtico.

Faltaba poco menos de una hora para que su plazo se cumpliera. El dron debería estar a punto de llegar al yacimiento de gas natural del condado de Reeves, y en el Washington Square Park de Nueva York no sucedía nada, no parecía ni que el Gobierno hubiese tratado de «preparar una escena» ni tampoco que estuvieran acondicionando el gran olmo para colgar a alguien.

Una mujer vendía gorras y pañuelos con los colores de los Rangers y de los Giants. Un hombre pasaba con un carro de bebidas y aperitivos. La temperatura era tan agradable como un día de Navidad en familia. El ensordecedor bullicio era música para sus oídos: pitidos, risas, bocinas y cánticos deportivos. Todo era como siempre había soñado. Familias enteras, grupos de amigos, padres con sus hijos, escuelas infantiles, bandas musicales y, cómo no, las animadoras haciendo sus ejercicios de calentamiento antes de dar rienda suelta a su fabuloso y acrobático espectáculo. Pero como nada dura eternamente, el estúpido del presidente de los Estados Unidos tuvo que estropear su momento enviando un vídeo de emisión en directo que todos pudieron ver a través de la pantalla gigante del estadio.

El presidente invitaba a Kevin a sentarse con él para hablar «de todo». El vídeo acababa con una foto de Kevin, esa en la que aparecía precisamente con la gorra de los Giants. Una foto del tamaño de toda la pantalla para pedir la colaboración ciudadana que llevara a localizar a ese hombre.

Kevin fue testigo de cómo aquella multitud permaneció en un contenido silencio durante el mensaje presidencial. Pero en cuanto se cortó la emisión volvió el estruendo y los gritos y las bocinas y los vítores. Kevin se afanó en escuchar lo que decían las personas que tenía a su alrededor. El mundo entero se le cayó encima cuando empezó a escuchar cómo clamaban por su cabeza, cómo rogaban por que lo encontrasen cuanto antes y lo abatiesen a tiros, como «había que hacer con todos los lunáticos». Lo tachaban de loco, de alguien que no merecía ni ir a la cárcel. Pena de muerte, todos coincidían, para alguien que había amenazado con hacerles daño a tantas familias. Incluso escuchó decir que los Rivers debieron asegurarse de que lo habían matado cuando lo echaron a aquel contenedor y nada de esto estaría pasando ahora.

Empezó a sentir fuertes palpitaciones en su pecho. Se llevó una mano a la placa metálica, bien oculta tras la gorra, y empezó a frotarla con compulsión, a clavar sus dedos en la carne de alrededor. Otra vez ese dolor interior. Necesitaba sacarlo fuera. Ahora era más intenso que nunca y sentía como si estuviese a punto de hacerlo estallar. El ascensor de su interior bajaba a gran velocidad al sótano de su alma. Escuchaba, entre los gritos, las risas y los cánticos, las palabras de «justicia», «darle caza», «acabar ya con él para disfrutar del partido en paz».

Salió corriendo hacia los baños. Tropezó con un anciano. Resbaló un par de veces. Se golpeó en una rodilla. Le dio una patada a una lata de Coca-Cola. Recogió un cigarro medio encendido del suelo y le dio una calada. Tosió. Arcadas. Le empezó a invadir un miedo horrible a que alguien lo reconociese y lo linchasen allí mismo, de nuevo a patadas y a escupitajos. Vio a dos policías que hacían la ronda y preguntaban a los asistentes mientras les enseñaban una fotografía. Kevin bajó la cabeza y pasó junto a ellos con los ojos cerrados y las lágrimas contenidas bajo los párpados. Se habían detenido a preguntarles a una pareja de jovencitas y no repararon en él. Las jovencitas lucían un escote generoso y los *shorts* hacían que sus piernas pareciesen interminables.

Todas las voces y todas las personas con las que se cruzaba parecían estar acosándolo, cercándolo como a un animal herido. La situación era insoportable. Llegó a los baños que había bajo la zona de la tribuna y tuvo la suerte de encontrar una cabina libre. Se encerró y trató de controlar la respiración. La camiseta se le había pegado a la espalda debido al sudor. Su mano derecha empezó a frotar los bordes de la placa de titanio hasta que sintió cómo sus dedos se humedecían de sangre espesa y ligeramente terrosa. Mareo.

¿Cómo era posible que el estúpido del presidente lo hubiese perturbado de esa manera? ¿Era preciso apelar al patriotismo y a la colaboración de una población que no le importaba lo más mínimo? Kevin no dejaba de hacerse preguntas mientras el miedo a ser descubierto y la rabia por esa manera tan burda de manipular a la gente lo devoraban.

Apretó bien fuerte los bordes de la placa hasta que uno de sus dedos se clavó más de lo normal en la carne. Eso pareció aliviar un poco su dolor interior.

Comprobó las cámaras con la consola de control atada al brazo izquierdo y vio que el dron estaba llegando a su destino. Sonrió recordando la gran idea que tuvo al desenfocar la cámara y al emitir las imágenes con veinte minutos de desfase, tiempo suficiente para despistar a los aviones de su patético presidente. Vio las cámaras del Washington Square Park y su cara se iluminó. Edward y Jennifer Rivers estaban siendo llevados por un brazo hasta el gran olmo del parque. Después de todo, el presidente sí parecía estar dispuesto a poner algo de su parte. «Entonces, ¿qué falta hacía ese maldito vídeo?», se dijo con sus oscuros ojos llenos de ira.

Ver cómo dos policías llevaban casi a rastras a sus verdugos hizo que se le pusiera la piel de gallina. Sintió un cosquilleo muy fuerte en la boca del estómago. Toda la zona del periné y de la cintura se le aflojó. Tuvo que apoyar las dos manos en las paredes de la cabina del baño para no desmayarse de la emoción. Su ascensor interior subía como un cohete espacial hacia el ático de su bienestar. Fue como un orgasmo multiplicado por mil. Le faltaba el aire, su ojo malo se cerró solo un par de veces, y eso que los Rivers todavía no pendían colgados del cuello de uno de los poderosos brazos del majestuoso olmo.

En apenas unos minutos la Policía había evacuado el parque y estaba acordonando el perímetro con cintas de seguridad. No querían que nadie viese desde demasiado cerca un ahorcamiento en el gran olmo del Washington Square Park, al menos cien años después del último, el de un tal Klaus Minsk. Kevin no pudo evitar volver a estallar en un llanto de felicidad. Era una montaña rusa de emociones. Estaba logrando algo inimaginable hacía tan solo unos años. Pasó una mano por la placa de titanio, pero esta vez sin clavar los dedos, solo frotando y acariciando el frío y castigado metal. Tenía en jaque a toda la nación y el presidente de los Estados Unidos estaba preparado para dar la orden, *su* orden, y ejecutar a sus dos verdugos.

El engreído de Edward Rivers estaba en buena forma, se notaba que había ensanchado su espalda en el gimnasio y todavía no le había salido una sola cana. Una vida llena de tranquilidad, éxitos y escasos contratiempos. Jennifer también lucía bien, aunque se la veía algo más castigada. Tal vez el cuidado de los hijos, tal vez el resultado de una vida de fiestas y excesos. Lejos quedaba ya aquella jovencita impulsiva y temperamental que lo acusó falsamente de haber estado mirándole las tetas, de haber incluso tratado de tocarla. Parecía haber adquirido esa pose, diplomática y glacial, característica de las personas de la clase alta al llegar a cierta edad. Tratando de aparentar sabiduría, seguridad, años de experiencias vitales y de aprendizaje. Pues que se fuese preparando porque en unos minutos emprendería el viaje de su vida, su último vuelo.

Apenas faltaban veinte minutos para que todo terminase. Vio que el dron acababa de aterrizar en el centro del yacimiento de gas natural del condado de Reeves y que fuera, en el estadio, el ruido y el tumulto seguían aumentando el volumen. Decidió que era el momento de enviar un nuevo vídeo, en el que se viera al dron ya esperando para ser detonado y recordase que, si a las ocho en punto de la tarde no veía a los Rivers colgando del olmo, la bomba estallaría.

Se arregló un poco el pelo, se quitó las gafas y el bigote falso y se ajustó la gorra. Luego se aseguró de que la cámara grababa un primerísimo primer plano en el que apenas se le viesen los ojos bajo esa alargada sombra de la gorra de los Giants. También ajustó el enfoque para que no pudiera identificarse la pared que había tras él.

«Estimado presidente, me dirijo a usted personalmente para decirle que me he llevado una grandísima desilusión al ver su mensaje por televisión. Qué negligencia tan grande por su parte hacerme enfadar de esa manera cuando le dije expresamente que no estaba dispuesto a negociar ni a mantener ningún tipo de comunicación con usted ni con nadie. Ha sido usted un insensato pensando que tenía alguna posibilidad. Ha puesto en peligro la vida de miles de personas por su inoperancia y su falta de solidaridad y de buen juicio. Le dije cuáles eran sus dos únicas opciones, pero no, nuestro estúpido y retrasado presidente ha tenido que hacerse el héroe y salir en antena. Pues quiero que todo el mundo sepa que usted y solo usted será el único responsable de las vidas que puedan perderse esta noche. Métase por el culo su justicia y sus palabras. Métase por el culo toda su arrogancia de clase alta porque esta noche, sí, esta maldita noche, soy yo quien manda. Y yo solo quiero *mi* justicia, la que yo me merezco y no la que usted me ofrece. ¿Acaso me ha tomado por un estúpido? ¿No sabe que lo único que hace al tratarme como a un idiota es enfadarme aún más? Cuelgue a los Rivers, hágame caso, cuélguelos. Mejor lamentar dos muertes que miles.

»Ah, se me olvidaba, para que vea que nada de esto es un farol o que he estado mintiendo, aquí le dejo unas bonitas vistas del lugar donde se encuentra mi maravillosa bomba en estos momentos. Lamento decir que ha llegado un poco antes de tiempo y que ya ha aterrizado.

»Hasta luego, presidente, y por Dios, no se le ocurra emitir otro vídeo porque le prometo que en ese mismo instante haré que todo explote. Todo.»

Kevin terminó la emisión y respiró profundamente. Faltaba muy poco para que empezase el partido, casi el mismo para que colgasen o no a los Rivers. Decidió quedarse en esa cabina hasta que terminara todo. Después saldría con su victoria bajo el brazo y disfrutaría de las series finales como un ciudadano de pleno derecho.

7

En cuanto aterrizaron en las inmediaciones del Globe Life Park en Arlington y bajaron del jet privado, Patrick echó una vomitona en el primer cubo de basura que vio a su paso. El vuelo había sido una auténtica locura de turbulencias. Su oído derecho, con el aumento de presión, había empezado a sangrar de nuevo, pero más abundantemente. Kate lo miró con preocupación, pero ni se le ocurrió decirle que fuese a que lo viese un médico, sabía de antemano la respuesta.

De camino al Globe Life Park, subidos al Audi A8 que estaba esperándolos y a falta de menos de media hora para las ocho, sus móviles empezaron a sonar.

Primero el de Patrick. Frank Abbot, el jefe de Policía de Amarillo, le informaba de que, «sorprendentemente», en la suite familiar del Last Days Inn se habían producido una serie de crímenes, «un baño de sangre» para ser exactos. Dijo que a simple vista todo apuntaba a un crimen pasional y que en las inmediaciones del hotel habían encontrado el Volvo S90 blanco que estaban buscando, el relacionado con el caso del Hombre del Coche. Estaban procediendo a tomar huellas y a realizar los primeros interrogatorios al personal del hotel. Antes de colgar, Frank Abbot le dijo que serían ellos quienes custodiarían a los supervivientes.

—¿Hay supervivientes? —Patrick había dado por sentado que nadie allí había salido con vida.

—Claro, agente Hunt. Hay una víctima y dos supervivientes, eso sí, en estado muy grave. Heridas de arma blanca, han perdido mucha sangre debido a que llevaban heridos ya unas cuantas horas.

—¿Quiénes son los supervivientes?

—¿Y cómo demonios quiere que yo lo sepa? ¿Acaso cree que este tipo de gente lleva la identificación personal encima? De momento, solo puedo decirle que son un hombre y una mujer, y la víctima confirmada es también una mujer. Aunque no sería de extrañar que los dos no pasen de esta noche: según el médico que los ha reanimado, están muy graves. Sobre todo, la chica. Tiene el corazón como muerto. Apagado. Se le ha fundido el sistema eléctrico ese que hace que el corazón no deje nunca de latir.

—De acuerdo, Frank, tengo que dejarle. Llámeme con cualquier novedad.

—Bueno, haré lo que pueda, aquí también tenemos mucho trabajo, ¿entiende? Ah, por cierto. ¿Qué quiere que hagamos con el paquete? ¿Lo abrimos?

—¿Qué paquete?

—En el Volvo S90 había un paquete de esos envueltos en papel acartonado marrón. Solo tenía una palabra escrita en la parte de fuera: «Kate». Así se llama su compañera, ¿verdad?

Patrick procesó con rapidez la información. Habían pasado tantas cosas en las últimas horas que había olvidado que en el último mensaje de Jack los advertía de la existencia de dicho paquete y de que la destinataria era Kate. No obstante, no dejó de sorprenderle que realmente existiera.

—Sí, es para mi compañera —dijo Patrick mirando a Kate—. No, no lo abra, que le pasen el detector de explosivos y aguarden hasta nuestro regreso, ¿de acuerdo?

—De acuerdo. Hasta pronto, agente Hunt.

Antes de que Patrick pudiera informar a Kate, empezó a sonar su teléfono. En esa ocasión sí fue el de ella. Dupont, su jefe, la informaba del último vídeo de Kevin. La bomba estaba en su destino y no tenían ni idea de qué lugar era aquel. Si Kevin estaba en el estadio de los Rangers de Texas, debía de haberlo grabado desde un lugar a cubierto, probablemente un almacén o un baño. Les recordó que tan solo quedaban ya unos veinte minutos y que tenían que encontrarlo como fuera. Con mucho cuidado de no abatirlo porque lo necesitaban con vida para desactivar la bomba. Tenían que ir con extremo cuidado de que Kevin no se sintiera amenazado en ningún momento. La detención se realizaría solo cuando recibieran la señal. Les contó las nuevas instrucciones.

El plan que había decidido el presidente era arriesgado, pero el mejor de los que tenía sobre la mesa. Estaba al tanto de que Kate y Patrick seguían tras la pista de Kevin en el Globe Life Park y contaba con que diesen con él antes de la hora límite.

Prepararían «una escena». Colgarían a los Rivers de la forma más realista que les fuese posible. Utilizarían las últimas técnicas que se emplean en el mundo del cine cuando se ruedan escenas de ahorcamientos. Además de la soga al cuello, las personas que iban a ser ahorcadas también llevaban una especie de arnés por debajo de la ropa que tiraba de ellos por sus axilas y costillas justo un poco antes de que la soga tirase de su cuello. Para ello hacía falta que la cuerda de la soga llevase un pequeño filamento de acero, prácticamente inapreciable, enganchado al arnés por su espalda. Dicha técnica se utiliza en el cine solo por especialistas muy entrenados. Entrañaba un riesgo alto de que el ahorcamiento se produjese de forma real. Además, el tirón del cuerpo en la caída podía partirles una o más costillas o dislocarles un hombro. Pero ese no era el mayor de los riesgos. Dicha técnica solo permitía que ese ahorcamiento falso se mantuviese durante dos o tres minutos. Tras ese tiempo, la presión ejercida por el arnés y el descenso en la resistencia del pequeño filamento harían que tanto la soga auténtica como el estrangulamiento de las correas atadas a su caja torácica acabaran por matarlos de verdad. Todo ello sin contar que no se produjese ningún error de cálculo en la colocación de los diferentes elementos, o que cualquiera de los Rivers se pusiera muy nervioso y lo echase todo a perder, o incluso que el propio Kevin, con una de sus cámaras, se diese cuenta de todo el engaño.

La idea era colgarlos apenas un minuto antes de las ocho. Teóricamente, Kevin desactivaría la bomba al ver sus exigencias cumplidas y justo en ese momento sería cuando tendrían que atraparlo para poder descolgar los cuerpos antes de que se ahorcasen de verdad. Los encargados de atraparlo eran Kate y Patrick.

Una misión con un alto porcentaje de error. Dado que todavía no sabían si Kevin estaba en aquel estadio. Ansiedad máxima. La vida de miles de personas en sus manos. El cuerpo y la mente habían estado tan al límite que apenas sabían bien ni dónde estaban. Tan solo que su única opción pasaba por encontrar a Kevin en tiempo récord en un estadio plagado de miles de personas que serían como esos árboles que no dejan ver el bosque.

—¿Qué opinas, Kate? ¿Almacén o baños? ¿Por dónde empezamos? —preguntó Patrick desde el respeto y la confianza en su criterio.

—Por mí, en los baños. El último vídeo ha sido grabado como si se hubiese pegado mucho la cámara a la cara. Tal vez con la intención no solo de que no viésemos el fondo, sino también para que el micro solo absorbiese su voz y no otro tipo de sonidos que revelaran su posición. No obstante, no debe de haber podido evitar que se oyera ese zumbido, que podría estar relacionado con el ajetreo de unos baños. Además, si estuviese en un almacén habría tenido otra iluminación. La luz es blanca total.

—A los baños entonces.

El oído derecho de Patrick había empezado a sangrar de nuevo. Pero ninguno de los dos hizo comentario alguno al respecto.

Irrumpieron en el despacho del jefe de los servicios de seguridad del estadio con la identificación en la mano. Le explicaron la situación de máxima urgencia en menos de medio minuto y le dijeron que tenían que revisar las grabaciones de las cámaras de vigilancia cercanas a todos los baños en la última media hora.

—Buscamos a esta persona. La de la foto —dijo Kate mientras observaba cómo Sidney Ink permanecía con las manos cruzadas y apoyadas sobre el abdomen—. Porque las cámaras de vigilancia han estado grabando, ¿verdad, Sidney?

—Efectivamente, agente. Mis cámaras no han dejado de grabar durante las dos últimas horas. Y para su información, son las de mayor calidad y definición de todo el maldito país, mucho mejores que las que tienen los Giants, los Red Sox o los Yankees.

—Si eres tan amable, enséñanoslas —dijo Kate con severidad y buena educación.

Sidney dio una vuelta casi completa con su silla ergonómica y empezó a teclear en su ordenador. Rápidamente salieron en pantalla veinticuatro imágenes. Correspondientes a las cámaras de las zonas adyacentes a los veinticuatro baños masculinos del estadio.

—¿Por cuál empiezo? —preguntó Sidney con una mano en la bola rastreadora de la consola de control y la otra en los controles de reproducción.

—¿Qué tal si las vemos todas? —respondió Kate con la ansiedad a punto de estallar.

—Lamento decir que todas no va a poder ser, agente, ¿no ha dicho que tenemos…?

—Diez minutos, quizá menos —dijo Patrick mirando su reloj.

—En ese tiempo podemos ver bien el contenido de tres o cuatro cámaras, y eso teniendo en cuenta que no se nos escape nada. Mis cámaras son buenas, pero mi ordenador es una basura, no como los bichos que tienen en la NSA con su maravilloso *software* de reconocimiento facial, análisis visual, estimación directa, comparación entre sujetos... Ustedes ya me entienden, el caso Snowden y toda esa mierda —dijo Sidney guiñándoles un ojo y haciendo un extraño ruido con sus dientes, como si se acabase de partir una muela o algo así.

—Sidney —dijo Kate después de respirar hondo—, imagínate que la persona a la que buscamos tiene dinero, mucho dinero, y que lleva toda la vida deseando ver este partido, ¿en qué zona del campo crees que habría reservado su asiento?

A Sidney se le dibujó una sonrisa torcida y picarona.

—Haber empezado por ahí, agente. Las mejores zonas para ver este partido son tres. Los Field Boxes, que son los asientos que están más cerca del campo, los Main Boxes, que están justo encima de los anteriores, y los Main Reserved, los considerados más elitistas. No estás tan cerca de los jugadores, pero te dan una visión más periférica.

Patrick y Kate se quedaron unos segundos observándose. Los minutos volaban. Corrían tan deprisa que apenas tendrían tiempo de alcanzar a Kevin incluso encontrándolo en la primera de las cámaras.

—Decide tú esta vez, Patrick, yo ya no puedo —dijo Kate con un ligero temblor en los labios.

Patrick la miró a los ojos y vio auténtico miedo. Pánico al fracaso y a no poder soportar la carga de haberse equivocado. Decidió que no quería hacerla pasar por eso.

—Vamos con las Main Reserved.

Sidney asintió e hizo volar su bola rastreadora hasta la cámara número 23. Retrocedió hasta la última media hora y empezó a pasar imágenes a golpes rápidos. Multitud de caras empezaron a desfilar por ese pasillo que llevaba directo hasta el baño de la zona de tribuna.

—Un poco más deprisa, Sidney, por favor —dijo Kate viendo que tan solo faltaban cinco minutos para la hora límite.

—Eso está hecho.

Los fotogramas empezaron a pasar más deprisa. Más caras. Más bufandas. Gorras. Camisetas. Banderas. Tambores. Parejas. Niños. Adultos. Cervezas. Bocinas. Risas. Brazos en alto. Empujones. Prisas. Y al final…

—Ahí está. Es él —dijo Patrick señalando la pantalla. Apenas podía creer que lo hubiesen encontrado. Llevaba ese estúpido bigote y esas enormes gafas, pero lo habían reconocido perfectamente.

—Sí, Patrick, es nuestro —dijo Kate—. ¿Puedes ir avanzando hasta la hora actual, Sidney? Necesitamos saber si todavía está ahí dentro o en caso de que haya salido ver hacia qué dirección ha ido.

—Claro. Eso está hecho.

Sidney empezó a rodar su bola rastreadora con rapidez. Los tres tenían puesta la vista en la puerta de ese baño rezando por que Kevin no hubiese salido. Las imágenes se sucedían ante sus ojos entremezclándose unas con otras. El pulso acelerado. Ausencia de pestañeo. Sangre en el oído derecho de Patrick. Sudor en las axilas y nuca de Sidney. Un pequeño tic en el párpado izquierdo de Kate.

—La imagen que ven ahora es ya en tiempo real. Si no se nos ha escapado con las prisas, nuestro hombre continúa ahí dentro —dijo Sidney.

—¿Cuál es la forma más rápida para llegar hasta allí?

—preguntó Kate con urgencia mientras miraba su reloj. Tres minutos para el final.

—La más rápida es correr todo lo que puedan porque solo hay un camino. Salgan por el pasillo por el que han venido, ese baño se encuentra justo aquí —Sidney señaló un punto de un plano del estadio que tenía sobre la mesa—. Y nosotros estamos aquí.

—Gracias por todo, Sidney —dijo Kate mientras se apresuraban a salir.

—Dense mucha prisa porque con el gentío y la distancia… puede que sea imposible llegar en dos minutos.

Kate y Patrick emprendieron una carrera infernal contra el tiempo. Patrick sacó el teléfono y llamó a Dupont. Le dijo que diera el aviso al presidente para que procediera al ahorcamiento falso, tenían localizada la posición del sospechoso. Luego marcó otro número.

—Viktor. Soy el agente Hunt, escúcheme, la situación es límite. Llame a sus hombres, que se dirijan inmediatamente al baño número 23, el de la zona Main Reserved. Lo tenemos.

—Tengo a alguien por allí.

—Nosotros estamos de camino. Si lo atrapa, no haga ninguna tontería. Deje que sea la justicia quien se haga cargo de él. Por favor.

8

Su respiración se había vuelto entrecortada. En su interior, la sangre corría con tanta fuerza que parecía estar agrietando sus arterias. La puerta del baño en el que estaba encerrado había sido golpeada una infinidad de veces por la gente que hacía cola para descargar las cervezas del prepartido.

Kevin se llevó una mano a la placa de titanio cuando vio

cómo un hombre fornido y bien entrado en años pasaba la soga por los cuellos de Edward y de Jennifer. No podía creérselo. Los Rivers iban a ser ejecutados públicamente, tal y como él había exigido. Como se merecían.

Tenían las manos atadas a la espalda. Jennifer lloraba desconsolada. La pintura de ojos se deshacía como en un día de lluvia y desteñía esa máscara con la que cubría su verdadero rostro, el de la niña egoísta y cruel que le truncó la vida. Edward estaba lívido. Trataba de aguantar el tipo, pero cuando le subieron al cajón las piernas empezaron a temblarle. Los dos se miraron. Parecían estar preguntándose cómo era posible que fuesen a terminar así. Tal vez incluso buscando el uno en los ojos del otro si se arrepentían de lo que hicieron aquel día.

Kevin miró su reloj. Un minuto para las ocho. Su bomba estaba en hora, y si no los colgaban inmediatamente no tendría tiempo de pararla. Se aseguró bien de que no hubiesen orquestado ningún truco para engañarlo. A simple vista, no observó nada fuera de lo normal. Tan solo el matrimonio Rivers con la soga al cuello, subidos al cajón y la aterradora quietud que reinaba en Washington Square Park.

Sin embargo, no le daban la patada a ese cajón para que los mandara al otro barrio sufriendo una muerte rápida pero muy dolorosa.

Volvió a sentir cómo sus dedos se clavaban en la piel alrededor de la placa. Cómo se humedecían de sangre espesa, medio coagulada. Tenía la boca seca. Menos de un minuto para que la bomba estallase. Cuarenta segundos. Treinta. El tiempo se agotaba.

El hombre que les había pasado la soga al cuello se puso frente a ellos. Se despidió en silencio. Su rostro también estaba tenso. Los pantalones de Edward estaban mojados. Se había meado. Jennifer no paraba de llorar y de mirar hacia todas partes pidiendo auxilio. A Kevin eso casi le provocó una erección. El hombre fornido se situó tras ellos y, por fin, le dio una patada al cajón de Jennifer, las damas primero, y después al de Edward. Los dos cuerpos cayeron con fuerza mientras la rama del gran olmo de la que pendían cedía unos centímetros.

Quince segundos.

Los dos cuerpos se retorcían en el aire balanceándose de forma grotesca. Intentando alcanzar con los pies el suelo. Un suelo a más de un metro de distancia. Tratando de soltarse las manos, de coger aire. Instinto animal. Supervivencia. Siempre. La autoconservación del yo.

Diez segundos.

No entendía por qué demonios no se morían de una maldita vez. No entendía por qué diablos el maldito presidente había tardado tanto en colgarlos. Si no paraban de moverse, no detendría la bomba y la culpa sería suya.

Cinco segundos.

El cuerpo de Edward pareció detenerse. Balancearse en silencio. Pura inercia. Como un peso muerto. El de Jennifer también pareció dejar de luchar contra lo inevitable y sus piernas y tronco dieron dos fuertes sacudidas. Las sacudidas finales.

Los ojos de Kevin se quedaron congelados en la pantalla observando eso que de tan increíble, de tan fantástico, parecía incluso irreal. Miró los controles de la consola de su brazo y pulsó el botón de stop a tan solo un segundo de la explosión. Un segundo.

Se quedó mirando los cuerpos de los Rivers. Y por fin estalló en un grito y una risa como nunca antes había disfrutado. La explosión de júbilo infinito. Aporreó las paredes de la cabina. El rostro cubierto de sudor ácido. No podía creer que lo hubiese conseguido. Sintió algo en sus pantalones. Algo cálido. Miró hacia abajo y vio que también se había meado, igual que Edward Rivers. Eso le provocó una risa aún más grande. Aún más fuerte y estruendosa. Qué curiosa y qué graciosa le pareció la vida. Y sobre todo, qué justa. Por fin. Qué justa.

Respiró profundamente y se secó las lágrimas. Lloraba de pura felicidad.

Ya estaba hecho. Su venganza. Los Rivers muertos. El mundo entero había sido testigo de lo que era capaz, de que el rico y poderoso no siempre ganaba.

Se levantó dispuesto a terminar ese glorioso día. Vería el partido de su vida. Los Giants ganarían las series finales y después huiría en el jet privado ruso que lo estaba esperando muy cerca del estadio. Huiría tan lejos que nadie lo podría nunca encontrar. Empezaría una nueva vida. Una en la que por fin podría hallar la paz.

No lograba quitarse la sonrisa de la cara. Observando cómo se balanceaban los cuerpos de los Rivers colgados del gran olmo. Se puso en pie dispuesto a salir de allí. Pero justo antes de abrir la puerta del baño se detuvo en seco. Vio algo. Algo que no estaba bien. Como esa pequeña señal que denota que un cuadro es falso. ¿Qué demonios era eso? ¿Lo habían engañado? Una asfixiante ansiedad se apoderó de su garganta y de sus pulmones.

Los cuellos.

Maldita sea.

Eran los cuellos. Lo habían engañado. Los cuellos colgaban hacia abajo en lugar de hacia arriba. En todos los ahorcamientos los cuellos se veían estirados y casi mirando al cielo. En cambio los Rivers estaban mirándose los pies.

Estaban suspendidos por las axilas. Como dos marionetas con hilos. Lo habían engañado. Había sido víctima de un terrible engaño.

Las lágrimas de Kevin se hacinaron en sus ojos. Miró su consola de control. Activó los controles de detonación y justo cuando iba a reactivar la cuenta atrás, la puerta del baño se abrió de un fuerte golpe. Una patada que hizo saltar por los aires el pestillo y el marco de la puerta.

9

—Ni se te ocurra mover un solo dedo, porque te juro que te mato.

Kate estaba a menos de un metro de Kevin apuntándole a la cabeza. Tras ella se encontraban Patrick y tres hombres de Viktor Svenson. Vestían igual que los que montaron guardia en el hospital cuando su mujer Anika estuvo ingresada.

Kevin miró el botón de su consola. Tan solo a unos centímetros de su mano derecha. Kate negó con la cabeza. Él trató de pedir ayuda. Escapar de aquel lugar. Volar muy lejos de allí. Regresar a otro punto atrás en el tiempo. Pero eso era imposible. Él lo sabía. Y Kate también lo sabía.

—Pon las manos por encima de la cabeza lentamente. Ahora.

Kevin tenía la boca seca. Trató de tragar saliva, pero casi se atraganta con su propia lengua. Su corazón se retorcía tras su pecho. Observó el cañón de la pistola frente a él. Ese túnel oscuro y vacío. ¿Cómo demonios lo habían encontrado? ¿Cómo lo habían engañado de esa manera?

No. No podía perder. No podía irse así. No lo soportaría. No podría con ello.

Miró de nuevo el botón que iniciaba la cuenta atrás. Cogió aire a fondo. Cerró los ojos y…

Tres disparos lo abatieron cuando estaba a punto de apretar el botón. Kate no dudó ni un instante. Uno le destrozó la mano derecha. La que estaba a punto de provocar un desastre nuclear. Tres de sus dedos desaparecieron automáticamente. El segundo disparo fue a parar a su pecho. Casi en el centro. Y el tercero también contra su brazo derecho. A la altura del centro neurálgico del hombro. Su cuerpo se desplomó y la cabina empezó a llenarse de sangre.

El ruido de los disparos rebotó contra las paredes. Los fogonazos hicieron que el baño se llenase de luz. Los oídos de Patrick sangraban. Los hombres de Viktor no guardaron las armas hasta que se aseguraron de que Kevin estaba abatido. De que no respiraba. Como les habían pedido.

Kate y Patrick se miraron. Cogieron aire. Les pareció que llevaban años sin hacerlo. Sin dormir. Sufriendo. Y sin mediar palabra se fundieron en un fuerte abrazo. Fatigados. Unidos por el dolor y por la victoria. Las lágrimas rodearon los ojos de ambos. Como la última ola de la marea alta.

Lo habían conseguido. Habían conseguido encontrar a Kevin justo a tiempo y evitar que explotara la bomba que habría acabado con la vida de miles de personas. Lo habían logrado. Juntos. Y estaban vivos.

22

PROYECTO VIDA

Siete días después

La muerte de Kevin se celebró por todo lo alto tanto en la Casa Blanca como en el FBI, la CIA y el cuerpo de Policía de Amarillo. Kate y Patrick fueron condecorados: por haber evitado el primer atentado nuclear de la historia en terreno norteamericano y un conflicto bélico internacional cuyo alcance habría sido catastrófico.

Desde el momento en que Kevin había emitido el primero de sus vídeos, la NSA, la CIA y el FBI se habían puesto a rastrear cómo demonios podía haberse hecho con un arma nuclear. El presidente quería evitar a toda costa el desastre y las muertes de miles de inocentes, desde luego, pero también le urgía encontrar culpables. Responsables a quienes apuntar con sus misiles en caso de que esa bomba terminase por explotar. No podía tolerar que se repitiese otro caso como el de las Torres Gemelas, en el que reinó el pánico y el desconcierto. Cuando descubrieron que fueron los rusos quienes lo habían estado ayudando, su decisión fue tajante. Implacable unanimidad entre sus consejeros. Si los rusos estaban detrás, aunque solo fuese en parte, tendrían guerra. Tendrían su propio desastre nuclear en su propio territorio. Tal fue el estado de tensión y de psicosis en la Casa Blanca durante aquella última hora que varios bombarderos habían partido en dirección a la estepa rusa para dar el pistoletazo de salida a una más que probable Tercera Guerra Mundial.

Elliot Warren, su hijo Duncan y el amante de este, Gregor Turing, fueron acusados y procesados por participación indirecta en un posible atentado de gran magnitud contra los Estados Unidos de América, después de haber permitido y facilitado que en las instalaciones de Pantex Plant se fabricase una bomba nuclear. Todavía estaban a la espera de juicio. Ninguno de los tres tenía la más mínima duda de que acabarían entre rejas una temporada, al menos hasta que todo se calmara.

A James Barnes, marido de Fiona, le fue retirada la licencia médica temporalmente por haberle entregado a Kevin la historia clínica de John Sally. El juez fue condescendiente con él debido a que su mujer había sido una de las víctimas del Hombre del Coche. La suspensión no duraría más de un año. De todas formas, su reputación estaba arruinada después de que Kevin hubiese hecho públicos sus mensajes y fotos con su alumna Katherine.

Edward y Jennifer Rivers sufrieron diferentes lesiones como consecuencia del violento ahorcamiento falso. Fracturas costales, abrasión de la piel y contusiones de grado medio en caja torácica y cuello. Nada grave. A nadie se le ocurrió hurgar en aquel juicio contra Kevin. Ahora habían ascendido casi a la categoría de héroes nacionales. «No todo el mundo arriesga la vida por su país», dijo al día siguiente la prensa. Y la gente lo creyó. Aunque la realidad fue que el presidente no les había dado otra opción. Los había obligado a simular la escena porque, según él, sus actos habían desencadenado todo aquello. El presidente, aun no siendo del todo consciente, no había dicho nada más acertado en su vida.

Anika y Viktor Svenson se marcharon una temporada a París. Anika necesitaba recuperarse de las graves heridas físicas y emocionales que Kevin le había causado. También pensar en su vida y en qué demonios era exactamente lo que esperaba de ella. En aquel momento sabía que no era más que una cuenta atrás de la cual no tenía ni idea de cuánto le faltaba para terminar. Fue como una revelación tan dolorosa como esclarecedora. Viktor también necesitaba tiempo para reorganizar sus ideas, sus planes de futuro y sus objetivos.

El caso del Hombre del Coche había sido declarado públicamente cerrado. Aunque internamente todavía estaba siendo investigado en profundidad, tras analizar a los principales implicados, y teniendo en cuenta los informes y testimonios de los dos agentes federales al cargo, nadie tuvo dudas de que era Wendy Miller quien estaba detrás de esos asesinatos. Aunque todavía quedaba mucho por resolver. Sobre todo, por entender.

El paquete que Jack le había dejado a Kate contenía dos cosas. Un misterioso artefacto de aproximadamente doscientos cincuenta gramos de peso. Se asemejaba a un motor con una forma terriblemente parecida a un corazón humano. Incluso muchas de sus partes estaban formadas por unos materiales con una textura muy parecida a la piel y a las vísceras humanas. Era una obra de ingeniería tan misteriosa como perfecta. Armonía pura. El otro objeto que había en la caja era una pequeña libreta llena de extraños símbolos y anotaciones. Había sido envuelta en una hoja de papel sucio, salpicado de gotas de sangre oxidada. Eran las instrucciones básicas sobre cómo hacer funcionar el artefacto y sobre qué significaban los números y anotaciones. Sobre esa hoja con la que estaba envuelta había escrita una frase: «Antes de nada, ve a un médico a que te vea tu ojo derecho, por favor. Jack».

Kate y Jack solo se habían visto una vez cara a cara, cuando ella lo interrogó en la comisaría de Búfalo. Pero, al parecer, a él le había bastado para saber que algo no iba bien en su interior. Esa mancha marrón en el iris de su ojo derecho…

Ella también se había dado cuenta, igual que Patrick, pero a veces no se tiene la fuerza suficiente para enfrentarse a la verdad. Y la verdad era que esa pequeña mancha marrón era un pequeño melanoma que estaba creciendo sin parar y que llevaba camino de convertirse en el temido cáncer ocular. Por suerte, se lo habían cogido a tiempo y pudieron quitárselo con dos sesiones de radioterapia. Tendría que estar tomando durante un tiempo una fuerte medicación preventiva y, sobre todo, guardar reposo durante una buena temporada. Nadie sabía exactamente por qué aparecía el cáncer, pero el estrés y la falta de descanso no ayudaban. Ella se dijo que, en cuanto acabase lo que tenía entre manos, se tomaría unas verdaderas vacaciones, unas en las que, por primera vez en mucho tiempo, cuidaría de sí misma.

Paralelamente al tratamiento ocular, estuvo siguiendo el resto de las instrucciones que Jack le había dejado. Le explicaba que era ella la persona idónea para custodiar su cuaderno, también para hacer que el artefacto funcionase, y que tenía que pasar irremediablemente por Mía. Concretamente por su sangre. Ese era el combustible con el que debía funcionar. El resto llegaría por sí solo cuando fuese el momento.

Al principio a Kate le sonó a las palabras de un loco. Pero, después de recordar quién era Jack y de qué era capaz, empezó a pensar que quizá, como tantas otras veces a lo largo de la historia, estaban llamando loco, ella la primera, al que había alcanzado un nivel de conocimiento tan alto que nadie era capaz de entender. Pensó que quizá tampoco estaría mal dejarse llevar por una vez y hacer lo que sentía que tenía que hacer.

Cuando Thomas Welles, el médico jefe del Healthcare Hospital, les dijo que a Mía le quedaban horas de vida porque el sistema eléctrico de su corazón estaba fundido y moriría si no encontraban un improbable e inmediato donante, supo cuál era el sentido del artefacto que Jack le había entregado. Y se le pusieron los pelos de punta. ¿Lo que tenía entre las manos era un pequeño corazón mecánico? ¿Era eso lo que Mía necesitaba? ¿Un trasplante? ¿Ese pequeño motor había sido diseñado para alojarse en el cuerpo de Mía?

Mía tenía una enfermedad genética llamada síndrome de Brugada. Un grave defecto en el sistema eléctrico del corazón, el que hace que el músculo cardíaco reciba los impulsos que permiten el bombeo constante de sangre a todo el cuerpo. Ese sistema encargado del primer impulso, ese que hace que de la nada se encienda una nueva vida. Tenía su origen en el nódulo sinoauricular, situado en la parte superior de la aurícula derecha del corazón. Como consecuencia del síndrome de Brugada, Mía lo tenía mucho menos desarrollado de lo normal. La droga que le suministró Wendy había hecho que su ya debilitado sistema eléctrico terminara por deteriorarse y por reducir sus impulsos de forma drástica hasta ocasionar que gran parte del corazón se quedase parado y sin oxígeno, haciendo que la necrosis se extendiera por sus tejidos. Thomas Welles matizó que, de no haber sido secuestrada y drogada con la escopolamina por Wendy, es posible que Mía nunca hubiese necesitado ese trasplante, sino un simple marcapasos para que pudiese hacer una vida relativamente normal. ¿Cómo era posible que Jack hubiese estado todos esos años trabajando en un pequeño corazón artificial que sería crucial para salvarle la vida a una persona a la que ni tan siquiera conocía y que no lo habría necesitado de no haberse encontrado con su propia hermana?

Kate decidió enseñarle a Thomas Welles ese extraño aparato con forma de corazón y pudo ver cómo le cambiaba el color de la piel al observarlo. Le dijo que él no podía hacerse cargo de una operación así. No era cardiólogo, y aunque lo fuera, tampoco accedería a realizar ese trasplante. No tenían ni idea de lo que era ese aparato, ni de quién lo había fabricado, ni en qué condiciones, ni tampoco cómo funcionaba. Pretender que ese artefacto acabase en el interior de un cuerpo humano era una auténtica locura en la que ningún médico con licencia participaría. Jamás se atreverían a sustituir el corazón de una persona por «ese abominable artefacto», por mucho que esa persona se estuviera muriendo y no se pudiese hacer nada por ella. La ciencia y la medicina tenían unas líneas rojas. Ante la insistencia de Kate, Thomas le dijo que podían ir al Texas Heart Institute, uno de los centros sanitarios más avanzados del mundo en patología y trasplante cardíaco, y a tan solo una hora de allí. Otra extraña casualidad que no pasó desapercibida a ojos de Kate.

El doctor Trevor Constanz, el especialista en Cirugía de corazón con más experiencia del Texas Heart Institute, confirmó que el artefacto de Jack era un corazón artificial. El corazón artificial más perfecto que jamás había visto, y también el más raro. Ni tan siquiera los prototipos que tenían en su centro se acercaban al que sostenía entre sus manos. No pudo analizarlo al completo porque habría tenido que desmontarlo y estudiarlo muy a fondo junto a otros expertos, pero comprobó que tenía cuatro aurículas y cuatro ventrículos, el doble que un corazón normal. No tenía ni idea de por qué ni con qué finalidad. El sistema de bombeo de la sangre era muy parecido al de un motor de combustión térmica, sobre todo al funcionamiento de las válvulas, inyectores, pistones y cilindros. Aun así, tras un examen preliminar, lo veía totalmente compatible para ser implantado en un ser humano. Extrañamente compatible. Cuando introdujeron en él unas cuantas gotas de la sangre de Mía y se puso en marcha él solo, a todos los invadió una extraña sensación. Un miedo a lo desconocido, quizá el peor de todos los miedos. El corazón mecánico construido por Jack pareció cobrar vida propia. La pseudopiel con la que muchas de sus partes estaban revestidas cambió de color, como si por ese tejido sintético se estuviesen formando y ramificando minúsculos capilares de sangre en cuestión de segundos. Era una especie de ser vivo cuya vida dependía de la sangre de Mía. Una especie de ser vivo que acababa de recibir ese primer impulso, el origen de todo.

Las preguntas se acumulaban en el interior de Kate. Su interés por Jack y sus investigaciones crecía de forma paralela a la necesidad de que ese corazón acabase funcionando en el interior de Mía.

Trevor le dijo que, tratándose de un caso terminal y firmando los debidos documentos para calificar dicha intervención como un «tratamiento experimental y de gran interés científico», podría hacerse. Siempre y cuando se mantuviese en el más completo secreto. No quería que si algo saliese mal se viese ensuciado su buen nombre y el del centro, pero tampoco podía darle la espalda a algo que podría cambiar no solo el rumbo de la medicina, sino el de la humanidad. En tan solo unos días esas palabras cobrarían todo el sentido.

La operación fue un éxito. Según Trevor y su equipo, estaban asombrados acerca de lo sencilla que fue su implantación. Las arterias y venas de Mía parecieron fusionarse con el corazón mecánico. Como si llevasen toda la vida esperándolo. Pero lo más asombroso fue lo que ocurrió después.

Para poder realizar una operación como esa, tuvieron que aplicar una técnica conocida como «extracorpórea». Filtrar toda la sangre de la paciente con una máquina mientras se procedía al cambio de corazón con la caja torácica abierta. Esa operación requería no solo seccionar el esternón por la mitad, sino una infinidad de músculos y de tendones para tener acceso al lugar más protegido del cuerpo humano. Nadie podía creer cómo, tan solo un día después, la cicatriz parecía estar curada. Le retiraron los puntos y tan solo una fina línea de un tono violáceo quedaba como testigo de la cruenta operación.

En apenas dos días ya no parecía sentir ninguna molestia. Le retiraron toda la medicación antirrechazo de órganos que se suministra durante años a los trasplantados porque daba la impresión de que a Mía no le hacía falta. Fue entonces cuando la Policía procedió a hacerle las pertinentes preguntas acerca de su hermano Kevin y de lo que Wendy le había confesado durante el tiempo que la tuvo secuestrada. A falta de realizar algunas comprobaciones, el testimonio de Mía les pareció coherente y coincidieron en que no había dudas acerca de señalar a Wendy como autora de los crímenes del Hombre del Coche ni sobre el móvil de dichos asesinatos.

Mía también les confesó que su hermano Kevin fue quien robó al Crédit Lyonnais utilizando las cuentas personales de Jack. Y que ella había colaborado de forma activa. Kate y Patrick estuvieron meditando si presentar cargos contra ella. Finalmente lo dejaron en manos de su jefe, Clark Dupont. Y este, valorando por lo que habían pasado en los últimos días para detener tanto a un peligroso terrorista como al Hombre del Coche, y viendo que la operación había sido un éxito, decidió no presentar cargos contra ella. En cierto modo, Mía no era más que otra víctima. Y no constituía ningún peligro para la sociedad.

En tres días, Mía ya había superado las pruebas de coordinación, equilibrio y resistencia al esfuerzo con resultados tan satisfactorios que nadie daba crédito. Mía no solo se había recuperado en tiempo récord de una operación tan traumática, sino que tenía una capacidad física muy superior a la de una persona sana.

A los cuatro días de la operación, Mía trató de marcharse del hospital, pero el equipo médico se lo impidió. Todavía querían estudiar algunas cosas. Controlar la evolución. Le hicieron una nueva analítica completa y se quedaron asombrados con los resultados. El nivel celular en sangre era mucho mayor de lo habitual, pero las células eran mucho más pequeñas. Era como si tuviese un sistema inmunitario, plaquetario y de transporte de oxígeno mucho más avanzado. El corazón mecánico fabricado por Jack no solo era mucho más eficiente, sino que estaba filtrando y transformando la sangre de Mía haciendo que aumentara el potencial y el rendimiento del cuerpo. Entonces quisieron ver cómo afectaban esas mejoras en los diferentes órganos. La circulación era bastante mayor en volumen total y en velocidad. Se estaban creando nuevas redes de capilares, y tras la realización de un TAC completo, una resonancia magnética y algunas ecografías, vieron que la circulación en todos los órganos estaba aumentando asombrosamente. Recibían una mayor irrigación y, como consecuencia, un mayor aporte de oxígeno y de nutrientes. Todos sus tejidos daban la impresión de estar como rejuveneciendo, perfeccionándose. Y esos cambios estaban teniendo su efecto también en el cerebro.

El quinto día tras la operación decidieron hacerle pruebas psicológicas y de inteligencia. Los test dieron unos resultados con algunas diferencias remarcables entre ellos, pero la puntuación media osciló entre los ciento cincuenta y ciento sesenta puntos en la escala internacional. Denotaba, como en el caso de Jack, una superdotación profunda. Esas personas a las que los superdotados llamaban superdotados. Como no sabían cuál era su nivel antes de que le hiciesen el trasplante de corazón, tampoco podían asegurar que se debiera al artefacto de Jack. Tampoco sabían si ese nivel se quedaría ahí o iría aumentando, en cuyo caso, ¿hasta dónde sería capaz de llegar? A esas alturas, todo el equipo médico del doctor Trevor Constanz hacía cábalas y apuestas de cuál sería el tope de Mía y su corazón mecánico. Compartían una gran ilusión por lo que parecía ser la primera piedra de una nueva civilización, de una ilusionante era. Las pruebas psicológicas mostraron una gran propensión a la introversión y a la constante observación de cuanto la rodeaba. Una observación y un análisis que recordaban mucho a lo que se decía de Jack Miller en los informes médicos de su infancia. Mía parecía estar constantemente contando, calculando, descomponiendo cada objeto y cada fracción de tiempo hasta esa minúscula estructura básica de lo que todo está hecho.

Dos días después, el séptimo tras la operación, Trevor Constanz llamó a Kate para que fuese a ver a Mía, que no paraba de pedir hablar con ella en privado. A esas alturas, Mía era la niña mimada del doctor, que accedía a cualquier cosa que ella le pidiese. Su paciente era como un sueño hecho realidad. Una maravilla de la ciencia a la cual podía ver y estudiar a todas horas. Un sueño del que no quería despertar.

Trevor hizo pasar a Kate a la habitación de Mía y las dejó a las dos solas. Mía estaba sentada en la cama y miraba hacia la ventana, hacia el mundo exterior.

—Hola, Mía. ¿Qué tal te encuentras?

—Me encuentro bien, Kate, muchas gracias, pero necesito que hagas algo por mí.

Kate se quedó unos segundos observando su extraña quietud, la extraña paz en la que se hallaba. Mía se levantó de la cama y se dio la vuelta con un movimiento ágil y suave como una pluma. Parecía más joven. Su piel se asemejaba a la de una niña. Fina y libre de impurezas. Su mirada era profunda, centrada. El parpadeo, ausente.

—Me gustaría poder salir de aquí cuanto antes. Hay algo que debo hacer.

—Ya me imagino, Mía, pero tienes que entender que has pasado por una operación muy peligrosa cuyo riesgo de infección o de padecer alguna secuela que desconozcamos es muy alto. Creo que el doctor Trevor ya te ha dicho que…

—Conozco los riesgos. Pero Jack necesita mi ayuda.

—¿Jack? Pero Jack lleva una semana en muerte cerebral…

—Por eso mismo tengo que salir de aquí cuanto antes. Él me necesita.

—Cuando os trasladamos al hospital, los dos habíais perdido mucha sangre, él estuvo en parada cardiopulmonar más tiempo del que un ser humano puede soportar para recuperarse sin secuelas. Se mantiene con vida porque está conectado a una máquina. No se le ha desconectado todavía porque, al no tener ningún familiar con vida conocido y estar involucrado en una investigación interestatal, se están realizando trámites legales, pero hoy mismo van a hacerle una última prueba y, si todo sigue igual, procederán a la desconexión. Lo siento, Mía, no hay nada más que podamos hacer por él.

Mía observaba a Kate impasible. Torció un poco el cuello y volvió a centrar esa mirada abismal. Infinita. Esos ojos color de miel parecían estar aclarándose por momentos. Brillaban y emitían una luz especial.

—Sé exactamente qué va a ocurrir si no me dejan salir de aquí, Kate, así como lo que se puede hacer por él. Y no quiero convertirme en una fugitiva. Necesito hacer las cosas bien desde el principio.

—No se han presentado cargos contra ti. Y no soy yo quien te retiene aquí, Mía, es tu estado de salud.

Kate se fijó en los suaves golpecitos que daba con la mano derecha sobre un muslo, parecía estar reproduciendo una secuencia parecida al código Morse.

—Está bien, Kate. No te preocupes. Perdona por haberte molestado. Ha sido un placer volver a verte y te estaré eternamente agradecida porque fuiste tú quien me salvó. Por cierto, ¿qué tal está Patrick?

A Kate le extrañó ese interés por su compañero. Había algo diferente en Mía, algo que le recordaba misteriosamente a...

Jack estaba conectado a un respirador. Sus constantes vitales parecían normales, a excepción de su pulso cerebral, que era prácticamente inexistente. Los médicos del Healthcare habían sido unánimes en su diagnóstico y decisión. No había nada que se pudiese hacer por él y sería desconectado en cuanto estuviesen listos los resultados del escáner cerebral.

Thomas Welles observaba atónito los resultados de los dos últimos TAC cerebrales con contraste que acababan de hacerle a Jack. No podía creer lo que estaba viendo. Había ordenado repetir la prueba y los resultados eran los mismos. ¿Qué demonios era aquello? Antes de consultarlo con otros colegas decidió llamar al agente Patrick Hunt, no sabía si aquella evidencia podía invalidar la orden de desconexión del paciente o si el propio FBI podía considerar que ese hallazgo se debía investigar estando Jack con vida o realizarlo *post mortem.*

Patrick no había vuelto a sangrar por el oído derecho desde que consiguieron abatir a Kevin. Clark Dupont les había dado tanto a él como a Kate unas más que merecidas vacaciones (aunque debían permanecer en Amarillo hasta que el caso se cerrara). Desde entonces solo se había visto con su compañera en un par de ocasiones. Una de ellas habían quedado para cenar y la otra para tomar café. Entre ellos había algo, algo que los hacía estar uno o más peldaños por encima de lo que se espera de un compañero, de un amigo, pero los dos querían tomárselo con tranquilidad, tal y como hay que tomarse la mayoría de las cosas que realmente importan.

Cuando recibió la llamada del doctor Thomas Welles se dirigió inmediatamente al Healthcare Hospital. Ya había estado un par de veces en sus instalaciones para ver si había habido algún cambio en el estado de Jack y resolver los asuntos relacionados con su desconexión, ya que había pasado a estar a disposición del Estado y Patrick había sido designado como representante para mediar con el equipo médico.

Todavía seguía haciéndose preguntas sobre quién era Jack y qué suponían sus estudios en el campo de los procesos estocásticos. Estaba completamente fascinado con el corazón mecánico construido por Jack para Mía.

Cuando entró en el hospital sintió un pequeño pinchazo en su oído derecho. Una enfermera le hizo pasar al despacho del doctor Thomas Welles.

—Hola, doctor. ¿Qué ocurre?

El doctor Welles estaba con la vista pegada a la pantalla del ordenador. Su expresión era seria. Algo parecía haberlo asustado. Su rostro, pálido.

—Véalo usted mismo, agente Hunt. —Thomas invitó a Patrick a que se sentase a su lado.

En la pantalla descubrió unas imágenes en blanco y negro con algunas zonas coloreadas de rojo y azul. Correspondían al escáner cerebral de Jack. Patrick no vio nada extraño en ellas.

—¿Qué tienen de raro? —preguntó Patrick.

—Repetimos la prueba y en esta última decidí introducir un contraste para observar mejor posibles zonas con irrigación. Ya sabe, zonas con una circulación normal para valorar el grado de daño cerebral. —Thomas negó con la cabeza. Se pasó dos dedos por el lagrimal de los ojos. Toda su soberbia parecía haberse diluido. Parecía abatido—. Nunca había visto algo así, agente. ¿Ve ese punto luminoso que hay justo en el centro del cerebro?

—¿Qué significa?

—No estoy seguro, agente. Es una zona sin circulación sanguínea, una zona que yo juraría que está hecha de un material diferente al resto del cerebro. Un material no orgánico.

—¿Por qué deduce eso?

—La masa cerebral está representada por zonas azules y rojas, debido al mayor o menor aporte de sangre que recibe. El resto del cerebro aparece en tonos negros o grises. Pero ese punto central… Es una zona blanca, resplandeciente. Y esa tonalidad con semejante brillo suele aparecer cuando alguien tiene algún tipo de implante metálico, como una prótesis. Y este es pequeño, muy pequeño, similar a uno de esos microchips que llevan los teléfonos móviles y los ordenadores.

—¿Un microchip interno? —Patrick estaba empezando a inquietarse.

—Lo que más me intriga es cómo ha podido llegar eso ahí. ¿Entiende lo que quiero decirle? Tampoco imagino qué finalidad tiene. Aunque sí puedo decirle que permanece activo. Está como encendido. Vivo.

Patrick empezó a sentir de nuevo un fuerte pinchazo en el oído derecho. Una turbación que lo obligó a inclinarse ligeramente hacia delante.

—¿Está seguro de esto, doctor?

—No tengo la menor duda. Y créame, no soy una persona que se distinga por creer en lo que no puede ver ni demostrar. Yo creo en la ciencia, agente Hunt, única y exclusivamente. Pero esto… no sabría cómo explicarlo…

Patrick sintió otro pinchazo. Frío y penetrante. Como un taladro abriéndose paso por el interior de su cabeza.

—¿Se encuentra bien, agente?

«Patrick, escúchame bien. No puedes verme ni tocarme, pero formo parte de ti desde siempre. Puedes llamarme la voz de tu conciencia, si quieres. No puedes dejar que el doctor difunda esa información acerca de Jack. No puedes dejar que nadie encuentre eso que hay en su interior. Tienes que impedirlo. Ahora.»

Patrick cerró los ojos y cogió aire. Casi como un reflejo, casi como un instinto, demoledor y primitivo, se llevó una mano al costado, bajo la chaqueta, el lugar donde llevaba su arma reglamentaria.

—¿Ha hablado con alguien de esto, doctor? ¿Sabe alguien más lo que acaba de contarme?

Thomas Welles se ajustó sus pequeñas y redondas gafas y percibió el cambio en la actitud postural de Patrick.

—Nadie aparte de nosotros dos. No he querido entrar en juicios ni debates hasta estar seguro de lo que era. Yo, a diferencia de otros, me mantengo fiel a mis principios, a mi procedimiento. Así he sido siempre y así seguiré siendo. ¿Por qué lo pregunta?

Patrick sintió cómo algo en su interior se tensaba. Cómo trataba de empujarlo a que hiciera algo. Algo malo.

—Agente, ¿se encuentra bien? Sé que lo que he encontrado es algo increíblemente extraño, pero si hay algo que esta profesión me ha enseñado a lo largo de los años es que todo, absolutamente todo, tiene un porqué, una explicación.

Esa pugna que se estaba librando en el interior de Patrick pareció cesar. El agente especial del FBI acarició la funda de su pistola. Miró de reojo. La puerta del despacho estaba cerrada. Estaban ellos dos solos.

Kate abandonó el Texas Heart Institute con la impresión de que, aunque lo hubieran dado por cerrado oficialmente, el caso que implicaba a Jack, al Hombre del Coche, a Mía y a Kevin no había hecho más que comenzar.

Se sentó en el Dodge Charger y antes de arrancar pensó en el inusitado interés de Mía por Jack. Y por Patrick.

Sacó su teléfono móvil y decidió llamar a su compañero. Puede que fuese una corazonada, o tal vez Mía le había metido la sombra de una duda en el cerebro.

Mientras el tono de llamada sonaba pensó qué le diría cuando descolgara...

—¿No lo coge, agente? —preguntó el doctor Thomas Welles viendo a Patrick absorto en sus pensamientos—. Agente, ¿me escucha? Su teléfono móvil está sonando.

Patrick levantó los ojos.

—Oh, sí. Disculpe, doctor. Es solo que me he mareado

un poco —dijo sacando su teléfono móvil y aceptando la llamada.

—Patrick, por fin. ¿Qué tal estás? Me preguntaba si… ¿te apetecería que tomásemos un café? —Kate se mordió el labio y apretó los ojos con fuerza. Estúpida pregunta.

—Hola, Kate. Perdón, me has cogido justo en medio de…, no importa. Claro que me apetece, ¿te viene bien si nos vemos en un rato en la cervecería irlandesa del centro? Ya sabes, aquella en la que…

—Sí. Ya sé… ¿En una media hora?

—Perfecto.

Kate dejó el móvil sobre el asiento de copiloto del Dodge Charger y cerró los ojos un instante. Necesitaba respirar ese sentimiento que llevaba experimentando unos días y que le decía que algo nuevo, algo mejor, acababa de entrar en su vida. En su cara se dibujó una sonrisa, introdujo la llave en el contacto y arrancó convencida de que, a partir de ese instante, todo cambiaría.

—Un momento, agente. Espere. Todavía no me ha dicho qué hacer con Jack y con eso que hay en su interior —dijo el doctor Welles cuando el agente especial se disponía a salir de su despacho.

Patrick se dio la vuelta despacio, tranquilo, el dolor en su oído derecho parecía haber desaparecido.

—Me parece que no soy la persona más indicada para decidir eso, doctor. ¿Qué le dice su buen juicio?

Patrick abrió la puerta.

—Pero, agente, se supone que es usted quien debe decidir…

—Hasta pronto, Thomas.

Patrick salió del despacho del doctor. Sonreía. Por primera vez en mucho tiempo sintió ese extraño hormigueo recorriendo su cuerpo, esa electricidad impregnando de vida cada una de sus células.

En media hora tenía una cita. Vería a Kate. Ella era quien llenaba de electricidad cada parte de su cuerpo, cada átomo de su existencia, ella era a quien necesitaba para mantenerse vivo.

Vivo y humano.

23

EPÍLOGO

«Jacky, escúchame, estúpido. ¿Puedes oírme? Vamos, sé que puedes, despierta de una maldita vez, sé que estás ahí, en alguna parte. Vamos, Jacky. Perdona todo lo que te he dicho hasta ahora, pero, por lo que más quieras, despierta de una maldita vez porque, si no, te van a apagar. ¿Me entiendes? Van a apagarte y los dos dejaremos de existir. Tú sobre todo. Vamos, Jacky, sé que puedes despertar. ¿Puedes hacer eso?»

«Sí, puedo.»

«¿Entonces a qué esperas, Jacky?»

«No es tan sencillo. Todavía no puedo moverme. Necesito un poco más de tiempo.»

«Ya no dispones de tiempo, idiota. Tiene que ser ahora, tienes que despertar antes de que...»

El doctor Thomas Welles no dejaría escapar la oportunidad de estudiar algo así. Aquello era un hallazgo insólito. Y en cuanto el agente Hunt le dio permiso para que fuese él quien decidiese, se dijo que no pararía hasta saber qué era realmente ese extraño y parpadeante punto de luz. Así que lo primero que hizo fue ordenar el traslado de Jack Miller a un pabellón que estaba parcialmente vacío debido a una reforma integral de las instalaciones de servicio. «Los grandes descubrimientos siempre tienen lugar en la intimidad, y eso es justo lo que yo necesito», pensó mientras decidía cuál sería el primer paso de su estudio.

«Jacky, despierta, vamos, ya está empezando.»

«Máquina de cortar el pelo con rotor de dos velocidades. Potencia media de 45 vatios. Cabezal de acero inoxidable y cuchillas autoafilables revestidas en cerámica. Graduada al cero. Tarda veintitrés segundos en dejar la cabeza rapada.»

«¿Me crees ahora, Jacky? ¿Ves lo que está haciendo el doctor Welles? Te ha rapado la cabeza porque quiere saber si hay algún tipo de incisión o marca que explique mi presencia. Reacciona de una vez. Está a punto de encontrarme.»

«No. Eso no puede ser. Porque tú no eres real. Solo eres una voz en mi cabeza.»

«Sí lo soy, Jacky, por supuesto que soy real.»

¿Pero cómo era posible que no hubiese ningún tipo de marca? ¿De qué otra forma podía explicarse la presencia de ese microchip en el interior del cerebro de Jack Miller?

El interés y, por qué no decirlo, también la inquietud ante la posibilidad de estar frente a un hallazgo que se encontraba más allá de los límites de la ciencia crecían minuto a minuto en el interior del doctor Welles.

Si nadie había puesto allí ese pequeño objeto, significaba que llevaba allí desde siempre, que su formación había tenido lugar en su interior. Pero ¿era posible algo así?

«No. Eso no es posible. Y no quiero que vuelvas a decírmelo ni una vez más. Tú no existes. Tú solo dime cómo salir de aquí, como has hecho siempre. Solo necesito un poco más de tiempo para poder moverme. Ya empiezo a sentir los brazos y las piernas. Me queda muy poco para despertar.»

«Ya te he dicho que no hay tiempo, estúpido. Reacciona de una vez. Te acaba de poner una malla de electrodos en la cabeza. ¿Sabes para qué? Terapia electrocompulsiva. Quiere saber si estoy vivo, si respondo ante los estímulos. Y cuando compruebe que es así, ¿sabes qué hará? ¿Quieres saberlo?»

El doctor Welles no se lo podía creer. Ese microchip acababa de reaccionar al estímulo. Estaba vivo. Pero el problema ahora era que las constantes vitales de Jack Miller indicaban que estaba muy cerca de despertar. Y si eso pasaba, él se quedaría sin conocer el misterio que se escondía en su cabeza. La ciencia era la ciencia, y algunas decisiones, a veces las más importantes, no siempre eran las más éticas.

Tardó menos de tres minutos en preparar la cámara microscópica, las pinzas tipo basket, el gancho palpador y el bisturí Swann Morton para microcirugías. Era el material que necesitaba para llevar a cabo la última fase del estudio. La extracción del cuerpo metálico.

En cuanto Jack sintió el bisturí abriéndose paso a través de su nuca, fue consciente de algo que no había querido creer hasta ese momento: después de todo, esa voz de su cabeza sí parecía ser real. Y estaba a punto de caer en las manos del doctor Welles.

«¿Pero cómo es posible? ¿Qué eres exactamente?»

«¿Ahora sí, Jacky? ¿Ahora sí me crees? ¿Quieres saber lo que soy?»

Tras la incisión, Thomas procedió a introducir la cámara microscópica. Y cuando localizó lo que andaba buscando, hizo lo propio con el gancho palpador. Estaba a punto de terminar y no quería que las prisas estropearan el final. Una sonrisa agrandó su cara cuando el gancho entró en contacto con el cuerpo metálico.

Su cabeza no dejaba de preguntarse una y otra vez cómo podía haberse formado algo así ahí. Pensó en la nanotecnología, pero eso suponía que alguien habría estado experimentando con humanos en algún lugar. Alguien cuyos conocimientos científicos podrían estar mucho más avanzados de lo que nunca hubiese imaginado. Esa idea hizo que su pulso temblara y sus intestinos regurgitaran. Luego pensó que podría deberse a la evolución de la raza humana. Una especie de mutación genética que habría dado lugar a la formación de un nuevo órgano. Como una glándula de metal. Por último se dijo que, aunque no fuese tan fascinante, aquello podría ser simplemente el resultado de una malformación. Como un tumor formado a base de metales pesados. Quién sabe si fruto de algún tipo de medicamento, o tras la exposición a algún tipo de radiación.

Fuera lo que fuera, estaba a punto de tenerlo en sus manos. Introdujo las pinzas basket y…

«Es el fin, Jacky. El tuyo y el mío. Es posible que incluso el de toda la humanidad. No tienes ni idea de lo que está a punto de pasar. Has conseguido algo increíble, en parte gracias a mí. Has creado una nueva fuente de vida, un nuevo corazón, y es posible que esa sea la solución a esa gran catástrofe que está a la vuelta de la esquina. Pero me temo que no podrás hacer nada más si permites que el doctor lo estropee todo, idiota. ¿Quieres saber cómo llegué hasta ti? ¿Quieres saber lo que soy? Aunque en tu caso fue debido a unas pastillas para tratar tu síndrome de disincronía, te diré que lo que realmente importa no es el cómo, sino el porqué. Hubiese llegado a ti de cualquier otro modo, nada ocurre por casualidad, ¿recuerdas? Todo ocurre por una razón, y tú mejor que nadie deberías saber cuál es. La misma que ha permitido que tú y yo estemos aquí y ahora. Que la humanidad haya existido y que lo que tenga que pasar a partir de ahora no deje de tener lugar. La evolución está a punto de conocer un nuevo escalón. Pero... ¡maldita sea, Jacky!, creo que ha llegado el momento, si no despiertas ahora mismo…»

En cuanto el doctor Welles extrajo el cuerpo metálico, supo que ante él tenía algo que necesitaría horas y horas de estudio. Jamás había visto nada parecido.

Cosió la pequeña incisión en la nuca de Jack Miller y, tras comprobar que sus constantes eran estables, fue a lavarse la cara. Tenía la cabeza empapada. Las manos todavía le temblaban.

Cuando volvió, su sangre se quedó paralizada. Jack Miller ya no estaba. Y aquello que había extraído de su interior, tampoco.

Tras casi un mes ingresada y después de haber sido sometida a multitud de pruebas físicas y psicológicas por parte del equipo del doctor Trevor Constanz, Mía recibió el alta médica.

El doctor Constanz trató de convencerla de que se quedara un tiempo, pero no pudo hacer nada por retenerla. La paciente se encontraba en perfectas condiciones. Solo faltaba ver qué tal se adaptaba a la rutina. Qué tal se llevaban ella y su nuevo corazón.

Tuvieron que pasar siete días más para que Jack y Mía volvieran a encontrarse.

Su encuentro fue bastante casual, o tal vez no.

Cuando el semáforo de una gran avenida se puso en verde para los peatones, sus miradas se cruzaron entre la multitud. Y sintieron algo mágico. Como un chispazo. Electricidad. O tal vez algo más parecido a un escalofrío. Una intensa sensación de frío recorriendo cada parte de la espina dorsal. En definitiva, esa sensación que simplemente no te deja pensar en nada más, que te hace llorar de felicidad y te inunda de una extraña paz. Esa que te dice que ya puedes dejar de buscar. Que has llegado. Que es justo eso lo que estabas buscando desde siempre. Algunos lo llaman «felicidad». Otros lo llaman «hogar». Mía se preguntó por segunda vez si sería eso que llaman «amor».

Jack entreabrió los labios con cierta vergüenza. Mía sonrió con timidez y se llevó una mano al pecho de forma inconsciente. Su corazón metálico latía con fuerza, su nuevo corazón artificial parecía ser sensible a esa misma fuerza que muchos llaman...

—¿Te importaría si...?

—¿Tomamos algo?

Prácticamente preguntaron los dos a la vez.

Eso los hizo sonreír. Tras caminar en silencio unos metros, Mía estiró una mano y se encontró con los dedos de Jack. Se miraron de reojo y volvieron a sonreír como dos adolescentes.

Jack se llevó una mano a la nuca de forma inconsciente. Él también estaba lidiando con su propio periodo de adaptación. Tenía la extraña sensación de haber sido manipulado desde el principio por esa Voz de su interior, dirigido de la forma más sutil e inteligente que podía imaginar: haciéndole creer que quien elegía era él. En cambio ahora... se sentía libre. Mía lo miró con dulzura y apretó su mano con fuerza. Había algo más que le preocupaba. Algo que a Jack le resultaba muy familiar. Mía también había empezado a contar. Contar para calcular qué iba a pasar. Y a lo mejor estaba intuyendo que... Todavía era pronto para saberlo.

—¿Te encuentras bien? —preguntó Jack, aunque sabía perfectamente que si estaba ahí era por una razón. Su corazón funcionaba. El Proyecto Vida estaba en marcha.

FIN

ÍNDICE

PARTE I
BÚFALO

PARTE II
AMARILLO

PARTE III

PANTEX

PARTE IV

ARLINGTON